JAYNE ANN KRENTZ

SIE WOLLTE ALLES...

Roman

Aus dem Amerikanischen
von Christa von Hadeln

PAVILLON VERLAG
MÜNCHEN

PAVILLON TASCHENBUCH
Nr. 02/0177

Titel der Originalausgabe
DEEP WATERS

Umwelthinweis:
Dieses Buch wurde auf
chlor- und säurefreiem Papier gedruckt.

Taschenbuchausgabe 09/2001

Der Pavillon Verlag ist ein Unternehmen der
Heyne Verlagsgruppe, München
http://www.heyne.de
Printed in Germany 2001
Umschlagillustration: IFA Bilderteam/Photex
Umschlaggestaltung: Nele Schütz Design, München
Gesamtherstellung: Elsnerdruck, Berlin

ISBN: 3-453-18554-4

Meinem Bruder
Stephen Castle
in Liebe

Prolog: Charity

Die See verspricht dem Wagemutigen Freiheit, aber sie birgt Gefahren ohnegleichen.

›Der Weg des Wassers‹, aus dem Tagebuch von Haydon Stone

Panik überfiel Charity Truitt, als sie gerade einen der exklusivsten Geschäftsklubs Seattles betrat. Es traf sie wie ein Blitz. Ihr Puls raste, und sie konnte kaum atmen. Ein Schweißausbruch drohte ihr äußerst elegantes, rotes Seidenkleid zu ruinieren. Zum Glück hatte sie für diesen überteuerten Designerfetzen nicht den regulären Ladenpreis bezahlt. Er kam aus der Haute-Couture-Abteilung des familieneigenen Warenhauses.

Charity blieb in der Tür zu dem eigens für den heutigen Abend reservierten Raum stehen. Sie versuchte, tief Luft zu holen und tapfer die Tatsache zu überspielen, daß sie gerade mit einem ernsten Problem kämpfte. Als sie auf der Türschwelle stand, kam ihr in den Sinn, daß die vornehm gekleideten Gäste denken mußten, sie bemühe sich um einen besonders wirkungsvollen Auftritt. In Wahrheit war sie drauf und dran, die Flucht zu ergreifen.

Mit Hilfe der eisenharten Disziplin einer Frau, die seit ihrem vierundzwanzigsten Lebensjahr ein Unternehmen führte, bemühte sie sich zu lächeln. Doch in ihrem Innersten nagte diese Furcht.

Dies war nicht der erste Panikanfall, gegen den sie ankämpfte. In den letzten vier Monaten hatten diese Anfälle immer öfter zugeschlagen, ihr den Schlaf geraubt, sie reizbar und unruhig gemacht. Das beunruhigendste aber war, daß diese Anfälle sie dazu gebracht hatten, sich über ihre geistige Gesundheit düstere Fragen zu stellen.

Sie war zunächst zu ihrem Hausarzt gegangen und hatte dann Rat bei einer Psychotherapeutin gesucht. Diese gab ihr irgendwelche psychologischen Erklärungen für ihr Verhalten, aber sie wußte kein Heilmittel.

Die Therapeutin bezeichnete diese Anfälle als ›spontane Kampf-Flucht-Reaktion‹. Es handelte sich wohl um einen Rückfall in Verhaltensmuster aus grauer Vorzeit, als die Menschen noch in Höhlen lebten und sich nachts vor wilden Tieren fürchteten. Normalerweise war Streß eine der Ursachen für dieses Verhalten.

Aber jetzt, an diesem Abend, wußte Charity plötzlich den wahren Grund für diese Attacken. Sie erkannte endlich, was – oder besser gesagt, wer – diese Panikanfälle auslöste. Sein Name war Brett Loftus, der Eigentümer der Sportartikelfirma ›Loftus Athletic Gear‹. Er war groß, weit über einen Meter achtzig, und besaß selbst im Alter von dreißig Jahren den Körper eines jungen Footballstars. Außerdem war er blond, hatte braune Augen und war auf altmodische Art und Weise gutaussehend, wie ein Westernheld vielleicht. Und als reiche all dies noch nicht, war er überdies ein sehr erfolgreicher und besonders netter Mensch.

Charity mochte ihn, aber sie liebte ihn nicht. Sie war sich ziemlich sicher, daß sie ihn niemals lieben würde. Schlimmer noch, sie vermutete stark, daß ihre Stiefschwester Meredith und der unbekümmerte, gutmütige Brett wie füreinander geschaffen waren. Die jüngsten Anfälle hatten ihre fast schon legendäre Intuition nicht völlig beeinträchtigt.

Leider war es aber Charity und nicht Meredith, die heute abend ihre Verlobung mit dem Erben des Loftus-Imperiums bekanntgeben würde.

Die Verbindung war sowohl geschäftlicher als auch

persönlicher Natur. Es war geplant, ›Loftus Athletic Gear‹ in einigen Wochen mit der familieneigenen Truitt-Warenhauskette zu fusionieren. Daraus sollte die Firma ›Truitt-Loftus‹ hervorgehen.

Das neue Unternehmen würde eine der größten in Privatbesitz befindlichen Handelsketten im Nordwesten der Vereinigten Staaten bilden. Wenn alles gut ging, expandierte es in den nächsten zwei Jahren, um auch auf den vielversprechenden Märkten Südostasiens tätig zu werden.

Der Familie und der Firma zuliebe würde Charity einen Mann heiraten, der jedesmal Angstanfälle in ihr auslöste, wenn er sie in seine Arme schloß.

Brett konnte nichts dafür, daß er so groß war und sie deswegen Platzangst bekam, wenn er sie küßte, dachte sie aufgeregt. Das war ihr Problem. Sie mußte damit fertig werden.

Es war immer ihre Aufgabe gewesen, Probleme zu lösen. Das konnte sie gut. Die Menschen erwarteten von ihr, daß sie das Heft in die Hand nahm und alle möglichen Hindernisse beseitigte, die sich ihr in den Weg stellten.

Charity spürte ein Kribbeln in den Händen. Sie bekam nicht genug Luft. Sie würde in Ohnmacht fallen, hier, vor einigen der einflußreichsten und mächtigsten Leute des Nordwestens.

Sie stellte sich die Erniedrigung vor, wenn sie auf dem Orientteppich zusammenbrechen würde, umgeben von belustigten Freunden, Geschäftspartnern, Konkurrenten, und, was das schlimmste war, umgeben von einer ausgewählten Schar Presse- und Fernsehleute.

»Charity?«

Der Klang ihres eigenen Namens ließ sie zusammenzucken. Charity fuhr herum, und das rote Kleid wirbelte um ihre Beine. Sie blickte in das Gesicht ihrer Stiefschwester Meredith.

Charity war neunundzwanzig und fünf Jahre älter als Meredith, aber sie war nur einsfünfundsechzig groß. Selbst mit den roten, hochhackigen Pumps, die sie heute abend trug, konnte sie der einszweiundsiebzig großen Meredith nicht gerade in die Augen sehen.

Einer Statue gleich bot Meredith mit ihrer prachtvollen Mähne rotblonden Haars stets einen umwerfenden Anblick. Allerdings war dies besonders dann der Fall, wenn sie, wie an diesem Abend, nach der neuesten Mode gekleidet und umwerfend geschminkt war. Niemand konnte sich so kleiden wie ihre Stiefschwester, dachte Charity wehmütig.

Mit ihren markanten klassischen Gesichtszügen und ihrer raffinierten Eleganz hatte Meredith das Zeug dazu gehabt, ihren Lebensunterhalt als Model zu verdienen. Tatsächlich hatte sie während ihrer Studienzeit in den Läden der Truitt-Warenhauskette einige Kollektionen vorgeführt, aber ihr kluger Kopf und ihre Verbundenheit zum Familienunternehmen hatten sie geradewegs in die Führungsetage katapultiert.

»Fühlst du dich nicht wohl?« Meredith' helle, jadegrüne Augen sahen sie besorgt an.

»Alles in Ordnung.« Charity blickte sich suchend um. »Ist Davis hier?«

»Drüben an der Bar, er spricht gerade mit Brett.«

Da Charity nicht über die Köpfe der Gäste hinwegschauen konnte, die zwischen ihr und der Bar standen, versuchte sie durch die Zwischenräume in der Menge zu blicken. Für einen kurzen Augenblick sah sie ihren Stiefbruder.

Davis war anderthalb Jahre älter als Meredith und ein gutes Stück größer als sie. Ein tiefeingewurzeltes unternehmerisches Gespür und seine grenzenlose Begeisterungsfähigkeit für die Firma hatten ebenfalls seinen Berufsweg bestimmt. Charity hatte sein Talent sofort erkannt. Vor sechs Monaten hatte sie beschlossen, ihm einen führenden Posten zu geben, allen Anschuldigungen von Vetternwirtschaft zum Trotz. Schließlich handelte es sich um ein *Familienunternehmen*. Außerdem war sie selbst auch noch sehr jung gewesen, als sie Geschäftsführerin wurde.

In Davis' Haar leuchtete der gleiche atemberaubende Farbton wie bei seiner Schwester und seine Augen war ebenfalls hellgrün. Körpergröße, Haar- und Augenfarbe hatten sie von Charitys Stiefvater, Fletcher Truitt, geerbt.

Charity ähnelte ihrer Mutter, hatte deren rotbraunes Haar und haselnußbraune Augen. An ihren leiblichen Vater konnte sie sich kaum erinnern. Als Charity drei Jahre alt war, hatte der Fotograf Samson Lapford seine Familie im Stich gelassen, um durch die Welt zu reisen und Bilder von Vulkanen und Regenwäldern zu machen. Er war tödlich verunglückt, als er versuchte, einen seltenen Farn zu fotografieren, der nur an einigen Steilhängen in den Anden wächst.

Fletcher Truitt war Charity ein guter Vater, ja eigentlich ihr einziger Vater gewesen. Um ihrer Eltern willen hatte sie sich bemüht, in seine Fußstapfen zu treten. Als beide vor fünf Jahren starben, versuchte sie das Familienerbe für ihre Stiefgeschwister zusammenzuhalten.

Die Menge teilte sich ein wenig und erlaubte eine neue Sicht auf die Bar. Charity erspähte Brett Loftus, sein sonnengebleichtes Haar, das in dem gedämpften Licht glänzte, und seine breiten Schultern, die im Smoking noch kräftiger aussahen. Er war ein gutmütiger Mann nordischen Typs und lehnte mit natürlicher Lässigkeit neben Davis an der Bar.

Charity erzitterte. Wieder schien alle Luft aus dem Raum zu entweichen. Sie wagte nicht, sich die schweißnassen Hände an ihrem teuren Kleid abzutrocknen.

Davis war groß, aber Brett dagegen war ein Riese. Charity sagte sich, daß fast jede Frau in diesem Raum einiges darum gegeben hätte, von Brett Loftus verführt zu werden. Leider gehörte sie nicht dazu.

Die Wahrhaftigkeit dieser Erkenntnis durchfuhr sie wie ein Schock. Mit brennender Gewißheit wußte sie plötzlich, daß sie sich nicht verloben konnte, noch nicht einmal um des Erbes ihrer Stiefgeschwister willen; dem hatte sie schon die vergangenen fünf Jahre ihres Lebens geopfert.

»Vielleicht brauchst du ein Glas Champagner, Charity.« Meredith nahm sie am Arm. »Komm, laß uns zu Brett und Davis hinübergehen. Ich finde, daß du dich in letzter Zeit etwas merkwürdig verhältst. Wahrscheinlich hast du zu hart gearbeitet. Vielleicht war es etwas viel, die Fusion mit deiner Verlobung zusammenzulegen. Nun gibt's noch die Vermählung und die Hochzeitsreise zu organisieren.«

»Zu viel.« Sie konnte die Angst kaum ertragen. Sie würde verrückt werden, wenn sie nicht bald hier heraus käme. Sie mußte fliehen. »Ja, es ist zu viel. Ich muß gehen, Meredith.«

»Was?« Meredith drehte sich um und sah sie erstaunt an.

»Jetzt sofort.«

»Beruhige dich, Charity. Was sagst du da? Du kannst nicht einfach so weglaufen. Was wird Brett denken? Von all den Leuten, die du eingeladen hast, ganz zu schweigen.«

Schuldgefühle und das alte Pflichtbewußtsein kamen in Charity hoch. Ein paar Sekunden lang kämpften beide gegen ihre Angst und gewannen die Oberhand.

»Du hast recht«, preßte Charity hervor. »Noch kann ich nicht weglaufen. Ich muß Brett alles erklären.«

Meredith sah nun wirklich besorgt aus. »Was willst du Brett erklären?«

»Daß ich das alles hier nicht machen kann. Ich habe es versucht, Gott weiß, ich hab's versucht. Ich habe mir immer wieder gesagt, daß es für alle das beste wäre, aber das ist es nicht. Brett ist zu gut, er hat das nicht verdient.«

»Was verdient? Charity, was du da sagst, macht keinen Sinn.«

»Ich muß es ihm sagen. Hoffentlich versteht er mich.«

»Vielleicht sollten wir uns irgendwo in Ruhe unterhalten«, drängte Meredith. »Wie wär's mit der Damentoilette?«

»Ich glaube, das wird nicht nötig sein.« Charity rieb sich die Stirn. Sie konnte sich nicht konzentrieren. Wie eine Gazelle am Wasserloch sah sie sich fortwährend um, als hielte sie Ausschau nach Raubtieren. »Mit ein bißchen Glück werde ich mich erst übergeben, wenn ich hier raus bin.«

Das Familienunternehmen war vom Zusammenbruch bedroht gewesen, und die Erfahrungen an seiner Spitze hatten ihren Willen gehärtet. Nur dadurch gelang es ihr, diese Angst niederzuringen. Sie bahnte sich einen Weg durch die Menge und ging auf die Bar zu. Es war wie ein Spießrutenlauf.

Brett und Davis wandten sich ihr zu, als sie aus der Menschenmenge heraustrat. Davis begrüßte sie mit einem brüderlichen Grinsen und hob sein Weinglas zu einem freudigen Trinkspruch.

»Es wird auch langsam Zeit, daß du hier auftauchst, Charity«, sagte er. »Ich dachte schon, du wärst im Büro aufgehalten worden.«

Brett lächelte sie zärtlich an. »Du siehst umwerfend aus, Schatz. Bist du bereit für die große Ankündigung?«

»Nein«, sagte Charity geradeheraus. Sie blieb vor ihm stehen. »Brett, es tut mir sehr, sehr leid, aber ich kann das hier nicht durchziehen.«

Brett runzelte die Stirn. »Stimmt etwas nicht?«

»Ich bin nicht die Richtige für dich. Und du bist nicht der Richtige für mich. Ich habe dich von Herzen gern.

Du bist immer ein guter Freund gewesen und gibst bestimmt einen hervorragenden Geschäftspartner ab. Aber ich kann dich nicht heiraten.«

Bretts Augenlider zuckten. Davis starrte sie mit offenem Mund an. Meredith' Augen weiteten sich vor Schreck. Vage wurde sich Charity der Ruhe bewußt, die unter den Gästen eingekehrt war. Einige drehten sich zu ihr um.

»O Gott, das wird alles noch viel schlimmer, als ich dachte«, flüsterte Charity. »Es tut mir furchtbar leid, Brett, du bist ein wunderbarer Mann. Du verdienst es, aus Liebe und Leidenschaft geheiratet zu werden und nicht aus Freundschaft oder geschäftlichem Kalkül.«

Brett stellte langsam sein Glas ab. »Ich verstehe nicht, was du da sagst.«

»Das habe ich bis jetzt auch nicht, Brett. Ich kann mich nicht mit dir verloben. Es wäre keinem von uns gegenüber fair. Wir lieben uns nicht. Wir sind Freunde und Geschäftspartner, aber das reicht nicht. Ich kann das nicht tun. Ich dachte, ich könnte es, aber es geht nicht.«

Keiner sagte ein Wort. Alle Anwesenden starrten jetzt gebannt auf Charity. Die Angst ergriff wieder von ihr Besitz.

»O Gott, ich muß hier raus.« Sie drehte sich um und prallte mit Meredith zusammen, die ihr den Weg versperrte. »Laß mich durch. Bitte.«

»Charity, du bist verrückt.« Meredith packte sie an den Schultern. »Du kannst nicht einfach so davonlaufen. Warum willst du Brett *nicht* heiraten? Er ist perfekt. Hörst du, was ich gesagt habe? *Perfekt.*«

Charity bekam keine Luft. Ihre eigenen Worte hatten sie völlig erschüttert, aber sie konnte auch nicht von dem Abgrund zurücktreten, der sich vor ihr auftat. In ihr brannte eine teuflische Mischung aus Schuldgefühlen, Wut und Angst.

»Er ist zu groß.« Sie ließ die Arme in einer hilflosen Geste hängen. »Versteh doch, Meredith. Ich kann ihn nicht heiraten. Er ist einfach *zu groß für mich.*«

»Bist du verrückt geworden?« Meredith schüttelte Charity an den Schultern. »Brett ist ein wunderbarer Mann. Du müßtest die glücklichste Frau der Welt sein.«

»Wenn du ihn so verdammt toll findest, warum heiratest du ihn nicht einfach selbst?« Entsetzt über ihre Unbeherrschtheit, befreite sich Charity mit einem Ruck aus dem Griff der Stiefschwester. Sie stürzte geradewegs in die Menschenmenge.

Die erstaunten Zuschauer wichen nach links und rechts aus und öffneten ihr eine Gasse. Charity stürmte über den Orientteppich und hinaus durch die Glastür der Vorhalle.

Auch in der ruhigen, eleganten Klub-Lobby blieb sie nicht stehen. Der überraschte Portier sah sie auf sich zulaufen und sprang hastig beiseite, um ihr die Eingangstür zu öffnen. Sie lief an ihm vorbei und stolperte die Treppe hinunter, wobei sie gefährlich auf den hohen Absätzen hin und her balancierte. Sie war völlig außer Atem, als sie auf dem Gehweg vor dem Klub anlangte.

Es war fünf nach acht, ein warmer Sommerabend. Die Innenstadt von Seattle lag in der Abendsonne. Am Straßenrand entdeckte sie ein Taxi, das gerade anhielt.

Die hintere Tür öffnete sich. Charity erkannte das Ehepaar mittleren Alters, das gerade ausstieg. Es waren George und Charlotte Trainer. Sie hatten geschäftlich miteinander zu tun. Sie waren eingeladen. Wichtige Leute.

»Charity?« George Trainer sah sie überrascht an. »Was ist los?«

»Entschuldigen Sie, ich brauche dieses Taxi.« Charity drängte sich an den Trainers vorbei, sprang auf den Rücksitz und knallte die Tür zu. »Fahren Sie los.«

Der Taxifahrer zuckte die Schultern und gab Gas. »Wohin möchten Sie?«

»Irgendwohin, es ist mir gleich. Fahren Sie einfach los. Bitte.« Aus dem Nichts tauchte plötzlich das Bild des offenen Meeres vor ihrem inneren Auge auf. Freiheit. Flucht. »Nein, warten Sie, ich weiß, wohin ich möchte. Fahren Sie mich runter zum Hafen.«

»Geht in Ordnung.«

Kurze Zeit später stand Charity am Ende eines Piers mitten in Seattles geschäftigem Hafen. Vom Elliott Bay wirbelte eine frische Brise herüber, umspielte ihren roten Seidenrock und füllte ihre Lungen. Endlich konnte sie frei atmen – wenigstens für eine Weile.

Lange stand sie dort und umklammerte fest das Geländer. Als die Sonne schließlich hinter den Olympic Mountains unterging und den Himmel für kurze Zeit in feuriges Rot tauchte, zwang sich Charity der Wahrheit ins Auge zu blicken.

Sie war neunundzwanzig und völlig ausgebrannt.

Während andere Menschen in ihrem Alter gerade begannen, beruflich aufzusteigen, stürzte sie in ein tiefes Loch. Sie konnte dem Unternehmen nichts mehr geben. Sie konnte nicht mehr in ihr Büro zurückkehren. Allein der Gedanke daran, es zu betreten, erfüllte sie mit allergrößtem Widerwillen.

Müde schloß sie die Augen. Die tiefen Schuldgefühle zermürbten sie. Es war unerträglich. Fünf lange Jahre – seit ihre Mutter und ihr Stiefvater in der Schweiz bei einem Lawinenunglück ums Leben gekommen waren – hatte sie versucht, den schwierigen Aufgaben ihres Erbes gerecht zu werden.

Sie hatte ihr Bestes gegeben, um das Vermächtnis für ihre Stiefgeschwister zu retten, aber heute war sie an die Grenzen der Kraft gelangt, die sie so weit vorangetrieben hatte.

Sie hatte die Firma von Anfang an nicht führen wollen und sie würde nie mehr in das Unternehmen zurückkehren. Sie konnte auch zu Brett Loftus nicht zurück, dessen bärenstarke Umarmungen Angstgefühle in ihr auslösten.

Sie mußte fliehen, bevor sie verrückt wurde.

Verrückt.

Charity blickte hinab in das dunkle Wasser der Bucht und fragte sich, ob sie am Rande eines Nervenzusammenbruchs stand.

Prolog: Elias

Rache und tiefe Gewässer sind gleicher Natur. Sie können einen Mann in die Tiefe reißen und ertränken, bevor er sich der tödlichen Gefahr gewahr wird.

›Der Weg des Wassers‹, aus dem Tagebuch von Haydon Stone

Elias Winters blickte in das Gesicht des Mannes, den er lange Zeit hatte vernichten wollen, und erkannte plötzlich die Wahrheit. Mit einem Schlag wurde ihm auf niederschmetternde Weise bewußt, daß all die Jahre seines Lebens verschwendet waren, die er damit verbracht hatte, diesen Racheplan zu schmieden, denn seine Rache würde ihn nicht zufriedenstellen.

»Nun, Winters?« Garrick Keyworth' grobschlächtiges Gesicht drückte Verärgerung und Ungeduld aus. »Sie haben auf diesem Treffen bestanden. Was wollen Sie mit mir besprechen? Geht es Ihnen um die Südostasiengeschäfte meiner Firma?«

»Ja.«

»Lassen Sie hören. Sie haben vielleicht den ganzen Tag Zeit, Schwätzchen zu halten, aber ich habe hier ein Unternehmen zu leiten.«

»Diese Angelegenheit wird nicht viel Zeit in Anspruch nehmen.« Elias warf einen kurzen Blick auf den Umschlag, den er mitgebracht hatte.

Das weiße Kuvert enthielt Informationen, die ›Keyworth International‹ lahmlegen, ja sogar tödlich verwunden konnten. Der Inhalt war das Ergebnis von drei Jahren sorgfältiger Arbeit. In endlosen Nächten hatte er alle Möglichkeiten durchgespielt, unzählige Stunden damit verbracht, sich unauffällige Manöver und Manipulationen zu überlegen.

Nun war es endlich alles soweit. In den nächsten Wochen würde das in Südostasien als ›Keyworth International‹ bekannte Frachtunternehmen aufgrund der Informationen in diesem Umschlag in die Knie gezwungen werden können. Elias hatte es in der Hand, die Firma in eine Katastrophe zu stürzen, von der sie sich wahrscheinlich nie mehr erholen würde.

Er hatte seinen Gegner mit der Geduld und Disziplin studiert, die ihn seit seinem sechzehnten Lebensjahr prägten. Er wußte, daß ›Keyworth International‹ Garrick Keyworth' einziger Lebensinhalt war.

Keyworth' Frau hatte ihn vor Jahren verlassen, und er hatte sich nicht die Mühe gemacht, noch einmal zu heiraten. Er und sein Sohn Justin, der versuchte, hier in Seattle ein Transportunternehmen als Konkurrenz zu seinem Vater aufzubauen, waren völlig entzweit. Die Freunde, die Keyworth hatte, waren von der Sorte, die sich aus dem Staub machte, sobald bekannt würde, daß er in finanziellen Schwierigkeiten steckte. Er konnte sich noch nicht einmal an seiner berühmten Skulpturensammlung aus der Südsee erfreuen. Elias wußte, daß Keyworth sie nur wegen der gesellschaftlichen Anerkennung gesammelt hatte, die sie ihm einbrachte, und nicht aus Neigung.

Die Firma war das einzige, was Keyworth zustande gebracht hatte. Mit der unglaublichen Arroganz eines Pharaos aus dem alten Ägypten hatte er sich eine moderne Pyramide errichten lassen, ein Depot voller Schätze, auf dem er ganz allein thronte.

Aber Elias hatte mehrere tragende Säulen, auf denen das immense Gewicht der Keyworth-Pyramide lastete, ins Wanken gebracht. Um sicherzugehen, daß der Racheplan seinen Lauf nahm, mußte er den Inhalt des kleinen Umschlags nur noch ein paar Wochen geheimhalten. Er würde jetzt nur aus Keyworth' Büro hinausspazieren müssen. Es wäre so einfach.

»Sie haben fünf Minuten, Winters. Sagen Sie, was Sie zu sagen haben. Ich habe um halb zwölf eine Sitzung.« Garrick lehnte sich in dem grauen Ledersessel zurück. In seiner fleischigen Hand hielt er einen reichverzierten Füller und spielte damit.

Die Hand paßte nicht zu dem eleganten Füller, dachte Elias. Und Garrick Keyworth paßte auch nicht in sein eigenes Büro. Er bildete einen krassen Gegensatz zu der vornehmen, vom Innenausstatter geschaffenen Atmosphäre.

Er war Mitte Fünfzig, eine massige, kräftige Gestalt in einem Maßanzug, der nicht über seinen Stiernacken hinwegtäuschen konnte.

Elias sah in Garricks Augen, die Gerissenheit und Jagdlust ausdrückten. Es wäre so einfach, ihn zu bezwingen, jetzt, wo alle Schachfiguren in diesem Spiel am richtigen Platz standen und er ihn mit einem einzigen Zug matt setzen könnte.

»Ich brauche keine fünf Minuten«, erwiderte Elias. »Eine oder zwei sollten völlig ausreichen.«

»Was soll das heißen, zum Teufel? Verdammt noch mal, Elias, hören Sie auf, meine Zeit zu verschwenden. Ihr Ruf als Geschäftsmann ist der einzige Grund, weswegen ich bereit war, Sie zu treffen.«

»Sie wissen, wer ich bin?«

»Teufel, ja.« Garrick legte den Füller mit einer achtlosen Bewegung beiseite. »Sie sind stark engagiert im Südostasienhandel. Jeder hier in Seattle, der auf dem internationalen Markt tätig ist, weiß das. Sie haben Verbindungen, und zwar auch dort, wo viele es nicht schaffen, Fuß zu fassen. Mir ist bekannt, daß Sie mit der Beratung von ausländischen Investoren ein Vermögen verdient haben.« Garrick blinzelte leicht. »Und man sagt auch, daß Sie irgendwo eine Schraube locker haben.«

»Diese Darstellung faßt mein Leben so ziemlich zusammen.« Elias erhob sich. Behutsam legte er den Umschlag auf die polierte Platte des breiten Schreibtischs. »Werfen Sie mal einen Blick hinein. Ich denke, wenn Sie den Inhalt lesen, dürfte Ihnen …« Er hielt inne und genoß offensichtlich die nächsten Worte, »… ein Licht aufgehen.«

Ohne eine Antwort abzuwarten, drehte er sich um und ging zur Tür. Die Erkenntnis, daß Haydon Stone recht gehabt hatte, gab ihm das Gefühl, sich im eiskalten Wasser eines Sees ohne Grund zu befinden. Jahre waren vergeudet worden, unwiederbringliche Jahre.

»Was ist das?« brüllte Garrick in dem Moment, als Elias bei der Tür angelangt war. »Was wird hier gespielt? Sie haben behauptet, mir etwas Wichtiges mitteilen zu wollen, was meine Asiengeschäfte betrifft.«

»Die Antwort finden Sie im Umschlag.«

»Verdammt noch mal, die Leute haben recht. Sie sind merkwürdig.«

Elias hörte, wie der Umschlag aufgerissen wurde. Er blickte über die Schulter zurück und beobachtete, wie Garrick das fünf Seiten umfassende Schriftstück herauszerrte. »Ich möchte nur eines wissen.«

Garrick beachtete ihn nicht. Er ärgerte sich über die erste Seite des Berichts. Dann verzerrten Wut und Überraschung seine groben Gesichtszüge. »Was wissen Sie von meiner Geschäftsbeziehung zu Kroy und Ziller?«

»Alles«, entgegnete Elias. Er wußte, daß Keyworth noch nicht begriffen hatte, was das Dokument in seinen Händen bedeutete. Aber das würde nicht mehr lange dauern.

»Mein Gott, das sind vertrauliche Informationen.« Garrick hob den Kopf und starrte Elias an wie ein Stier einen Matador. »Diese Vertragsvereinbarungen sind streng geheim.«

»Erinnern Sie sich an einen Mann namens Austin Winters?« fragte Elias leise.

»Austin Winters?« Erstaunen und tiefer Argwohn erschienen in Garricks Augen. »Ich habe einen Austin Winters gekannt. Das war vor zwanzig Jahren. Draußen im Pazifik.« Sein Blick verhärtete sich, als er etwas zu begreifen schien. »Sie werden doch wohl nicht behaupten, mit ihm verwandt zu sein. Das ist unmöglich.«

»Ich bin sein Sohn.«

»Das kann nicht sein. Austin Winters hatte noch nicht einmal eine Frau, geschweige denn eine Geliebte.«

»Ein paar Jahre bevor mein Vater auf die Insel Nihili zog, haben meine Eltern sich scheiden lassen.«

»Aber niemand hat jemals von einem Kind gesprochen.«

Daß sein Vater ihn gegenüber Freunden und Bekannten nie erwähnt hatte, versetzte ihm einen Schlag in die Magengrube. Seine Selbstbeherrschung erlaubte Elias, die Gefühle zu verbergen, die diese Erkenntnis ausgelöst hatte.

»Es gab einen Sohn. Ich war sechzehn, als Sie das Flugzeug meines Vaters sabotierten. Einen Tag nachdem das Wrack geborgen wurde, landete ich auf Nihili. Sie hatten die Insel bereits verlassen. Ich habe lange gebraucht, um die Wahrheit herauszufinden.«

»Sie können mir Austin Winters' Tod nicht anhängen.« Mühsam erhob sich Garrick mit wutverzerrtem Gesicht. »Ich hatte nichts mit dem Absturz zu tun.«

»Sie haben die Treibstoffleitungen beschädigt, weil Sie genau wußten, daß es Monate dauern würde, um Ersatzteile vom Festland zu bekommen. Sie wußten, daß Dad nur ein Flugzeug besaß und daß er seine Frachtverträge nicht erfüllen konnte, ohne sein Leben aufs Spiel zu setzen und trotz des Schadens zu starten. Sie wußten, daß seiner Firma der Bankrott drohte, wenn sie für einige Wochen stillgelegt wäre.«

»Ein Haufen Lügen sind das, nichts als verdammte Lügen!« Eine tiefe Röte überzog Garricks Gesicht. »Sie haben keine Beweise für diese Anschuldigungen.«

»Ich brauche nichts zu beweisen. Ich weiß, was vorgefallen ist. Dads alter Mechaniker hat beobachtet, wie Sie an dem Morgen, als die defekten Treibstoffleitungen entdeckt wurden, den Hangar verließen. Sie hatten die Absicht, die neuen Frachtkunden meines Vaters abzuwerben, und der einfachste Weg, dies zu tun, bestand darin, ihm unmöglich zu machen, seine Lieferverträge einzuhalten.«

»Austin hätte damals nicht fliegen dürfen.« Garricks Hände waren zu Fäusten geballt. »Sein eigener Mechaniker hat ihm gesagt, daß die Maschine fluguntüchtig war.«

»Dad hat die Treibstoffleitung geflickt und ist das Risiko eingegangen, weil alles von der Einhaltung dieser Verträge abhing. Er wußte, daß er alle Kunden verlieren würde, wenn er es nicht schaffte, die Auslieferungsverträge fristgerecht einzuhalten. Aber die Leitungen haben nicht gehalten, sie gingen entzwei, als die Cessna gerade einhundert Meilen vom Festland entfernt war. Mein Vater hatte keine Chance.«

»Es war nicht meine Schuld, Winters. Niemand hat Austin gezwungen, an jenem Tag in die alte, klapprige Cessna zu steigen.«

»Haben Sie sich je mit den Eigenschaften des Wassers beschäftigt, Keyworth?«

»Was hat Wasser mit dieser Angelegenheit zu tun?«

»Es ist eine sehr ungewöhnliche Flüssigkeit. Manchmal ist das Wasser unglaublich klar und vergrößert alles, was man da hindurch betrachtet. Gerade blicke ich durch solches Wasser. Ich kann Sie auf der Pyramide sitzen sehen, die Sie auf dem Wrack der Cessna meines Vaters gebaut haben, die jetzt auf dem Meeresboden liegt.«

Garrick riß die Augen auf. »Sie sind verrückt.«

»Die Wrackteile haben zu rosten und zu zerfallen begonnen, nicht wahr? Die ganze Konstruktion wird schließlich unter Ihnen zusammenbrechen. Und wenn es soweit ist, wird auch Ihre Pyramide einstürzen und Sie mit ins Meer nehmen, genau wie meinen Vater.«

»Die Gerüchte über Sie stimmen wohl. Sie sind nicht ganz richtig im Kopf, oder?«

»Aber ich habe jetzt begriffen, daß ich diesen Verfallsprozeß nicht zu beschleunigen brauche. Alles wird zur rechten Zeit geschehen. Ich frage mich nur, warum ich so lange gebraucht habe, um dies zu verstehen.«

Garricks Gesichtsausdruck lag zwischen Wut und Ungläubigkeit. »Was soll dieser Unsinn? Was wollen Sie? Verschwinden Sie aus meinem Büro, Winters, verdammt noch mal.«

»Keyworth, wenn Sie die Unterlagen, die Sie da in den Händen halten, gelesen haben, werden Sie einsehen, daß Sie sich kurz vor der Katastrophe befanden. Ich habe beschlossen, Ihre Südostasiengeschäfte nicht zu sabotieren, so wie Sie das Flugzeug meines Vaters sabotiert haben. Ich werde mit Interesse verfolgen, was Sie aus dieser Gnadenfrist machen. Werden Sie sich sagen, daß ich schwach war? Daß ich nicht den Mut hatte, meinen Plan zu Ende zu führen? Oder werden Sie hinunter auf den Meeresgrund blicken und das Wrack sehen, auf dem Sie Ihr Imperium errichtet haben? »

»Verlassen Sie mein Büro, sonst rufe ich den Sicherheitsdienst.«

Elias verließ das elegante Büro und schloß die Tür hinter sich. Er nahm den Aufzug und fuhr hinunter in die Empfangshalle, ging hinaus und blieb an der Fourth Avenue stehen. Es war die letzte Woche im Juli, und es regnete in Seattle.

Er drehte sich um und lief den Gehweg hinunter. Sein

Spiegelbild beobachtete ihn aus den Schaufenstern der Läden.

Die schreckliche Vergangenheit konnte er deutlich durch das klare Wasser erkennen, das sie bedeckte. Aber die Meere, die seine eigene Zukunft verbargen, waren trüb und undurchsichtig. Möglicherweise gab es in diesem unergründlichen Ozean nichts mehr, das wert war, erforscht zu werden.

Aber er mußte die Suche beginnen. Er hatte jetzt keine Wahl mehr. Heute war ihm endlich klargeworden, daß es sonst nur das Vergessen gab.

Ohne es zu bemerken, bog er um die Ecke und ging nun die Madison Street Richtung Hafen entlang. Während er über die Elliott Bay blickte, faßte er einen Entschluß.

Er würde sein neues Leben damit beginnen, das Erbe von Haydon Stone anzutreten. Es handelte sich um einen Pier, der ›Crazy Otis Landing‹ genannt wurde, und um einen kleinen Kuriositätenladen namens ›Charms & Virtues‹, die sich beide in dem kleinen Ort Whispering Waters Cove im Norden des Bundesstaats befanden.

1

> Nur ein aufmerksamer Betrachter kann die Geheimnisse im Lebensmeer eines anderen Menschen entdecken. Und nur die Unvorsichtigen oder die wahrlich Mutigen wagen es, in diese verborgenen Untiefen zu blicken.
>
> ›Der Weg des Wassers‹, aus dem Tagebuch von Haydon Stone

Weit hinten im dunkelsten Teil des schlecht beleuchteten Ladens wartete er, geduldig wie eine bewegungslos verharrende Spinne im Netz. Etwas an der Stille, die von ihm ausging, gab Charity das Gefühl, daß er so lange warten würde, bis seine Beute in erreichbarer Nähe wäre.

»Mister Winters?« Charity stand zögernd in der Tür, ein Clipboard in den Händen, und blickte angestrengt in das düstere Innere von Charms & Virtues.

»Miß Truitt.« Elias Winters' Stimme kam aus dem Schatten hinter dem Ladentisch, auf dem die Kasse stand. »Bitte treten Sie doch ein. Ich habe mir gedacht, daß Sie früher oder später hier vorbeischauen würden.«

Er hatte leise gesprochen, seine Stimme kam von weit hinten aus dem höhlenartigen alten Lagerhaus, aber Charity hatte jedes Wort verstanden. Sie erschauerte leicht und spürte ein leichtes Kribbeln, ein Gefühl aus einer Mischung von Neugier und Beunruhigung. Seine Stimme war tief und übte eine gefährliche Anziehungskraft auf sie aus. Vorsichtig trat sie ein und versuchte, das seltsame Unbehagen und die leichte Erregung abzuschütteln, die von ihr Besitz ergriffen hatten. Schließlich war sie geschäftlich hier, ermahnte sie sich.

»Entschuldigen Sie die Störung«, sagte sie hastig.

»Aber ich bitte Sie, Miß Truitt, Sie stören doch nicht.«

»Ich bin die Besitzerin von Whispers, dem Buchladen am anderen Ende des Piers.«

»Ich weiß.«

Es lag etwas Außergewöhnliches in diesen ganz einfachen Worten. Charity hatte das Gefühl, auf die Probe gestellt zu werden. Unsicher hielt sie inne.

Im Zweifelsfall sei ganz Geschäftsfrau, sagte sie sich. Seit einem Jahr gehörte sie nicht mehr der harten, vom Konkurrenzdenken geprägten Geschäftswelt an, aber sie konnte ihre alten Fähigkeiten immer noch einsetzen, wenn es notwendig war. Das wichtigste war, gleich zur Sache zu kommen. Sie räusperte sich.

»Als Vorsitzende der Ladenbesitzervereinigung von Crazy Otis Landing möchte ich Sie bei dieser Gelegenheit herzlich bei uns willkommen heißen«, sagte sie förmlich.

»Vielen Dank.«

Elias Winters hörte sich nicht besonders beeindruckt an. Aber auch nicht unbeeindruckt. Etwas unnatürlich Ruhiges lag in dieser dunklen, samtigen Stimme. Sie überlegte, ob er wohl bis oben hin mit Beruhigungsmitteln vollgepumpt war, kam aber zu dem Schluß, daß dies höchst unwahrscheinlich war. Niemand hätte in diesem Zustand so viel subtile Ausdruckskraft in solch leise gesprochene Worte legen können.

Sie trat einen Schritt näher. Eine Diele knarrte. Der sanfte Wellenschlag unter dem alten Pier war in der Stille deutlich zu hören. Sie wagte einen weiteren Schritt, und der Holzboden protestierte mit einem weiteren Knarren. Staub wirbelte durch die Luft.

Charms & Virtues erinnerte sie jedesmal an Häuser, in denen es spukte, und an alte Friedhöfe. Sie hatte dem früheren Besitzer, Haydon Stone, des öfteren gesagt, daß ein wenig Staubwischen und eine anständige Beleuchtung für den Laden Wunder wirken könnten.

Elias stand unbeweglich hinter der Theke. Er war in ein trügerisches Zwielicht getaucht, das von den schwachen Lampen und den schmalen, hoch oben eingelassenen Fenstern ausging. Sie konnte sein Gesicht nicht erkennen. Ja, der Mann hob sich kaum von dem riesigen alten Spielautomaten ab, der gleich hinter der Theke lauerte.

Elias Winters hatte Charms & Virtues vor drei Tagen, am ersten Augusttag, eröffnet. Bis jetzt hatte sie ihn erst ein paarmal kurz gesehen, wenn er den mittleren Fußweg zwischen den kleinen Geschäften am Pier hinunterlief. Sein Anblick hatte einen starken, verwirrenden Eindruck auf sie gemacht und ihre Neugierde erweckt.

Irgendwie gefiel ihr, daß er nicht zu groß war, knapp unter einsachtzig. Eine angenehme Größe für einen Mann, fand Charity. Er war auch nicht zu kräftig gebaut. Vielmehr umgab ihn eine sonderbare Aura eleganter, kraftvoller Geschmeidigkeit. Er ging nicht, er schritt.

Jedesmal wenn sie ihn sah, trug er einen dunklen langärmeligen Pullover und Jeans, die in der Taille von einem Lederriemen zusammengehalten wurden. Sein Haar war etwas lang für einen Mann von Mitte Dreißig.

Gestern hatte Charity ihren Verkäufer Newlin Odell gebeten, Haydon Stones lästigen Papagei, Crazy Otis, dem neuen Besitzer von Charms & Virtues anzudrehen. Als Ausrede sollte Newlin dem nichtsahnenden Winters sagen, Crazy Otis vermisse seine vertraute Umgebung. Das kam der Wahrheit recht nahe. Seit Haydon Stone nicht von seinem letzten Ausflug nach Seattle zurückgekehrt war, wirkte Crazy Otis äußerst niedergeschlagen. Charity hatte sich um den Vogel gekümmert und versucht, ihm über dieses Trauma hinwegzuhelfen.

Sie hatte die Luft angehalten, während Newlin den

Pier hinunterschlenderte, um Crazy Otis samt Käfig abzuliefern. Sie war fest davon überzeugt gewesen, daß Elias die Verantwortung für den Vogel ablehnen würde. Zu ihrer großen Erleichterung kehrte Newlin ohne den Papagei zurück.

Newlin sagte nur, daß er Elias ein bißchen komisch fand. Newlin war ein recht einsilbiger junger Mann. Zum Glück konnte er Bücher und Zeitungen verkaufen.

»Ich würde gerne mit Ihnen ein paar geschäftliche Dinge besprechen, die uns alle hier am Landing betreffen«, fuhr Charity kühl fort.

»Darf ich Ihnen eine Tasse Tee anbieten?«

»Tee?«

»Ich habe gerade ein Kanne aufgebrüht.« Elias stellte zwei henkellose Tassen auf die schmutzige Ladentheke. »Ein besonderer Keemun aus China. Abberwick Spice & Tea in Seattle importieren ihn eigens für mich.«

»Verstehe.« Charity kannte keinen Mann, der Tee trank. Ihre Bekannten aus Seattle tranken alle Espresso oder Latte machiato, und hier in Whispering Cove bevorzugten sie normalen Kaffee. Oder wenigstens hatten sie das getan, bis Bea Hatfield vor drei Monaten für ihr Café eine Espressomaschine anschaffte. »Ja, vielen Dank. Ich trinke gern eine Tasse.«

»Kommen Sie doch zu mir hinter die Theke.« Die tiefe Stimme hallte in dem höhlenartigen Raum.

Zu ihrem Unbehagen fühlte sich Charity wie eine kleine, leichtsinnige Fliege, während sie einen Weg durch das Durcheinander des Ladens suchte. Elias schien allein zu sein. Um sich zu vergewissern, blickte sie sich um, aber da waren wirklich keine Kunden, welche die Grabesstille hätten stören können. Sie runzelte die Stirn. Es hatte sich in Charms & Virtues nichts geändert.

Der Kuriositätenladen war seit Haydon Stones Tod vor zwei Monaten geschlossen gewesen. Haydon war in Seattle an einem Herzanfall gestorben. Das Begräbnis hatte in aller Stille stattgefunden und war von jemand ihr Unbekanntem in der Stadt organisiert worden. Alles war vorüber gewesen, bevor Charity oder einer der anderen Ladenbesitzer vom Landing etwas vom Ableben ihres sonderbaren Vermieters erfahren hatten.

Keine Frage, man vermißte Haydon am Crazy Otis Landing. Er war ein bißchen sonderbar gewesen, aber auch ein verständnisvoller Vermieter.

Keiner hatte ihn richtig kennengelernt. Haydon hatte in seiner eigenen Welt gelebt, unabhängig und fern der anderen. Aber nie war er unhöflich oder unfreundlich gewesen. Alle hatten ihn als harmlosen Spinner akzeptiert.

Sein Tod aber konnte für die Ladenbesitzer am Pier den finanziellen Ruin bedeuten. Diese Gefahr hatte Charitys geschäftliche Instinkte wieder zum Leben erweckt. Wie ein Schmetterling hatte sie ihren Kokon verlassen und die Flügel zum Trocknen in der Sonne ausgebreitet. Eines war klar, sie würde alles tun, um ihre neuen Freunde vor einer Katastrophe zu bewahren.

Damit ihr Plan funktionierte, mußten die Ladenbesitzer sich zu einer Gemeinschaft zusammenschließen. Deshalb mußte auch der neue Besitzer von Charms & Virtues mitmachen.

Fest entschlossen ging sie zwischen den unordentlichen Ladentischen hindurch. Das bißchen Sommersonne, das durch die schmalen Fenster drang, wurde durch den Schmutz auf den Scheiben gedämpft.

Charity rümpfte die Nase, als sie die dicke Staubschicht sah, die all die merkwürdigen Gegenstände auf den Verkaufstischen bedeckte. Sie war bestürzt, daß der neue Besitzer keine Anstalten gemacht hatte, hier etwas aufzuräumen. Immer noch war alles in dem alten Durcheinander auf die Tische gestapelt. Es gab keine Spur von Ordnung.

In einer Ecke waren merkwürdige kleine Schnitzereien aufgetürmt. Daneben lagen unsortiert Glöckchen und Pfeifen in einer übervollen Kiste. Schmale, buntgekleidete Puppen mit exotischen Gesichtern schauten grimmig aus dem Wirrwarr eines Kartons. Von den Wänden blickten Plastikmasken spöttisch grinsend herab. Unter ihnen stand eine Vitrine, in der sich merkwürdige kleine Gegenstände befanden: Federhalter, die mit unsichtbarer Tinte schrieben, Röhrchen, mit denen man Rauch zaubern konnte, und Geduldsspiele aus ineinandergesteckten Messingringen.

Und so sah es im ganzen Laden aus. Kurioses und Dinge aus fernen Ländern füllten die Regale von Charms & Virtues. Da standen handgefertigte Strohkörbe von den Philippinen neben einem Haufen Spielzeuginsekten aus Hongkong. Winzige Plastikdinosaurier aus Südostasien hatten in den Regalen einen Platz neben Gummiwürmern aus Mexiko. Billige Armbänder, Musikboxen, falsche Orden und künstliche Blumen lagen auf den Theken verstreut. Das meiste sah aus, als würde es seit Jahren auf dem gleichen Fleck liegen.

Was Charity anging, so konnten die Gegenstände in diesem verstaubten Laden mit einem einzigen Wort treffend beschrieben werden. Das war alles *Ramsch*. Der neue Besitzer würde einiges an Energie und Begeisterungsfähigkeit aufbringen müssen, wenn er sein neuerworbenes Geschäft zum Leben erwecken wollte. Sie nahm sich vor, ihm als Willkommensgeschenk einen Staubwedel mitzubringen. Vielleicht würde er den Wink verstehen.

Charity war es immer ein Rätsel gewesen, wie Haydon Stone es schaffte, von Charms & Virtues oder den Mieteinnahmen des Piers zu leben. Er hatte ein sehr bescheidenes Leben geführt. Aber selbst ein Exzentriker muß Grundsteuer bezahlen und Lebensmittel kaufen. Sie war zu dem Schluß gekommen, daß er sein privates Einkommen aus einer anderen Quelle bezog.

»Ich habe weder Milch noch Zucker«, sagte Elias.

»Das macht nichts«, erwiderte Charity schnell. »Ich trinke Tee ohne alles.«

»Ich auch. Guter Tee sollte so klar wie reines Wasser sein.«

Die Bemerkung rief Erinnerungen in Charity wach. »Haydon Stone pflegte das gleiche zu sagen.«

»Tatsächlich?«

»Ja. Er sagte immer allerlei Esoterisches über Wasser.«

»Esoterisches?«

»Es hörte sich nach Zen-Buddhismus an. Er hat mir einmal erzählt, er studiere eine alte Philosophie, die fast vollständig in Vergessenheit geraten sei. Er kannte nur einen einzigen Menschen, der sich ebenfalls mit ihr befaßte.«

»Haydon war mehr als ein Adept. Er war ein Lehrmeister.«

»Sie kannten ihn?«

»Ja.«

»Verstehe.« Charity versuchte sich zusammenzureißen und selbstsicherer aufzutreten. Sie drückte das Clipboard an die Brust, als handele es sich um einen Glücksbringer, und zwang sich zu einem, wie sie hoffte, heiteren Lächeln. »Nun, lassen Sie uns zum Geschäftlichen kommen. Ich kann mir vorstellen, daß Sie wenig Gelegenheit hatten, hier am Landing heimisch zu werden, aber leider kann das Problem mit der Miete nicht warten.«

»Welches Problem?«

»Die Ladenbesitzer haben entschieden, sich zusammenzuschließen, um mit dem neuen Vermieter, der Far Seas Incorporated, zu verhandeln. Wir bitten Sie mitzumachen. Wenn wir als Gemeinschaft auftreten, können wir stärkeren Druck ausüben.«

Elias nahm die schlichte braune Teekanne in die

Hand. Die Bewegung war merkwürdig präzise und fließend zugleich. »Was möchten Sie bei der Far Seas erreichen?«

»Unsere Mietverträge sollen übernommen werden.« Charity beobachtete fasziniert, wie Elias den Tee einschenkte. »Wie Sie sicherlich wissen, gehörte der gesamte Pier mit allem Drum und Dran Haydon Stone, dem ehemaligen Besitzer dieses Ladens.«

»Darüber bin ich informiert.« Aus einem der Dachfenster erhellte ein gedämpfter Sonnenstrahl kurz Elias rechte Gesichtshälfte. Er brachte Elias' kräftige Hakennase und hervorstehende Wangenknochen zum Vorschein.

Charity holte tief Luft und klammerte sich noch fester an ihr Clipboard. »Soweit wir wissen, ging das Eigentum am Landing bei Haydons Tod an die Far Seas Incorporated über.«

Ein leises Zischen unterbrach Charity, bevor sie fortfahren konnte. Sie kannte dieses Geräusch und warf kurz einen Blick auf den großen, buntgefiederten Papagei, der arrogant auf einem Plastikbaum hinter der Theke hockte.

»Hallo, Otis«, sagte Charity.

Crazy Otis wechselte von einer Klaue auf die andere und senkte drohend den Kopf. Seine Vogelaugen glänzten boshaft. »Hä, hä, hä.«

Interessiert betrachtete Elias den Vogel. »Spüre ich da eine gewisse Feindseligkeit?«

»Das macht er immer.« Charity zog eine Grimasse. »Er weiß, daß mich das ärgert. Nach allem, was ich für ihn getan habe, könnte der Kerl ruhig ein wenig Dankbarkeit zeigen.«

Otis krächzte noch einmal.

»Wissen Sie, ich habe ihn zu mir genommen, als Haydon starb«, erklärte Charity. »Er war sehr deprimiert und ließ den Kopf hängen. Die Federn gingen ihm aus, und fressen wollte er auch nichts mehr. Es war schrecklich. Es ging ihm so schlecht, daß ich ihn ungern allein ließ. Tagsüber saß er auf einem Garderobenständer, hinten in meinem Büro, und nachts nahm ich seinen Käfig mit in mein Schlafzimmer.«

»Ich bin sicher, daß er Ihnen dankbar ist«, sagte Elias.

»Pah.« Charity blickte den Vogel feindselig an. »Er weiß nicht, was Dankbarkeit bedeutet.«

Crazy Otis balancierte auf dem Ast entlang und mekkerte hämisch.

»Du weißt gar nicht, was für ein Glück du gehabt hast, Otis«, meinte Charity. »Niemand hier am Pier wollte sich deiner annehmen. Viele schlugen vor, dich an einen nichtsahnenden Touristen zu verkaufen. Ich will hier keine Namen nennen, aber einer wollte dich sogar in ein Tierheim bringen. Aber das hätte ich nicht übers Herz gebracht. Ich habe dir ein Zuhause gegeben, dich gefüttert, dich gratis auf Yappys Karussell fahren lassen. Hast du es mir gedankt? Nur frech beschwert hast du dich.«

»Hä, hä, hä.« Otis schlug mit den gestutzten Flügeln.

»Ganz ruhig, Otis.« Elias streckte seine feingliedrige Hand aus und kraulte den Vogel am Kopf. »Sie hat viel für dich getan. Du bist ihr was schuldig.«

Crazy Otis grummelte leise, hörte aber mit dem spöttischen Lachen auf. Er schloß halb die Augen und ließ sich zufrieden von Elias über das Gefieder streichen.

»Erstaunlich«, rief Charity. »Den einzigen Menschen, den dieser Vogel wie seinesgleichen behandelt hat, war Haydon Stone. Alle anderen bedeuten ihm nicht mehr als der Dreck unter seinen schmutzigen Krallen.«

»Otis und ich haben uns lange unterhalten, nachdem Newlin ihn gestern hier abgegeben hat«, erwiderte Elias. »Er und ich haben beschlossen, daß hier in diesem Laden Platz für uns beide ist.«

»Da bin ich natürlich erleichtert. Ehrlich gesagt hatte

ich erwartet, daß Sie es ablehnen würden, ihn zu sich zu nehmen, als ich Newlin gestern mit dem Biest zu Ihnen schickte. Sie sollten wissen, daß Sie nicht für Otis verantwortlich sind, nur weil Sie Charms & Virtues übernommen haben.«

Elias betrachtete sie nachdenklich. »Auch Sie waren nicht verpflichtet, sich um Otis zu kümmern, und trotzdem haben Sie ihm ein Dach über dem Kopf gegeben und ihn in den letzten zwei Monaten gepflegt.«

»Ich hatte keine andere Wahl. Otis war Haydon sehr ans Herz gewachsen, und ich konnte Haydon gut leiden, auch wenn er vielleicht ein bißchen verrückt war.«

»Nur weil Sie Haydon mochten, waren Sie noch lange nicht verpflichtet, für Otis zu sorgen.«

»Leider war ich das sehr wohl.« Charity seufzte. »Irgendwie gehörte Crazy Otis immer hierher in die große Familie am Pier. Zugegeben, er war schon immer ein besonders unangenehmes Familienmitglied, jemand, den ich gern auf den Dachboden verbannt hätte, aber trotzdem ist er ein Teil der Familie. Und Sie wissen ja wie das ist, man kann sich seine Familie nicht aussuchen. Man muß sich mit dem zufriedengeben, was man bekommt.«

»Verstehe.« Elias hörte auf, Otis zu kraulen, und nahm wieder die Teekanne in die Hand.

»Sie müssen ihn wirklich nicht behalten«, beharrte Charity in einem plötzlichen Anflug von Ehrlichkeit. »Er ist kein besonders netter Vogel.«

»Sie haben selbst gesagt, daß er zur Familie gehört.«

»Papageien seiner Art haben ein hohe Lebenserwartung. Otis können Sie jahrelang am Hals haben.«

»Ich weiß.«

»Na gut.« Charity freute sich, daß Elias diesbezüglich seine Meinung nicht ändern würde. »Für Otis ist gesorgt. Nun zu der Angelegenheit mit Far Seas.«

»Ja?«

»Alle Mietverträge hier am Pier müssen vor Ende September neu ausgehandelt werden. Heute ist der vierte August. Wir müssen uns beeilen.«

»Was genau wollen Sie denn unternehmen?« Elias stellte die Teekanne ab.

»Wie bereits gesagt, wir haben uns zusammengeschlossen und wollen der Far Seas als Gemeinschaft entgegentreten.« Erschrocken merkte Charity, daß sie ununterbrochen auf Elias' Hände starrte. Er hatte bemerkenswert kraftvolle Hände von männlicher Anmut.

»Als Gemeinschaft?« Elias beobachtete, wie sie hastig den Blick von seinen Händen abwandte und ihn ansah.

»Richtig, als Gemeinschaft.« Ihr fiel auf, daß seine Augen von einem kalten Stahlgrau waren, wie das Meer während eines Sturms. Fest umklammerten ihre Hände das Clipboard. »Wir wollen so bald wie möglich mit Far Seas in Verbindung treten. Wir möchten vernünftige Mietverträge mit langer Laufzeit aushandeln, bevor das Unternehmen Wind davon bekommt, was hier in Whispering Cove passiert.«

»Was geschieht denn hier?« Elias Mundwinkel hoben sich leicht. »Abgesehen von der angeblich bevorstehenden Ankunft von Besuchern aus dem All.«

»Sie haben also schon einige von der Voyagersekte kennengelernt?«

»Sie sind ja auf den Straßen nicht zu übersehen.«

»Stimmt.« Charity zuckte mit den Schultern. »Der Stadtverwaltung sind sie ein Dorn im Auge. Im Rathaus denkt man, daß die Voyager dem Ruf unserer Stadt schaden. Aber die Bürgermeisterin hat schon recht, die Sekte wird auf jeden Fall Mitte August verschwunden sein.«

»Wieso?«

»Haben Sie noch nicht davon gehört?« Charity grinste. »Gwendolyn Pitt, die Anführerin der Gruppe, hat ihren Jüngern prophezeit, daß außerirdische Raumschiffe am fünfzehnten August um Mitternacht alle auf eine weite Reise in die Galaxie mitnehmen werden. Während dieser Reise werden sie mit reichlich Sex und philosophischen Erleuchtungen beglückt.«

»Ich dachte, es sei schwer, beides zu verbinden.«

»Nun, anscheinend haben die Außerirdischen eine Lösung für dieses Problem gefunden. Die Stadtverwaltung hofft, daß die Voyager die Stadt von selbst verlassen. Wenn sie merken, daß das Ganze ein großer Schwindel war, verschwinden sie bestimmt spätestens am sechzehnten aus Whispering Waters Cove.«

»Ich habe die Erfahrung gemacht, daß die meisten Menschen selbst dann an einem Glauben festhalten, wenn sie mit eindeutigen Gegenbeweisen konfrontiert werden.«

»Nun, mich stört es nicht, wenn ein paar von ihnen hier in der Gegend bleiben«, gab Charity zu. »Die meisten Voyager sind ganz nett, ein bißchen naiv vielleicht. Einige sind gute Kunden bei mir geworden. In den letzten Monaten habe ich eine ganze Menge Bücher über paranormale Erscheinungen und Esoterik verkauft.«

In der kleinen Stadt waren die Sektenmitglieder mit ihren blau-weißen Kitteln und den hellen Stirnbändern ein gewohnter Anblick geworden. Gwendolyn Pitt war Anfang Juli mit ihren Anhängern hier eingetroffen. Sie hatten ein Sammelsurium von Wohnwägen und Wohnmobilen auf einem alten Campingplatz mit Meeresblick abgestellt.

Phyllis Dartmoor, die Bürgermeisterin, war wie die anderen im Rathaus, der Gruppe zunächst feindlich gesinnt gewesen. Aber nach ein paar erfolglosen Versuchen, die Voyager aus der Stadt zu vertreiben, war sie erstaunlich zuversichtlich geworden, das sich das Problem von selbst lösen würde. Jedesmal wenn die Lokalzeitung sie in einer Titelgeschichte als Schandfleck in der Landschaft bezeichnete, erinnerte sie alle daran, daß die Sekte sich wahrscheinlich Mitte August auflösen würde.

»Die Voyager beleben doch das Stadtbild«, meinte Elias und gab Charity eine Tasse.

»Ja, aber sie tragen nicht zu dem eleganten Erscheinungsbild bei, das man der Stadt verpassen will, um mehr Touristen hierher zu locken.« Charity trank einen Schluck Tee. Das warme Getränk hatte einen feinen, zarten Geschmack. Einige Sekunden lang genoß sie das belebende Gefühl auf der Zunge. Dieser Mann kennt sich mit Tee aus, dachte sie.

»Schmeckt er Ihnen?« Elias beobachtete sie aufmerksam.

»Sehr gut«, erwiderte sie und stellte die Tasse auf die Theke zurück. »Keemun hat ein ganz besonderes Aroma, nicht wahr?«

»Ja.«

»Nun, zurück zum Geschäftlichen. Es geht hier eigentlich um die Pläne der Stadt. Wir müssen uns zusammenschließen und schnell etwas gegen diese Pläne unternehmen.«

»Fahren Sie fort.« Elias nippte an seinem Tee.

»Die Bürgermeisterin und die Stadtverwaltung wollen den ganzen Pier in eine Art Einkaufsgalerie mit netten kleinen Boutiquen und Antiquitätenläden verwandeln, um die wohlhabenden Feriengäste anzulocken. Aber um diesen Plan umzusetzen, müssen sie den Eigentümer des Piers davon überzeugen, seinen Mietern zu kündigen. Verstehen Sie, unsere Läden sind der Stadt nicht schick genug.«

Elias ließ den Blick durch seinen eigenen, etwas unheimlichen Laden schweifen. »Verstehe. Und Sie nehmen an, daß sich Far Seas der Stadt anschließen wird und uns hier rauswirft?«

»Na klar. Far Seas ist ein Großunternehmen in Seattle. Die Manager dort interessieren sich nur für das, was unter dem Strich herauskommt. Wenn sie davon überzeugt sind, den Pier teuer an irgendwelche Kunsthändler vermieten zu können, werden sie die Gelegenheit ergreifen und unsere Verträge kündigen. Oder sie werden versuchen, das ganze Landing zu verkaufen.«

»Was wissen Sie über Far Seas?«

»Nicht viel«, gab Charity zu. »Es handelt sich wohl um ein Beratungsunternehmen, das viel in Südostasien zu tun hat. Vor ein paar Wochen haben alle hier am Pier einen Brief von Haydon Stones Anwalt bekommen. Wir wurden angewiesen, unsere Miete künftig an Far Seas zu zahlen.«

»Haben Sie denn mit irgend jemandem von Far Seas gesprochen?«

»Noch nicht.« Charity lächelte grimmig. »Das ist eine Frage der Strategie.«

»Der Strategie?«

»Ich halte es für besser zu warten, bis der neue Besitzer von Charms & Virtues hier eintrifft, bevor wir den nächsten Schritt wagen.«

Gedankenversunken trank Elias noch einen Schluck Tee. »Dann beruht ihr Vorgehen, was Far Seas angeht, im Moment auf einer ganzen Reihe von Spekulationen?«

Dieser Anflug von Kritik ärgerte Charity. »Ich finde es vernünftig anzunehmen, daß Far Seas sich in dieser Situation genau wie jedes andere Unternehmen verhalten wird. Wie jeder neue Eigentümer einer gewerblichen Immobilie wird die Firma versuchen, den größtmöglichen Gewinn herauszuschlagen oder für den Fall eines Verkaufs des Piers das beste Angebot zu bekommen.«

»Wenn man das Spiegelbild seines Gegners im Wasser betrachtet, sollte man darauf achten, daß das Wasser sehr, sehr klar ist.«

Peinlich berührt blickte Charity ihn an. »Das hört sich

schon wieder wie einer von Haydon Stones alten Sprüchen an. Waren Sie eng miteinander befreundet?«

»Ja.«

»Ich nehme an, Sie haben deshalb Charms & Virtues bekommen?«

»Ja.« Elias' Blick war undurchdringlich. »Das war sein Vermächtnis. Sein kleines Landhaus hat er mir ebenfalls hinterlassen.«

»Es tut mir leid, wenn ich Ihnen das sagen muß, Mister Winters, aber Sie werden nicht viel von dieser Hinterlassenschaft haben, wenn wir die Mietverträge mit Far Seas nicht verlängern können. Wir müssen schnell handeln, jetzt, wo Sie hier sind. Es könnte sehr gut sein, daß jemand von der Stadt oder Leighton Pitt, ein Immobilienmakler hier aus Whispering Cove, sich direkt mit Far Seas in Verbindung setzt.«

»Nennen Sie mich Elias.«

»Wie bitte? Ach so, Elias.« Sie zögerte. »Ich heiße Charity.«

»Charity.« Er wiederholte den Namen und ließ ihn geradezu auf der Zunge zergehen. »Das ist heutzutage ein recht ungewöhnlicher Name.«

»Ich kenne auch nicht gerade viele, die Elias heißen«, erwiderte sie. »Also, bitte geben Sie mir nur ein paar Minuten, damit ich Ihnen erläutern kann, wie unser Plan für den Umgang mit Far Seas aussieht. Ich bin überzeugt, Sie werden einsehen, wie wichtig es für Sie selbst ist, sich uns anzuschließen.«

»Sicher.«

»Sie wollen uns also unterstützen?«

Elias zuckte mit der Schulter. Seine Bewegung war unglaublich geschmeidig. »Als der neue Besitzer von Charms & Virtues sehe ich ein, wie wichtig es ist, mich Ihnen anzuschließen, damit wir ... wie haben Sie das noch genannt? Ach ja. Eine Gemeinschaft. Ich war noch nie Teil einer Gemeinschaft. Wie stellen Sie sich das vor?«

Sie lächelte zufrieden. »Es ist eigentlich ganz einfach. Ich bin die Vorsitzende der Ladenbesitzervereinigung und werde in dieser Funktion die Verhandlungen mit Far Seas führen.«

»Haben Sie denn in diesem Bereich Erfahrung?«

»Ja, die habe ich. Bevor ich nach Whispering Waters Cove zog, war ich in leitender Position bei einem Unternehmen tätig.«

»Charity Truitt.« Elias erinnerte sich dunkel. »Ich habe mir schon gedacht, daß der Name mir bekannt vorkam. Sind Sie eine von den Warenhaus-Truitts aus Seattle?«

»Ja.« Charity richtete sich kerzengerade auf. »Bevor Sie fortfahren, lassen Sie mich Ihre Frage in drei Sätzen beantworten. Ja, ich bin die ehemalige Leiterin der Firma. Mein Stiefbruder und meine Stiefschwester leiten jetzt das Unternehmen. Und ich habe vor, hier in Whispering Waters Cove zu bleiben.«

»Verstehe.«

»Und obwohl ich den Warenhauskonzern nicht mehr leite, habe ich nichts von dem vergessen, was ich dort gelernt habe. Wenn Ihre Erfahrungen Sie besser qualifizieren, überlasse ich Ihnen gern die Aufgabe, mit Far Seas zu verhandeln.«

»Ich bin überzeugt, daß Sie bestens geeignet sind«, erwiderte Elias beschwichtigend.

Verlegen blickte Charity auf das Clipboard. »Es tut mir leid, wenn ich gerade so schroff geklungen habe. Meine Entscheidung, den Truitt-Konzern letzten Sommer zu verlassen, war schwerwiegend und mit allerlei Komplikationen verbunden.«

»Verstehe.«

Sie blickte ihn forschend an, konnte aber nicht erkennen, ob er von den Gerüchten über ihre gelöste Verlobung und dem Nervenzusammenbruch gehört hatte. Sie nahm an, daß er nichts davon wußte; jedenfalls waren auf seinem Gesicht weder Anzeichen von Neugier noch von Mitgefühl zu erkennen. Andererseits zeigte er überhaupt keine Regungen. Sie beschloß fortzufahren.

»Der Pier befindet sich in einer Top-Lage«, erklärte sie. »Wir werden um unsere Geschäfte kämpfen müssen.«

»Ich habe ganz das Gefühl, daß Sie die Mietverträge erfolgreich verlängern werden.«

»Vielen Dank für Ihr Vertrauen.« Charity warf einen Blick auf Crazy Otis. »Wenn ich das nicht schaffe, werden wir uns alle nach anderen Läden umsehen müssen, auch du, Otis.«

»Hä, hä, hä.« Otis kletterte bis ans Ende der Stange und setzte sich auf Elias' Schulter.

Otis war auch Charity einige Male auf den Arm geklettert. Bei dem Gedanken daran zuckte Charity zusammen. Elias schienen die spitzen Klauen, die sich in seinem dunkelblauen Pullover festkrallten, nichts auszumachen.

»Möchten Sie noch eine Tasse Tee?«

»Nein, danke.« Charity sah auf die Uhr. »Ich werde noch heute nachmittag bei Far Seas anrufen und mit den Verhandlungen beginnen. Wünschen Sie mir Glück.«

»Ich glaube nicht an Glück.« Er sah nachdenklich aus. »Ein Bach fließt unaufhaltsam in den Fluß und dann dem Meer entgegen. Das Wasser kann auf dieser Reise verschiedene Gestalten annehmen, aber es wird trotzdem immer noch das gleiche Wasser sein.«

Newlin hatte recht, dachte Charity. Elias Winters war etwas merkwürdig. Sie lächelte höflich. »Sehr gut. Wünschen Sie mir ein gutes Karma oder so etwas. Wir sitzen alle im gleichen Boot, denken Sie daran. Wenn ich das hier nicht schaffe, werden wir alle in Schwierigkeiten geraten.«

»Sie schaffen das schon.«

»Das ist die richtige Einstellung.« Charity drehte sich

um und wollte gehen. Da fiel ihr noch etwas ein. »Fast hätte ich es vergessen. Wir machen Montag abend nach Ladenschluß einen kleinen Umtrunk hier am Pier. Sie sind natürlich eingeladen.«

»Danke.«

»Werden Sie kommen?«

»Gewiß.«

»Gut. Haydon kam nie zu unseren kleinen Partys.« Charity sah auf ihre Liste. »Wir brauchen noch ein paar warme Gerichte. Könnten Sie etwas mitbringen?«

»Solange niemand etwas dagegen hat, wenn ich nichts mit Fleisch koche.«

Charity lachte. »Ich wollte gerade sagen, daß einige von uns Vegetarier sind. Ich bin sicher, Sie werden sich hervorragend einleben.«

»Das wäre eine neue Erfahrung für mich«, sagte Elias.

Charity beschloß, nicht weiter darauf einzugehen. Eine innere Stimme sagte ihr, daß ihr die Antwort nicht gefallen würde. Ihre Bemerkung war nur eine belanglose Höflichkeitsfloskel gewesen. Wahrscheinlich hätte Elias so etwas nicht gesagt. Es kam ihr so vor, als ob alles, was Elias sagte, irgendeine verschlüsselte Bedeutung hatte. Das gleiche Gefühl hatte sie damals auch bei ihren Gesprächen mit Haydon Stone. Es war schwierig, auf diese Art eine oberflächliche, belanglose Unterhaltung zu führen.

Charity verließ Charms & Virtues und trat erleichtert aus dem dunklen Laden hinaus in die Sonne. Sie lief rasch den breiten Weg zwischen den Läden entlang und betrat ihre luftige, helle Buchhandlung.

Newlin Odell blickte von den Zeitschriften auf, die er gerade in ein Regal räumte. Sein verhärmter Gesichtsausdruck ließ ihn wie jemand aussehen, der gerade von einem Begräbnis zurückkam. Aber das war normal für Newlin.

Er war ein dünner junger Mann von vierundzwanzig

Jahren. Er versteckte sein schmales Gesicht hinter einem ungepflegten Kinnbart und einer Brille mit Drahtgestell. Charity war sich ziemlich sicher, daß er sein strähniges braunes Haar selbst schnitt. Büschel von unterschiedlicher Länge hingen ihm über die Ohren.

»Wie war's?« fragte Newlin.

Charity machte in der Tür zu ihrem kleinen Büro halt und wurde sich wieder einmal der Sympathie gewahr, die sie für Newlin empfand. Sie hatte ihn vor einem Monat eingestellt, als er hier urplötzlich auftauchte und nach einer Arbeit fragte. Er war nach Whispering Waters Cove gekommen, um in der Nähe seiner Freundin zu sein. Arlene Fenton hatte sich den Voyagern angeschlossen, und er verbrachte nun seine gesamte Freizeit damit, Arlene davon zu überzeugen, aus der Sekte auszutreten.

Da er nichts hatte ausrichten können, war Newlin fest entschlossen abzuwarten. Er hoffte, daß Arlene am fünfzehnten August endlich begreifen würde, daß man sie an der Nase herumgeführt hatte.

Charity wünschte sich inständig, daß er recht behielt. Seine ritterliche Ergebenheit gegenüber Arlene fand sie anrührend altmodisch. Sie war aber insgeheim besorgt darüber, was geschehen würde, wenn Arlene an diesem Abend um Mitternacht nicht Vernunft annehmen würde. Nachdem sie zwei Monate lang einen deprimierten Papagei aufgepäppelt hatte, wollte sie sich nicht auch noch um einen am Boden zerstörten Newlin Odell kümmern müssen.

»Du hattest recht, Newlin«, sagte Charity. »Elias Winters ist ein komischer Kauz. Er war ein Freund von Haydon Stone. Ich nehme an, das erklärt einiges. Aber hier kommt die gute Nachricht: Er ist bereit, sich uns anzuschließen, wenn wir die neuen Mietverträge aushandeln.«

»Rufen Sie Far Seas an?«

»Ja, jetzt gleich. Drück mir die Daumen.«

»Sie werden etwas mehr als Glück brauchen, wenn Pitt oder die Stadt schon mit denen gesprochen haben und sie bereits wissen, daß der Pier eine erstklassige Immobilie ist.«

»Nicht gleich schwarzmalen, Newlin. Ich hoffe, daß die Stadt noch nicht herausbekommen hat, wem Crazy Otis Landing gehört. Wir haben das ja selbst erst vor ein paar Wochen erfahren. Ich habe alle am Pier gebeten, den Mund zu halten.«

»Haben alle dichtgehalten, glaube ich.«

»Das hoffe ich auch.« Charity öffnete die Tür und lief zwischen verschiedenen Kartons hindurch zu ihrem Schreibtisch.

Sie setzte sich und nahm das Telefon zur Hand. Schnell tippte sie die Nummer der Far Seas Inc. ein, die Haydon Stones Anwalt den Briefen an die Ladenbesitzer beigelegt hatte.

Charity hörte ein paar merkwürdige Geräusche in der Leitung, dann klickte es, und schließlich ertönte das Rufzeichen. Sie fragte sich, ob der Anruf wohl umgeleitet worden war. Ungeduldig wartete sie, bis jemand am anderen Ende den Hörer abnahm.

Sie hörte eine bereits vertraute Stimme.

»Charms & Virtues«, sagte Elias.

2

Zuweilen liegen auch in seichten Gewässern Antworten. Aber in der Tiefe liegen unergründliche Fragen.

›Der Weg des Wassers‹, aus dem Tagebuch von Haydon Stone

Zum zweitenmal innerhalb von fünf Minuten spürte Elias die Wogen des Schicksals, als Charity durch die Tür von Charms & Virtues zurückstürmte.

Dann war also dieses Gefühl der Vorahnung, das er bei ihrem ersten Anblick empfand, kein Zufall gewesen.

Fasziniert beobachtete er, wie sie sich einen Weg durch den Laden bahnte und zwischen zwei Tischen auf ihn zukam. Er hatte sich absichtlich diesem zweiten Experiment unterzogen, um seine Empfindungen zu vergleichen. Es bestand kein Zweifel, er fühlte, wie ihn eine Strömung hinaus ins tiefe Wasser zog.

Das war nicht gut, gar nicht gut.

Aber merkwürdig verführerisch.

»Wer sind Sie, Elias Winters? Und was für ein Spiel treiben Sie?« stellte Charity ihn zur Rede.

Elias blickte nicht auf die Uhr. Seit seinem sechzehnten Lebensjahr hatte er keine Armbanduhr mehr getragen. Aber er mußte es irgendwie schaffen, seine Selbstbeherrschung zurückzugewinnen. Er zwang sich, nicht ihre glänzenden dunklen Locken anzusehen. Die alte Kuckucksuhr an der Wand bot eine willkommene Ablenkung.

»Sie haben schätzungsweise eine Minute und fünfundvierzig Sekunden gebraucht. Sie sind schnell, Miß Truitt, sehr schnell. Sind Sie die ganze Länge des Piers gerannt?«

»Haben Sie die Zeit gestoppt?«

Crazy Otis saß wieder auf seiner Stange, knabberte an einem großen Samenkorn und krächzte hämisch.

»Sei ruhig, Otis«, befahl Elias sanft.

Otis gehorchte, aber seine Augen funkelten boshaft. Er zerbrach das Korn in seiner Klaue mit einem besonders lauten Knacken.

Elias bemerkte, daß auch Charity ein Funkeln in den lebhaften haselnußbraunen Augen hatte. Sie war außer sich.

Obwohl sie ein gutes Stück kleiner war als er, schaffte sie es irgendwie, ihn von oben herab anzublicken. Ihre weichen vollen Lippen waren zu einer strengen Linie zusammengepreßt, aber ihre Wangen strahlten eine unverkennbar sanfte Wärme aus.

Elias' Magen krampfte sich zusammen. Er konnte seine Reaktion nicht verstehen. Sie übte eine geradezu magische Anziehungskraft auf ihn aus.

»Mister Winters ...«

»Elias.«

»*Mister Winters,* ich verlange eine Erklärung, und zwar sofort. Was haben Sie vor?«

»Was meinen Sie?«

»Wagen Sie es ja nicht, meine Frage mit einer Gegenfrage zu beantworten. Das zeugt von Heimtücke, Gerissenheit und einer passiven Aggressivität.«

»Charity, wenn Sie mit mir zu tun haben, können Sie sicher sein, daß Aggressivität sich bei mir niemals passiv äußert.«

»Wissen Sie was? Das glaube ich Ihnen sogar. Aber ich warne Sie, *Mister Winters,* ich weiß, wie man mit Heimtücke und Gerissenheit umgeht. Ich bin in der Geschäftswelt aufgewachsen.«

»Ich weiß Ihre Warnung zu schätzen«, erwiderte Elias leise.

Ihm gefiel, wie sich der Rock aus leichtem weißen Baumwollstoff aufbauschte und gegen ihre schlanken Waden schlug. Gerade eben noch, als sie hierhergekommen war, um sich vorzustellen, hatte derselbe Rock diskret, sogar schützend ihre Beine umspielt. Jetzt war sie verärgert und hatte jegliche Zurückhaltung aufgegeben.

Das wachsende körperliche Verlangen verursachte ihm Unbehagen. Eine anziehende, eigenwillige Frau in Sommerkleid und Sandalen war immer ein attraktiver Anblick, aber seine heutige Reaktion war wohl nicht angemessen. Was war los mit ihm?

Vielleicht sollte er nicht zu hart zu sich selbst sein, dachte er niedergeschlagen. Er hatte schon lange nichts mehr mit einer Frau gehabt. In den letzten Monaten, während sein Vorhaben in die entscheidende Phase trat, hatte er den alten Racheplan mit seiner ganzen Leidenschaft verfolgt. Sein Verlangen nach Sex war zeitweise völlig ausgelöscht gewesen.

Und dann starb Haydon Stone, und nichts war mehr wie vorher. Seit Haydons Tod fühlte er sich einsam, als treibe er auf einem Floß in der dunklen, wogenden See. Sein Verhalten war nicht mehr normal. Er hatte sein inneres Gleichgewicht verloren. Die Reaktion auf Charity Truitt war ein gutes Beispiel dafür.

Sie gehörte nicht zu der Sorte Frauen, die für gewöhnlich sein Interesse weckten. Seit Jahren fühlte er sich zu der überlegenen, kühlen Art Frau hingezogen, die man aus alten Schwarzweißkrimis kennt. Intelligente, elegant gekleidete Frauen in dunklen Kostümen. Einflußreiche Frauen, die im risikoreichen Südostasiengeschäft mitmischten oder als heimliche Machthaber die Fäden zogen. Einige hatten ihn attraktiv gefunden, weil er über viele Kontakte verfügte. Manchen gefiel es, sich mit einem Mann zu zeigen, der genauso mächtig war wie sie. Andere wiederum hatten sich wegen seiner geheimnisvollen Ausstrahlung zu ihm hingezogen gefühlt. Stets jedoch hatte Elias sichergestellt, daß sich die gegenseitig erwiesenen Gefallen die Waage hielten, ganz gleich, wie ihre sexuelle Beziehung aussah.

Aber Charity war anders. Er spürte intuitiv, daß eine Beziehung zu ihr keine einfache Angelegenheit sein würde. Sie war kompliziert und würde Forderungen stellen, denen er bisher immer aus dem Weg gegangen war.

»Haben Sie nun etwas mit Far Seas zu tun oder nicht?« fragte Charity wütend.

Elias legte seine Hände flach auf die Ladentheke. »Far Seas gehört mir.«

»Soll das ein Witz sein?«

»Nein.« Er dachte kurz nach. »Ich mache nie Witze.«

»Nun, wo ist dann der Rest der Firma?«

»Der Rest?«

Ungeduldig warf sie die Hände in die Luft. »Na, die Sekretärinnen, Sachbearbeiter, Manager und so weiter.«

»Meine Sekretärin hat sich letzten Monat einen neuen Job gesucht. Ich habe mir nicht die Mühe gemacht, eine Nachfolgerin für sie zu suchen. Es gibt keine Sachbearbeiter und keine Manager.«

»Das finde ich gar nicht komisch.«

»Ich sagte doch, ich mache keine Witze.«

»Angenommen, Sie sagen die Wahrheit, warum haben sie so ein Geheimnis aus der Tatsache gemacht, daß Ihnen jetzt der Pier gehört?«

»Ich habe vor langer Zeit gelernt, bei einem geschäftlichen Gespräch niemals die Initiative zu ergreifen. Offenheit ist wie klares Quellwasser, wird aber oft als Schwäche mißverstanden. Laß die anderen auf dich zukommen. Das hat man mich gelehrt.«

Charity stand breitbeinig vor der Theke. »Das heißt, Sie bevorzugen es, die Trümpfe in der Hand zu halten.

Verstehe. Aber nur zu Ihrer Information, ich habe nie bei einem Unternehmensberater überteuerte Seminare besucht und ›Zen für Manager‹ gelernt. Ich ziehe es vor, auf altmodische Art Geschäfte zu machen. Nun mal ehrlich, Winters, gehört Ihnen Crazy Otis Landing?«

»Ja.« Elias blickte in ihre großen haselnußbraunen Augen und fragte sich, woher das Mißtrauen kam, das sich hinter ihrer Wut verbarg. Er erinnerte sich an vage Gerüchte, die in der chaotischen Zeit nach der mißlungenen Fusion zwischen Truitt und einer Firma namens Loftus Athletic Gear aufgekommen waren. Die Geschäftsführerin von Truitt war plötzlich zurückgetreten, Probleme mit den Nerven, hörte man. Ihn hatte das wenig interessiert, da weder Truitt noch Loftus in Südostasien tätig waren.

»Nun?«

»Haydon Stone hat mir nicht nur Charms & Virtues vermacht«, erwiderte Elias. »Ich habe den ganzen Pier geerbt.«

»Und das Haus auf der Klippe.« Sie kniff die Augen zusammen. »Das ist eine ganze Menge. Warum hat er Ihnen so viel hinterlassen?«

Elias wählte vorsichtig seine Worte. »Wie gesagt, Haydon war mein Freund und Lehrmeister. Er hat mir beim Aufbau von Far Seas geholfen.«

»Ich verstehe. Was für eine Firma ist Far Seas eigentlich?«

»Eine Unternehmensberatung.«

Charity verschränkte die Arme vor der Brust. »Auf welchem Gebiet?«

»Ich berate Geschäftsleute, die sich in Südostasien engagieren wollen, und stelle Kontakte für sie her.« Das hätte er wohl in der Vergangenheitsform sagen sollen. Er fragte sich, ob er seinen alten Beruf jemals wieder ausüben würde. Aus irgendeinem Grund bezweifelte er das. Wie viele andere Dinge schien auch sein Beruf nichts mehr mit seinem heutigen Leben zu tun zu haben.

»Whispering Waters Cove ist nicht gerade ein Vorposten zum Südostasienhandel.«

Ein leichtes Lächeln umspielte seine Lippen. »Nein, das ist es nicht.«

»Was tun Sie dann hier?«

»Sie sind eine sehr mißtrauische Person, Charity.«

»Unter diesen Umständen habe ich allen Grund, mißtrauisch zu sein. Gerade habe ich noch den Fehler gemacht zu denken, Sie seien einer von uns und wir könnten gemeinsam gegen Far Seas antreten.«

»Ich habe Sie gewarnt: Wenn man das Spiegelbild seines Gegners im Wasser betrachtet, sollte man darauf achten, daß das Wasser sehr, sehr klar ist.«

»Ja, ja, ich habe schon verstanden. Hören Sie mit dem doppelzüngigen Gerede auf. Wenn ich Lust auf Philosophie habe, besuche ich Ted.«

»Ted?«

»Ted Jenner. Ihm gehört der kleine Laden ›Ted's Instant Philosophy T-Shirts‹ neben dem Karussell. Ist nicht zu übersehen.«

Elias erinnerte sich an die T-Shirts, die in der Brise am Ende des Piers wehten. Alle waren mit Sprüchen bedruckt, die von schlau bis schmutzig rangierten. »Ich habe ihn gesehen.«

»Dachte ich mir's doch. Sie gehen jeden Tag dran vorbei. Im übrigen könnten Sie sich wenigstens mal bei den anderen Ladenbesitzern vorstellen.«

»Ich habe doch gerade Sie kennengelernt.«

Genervt verdrehte sie die Augen und schaute an die Decke. »Vergessen Sie's. Reden wir wieder von wichtigeren Dingen. Wie lautet Ihre Entschuldigung dafür, daß Sie mir vorhin nicht die Wahrheit gesagt haben, als ich Ihnen unser Problem mit den Mietverträgen erklärte?«

»Sie haben mich nicht danach gefragt.«

Sie warf die Hände hoch. »Woher sollte ich wissen, daß Ihnen Far Seas gehört?«

»Es ist gleichgültig, wie klar das Wasser ist, wenn man nicht die richtigen Fragen über das Bild stellt, das man darin sieht.«

Sie warf ihm einen wütenden Blick zu. »Hören Sie mit dem Hokuspokus auf, reden Sie Klartext. Wenn Sie wirklich derjenige sind, der Sie vorgeben zu sein, dann sagen Sie mir, was Sie mit den Mietverträgen vorhaben.«

»Ich werde sie im September zu den gleichen Konditionen verlängern.«

Charity stand mit offenem Mund vor ihm. Eine Reihe makelloser, weißer Zähne kam zum Vorschein. Schnell schloß sie den Mund. »Warum sollten Sie das tun, jetzt, nachdem ich Ihnen von den Plänen der Stadt erzählt habe, die Crazy Otis Landing zum Mittelpunkt eines neuen, luxuriöseren Whispering Waters Cove machen will?«

»Ich weiß es nicht.«

»Wie bitte?«

Elias zuckte mit den Schultern. »Ich kann Ihre Frage nicht beantworten. Das ist einer der Gründe, warum ich nach Whispering Waters Cove gekommen bin. Ich bin auf der Suche nach Antworten.«

Wer eine klare Antwort wollte, mußte auch eine klare Frage stellen. Und dazu war er nicht imstande. Jedesmal wenn er ins Wasser sah, um sein wahres Gesicht zu erkennen, erhaschte er nur flüchtig den Anblick seines verzerrten Spiegelbilds.

Elias beendete eine der gewohnten Übungen, die Haydon Stone ihm beigebracht hatte. Die scheinbar ohne jede Anstrengung ausgeführten Bewegungen bildeten ein Muster, das Tal Kek Chara. Sie waren der körperliche Ausdruck der alten Lehre, in der Haydon ein Meister gewesen war. Tal Kek Chara war der Zustand, bei dem sich der Energiefluß zwischen Körper und Geist im Gleichgewicht befand. Dieser Energiefluß wurde durch das Wasser symbolisiert.

Der Lederriemen um Elias' Taille war Zeichen der Lehre und hieß wie sie. Tal Kek Chara bezeichnete sowohl eine Waffe als auch eine bestimmte Lebenseinstellung.

Elias schloß den Bewegungsablauf ab, während das aufgerollte Lederband wie die Verlängerung seines Arms wirkte. Mit einem Peitschenhieb umwickelte er den Ast eines nahe gelegenen Baums, ohne ihn zu zerbrechen. Tal Kek Chara bedeutete Selbstbeherrschung.

Elias richtete sich auf und band den weichen Lederriemen los. Er hielt ein paar Sekunden inne, um der Wirkung der soeben gemachten Übung nachzuspüren. Er holte tief Luft, war aber nicht außer Atem. Die leichte Meeresbrise, die von der Bucht herüberwehte, trocknete bereits den Schweiß auf seinen bloßen Schultern. Er hatte hart trainiert, ohne sich zu überanstrengen. So sollte es sein. Jegliche Maßlosigkeit, auch was das Training betraf, war eine Verletzung der Grundregeln des Tal Kek Chara.

Mechanisch legte er den Lederriemen wieder um die Hüfte. Er trug ihn über den Schlaufen seiner Jeans. Eine Waffe muß sofort griffbereit sein, sonst ist sie nutzlos.

Er ging am Kliff entlang zurück zu dem kleinen bescheidenen Haus, in dem Haydon Stone die letzten drei Jahre seines Lebens verbracht hatte. Er öffnete das Gartentor und betrat die heitere Miniaturlandschaft, die Haydon dort angelegt hatte. Im Mittelpunkt befand sich ein ruhiger, spiegelglatter Teich.

Elias stieg die Treppe zu der kleinen Veranda seines neuen Zuhauses hinauf und öffnete die Tür. Er hielt inne, um den Geist des kleinen Hauses mit all seinen

Sinnen wahrzunehmen, so wie Haydon es ihn gelehrt hatte. Alles war in bester Ordnung.

Barfuß ging er über den Holzboden. Es gab keine Stühle in Haydon Stones Haus. Auch sonst war es nur spärlich möbliert. Das Wohnzimmer war mit zwei Kissen, einem niedrigen Tisch und einer Sisalmatte ausgestattet. In der Mitte des Tischs stand eine große schwere Glasschale, die zur Hälfte mit Wasser gefüllt war. Die Wände waren kahl.

Der einzige Farbtupfer im Zimmer war Crazy Otis. In der schlichten Umgebung stach das bunte Gefieder des Papageis besonders hervor.

Otis hockte auf dem offenen Käfig, nickte zur Begrüßung heftig mit dem Kopf und breitete die gestutzten Flügel aus.

»Ich gehe erst mal unter die Dusche, und dann mache ich uns was zu essen, Otis.«

»Hä, hä, hä.«

Elias betrat das Schlafzimmer, in dem sich außer einem Futonbett nur eine niedrige, mit üppigen Holzschnitzereien verzierte Kommode befand. Küche und Bad waren nur mit dem Allernötigsten ausgestattet.

Heutzutage mochten Innenarchitekten in ganz Amerika überschwenglich vom Minimalismus reden, aber Haydon Stone hatte ihn hier in seinem kleinen bescheidenen Haus schon lange vorher umgesetzt. Die Komplexität der klaren Linien konnte nur das geschulte Auge eines Gelehrten des Tal Kek Chara erkennen.

Elias' Haus in Seattle war diesem sehr ähnlich gewesen. Es hatte sich am Ufer des Lake Washington befunden. Kurz nach dem Gespräch mit Garrick Keyworth hatte er es verkauft. Es fehlte ihm nicht. Tal Kek Chara hatte ihn gelehrt, sich nicht an Gegenstände zu binden. Auch nicht an Menschen. Seit seinem sechzehnten Lebensjahr war Haydon Stone die einzige Ausnahme gewesen. Und nun gab es Haydon nicht mehr.

Elias betrat das Bad, zog die Jeans aus und stellte sich unter die Dusche. Erinnerungen an Haydon schossen ihm durch den Kopf. Aus unerfindlichen Gründen sah er eine Szene vor sich, die sich ereignet hatte, als Elias sechzehn war, einige Monate nach dem Tod seines Vaters.

»Warum müssen wir zum Essen auf dem Boden sitzen?« fragte Elias und kniete sich auf das Kissen vor dem niedrigen Tisch.

»Um uns daran zu erinnern, daß wir keine Stühle brauchen.« Haydon aß japanische Nudeln mit einem handgefertigten Eßgerät, das wie ein Mittelding zwischen Messer und Gabel aussah. Es war ein elegant aussehendes Besteck und zugleich eine nützliche Waffe. »Wer lernt, auf einen Stuhl zu verzichten, wird auch auf viele andere Gegenstände verzichten können.«

»Haben sie dir das in dem Kloster beigebracht, wo du nach deiner Schußverletzung warst?«

»Unter anderem.«

Elias kannte die Geschichte gut. Haydon war bis zu seinem fünfunddreißigsten Lebensjahr Söldner gewesen, ein Mann, der sich der Gewalt verschrieben hatte und seine Professionalität und seine Seele jedem verkaufte, der es sich leisten konnte. Aufgrund der vielen Guerillakriege auf der ganzen Welt hatte die Nachfrage nach Haydons Fertigkeiten niemals nachgelassen.

Bei einem solchen Auftrag wurde er schwer verletzt. Das war bei einem kleinen Bürgerkrieg, irgendwo im Pazifik. Seine Kameraden hielten ihn für tot und ließen ihn zurück.

Haydon erzählte Elias, daß er damals fest davon überzeugt war, dort im Dschungel sterben zu müssen. Die Aussicht, von wilden Tieren bei lebendigem Leib gefressen zu werden, war nicht gerade angenehm und deshalb hielt er eine Kugel für sich bereit. Er würde wohl noch genug Kraft haben, ein letztes Mal abzudrükken.

Aber er schob sein Vorhaben immer wieder hinaus.

Er fand viele Ausreden: er würde bis zum Anbruch der Dunkelheit warten, bis die Schmerzen unerträglich waren oder bis der erste Aasfresser auftauchte. Doch sein Überlebenswille war stärker als erwartet. Es wurde Nacht, die Schmerzen wurden schlimmer, und im Gebüsch hörte er verdächtige Geräusche. Trotzdem konnte er sich nicht überwinden, sich eine Kugel in den Kopf zu jagen. Etwas hielt ihn zurück.

Mönche fanden ihn kurz nach Sonnenaufgang.

»Wie lange bist du im Kloster geblieben?« fragte Elias und stocherte im Essen herum. Der Umgang mit dem Eßbesteck erforderte eine gewisse Fingerfertigkeit.

»Ich habe fünf Jahre bei Tal Kek Chara gelebt. Jetzt lebt Tal Kek Chara in mir.« Geschickt tunkte Haydon ein paar Nudeln in die klare Brühe und führte sie dann zum Mund. Eine Weile lang aß er schweigend. »Du warst heute nachmittag im Training sehr gut.«

»Es lief besser, meine Bewegungen kamen mir irgendwie geschmeidiger vor.« Elias nahm sich ein paar Nudeln. Er zog eine Grimasse, als etwas Suppe auf den Tisch tropfte. Bevor er bei Haydon einzog, hatte er sich ausschließlich von Pizza und Hamburgern ernährt. Jetzt fühlte er sich schon bei dem Gedanken an Fleisch unwohl. »Meinst du, ich werde Tal Kek Chara einmal so gut beherrschen wie du?«

»Ja. Wahrscheinlich sogar besser. Du hast früher mit dem Training begonnen, und dein Körper spricht sehr gut darauf an. Du hast zweifellos Talent. Außerdem kommt dir zugute, daß du nicht so wie ich mit einer alten Kugel im Bauch herumläufst.«

Elias starrte ihn an. Haydon sprach selten von seinem früheren Leben als Söldner. »Ja, wahrscheinlich.«

»Die Übungen des Tal Kek Chara werden dich allerdings nicht lehren, die Wahrheit zu erkennen.«

»Falls du vorhast, mir noch eine Standpauke zu halten, die mich daran hindern soll, Dads Mörder zu suchen, dann laß es sein, Haydon. Eines Tages werde ich wissen, wer an der Cessna herumgefummelt hat, und dann wird der Kerl dafür bezahlen.«

»Wenn starke Gefühle das Wasser trüben, kann man die Wahrheit nicht erkennen. Du wirst eines Tages entscheiden müssen, ob dir deine Rache wichtiger ist als deine Seele.«

»Ich sehe nicht ein, wieso ich durch Rache meine Seele verlieren sollte.«

Haydon blickte ihn mit weisen Augen an. »Ich habe großes Vertrauen in dich, Elias. Du bist klug und stark. Eines Tages wirst du klar genug sehen, um deinen inneren Fluß zu finden.«

Er hatte schließlich herausgefunden, was Rache bedeutete, dachte Elias, während er sich abtrocknete und ein frisches Hemd anzog. Aber die Wahrheit über sich selbst hatte er noch nicht erkannt.

Er ging in die Küche, um das Abendessen zuzubereiten. Die Handgriffe riefen weitere Erinnerungen an Haydon in ihm wach. Diesmal drängte er sie beiseite und ließ seiner Kreativität beim Kochen freien Lauf.

Eine halbe Stunde später nahm er auf einem Kissen am Tisch Platz. Er blickte auf den gedämpften Reis, die Algensuppe, und das Gemüse-Curry, und erst jetzt wurde er gewahr, daß er das erstemal seit langer Zeit nicht damit beschäftigt war, einen Racheplan zu schmieden oder eine Geschäftsstrategie auszuarbeiten. Zum erstenmal seit der Beerdigung hatte er ein neues Ziel.

Er wollte mit Charity Truitt ins Bett gehen.

»Das wird nicht leicht, Otis. Ich fürchte, Charity ist eine dieser sehr fordernden Frauen, vor denen mich

Haydon stets gewarnt hat. Wenn man so eine verführen will, muß man einen hohen Preis zahlen.«

»Hä, hä, hä.«

Er würde mit etwas Kostbarem ihre Aufmerksamkeit erregen müssen, dachte Elias. Das Spiel würde einen hohen persönlichen Einsatz erfordern.

Ein erwartungsvolles Raunen ging durch die Menge am Ende des Piers, als Charity gerade Kräutercouscous und Linsensalat auf den Picknicktisch stellte. Vergeblich versuchte sie die erregende Vorfreude in sich zu unterdrükken. Sie brauchte gar nicht zu hören, was um sie herum geflüstert wurde, um zu wissen, wer gerade angekommen war.

Allerdings hätte niemand Elias' Ankunft bemerkt, wenn nicht jemand zufällig in seine Richtung geblickt hätte. Seine alten, geschmeidigen Stiefel machten kein Geräusch auf den Holzbohlen des Piers. Wenn er im Schatten an den verschiedenen Läden entlangging, war es sehr schwierig, seine vorbeigleitende Gestalt auszumachen.

Charity war neugierig, welches Gericht er wohl mitgebracht hatte. Seine Augen begegneten den ihren, als ob er darauf wartete, daß sie ihn bemerkte. Er grüßte sie mit einem winzigen Nicken. Charity hörte jemanden nach Luft schnappen. Zu ihrem Entsetzen war es niemand anders als sie selbst, die hier auf so unelegante Weise nach Atem rang.

»Da ist er«, flüsterte Radiance Baker mit ihrer rauhen Stimme.

Radiance hieß früher Rhonda und pflegte bewußt ihre rauchige Stimme, die zu ihrer ganzen Erscheinung paßte. Charity bezeichnete sie insgeheim als Neo-Hippie. Zu Radiance' großem Bedauern war sie zu jung, um ein echtes Blumenkind der legendären sechziger Jahre zu sein. Aber sie hielt sich für einen geistigen Nachfahren dieser Ära und kleidete sich entsprechend. Heute abend trug sie ein weites, buntgemustertes Kleid und zahlreiche lange Perlenketten. Das hüftlange Haar wurde durch ein geblümtes Tuch zurückgehalten.

»Da ist was faul an der Sache, wenn ihr mich fragt«, verkündete Roy Yapton, besser bekannt als Yappy. »Haydon Stone war ein bißchen verrückt, aber er hat mit offenen Karten gespielt. Diesem Kerl traue ich nicht.«

»Dem gehört jetzt aber hier der ganze Zirkus«, warnte Bea Hatfield, »paß also besser auf, was du sagst, alter Knabe.«

Roy und Bea gingen auf die Siebzig zu. Sie hatten beide seit zwanzig Jahren einen Laden auf dem Pier und waren seit ewigen Zeiten ein Paar. Keiner wußte, warum sie nie geheiratet hatten und immer noch so taten, als seien sie nur gute Freunde.

»Was hat er wohl zu essen mitgebracht?« Ted Jenner kratzte sich gedankenverloren am Bauch, der in einem knapp sitzenden, übergroßen XXL-T-Shirt steckte. »Ich habe Hunger.«

Das T-Shirt stammte aus seinem Laden, ›Ted's Instant Philosophy T-Shirts‹. Charity las den Spruch auf dem Hemd, das er heute vorführte: ›Ich bin vielleicht gestört, aber Sie sind hundertprozentig verrückt‹ stand da.

»Das ist ja nichts Neues.« Radiance ließ amüsiert die Augen über Teds ausladende Figur wandern. »Du hast immer Hunger. Wie oft soll ich dir noch sagen, daß du abnehmen kannst, wenn du auf vegetarische Kost umstellst.«

»Das ist es mir nicht wert. Ich hab' keine Lust, mich wegen ein paar Pfunden den Rest meines Lebens von Körnern und Nüssen zu ernähren«, erwiderte Ted gutgelaunt. »Auch wenn Charity dieses Hasenfutter noch so gut zubereitet.«

Das war eine alte Geschichte, und keiner hörte so

richtig zu. Alle waren viel zu beschäftigt, Elias zu beobachten. Wie sollten sie ihn begrüßen? Letzte Woche war er zwar ein Neuankömmling gewesen, aber doch einer von ihnen, dachte Charity. Nun war er ihr Vermieter.

Die neuen Mietverträge waren noch nicht unterzeichnet. Es bestand immer noch die Möglichkeit, daß Elias in den nächsten zwei Monaten seine Meinung änderte und die alten Verträge nicht verlängerte.

Als Vorsitzende der Ladenbesitzervereinigung beschloß Charity, das Heft in die Hand zu nehmen. Mit einem freundlichen Lächeln begrüßte sie Elias, als er bei der Gruppe anlangte.

»Sie können Ihr Gericht hier auf den Tisch stellen«, sagte sie mit besonderem Nachdruck. Das war ein alter Trick, den sie damals gelernt hatte, als die Gläubiger des Truitt-Warenhauskonzerns retten wollten, was es noch zu retten gab. Dank ihrer Intuition hatte sie die kritischen Tage meistern können, als sie die schwere Verantwortung für das Unternehmen übernahm. Ihre Intuition würde sie jetzt auch bei Elias einsetzen. »Haben Sie sich schon mit allen bekannt gemacht?«

Elias blickte sich um, während er die zugedeckte Pfanne neben Beas Kartoffelsalat stellte. »Nein.«

Charity stellte rasch alle vor. »Das ist Roy Yapton, er betreibt das Karussell. Bea Hatfield gehört das Whispering Waters Café. Das ist Radiance, sie hat ein Nagelstudio. Ted Jenner vom T-Shirt-Shop. Und Newlin Odell haben Sie bereits kennengelernt. Er arbeitet in meinem Laden.«

»Hallo.« Newlin blickte Elias durch seine Nickelbrille an. »Wie geht's Otis?«

»Gut.« Elias nickte allen höflich zu. Dann lehnte er sich an das Geländer des Piers und verschränkte die Arme vor der Brust.

Charity schob das Kinn vor, fest entschlossen, ihn in die Mangel zu nehmen. »Ich habe allen erklärt, daß Sie sich verpflichten, die Mietverträge zu den alten Konditionen zu verlängern.«

Elias nickte ein wenig abwesend. Das Thema interessierte ihn offensichtlich nicht besonders.

Yappy schaute finster drein. »Stimmt das?«

»Ja«, erwiderte Elias ruhig.

»Puh.« Bea fächelte sich mit einer Papierserviette Luft zu. »Da bin ich aber erleichtert. Charity hat uns erzählt, daß Sie von den Plänen der Stadt wissen. Wenn's nach denen ginge, wird Whispering Waters Cove ein Luxusbadeort.«

Elias schaute nachdenklich hinaus auf die Bucht. »Daraus wird vermutlich nichts werden.«

Ted runzelte die Stirn. »Da wär' ich mir nicht so sicher. Unsere geschätzte Bürgermeisterin Phyllis Dartmoor behauptet, der Stadtrat habe sich schon ein paar neue Namen für Crazy Otis Landing überlegt. Sie wollen etwas Flottes wie beispielsweise Indigo Landing oder Sunset Landing.«

Charity stöhnte. »Das klingt richtig gekünstelt, nicht sehr originell.«

»Charity kämpft seit dem Frühling mit der Stadt«, erklärte Radiance. »Wir gehen zusammen zu den monatlichen Stadtratssitzungen, überlassen aber Charity das Verhandeln. Sie kann das sehr gut.«

»Verstehe.« Elias' Blick ruhte nun auf Charity. »Crazy Otis Landing ist ein guter Name für den Pier. Ich sehe keinen Grund, ihn zu ändern.«

»Es freut mich, daß Sie unserer Meinung sind«, sagte Charity. »Aber ich warne Sie, man wird Sie unter Druck setzen und viele Veränderungen hier am Pier verlangen, nicht nur, was den Namen betrifft.«

»Damit werde ich schon fertig«, erwiderte Elias ruhig.

Charity wußte nicht, wie sie mit dieser einfachen Antwort umgehen sollte. Sie sah die anderen an. »Wie wär's, wenn wir erst mal etwas essen und dann übers Geschäft reden?«

»Gute Idee«, meinte Ted. »Was haben Sie denn mitgebracht, Winters?«

»Grüne japanische Nudeln und dazu einen Erdnuß-Dip. Es gibt auch Meerrettich für alle, die gern scharf essen.«

Charity starrte ihn verwundert an.

»Hätte ich mir denken können«, murmelte Ted. »Noch so ein Gourmet-Vegetarier aus Seattle. Man müßte Euch verbieten, hierherzuziehen. Ihr macht unsere regionale Küche kaputt.«

Radiance zog die Augenbrauen hoch. »Du meinst wohl, Hackbraten wär' vom Aussterben bedroht. Daß ich nicht lache.«

Bea grinste. »Da wirst du dich aber ranhalten müssen, Charity.«

Radiance kicherte. »Charity ist eine großartige Köchin«, erklärte sie Elias. »Ted nörgelt oft, aber selbst er ißt gern ihre Gerichte.«

»Das beste Hasenfutter im Nordwesten«, stimmte Ted zu und schlenderte zum Picknicktisch.

»Das kannst du laut sagen.« Yappy folgte ihm und hob den Deckel von der Pfanne, die Elias mitgebracht hatte. Er lächelte zufrieden, als er die grünen Nudeln sah. »Könnte ein ernstzunehmender Konkurrent für Charity werden, Leute.«

Alle lachten gutgelaunt über Yappys Bemerkung. Charity konnte spüren, wie sich die Anspannung löste und allgemeine Erleichterung eintrat, während alle Richtung Büfett marschierten.

Wenige Minuten später setzte sie sich mit einem Teller Nudeln auf eine Bank. Spätsommerliche Dämmerung lag über der Bucht. Die letzten Sonnenstrahlen tauchten den Himmel in ein goldenes Licht.

Elias setzte sich neben Charity. Verstohlen blickte sie

auf seinen Teller. Er hatte sich einen großen Berg von ihrem Linsensalat und dem Couscous genommen. Aus unerfindlichen Gründen freute sie das.

Vom anderen Ende der Bucht hörte man eine Art Singsang. Er wurde von einer schlecht gespielten Flöte und Trommeln begleitet.

»Was ist das, zum Teufel?« fragte Elias.

»Die Voyager«, antwortete Radiance. »Sie besingen jeden Abend den Sonnenuntergang. In ihrem Haus auf der Klippe können Sie sie wahrscheinlich nicht hören, aber wenn der Wind aus einer bestimmten Richtung weht, hört man sie sogar am Pier.«

»Ein Haufen Verrückter«, sagte Ted, den Mund voller Nudeln.

Radiance schaute nachdenklich drein. »Mir gefällt dieser alte Brauch.«

Elias sah zu ihr hinüber. »Alter Brauch?«

»In der guten alten Zeit haben sie auch so etwas gemacht«, erklärte Radiance.

Elias wollte gerade eine Gabel Salat zum Mund führen, hielt jedoch auf halbem Weg inne. »Zu welcher guten alten Zeit?«

Charity unterdrückte ein Lächeln.

Radiance erwiderte leise, fast andächtig: »In den sechziger Jahren.«

»Ach so.« Elias nickte nüchtern.

Er erhaschte Charitys Blick und zwinkerte ihr zu. Fast hätte sie ihre Gabel fallen gelassen.

»Mal sehen, wie lange sie diesen Brauch aufrechterhalten, wenn erst mal der Winter einbricht«, sagte Yappy schroff. »Im November können sie sich am Strand ganz schön den Hintern abfrieren.«

»Im November werden sie nicht mehr hier sein«, erinnerte ihn Bea. »Die Bürgermeisterin hat sicher recht, die werden alle verschwinden, wenn die Raumschiffe nicht wie versprochen hier eintreffen.«

Newlin Odell riß den Kopf in die Höhe. Hinter den Brillengläsern blitzte Wut in seinen Augen. »Dieser Mist mit dem Besingen des Sonnenuntergangs ist nur ein weiteres dummes Ritual, das Gwendolyn Pitt sich ausgedacht hat, um etwas Farbe in ihre Machenschaften zu bringen.«

»Beruhige dich, Newlin.« Ted versuchte ihn zu besänftigen. »Soweit wir wissen, macht Gwendolyn Pitt nichts Verbotenes. Glaub mir, wenn dahinter kriminelle Absichten steckten, hätte sich der Stadtrat schon auf die Voyager gestürzt. Der Polizeichef wäre sofort unterwegs, wenn es einen begründeten Verdacht gäbe.

»Das stimmt«, meinte Yappy. »Seit die Voyager hier angekommen sind, sucht die Stadt nach einem Weg, sie loszuwerden. Es wundert mich nur, daß Leighton Pitt nicht noch viel aufgebrachter ist. Ihm gehört zur Hälfte der alte Campingplatz, auf dem sich die Voyager häuslich niedergelassen haben.«

Nachdenklich aß Elias den Couscous. »Gibt es da eine Verbindung zwischen Leighton Pitt, dem Immobilienmakler, und Gwendolyn Pitt, der Sektenanführerin? oder haben sie beide nur zufällig den gleichen Nachnamen?«

»Das ist kein Zufall«, erklärte Bea. »Leighton ist der reichste Mann im Ort, und Gwen ist seine Exfrau. Sie haben früher zusammengearbeitet. Leighton hat sich dann aber vor einem Jahr scheiden lassen, um eine neue Angestellte namens Jennifer zu heiraten. Das Ganze war ein fürchterliches Drama.«

Elias blickte Charity fragend an. »Und Pitts Exfrau taucht also diesen Sommer mit einer Sekte im Schlepptau hier auf?«

»Hm-hm.« Charity schluckte gerade einen weiteren Bissen köstliche Nudeln hinunter. »Da stellt man sich schon Fragen, nicht wahr?«

»Gwen hat was vor, das ist ganz offensichtlich«,

meinte Yappy nachdenklich. »Da muß irgendwo Geld mit im Spiel sein. Diese Frau hat schon immer gewußt, wie man zu Geld kommt. Pitt hätte sie nicht verlassen sollen, er ist ein Idiot. Seine Geschäfte liefen seit der Scheidung lange nicht so gut wie vorher. Jennifer kann einfach nicht so gut Grundstücke verkaufen wie Gwen.«

»Ich sag' euch nur eines.« Newlin zerdrückte die Coladose in seiner Hand. »Gwendolyn Pitt darf nicht ungestraft davonkommen. Sie ruiniert das Leben anderer Leute. Meine Freundin hat der verdammten Sekte jeden Cent geschenkt, den sie besaß. Einer müßte dafür sorgen, daß dieser Person für immer das Handwerk gelegt wird.«

3

Am gefährlichsten sind Strömungen im seichten Wasser, am Ufer, wo man sich in Sicherheit wähnt.

›Der Weg des Wassers‹, aus dem Tagebuch von Haydon Stone

»Es geht wieder aufwärts, Davis. Der neue Besitzer wird die Mietverträge übernehmen.«

Charity klemmte sich den Hörer zwischen Ohr und Schulter, um beide Hände frei zu haben und eine am Morgen gelieferte Bücherkiste auszupacken. Obwohl sie noch keine Konkurrenz von anderen Buchläden fürchten mußte, legte sie großen Wert darauf, die allerneuesten Titel gleich in die Regale einzuräumen. Egal, wie groß ein Unternehmen ist, Kundenbindung erreicht man nur durch besten Service. So hatte sie den Truitt-Warenhauskonzern gerettet, und sie sah keinen Grund, diese einfachen Geschäftsregeln nicht auch auf Whispers anzuwenden.

»Habt ihr denn schon unterschrieben?« fragte Davis, pragmatisch wie immer.

»Nein. Aber du brauchst mir nicht zu erklären, daß nichts sicher ist, solange die Formalitäten nicht erledigt sind. Dieser Typ ist anders und ganz bestimmt kein typischer Geschäftsmann. Ich glaube, wir sind aus dem Gröbsten heraus.«

»Er weiß von den Modernisierungsplänen der Stadt und will trotzdem die Verträge zu den alten Konditionen übernehmen?« Davis klang immer noch sehr skeptisch.

»Das sagt er zumindest.« Charity lächelte, als sie die zwanzig Bände von Elizabeth Lowells jüngstem Roman in der Kiste entdeckte. Sie hatte eine lange Liste von Kunden, die auf das neueste Buch der beliebten Autorin warteten.

»Was für einen Idioten habt ihr da als neuen Vermieter bekommen? Ist wohl so einer, der glaubt, das Leben sei eine Schachtel Pralinen, nach dem Motto ›man weiß nie, was man bekommt‹.«

»Nicht so ganz. Er ist eher ein Nudeltyp.«

»Ein Nudeltyp? Etwa so schlaff …«

Charity mußte gegen ihren Willen lachen. »Du machst dir ein falsches Bild, Davis. Versuche dir einen Mann vorzustellen, der sagt: ›Leben ist wie Wasser, aber wenn das Wasser getrübt ist, kannst du das Spiegelbild nicht erkennen.‹«

»Klingt auch nicht viel besser.«

»Nun, es ist eigentlich ziemlich schwer, ihn treffend zu beschreiben.« Seit zehn Tagen wußte sie Elias in ihrer Nähe und fand ihn von Tag zu Tag faszinierender. Die Neugier machte sie ganz ruhelos. »Also, was die Verträge angeht, sind wir wie gesagt, noch nicht aus allem heraus. Aber du kennst ja meine Intuition. Ich bin mir ziemlich sicher, daß Winters es sich bis September nicht anders überlegt.«

»Der neue Besitzer heißt Winters?« fragte Davis überrascht.

»Ja, Elias Winters.«

»Hol mich der Teufel.« Davis pfiff anerkennend durch die Zähne. »Der hat doch wohl nichts mit dem Elias Winters von Far Seas Inc. zu tun?«

»Doch. Kennst du ihn?«

»Nicht persönlich.« Davis hielt inne. »Ich habe jedoch von ihm gehört. Er arbeitet unauffällig, aber äußerst wirkungsvoll und hat wichtige Verbindungen in ganz Südostasien. Kennt die richtigen Leute.«

»Er behauptet, Unternehmensberater zu sein.«

»Man sagt, daß er Leuten in bestimmten Regionen Türen öffnen kann – für eine bestimmte Summe. Er kann sie auch wieder schließen, wenn du verstehst, was ich meine.«

»Aha. Wieso habe ich noch nie von ihm gehört?«

»Er hat sich auf Südostasien spezialisiert, und Truitt war dort unter deiner Führung nicht tätig. In letzter Zeit haben Meredith und ich aber wieder daran gedacht zu expandieren. Winters' Name tauchte auf, als ich verschiedene Möglichkeiten durchgespielt habe.«

»Hmm.«

»Far Seas ist offensichtlich ein Einmannbetrieb«, fuhr Davis fort. »Winters hat anscheinend eine strategische Nische gefunden. Er führt Verhandlungen für Leute, die an abgelegenen Standorten, die sonst keiner beachtet, Geschäfte machen wollen. Spricht zwei, drei seltene Sprachen, die sonst niemanden interessieren. Seine Kunden sind in der Regel sehr um Diskretion bemüht und schwer reich. Wichtige Investoren, die nicht gern im Rampenlicht stehen. Bist du sicher, daß es sich um *diesen* Elias Winters handelt?«

»Wenn er die Wahrheit sagt, ja. Was ist denn los?«

»Ich weiß nicht«, gab Davis zu. »Aber wenn ich von dem ausgehe, was ich über ihn gehört habe, ist er ganz bestimmt nicht der Typ, der in einen kleinen Ort zieht, um einen Ramschladen zu betreiben. Halte die Augen offen, Charity. Ich schätze, er hat Pläne, von denen du nichts weißt.«

»Zum Beispiel?«

»Wer weiß? Vielleicht möchte einer seiner Auslandskunden in Whispering Waters Cove investieren.«

»Und Elias bereitet alles vor?«

»Das wäre die beste Erklärung für die gegenwärtige Situation. Wenn das wahr ist, geht's um Geld, um sehr viel Geld.«

»Er behauptet, den Pier von unserem ehemaligen Vermieter Haydon Stone geerbt zu haben.«

Davis dachte nach. »Vielleicht, vielleicht auch nicht.«

»Willst du damit sagen, daß Elias Winters den Pier im Auftrag eines Investors von Haydon Stone gekauft hat?« Es beunruhigte Charity, daß sie nicht selbst an diese Möglichkeit gedacht hatte. Hoffentlich konnte sie sich noch auf ihren guten Geschäftssinn verlassen. »Vielleicht war Haydon deswegen in Seattle und schloß das Geschäft ab, als er den Herzinfarkt erlitt. Aber warum sollte Elias uns belügen?«

»Denk doch mal nach, Charity«, sagte Davis. »Der Pier ist vielleicht nur der Anfang. Wenn Winters beauftragt wurde, weitere Grundstücke für einen ausländischen Investor zu erwerben, wird er vermeiden wollen, daß die Grundstückspreise in Whispering Waters Cove in die Höhe schießen.«

»Stimmt.« Charity trommelte mit den Fingern auf einem Bücherstapel herum. »Wenn er hier eine ganze Reihe von Grundstücken kaufen möchte, wird er es so lange wie möglich geheimhalten wollen. Vorzugeben, den Pier geerbt zu haben und ihn nicht verändern zu wollen, könnte nur eine Masche sein, um möglichst unauffällig zu erscheinen.«

Davis schmunzelte. »Du hast erzählt, die Stadt möchte dem Ort mehr Exklusivität verleihen. Aber glaube mir, die haben keine Ahnung, wie das Ganze aussehen könnte, wenn Winters seine Finger im Spiel hat. Seine Kunden sind Bauherren, die Immobilien in Top-Lagen erschließen und in Luxusferienorte verwandeln. Küstenlagen sind am gefragtesten.«

Charity malte sich die Situation aus. Der Stadtrat war schon ganz begierig darauf, Crazy Otis Landing zu einer noblen Touristenattraktion herauszuputzen. Aber wenn sie davon erfahren würden, daß ein vermögender ausländischer Investor Whispering Waters Cove in einen exklusiven Luxusferienort verwandeln wollte, wären sie völlig aus dem Häuschen.

»Eine Firma, die in Whispering Waters Cove investieren möchte, wird versuchen, so günstig wie möglich Grundstücke zu erwerben, und zwar bevor die Leute am Ort Wind davon bekommen und hohe Preise für das Land verlangen«, fügte Davis hinzu. »Es ist gängige Geschäftspraxis, jemanden vorauszuschicken, der die großen Brocken kauft, bevor allgemein bekannt ist, was gespielt wird.«

Crazy Otis Landing war durchaus ein hübscher Brokken von einem Grundstück, dachte Charity. Man könnte den Pier leicht zum Herzstück eines schicken Badeorts machen. »Du meinst also, Elias Winters ist als Drahtzieher für einen ausländischen Investor hier?«

»Nach allem, was ich über Winters gehört habe, ist das sehr gut möglich.«

»Aber warum sollte er zustimmen, die Mietverträge zu den alten Konditionen zu übernehmen, wenn er den Pier für einen Kunden braucht?« Charity bemerkte verärgert, daß ihre Stimme immer schriller geworden war. Es gab keinen Grund, jetzt emotional zu werden. Hier ging es ums Geschäft. Sie war früher eine sehr gute Geschäftsfrau gewesen.

»Wenn meine Annahmen stimmen, ist das der Beginn eines auf drei bis fünf Jahre angesetzten Investmentplans«, erklärte Davis.

»In dem Fall wäre es ganz normal, die Mietverträge um ein weiteres Jahr zu verlängern«, sagte Charity grimmig. »Wer auch immer dahintersteckt, wartet vielleicht sogar noch ein paar Jahre, bevor er mit den Baumaßnahmen beginnt.«

»Richtig. Warum sollte man die jetzigen Mieter nicht solange als Tarnung behalten?«

»Verstehe. Wir müssen uns absichern und die Mietverträge auf mindestens drei, vielleicht fünf Jahre aushandeln.«

»Mach dich nicht verrückt«, sagte Davis aufmunternd. »Das ist nicht dein Problem. Du bist geschäftstüchtig genug, um den kleinen Buchladen weiterzuführen, ganz gleich, was mit dem Pier geschieht. Und eine größere Zahl von Feriengästen würde deinem Geschäft doch nur guttun. Im Urlaub lesen die Leute eine ganze Menge. Das ist alles kein Grund zur Beunruhigung für dich.«

Aber Bea, Yappy, Radiance und Ted besaßen nicht den gleichen Geschäftssinn und würden verschärften Konkurrenzbedingungen nicht standhalten können. Zugegeben, sie hatten im letzten Jahr einiges dazugelernt, aber sie würden wahrscheinlich von gewiefteren Geschäftsleuten verdrängt werden, wenn man den Pier umbauen sollte.

»Danke, Davis. Grüße Meredith von mir.«

»Mach' ich. Es wäre langsam mal an der Zeit, daß du uns besuchst, meinst du nicht?«

»Ja, ja.«

»Gut.« Davis zögerte. »Und du langweilst dich immer noch nicht in deinem kleinen Laden?«

»Nein, bestimmt nicht.«

»Ich habe mit Meredith gewettet, daß du es höchstens noch sechs Monate dort aushältst, bevor du nach Seattle zurückziehst.«

»Die Wette verlierst du, Davis.«

»Das werden wir ja sehen. Übrigens, da wäre noch etwas.«

»Ja?«

»Nimm dich vor Winters in acht. Er spielt nicht nur mit hohem Einsatz, er gewinnt auch immer.«

»Kein Mensch kann immer gewinnen, Davis.«

Charity verabschiedete sich und legte auf. Eine ganze Weile lang starrte sie gedankenverloren auf einen Stapel Krimis.

Warum war sie so enttäuscht? Sie wußte doch, wie es in der Geschäftswelt zuging. Davis hatte nur ausgesprochen, was sie von Anfang an hätte ahnen müssen.

In Wahrheit wollte sie nämlich nicht daran glauben, daß Elias Winters ein falsches Spiel mit ihr trieb. Sie hoffte, daß er nicht lediglich vorgab, ein Mann zu sein, der nach Whispering Waters Cove gekommen war, um Antworten auf seine Sinnfragen zu finden.

Ein Mann, mit dem sie etwas verband.

An diesem Abend hörte sie nach dem Essen ein Klopfen am Fliegengitter der Küchentür. Charity fuhr zusammen. Sie saß am Tisch und war gerade damit beschäftigt, einen geschäftlichen Brief zu beantworten. Der Kugelschreiber entglitt ihr vor Schreck, gerade als sie ihre Unterschrift darunter setzen wollte. Statt eines ›C‹ kritzelte sie einen unleserlichen Schnörkel.

Charity legte den Stift beiseite und blickte zur Tür. Auf dem Absatz lauerte eine dunkle Gestalt.

»Wer ist da?«

»Entschuldigung, ich wollte Sie nicht erschrecken.« Elias blickte sie durch das Fliegengitter an. Seine Augen funkelten im Dämmerlicht.

Der Schreck verwandelte sich in freudige Erleichterung. »Sie haben mir keinen Schreck eingejagt. Ich habe Sie nur nicht gehört.« Es war ihr peinlich, daß sie so ängstlich reagiert hatte. Sie ging zur Tür. »Letzten Monat ist jemand in mein Haus eingebrochen, als ich bei einer Stadtratssitzung war. Wahrscheinlich bin ich deswegen noch etwas schreckhaft.«

»Ich wußte nicht, daß es Einbrecher in Whispering Waters Cove gibt.«

»Hier herrschen sicher keine Großstadtverhältnisse. Unser Polizeichef, Hand Tybern, vermutet, daß es jemand von außerhalb gewesen sein muß, aber das ist schwer zu beweisen. Ich hoffe nur, daß die Einbrecher nicht mehr hier in der Gegend sind. Was machen Sie hier? Ist etwas passiert?«

»Nein. Ich war spazieren und wollte wissen, ob Sie sich mit mir ein unterhaltsames Spektakel ansehen möchten.«

»Was für ein Spektakel?« Die Versuchung, das Fliegengitter zu öffnen, war riesengroß.

»Ein musikalisches Drama, das auch unter dem Name ›Sonnenuntergangsbesingung‹ bekannt ist. Ich kann für die heutige Aufführung Karten in der ersten Reihe bekommen, wenn Sie möchten.«

Charity mußte gegen ihren Willen lächeln. »Die Vorführung hat aber ziemlich schlechte Kritiken bekommen.«

Elias zuckte mit den Achseln. »Immer noch besser, als sich mit Crazy Otis zu unterhalten. Der wollte sich sowieso schlafen legen.«

»Ihnen war also langweilig, und Sie hatten nichts Besseres vor.« Es tat ihr sofort leid, daß sie das gesagt hatte.

»Es war nur eine Idee.« Elias winkte ihr zu. Sein Blick hatte sich verfinstert. »Wenn Sie lieber Bürokram erledigen ...«

Sie stöhnte. »Warten Sie, ich hole meinen Schlüssel.«

Er betrachtete ihre Küchenmöbel, als sie sich von der Tür abwandte. »Die Sachen haben Sie sicher nicht bei ›Seth's New & Used Furniture Mart‹ gekauft.«

Charity warf einen Blick auf ihre teuren, italienischen Designermöbel. »Nein, ich habe sie aus Seattle mitgebracht. Gott sei Dank haben die Vandalen sich darauf beschränkt, Lebensmittel aus dem Kühlschrank auf den Boden zu werfen und die Wände mit Schimpfwörtern zu beschmieren. Sie sind wohl nicht mehr dazu gekommen, das Mobiliar kurz und klein zu schlagen.«

Nachdem sie die Tür sorgfältig verschlossen hatte, steckte Charity den Schlüssel ein und ging hinaus zu Elias, der in der Dämmerung wartete. Schweigend gingen sie hinab zu dem Pfad, der sich auf den Klippen über dem Strand entlangschlängelte.

Charity hatte sich angewöhnt, jede Woche mehrmals ausgedehnt spazierenzugehen. Das gehörte zu der Therapie, die sie sich selbst verordnet hatte, um sich von ihrem Nervenzusammenbruch zu erholen. Schon seit Monaten hatte sie keine Panikattacke mehr gehabt, wenn man von dem Vorfall mit Rick Swinton absah, der versucht hatte, sie zu einer Abendverabredung zu zwingen.

Die unvermittelten Angstgefühle hatten sich bald gelegt, nachdem sie nach Whispering Waters Cove gezogen war. Aber sie hielt trotzdem an der Gewohnheit fest, trieb Sport und wandte streßbekämpfende Methoden an, die sie sich selbst beigebracht hatte. Diese Rituale trugen zu ihrem neuen Wohlbefinden bei.

Sie liebte die frische Brise der Bucht auf ihrem Gesicht. Sie schärfte die Sinne und verhalf ihr zu einem klaren Kopf. An diesem Abend war die Wirkung noch intensiver als sonst. Elias' Anwesenheit war ihr deutlich bewußt. Sie spürte seine Wärme und Kraft, obwohl er sie nicht berührt hatte.

»Es tut mir leid, daß ich Sie vorhin so angefahren habe«, brach sie schließlich das Schweigen. »Und es war sehr unhöflich von mir zu sagen, Sie hätten mich nur aus Langeweile besucht.«

»Vergessen Sie's.«

Sie zögerte und beschloß, aufs Ganze zu gehen. »Ich hatte heute ein äußerst interessantes Gespräch mit meinem Bruder.«

Es war gerade noch hell genug, um das amüsierte Lächeln auf seinen Lippen zu sehen. »Ich nehme an, daß Sie hauptsächlich über mich gesprochen haben.«

Sie seufzte. »Ehrlich gesagt, ja. Davis hatte von Ihnen und Ihrer Firma gehört, Sie aber nie persönlich kennengelernt.«

»Ich habe auch schon von ihm gehört. Unsere Wege haben sich nie gekreuzt.«

»Er hat mich ermahnt, Ihnen mit Vorsicht zu begegnen. Sie wären nicht der Typ, der einen Kuriositätenladen in einem kleinen Ort führt. Er meinte, Sie seien im Auftrag eines wichtigen Auslandskunden in Whispering Waters Cove.«

Elias hielt den Blick auf die Bäume gerichtet, die den Weg hinab zum Strand säumten. »Ich bin nicht aus geschäftlichen Gründen hier. Die Vermutungen Ihres Bruders beruhen auf falschen Annahmen.«

»Mit anderen Worten, er blickt durch trübes Wasser.«

»Scheint so, als hätten Sie auch einiges von Haydon gelernt.«

Charity lächelte kurz. »Ich mochte Haydon, aber ich hatte nie das Gefühl, ihn richtig zu kennen. Er lebte in seiner eigenen Welt und war immer sehr distanziert.«

»Sie haben recht. Soweit ich weiß, war ich der einzige, dem er Einblick in sein Innerstes gewährte.«

Etwas in seiner tiefen Stimme ließ Charity aufhorchen. »Er war mehr als nur ein Freund für Sie, nicht wahr? Und auch mehr als ein Lehrmeister?«

»Ja.«

Sie holte tief Luft. Das Mitgefühl ließ sie all ihre Vorsicht und Zurückhaltung vergessen. »Es ist erst zwei Monate her, daß er gestorben ist. Der Verlust muß sehr schmerzlich für Sie sein.«

Elias schwieg ein paar Sekunden, während ihr Herz wie wild klopfte. »Ich war bei ihm, als er starb. Er wollte nicht in die Notaufnahme und sagte immer wieder, daß es unnötig sei, da er sterben würde und kein Arzt der Welt ihm helfen könnte. Aber er wußte auch, daß er es zulassen mußte, daß ich ihn ins Krankenhaus brachte, weil ich mir sonst mein Leben lang Vorwürfe gemacht hätte. Er wäre lieber in Ruhe zu Hause gestorben.«

»Sie brachten ihn in die Notaufnahme, und er ist dann dort gestorben?«

»Ja.« Elias blickte über die Bucht. »Als es dem Ende zuging, war er sehr ruhig und ausgeglichen. Er ist gestorben, wie er gelebt hat. In seinen letzten Worten erinnerte er mich daran, daß er mir die Werkzeuge in die Hand gegeben hatte, mich zu befreien. Ich müsse sie nur noch benutzen.«

»Wovon sollten Sie sich befreien?«

Wieder hielt er einen Moment lang inne. »Von meinen Rachegelüsten.«

Charity starrte ihn an. »Wem gegenüber?«

»Das ist eine lange Geschichte.«

»Ich höre Ihnen gerne zu.«

Elias lief ein paar Minuten schweigend neben ihr her. Charity glaubte schon, daß er nicht vorhatte, ihre Frage zu beantworten. Aber dann begann er zu erzählen.

»Meine Eltern ließen sich scheiden, als ich zehn Jahre alt war. Ich lebte dann bei meiner Mutter, die an Depressionen litt. Einen Monat nach meinem sechzehnten Geburtstag nahm sie sich das Leben.«

»O Gott, Elias. Wie schrecklich.«

»Dann zog ich zu meinen Großeltern. Sie konnten ihren Tod nie verschmerzen und haben, glaube ich, meinem Vater die ganze Schuld an ihrem Tod gegeben. Und dann habe ich auch angefangen, das zu glauben. Ich wartete auf eine Nachricht von meinem Vater. Er hat sich nie gemeldet.«

Es schnürte Charity die Kehle zu. »Wo war er?«

»Er hatte ein kleines Luftfrachtunternehmen auf der Insel Nihili.«

Charity runzelte die Stirn. »Ich habe noch nie davon gehört.«

»Es gibt nicht viele Menschen, die diese Insel kennen. Sie ist weit draußen im Pazifik. Nach einiger Zeit überredete ich meinen Großvater, mir das Geld für die Reise dorthin zu geben. Das war nicht schwer.«

»Was ist Ihrem Vater zugestoßen?«

»Dad hatte einen Rivalen, ein Mann namens Garrick Keyworth.«

Charity sagte nichts, als er erneut innehielt. Sie wartete einfach.

»Keyworth hat Dads einziges Flugzeug sabotiert. Mein Vater wußte davon, riskierte aber trotzdem, damit zu fliegen. Das Flugzeug ist über dem Meer abgestürzt.«

Charity war sprachlos. Sie hatte nicht erwartet, daß es um Mord gehen würde. »Wenn das stimmt, war es ihr volles Recht, sich an Keyworth rächen zu wollen.«

»Das Ganze ist nicht so einfach. Die Dinge sind oft komplizierter. Dad wußte von dem Problem mit der Benzinleitung, entschied sich aber an diesem Tag trotzdem zu fliegen. Er hatte seine Lieferverträge einzuhalten. Ich habe nie wahrhaben wollen, daß es auch seine eigene Entscheidung war, sein Leben aufs Spiel zu setzen.«

Charity erkannte auch etwas anderes. »Er hat nicht nur sein Leben riskiert, sondern auch in Kauf genommen, Sie allein zurückzulassen, nicht wahr?«

»Da haben Sie recht.« Elias lächelte bitter. »Haydon hat das auch oft gesagt.«

»Man kann Ihrem Vater eine falsche Einschätzung der Situation vorwerfen, aber das enthebt Garrick Keyworth keineswegs seiner Schuld, wenn Sie mich fragen.«

»Nein, natürlich nicht. Kurz gesagt, ich landete auf Nihili ein paar Tage nach seinem Absturz. Haydon stand am Rollfeld und holte mich ab. Aus persönlichen Gründen, die ich niemals habe ganz verstehen können, übernahm er die Verantwortung für mich. Er hat meine Erziehung zu Ende gebracht und mir geholfen, meine

Firma aufzuziehen. Er hat mich gelehrt, ein Mann zu sein. Ich schulde ihm mehr, als ich jemals wiedergutmachen kann.«

Charity kämpfte mit den Tränen. »Verstehe. Was ist mit dem Mann passiert, der das Flugzeug Ihres Vaters beschädigt hat?«

»Ich habe sehr lange gebraucht herauszubekommen, wer er ist. Und nachdem ich das wußte, habe ich viele Jahre damit zugebracht, einen Weg zu finden, sein Geschäftsimperium zu zerstören. Und dann ist Haydon gestorben.«

»Und das hat Ihr Leben verändert?«

»Ja, alles. Ich sah Keyworth' Bild in einem anderen Licht, nachdem ich mich von Haydon verabschiedet hatte. Mir war vorher nicht klargewesen, daß Keyworth einen Preis für sein Verbrechen gezahlt hat. Er weiß, daß alles, was ihm heute gehört, auf dieser zerstörerischen Tat beruht. Das nagt an seiner Seele. Das zermürbt ihn und wird ihn schließlich zugrunde richten. Er hat schon mehr dafür bezahlt, als er weiß. Ich habe beschlossen, ihn in dem Gefängnis zu lassen, das er sich selbst gebaut hat.«

Charity atmete auf. »Das ist eine sehr weise Einstellung – eine geradezu metaphysische. Seien Sie mir nicht böse, aber es fällt mir etwas schwer zu glauben, daß Sie Ihren Plan aufgegeben haben, um Keyworth der kosmischen Gerechtigkeit zu überlassen.«

Elias dunkle Brauen hoben sich. »Das ist sehr gut beobachtet. Sie haben recht. Ich bin kein Heiliger. Ich habe Keyworth zur Rede gestellt, bevor ich hierherkam. Ich habe ihm ein paar Unterlagen gezeigt, die zweifelsfrei beweisen, daß ich über den nötigen Einfluß verfüge, seinen Geschäften in Südostasien großen Schaden zuzufügen, ja sie sogar völlig lahmzulegen. Dann erst bin ich hierhergekommen.«

Charity war für ein paar Sekunden völlig sprachlos.

»Er sollte also nur wissen, daß sein Schicksal in Ihrer Hand lag und Sie ihn laufen ließen.«

»Das war das Mindeste, was ich mir schuldete.«

»Raffiniert, vielleicht zu raffiniert. Keyworth könnte denken, daß sie den Plan aus Schwäche nicht ausgeführt haben. Oder daß Sie die Nerven verloren haben.«

»Das bezweifle ich«, erwiderte Elias ruhig. »Ich habe mich sehr lange mit ihm beschäftigt, bevor ich zugeschlagen habe. Ich kenne ihn sehr gut.«

»Sie glauben, daß ihm das Bewußtsein seiner Verwundbarkeit unerträglich ist?«

»Vielleicht, vielleicht auch nicht.« Elias machte eine abwinkende Handbewegung. »Das ist nicht mehr wichtig. Keyworth bedeutet mir nichts mehr.«

»Und trotzdem haben Sie jahrelang an Ihrem Racheplan geschmiedet.«

»Ich brauchte sehr viel Zeit für meine Strategie.«

Charity strich sich ein paar Strähnen zurück, die ihr der Wind ins Gesicht geblasen hatte. »Hat die Konfrontation mit Keyworth stattgefunden, kurz bevor Sie hierherkamen?«

»Ja.«

»Puh, Sie haben viel durchgemacht in den letzten Monaten. Der Tod Ihres Freundes Haydon, die Begegnung mit Keyworth, eine neue Beschäftigung und der Umzug in eine neue Umgebung.«

Er sah sie neugierig an. »Was meinen Sie damit?«

»Nun, wenn Sie sich einem psychologischen Test unterziehen müßten, dann würden Sie wahrscheinlich im Bereich Streßerlebnisse eine ziemlich hohe Punktzahl erreichen.«

»Ich habe nicht vor, einen Therapeuten aufzusuchen.«

»Nein, sicher nicht.« Aus irgendeinem Grund mußte sie bei dem Gedanken beinahe schmunzeln. »Sie ziehen es vor, statt dessen in klares Wasser zu blicken.«

»Bei mir funktioniert das.«

Sie betrachtete ihn von der Seite. »Dürfte ich Ihnen noch eine Frage stellen?«

Er schien sich zu wappnen. »Natürlich.«

»Warum haben Sie mir das alles erzählt? Bei unserer ersten Begegnung hatte ich den Eindruck, Sie wären ein eher schweigsamer Mensch.«

Er lächelte. »Ich bin Ihnen immer noch nicht ganz geheuer, was?«

»Ich bin eben vorsichtig.«

»Na gut. Um Ihre Frage zu beantworten: Ich hab' Ihnen ein paar Geheimnisse aus meinem Privatleben offenbart, weil ich eine Gegenleistung von Ihnen erwarte.«

»Verdammt, ich wußte es.« Er hatte sie ausgetrickst, dachte sie wütend.

Aber sie war weder verletzt noch enttäuscht. Sie hatte schon geahnt, daß dieser nette Abendspaziergang einen Haken hatte. Elias war nicht der Typ Mann, der intime Geheimnisse teilte, wenn er nicht damit ein übergeordnetes Ziel erreichen wollte.

»Lassen Sie hören«, schnauzte sie ihn an. »Was wollen Sie von mir? Falls es Ihnen um die Mietverträge geht, verschwenden Sie Ihre Zeit.«

»Die Mietverträge sind mir völlig gleichgültig. Ich möchte nur die Chance bekommen, Sie näher kennenzulernen.«

Überrascht blieb sie stehen und blickte ihn an. »Wie bitte?«

»Sie haben schon verstanden.« Und als sei es das selbstverständlichste der Welt, als gingen sie jeden Abend zusammen an der Bucht entlang, nahm er ihre Hand in die seine. »Jetzt bin ich aber an der Reihe, eine Frage zu stellen.«

4

Der herannahende Sturm verwandelt die Meeresoberfläche in silbergrauen Stahl. Auf solch einem Spiegel zeichnet nur Gefahr sich deutlich ab.

›Der Weg des Wassers‹, aus dem Tagebuch von Haydon Stone

Charity verkrampfte sich unbewußt, als sie Elias' starke Hand spürte. Er hatte mehr Kraft, als sie angenommen hatte, aber sie fühlte sich nicht im geringsten von ihm bedroht. Es beschlich sie kein beklemmendes Gefühl, so wie damals, als sie mit Brett Loftus ausging. Und sie wollte auch nicht wegrennen wie vor Rick Swinton, Gwendolyn Pitts Assistent, der versucht hatte, sich in seiner schmierigen Art an sie heranzumachen.

Jetzt wußte sie wenigstens, daß sie nicht ihr Leben lang gegen Panikattacken ankämpfen mußte, wenn ein Mann sie berührte. Was für eine Erleichterung.

Ein großes Glücksgefühl durchströmte sie. Endlich geheilt. Sie mußte unwillkürlich lächeln.

Und dann ergriff eine unheimliche Erregung von ihrem Innersten Besitz. Sie hatte keine Angst, aber beruhigend war das Ganze auch nicht gerade.

Sie brauchte einen Moment, um sich des intensiven körperlichen Verlangens bewußt zu werden. Sie zwang sich, mit dem Lächeln aufzuhören, holte tief Luft und wäre beinahe gestolpert, als ihr klar wurde, was da mit ihren Sinnen geschah. So fühlte es sich also an, wenn ein Mann körperlich anziehend war.

»Alles in Ordnung?« fragte Elias und fing sie auf.

»Ja.« Verdammt. Sie war richtig außer Atem. »Ja, alles bestens. Ich bin nur über einen Stein gestolpert. Man sieht fast nichts mehr um diese Uhrzeit. Bald wird es stockdunkel sein.«

Er warf ihr einen seltsamen Blick zu, sagte aber nichts.

Im Laufe der Jahre hatte sie ein, zwei feste Beziehungen gehabt, mehr waren es nicht, dafür war keine Zeit. Seit ihre Mutter und ihr Stiefvater bei einem Lawinenunglück umgekommen waren, hatte ihr Leben nicht mehr ihr selbst gehört. Die Firma Truitt für die nächste Generation zu erhalten, war ihr einziges Ziel gewesen. Und dann hatte sie dem armen Brett gegenüber diese Phobie entwickelt.

Eigentlich hatte sie noch nie ein so starkes, wildes Gefühl gespürt wie jetzt dieses.

Bitte laß es keinen Vorboten einer Angstattacke sein, dachte sie inständig. *Bitte. Nicht mit diesem Mann. Keine törichten Phobien mehr. Dieses Gefühl ist zu schön.*

Das Erschütternde daran war, daß sie sich ihm so nahe fühlte. Es war, als ob sich Elias ihr öffnete und seine Energie mit ihr teilte. Sie fragte sich, ob er die Erregung spürte, die von ihr ausgehen mußte. Und dann malte sie sich einen Kuß von ihm aus.

Sein Kuß würde anders sein, dachte sie nach reiflicher Überlegung. Ganz anders. So außergewöhnlich wie die Landung von Raumschiffen von einem anderen Stern.

»Nun gut. Jetzt sind Sie an der Reihe«, sagte sie rasch. »Stellen Sie Ihre Frage.«

»Haydon hat einmal erwähnt, daß die Eröffnung Ihres Buchladens letztes Jahr die Belebung des ganzen Piers bewirkt hat.«

Charity zog eine Grimasse. »Da hat er maßlos übertrieben. Der Fremdenverkehr hat in den letzten Jahren in unserer Gegend stetig zugenommen. Der Pier hat von sich aus schon eine gewisse Anziehungskraft. Es fehlte nur noch ein Laden, der Einheimische und Touristen dazu bewegen konnte, zum Einkaufen auf den Pier zu kommen. Eine Buchhandlung ist dafür bestens geeignet.«

»Er hat mir auch erzählt, die anderen Ladenbetreiber hätten im letzten Jahr manches in Sachen Geschäftstüchtigkeit von Ihnen gelernt. Sie hätten Sie oft um Rat gefragt. Es ist zum Beispiel Ihr Verdienst, daß Bea eine Espressomaschine angeschafft hat.«

»Ich hatte das Glück, einige Jahre in der Geschäftswelt tätig gewesen zu sein«, erinnerte sie ihn. »Ich bin nicht die geborene Unternehmerin, aber ich habe sicher einiges gelernt. Wenn die anderen mich um Rat fragen, versuche ich, ihnen so gut wie möglich zu helfen. Aber in Wirklichkeit verdanke ich ihnen viel mehr als sie mir.«

»Wieso?«

Sie zögerte genau wie er vorher und suchte nach den passenden Worten. »Als ich hier ankam, war ich mit den Nerven völlig am Ende.« Aus dem Augenwinkel sah sie kurz sein Profil. »Sie haben sicher ein paar Gerüchte gehört.«

»Ja, ein paar.«

Sie seufzte tief. »Nun, die meisten entsprechen der Wahrheit. An dem Abend meiner geplanten Verlobung mit einem sehr netten Mann namens Brett Loftus kam es zu einer fürchterlichen Szene. Ich erlitt einen Nervenzusammenbruch, und zwar vor allen wichtigen Leuten Seattles. Es war schrecklich. Ich meine, es war ja nicht Bretts Schuld, daß er einfach zu groß war und ich das nicht … Nun, lassen wir das.«

»Zu groß?« Elias' Stimme klang seltsam.

»Ja, Sie wissen schon.« Charity machte eine vage Geste. »Zu groß, zu kräftig. Seine ganze Statur war überwältigend. Für mich zumindest.« Das war nicht gerecht, dachte sie. Ihre Therapeutin hatte ihr erklärt, daß Bretts

Größe nicht das wahre Problem sei. Unglücklicherweise hatte sie ihre Beziehungsangst mit seiner körperlichen Erscheinung verknüpft und infolgedessen eine ausgeprägte Phobie gegen ihn entwickelt.

»Verstehe.« Elias klang noch befremdlicher.

»Haben Sie ihn einmal kennengelernt?«

»Nein, aber ich habe ihn gesehen. Er hielt bei einem Lunch eine Rede im Geschäftsclub eines Kunden von mir.«

»Er paßt sicherlich sehr gut zu einer anderen Frau«, sagte sie hastig. »Zu meiner Stiefschwester zum Beispiel. Viele Frauen bewundern körperliche Größe bei einem Mann.«

»Davon habe ich gehört.«

»Aber jedesmal wenn Brett ... Nun, Sie wissen schon. Ich hielt es einfach nicht aus. Er war wirklich ein Gentleman und führte meine Probleme auf Streß zurück. Das war alles sehr unangenehm.«

»Sicher war es das.«

»Aber es lief einfach darauf hinaus, daß schon der Gedanke an ... an ...« Sie fühlte, wie sie rot wurde, und sie war dankbar, daß die Nacht hereinbrach. »... es zu tun. Regelmäßig, meine ich. So wie das eben ist, in einer Ehe ... Ein Mann von seiner Statur, es war einfach zu viel für mich.«

»Ich glaube, ich verstehe, was Sie meinen.«

Sie räusperte sich. »Jedenfalls wurde nichts aus der Fusion, die ich seit Monaten geplant hatte.«

»Daraufhin sind Sie als Geschäftsführerin der Truitt-Warenhauskette zurückgetreten.«

»Ja. Und ohne meine Stiefgeschwister zu warnen. Ich habe sie im Stich gelassen. Einige Monate lang habe ich eine Therapie gemacht. Dabei ist mir klargeworden, daß ich nie mehr in die Geschäftswelt zurückkehren wollte. Ich beschloß, aus Seattle wegzuziehen. Der Zufall hat mich dann hierher verschlagen.«

»Was ist dann passiert?«

»Es war recht eigenartig.« Charity lächelte. »Ich habe mich ausgeruht, bin viel spazierengegangen und habe wieder angefangen zu kochen. Eines Tages wollte ich mir dann ein Buch kaufen und stellte fest, daß es in Whispering Waters Cove keine Buchhandlung gab. Ich ging hinunter zum Pier und besprach alles mit Haydon. Er hat mir einen Laden vermietet. Innerhalb weniger Monate fühlte ich mich wieder halbwegs normal.«

»Unter Ihrer Leitung würde Whispers noch mehr Gewinn einbringen, wenn Whispering Waters Cove ein luxuriöser Badeort würde«, sagte Elias nachdenklich. »Sie brauchen sich keine Sorgen zu machen, im Gegenteil – Sie können nur gewinnen, wenn die Stadt ihre Pläne verwirklicht.«

»Aber mir gefällt alles so, wie es ist. Ich ziehe langsames Wachstum vor. Große Sprünge sind gefährlich fürs Geschäft. Wenn man auf die Nase fällt, ist die Hölle los. Außerdem bin ich nicht mehr so ehrgeizig wie früher, mir gefällt eine überschaubare, kleine Firma. Dazu fühle ich mich berufen. Man kennt die Kunden persönlich und ist viel zufriedener.«

»Aber deswegen müssen Sie die Zukunft Ihrer Firma doch nicht von den anderen Läden auf dem Pier abhängig machen«, wandte Elias ein. »Warum tun Sie das? Warum haben Sie eine Ladenbesitzervereinigung gegründet? Warum legen Sie sich mit der Bürgermeisterin und dem Stadtrat an?«

Charity runzelte die Stirn, ganz überrascht von diesen vielen Fragen. »Die anderen Ladenbesitzer sind meine Freunde. Sie haben mich mit offenen Armen aufgenommen, als ich in Whispering Waters Cove ankam. Sie haben mich großzügig unterstützt und sind hilfsbereite Nachbarn gewesen.«

»Deshalb fühlen Sie sich verpflichtet, ihnen zu helfen, die Läden auf Crazy Otis Landing zu behalten?«

»Das ist doch das Mindeste, was ich tun kann. Sie haben sie ja kennengelernt. Sie sind keine raffinierten Geschäftsleute. Ein großer Konzern würde sie glatt überfahren.«

»Stimmt«, gab Elias zu.

»Sie haben alle auf dem Pier einen Laden eröffnet, weil es sonst keinen Platz für sie gab. Sie sind eine kleine Gemeinschaft von Menschen, die einander brauchen. Haydon hat das auch so gesehen, glaube ich.«

Elias schmunzelte. »Haydon hatte auch keine Lust, eine Boutique aus seinem Laden zu machen.«

»Ich möchte ja nur, daß die Leute auf dem Pier eine Chance bekommen, ihre Geschäfte weiterzuführen, auch wenn der Ort immer mehr Touristen anlockt.«

»Meinen Sie, daß Yappy, Ted und die anderen mit einer Reihe Kunstgalerien konkurrieren könnten?«

»Wenn's sein muß.« Charity zuckte mit den Achseln. »Aber wer weiß? Vielleicht werden diese schicken Läden niemals ihre Pforten öffnen.«

»In der Zwischenzeit halten Sie wohl weiterhin zu den Leuten vom Pier?«

Sie schaute ihn prüfend an. »Das tun Sie doch auch. Das heißt, natürlich nur, wenn Sie mir die Wahrheit über Far Seas gesagt haben.«

Flötenspiel und laute Stimmen ersparten Elias die Antwort auf diese absichtlich herausfordernd gestellte Frage.

»Sieht ganz so aus, als hätte die Show bereits angefangen«, bemerkte er, während sie aus den Bäumen heraustraten.

Charity blickte sich um. Sie waren am Rand des alten Campingplatzes angekommen. Eine bunte Ansammlung von Campingwagen stand dicht gedrängt auf der Anhöhe über der Bucht. Viele Wagen waren mit Ornamenten dekoriert, die an altägyptische Symbole erinnerten. Andere waren mit fantasievollen, futuristischen

Landschaften und bizarren Bildern des Universums bemalt.

Es war kein Mensch zu sehen. Gwendolyn Pitts Anhänger waren unten am Strand.

Vor langer Zeit hatte jemand einen Zaun am Rand der Klippe errichtet, der sich über die Länge des Campingplatzes erstreckte. In der Mitte und an einem Ende waren zwei Durchgänge, durch die man auf Pfade gelangte, die hinunter zum steinigen Strand führten.

Der monotone Gesang war nicht zu überhören. Charity blickte über den Zaun und sah hinunter auf die Voyager. Es waren ungefähr zwanzig, schätzte sie. Letzte Woche hatte Gwendolyn Pitt weitere Anhänger gewonnen. Es war gerade noch hell genug, um die weiten, blau-weißen Gewänder und die hellen Stirnbänder zu erkennen, die zur Uniform der Sekte gehörten.

Sie beobachtete, wie die Menschen einen Kreis bildeten und sich an den Händen faßten. Alle wiegten sich zum Klang von Trommeln und Flöten.

Die Sonne verschwand hinter den Bergen, und auch die letzten kupferfarbenen Strahlen verloschen. Der erste Stern ging auf. Die Gesänge wurden lauter, die Trommelschläge schneller.

Eine Frau riß sich aus der Runde los und hob befehlend die Hände über den Kopf. Es wurde sofort still. Die Voyager blickten sie erwartungsvoll an.

»Das ist Gwendolyn Pitt«, sagte Charity zu Elias.

»Ich weiß. Ich bin ihr neulich beim Einkaufen begegnet. Sie hat sich mir vorgestellt.«

»Ach ja? In den letzten Monaten habe ich einige Male mit ihr gesprochen. Sie scheint wirklich an die ganze Sache zu glauben, aber mir fällt es schwer, ihr das abzunehmen. Ich finde es schon seltsam, daß sich eine geschäftstüchtige Immobilienmaklerin in eine Sektenanführerin verwandelt, die auf die Ankunft von Außerirdischen wartet. Das ist kaum nachzuvollziehen.«

»Das können Sie laut sagen.« Elias blickte die Frau am Strand nachdenklich an. »Sie kauft wohl in den gleichen Geschäften ein wie Radiance Baker.«

Er hatte recht, stellte Charity fest. Gwendolyn Pitt sah wirklich so aus, als sei sie einem der Poster aus den sechziger Jahren entstiegen, mit denen Radiance ihr Nagelstudio dekorierte.

Als sie die Arme in die Luft streckte, fielen die weiten Ärmel zurück, und die breiten, metallenen Armreifen an ihren Handgelenken kamen zum Vorschein. Aber man konnte auch Hinweise auf die ehemalige Geschäftsfrau erkennen: die kurzen, blondgefärbten Haare und die eleganten Schuhe. Es war nicht schwer, sich Gwen Pitt in einem Kostüm und mit einem Aktenkoffer in der Hand vorzustellen.

Sie war Ende Vierzig und nicht besonders hübsch, aber mit ausgeprägten Gesichtszügen, die Bestimmtheit ausdrückten. Man sah ihr den eisernen Willen an. Was auch immer hier gespielt wurde, sie verfolgte ein klares Ziel. Es erschien Charity fast, als versprühe Gwen Funken.

»Noch fünf Nächte, meine Freunde.« Gwendolyns tiefe Stimme hallte in der ganzen Bucht. »Nur noch fünf Nächte bis zur Ankunft der wunderbaren Raumschiffe. Der vorbestimmte Tag rückt näher, und sie werden bald in ihrer ganzen Pracht erscheinen.«

»Ich habe das dumpfe Gefühl, diese Frau weiß genau, wie man ein Geschäft zustande bringt«, flüsterte Elias.

»Die Erleuchtung erwartet uns, meine Freunde«, fuhr Gwendolyn mit feierlicher Stimme fort. »Wir werden unvergleichliches Wissen über unsere wahre Sexualität und Kenntnis von den ewigen Gesetzen des Universums erlangen. Unsere Körper werden dank außerirdischer, fortschrittlicher Verfahren von jeglichem Makel befreit werden. Wir werden länger leben, damit wir Zeit haben, all das zu erfahren, was das Schicksal für uns vorgesehen hat.«

Die Gruppe jubelte ihr zu.

»Diese Frau muß wirklich furchtbar wütend sein«, sagte Elias leise.

Charity blickte ihn neugierig an. »Woher wollen Sie das wissen?«

»Man muß eine ungeheure Wut im Bauch haben, um einen Betrug diesen Ausmaßes aufzuziehen.«

Charity erinnerte sich, daß er ihr gerade von seinen alten Racheplänen erzählt hatte. Elias wußte, wovon er sprach, dachte sie. Es war besser, immer daran zu denken. Sie konnte nicht vorsichtig genug sein, und die aufregende sexuelle Anziehungskraft dieses Mannes sollte keine Entschuldigung für Unachtsamkeiten sein.

»Vielleicht ist sie einfach verrückt geworden«, gab Charity zu bedenken. »Ich meine, es ist doch möglich, daß sie tatsächlich an die Ankunft dieser Raumschiffe glaubt.«

Elias sah auf das Schauspiel am Strand. »Wenn Sie das glauben möchten, ich tue es nicht. Nein, sie weiß genau, was sie tut, sie hat einen Plan. Ich würde gerne wissen, was sie vorhat.«

»Geht es ihr um Macht?«

»Teilweise bestimmt. Aber es steckt mehr dahinter. Wenn sie die Sekte nur gegründet hätte, um Macht auszuüben, warum hat sie dann ein so frühes Ankunftsdatum für die Raumschiffe gewählt?«

»Das habe ich mich auch schon gefragt«, entgegnete Charity. »Die Voyager sind erst letzten Monat hier angekommen, und nun sind es nur noch fünf Tage bis zum fünfzehnten August. Sie wird bestimmt ihre Glaubwürdigkeit verlieren, wenn hier kein Raumschiff auftaucht.«

Elias trug wieder Stiefel und stieg auf die untere Querlatte des Zauns. Er hielt noch immer Charitys Hand fest. »Dieses Datum muß irgendeine Bedeutung haben.«

»Die meisten glauben, es ginge ihr ums Geld. Newlin hat gesagt, seine Freundin Arlene und auch die anderen hätten ihre gesamten Ersparnisse an die Sekte überwiesen.«

»Das übliche. Aber warum ist Gwen mit ihren Anhängern nach Whispering Waters Cove gekommen? Dieser Ort müßte für sie doch voller unangenehmer Erinnerungen sein.«

»Und voller Demütigungen.« Charity wurde nachdenklich. »Schließlich lebt die neue Missis Pitt hier. Gwen und Jennifer treffen sich sicher öfter beim Einkaufen oder auf der Post. Das ist, gelinde gesagt, schon etwas merkwürdig.«

»Wie geht denn Gwens Exmann damit um?«

Charity zog eine Grimasse. »Leighton ist die ganze Angelegenheit peinlich, aber er kann Gwen nicht zwingen, den Ort zu verlassen. Ihr gehört schließlich der Campingplatz zur Hälfte. Er versucht einfach, sie nicht zu beachten.«

»Und die zweite Missis Pitt? Wie reagiert sie?«

»Ich kenne Jennifer wirklich nicht besonders gut. Niemand tut das. Sie stammt aus Kalifornien.«

Elias schmunzelte. »Das sagt schon eine Menge.«

»Soweit ich mitbekommen habe, versucht sie einen kühlen Kopf zu bewahren«, sagte Charity. »Sie nimmt wahrscheinlich an, daß sie erst einmal bis zum fünfzehnten August durchhalten muß. Aber das alles ist bestimmt nicht leicht für sie.«

»Es ist sicher nicht einfach, ein Leben als zweite Missis Pitt zu führen, während die Exfrau eines der einflußreichsten Männer des Ortes mit einer Sekte im Schlepptau auftaucht.«

»Richtig.«

»Waren Sie zum Zeitpunkt der Scheidung schon hier?«

Charity schüttelte den Kopf. »Der Skandal hat sich

kurz vor meiner Ankunft ereignet. Aber ich kenne dank Radiance fast alle interessanten Details.«

»Was hat Radiance mit der ganzen Sache zu tun?«

Charity kicherte. »Sie manikürt der zweiten Missis Pitt die Fingernägel. Radiance verdankt ihr eigentlich eine ganze Menge, weil Jennifer dazu beigetragen hat, daß lange Acrylnägel im Ort Mode geworden sind. Bevor Jennifer hier mit roten, perfekten Fingernägeln auftauchte, die ja in Kalifornien gang und gäbe sind, ging kein Mensch zur Maniküre.«

»Wie skandalträchtig war die Scheidung?«

Charity sah ihn nachdenklich an. »Sie sehen gar nicht wie jemand aus, der sich für Klatsch interessiert.«

»Ich sammle Informationen«, erwiderte Elias ungerührt. »Ist so eine Art Hobby von mir.«

»Hmm, also Radiance hat erzählt, daß die ganze Geschichte aufflog, als Gwendolyn vergangenen Sommer mit ein paar Kunden das alte Rossiter-Grundstück besichtigte. Sie betraten das Haus, das ganz abgelegen liegt, und überraschten Jennifer und Leighton zusammen im Bett.«

»Kein schöner Anblick.«

»Gewiß nicht. Radiance meinte, die beiden hätten das Haus seit Wochen für ihre Stelldicheins benutzt.«

»Es muß hart für Gwen gewesen sein, auf diese Art und Weise zu erfahren, daß ihr Mann sie betrügt«, meinte Elias.

»Ja, und Sie können sich vorstellen, wie der Klatsch wieder auflebte, als Gwen hier letzten Monat mit den Voyagern ankam.«

Elias beobachtete, wie sich Gwendolyn unten am Strand weiter über die aufregenden Ereignisse ausließ, die bald eintreten sollten.

»Ich habe das Gefühl, daß Gwendolyn Pitt von mehr als Machthunger und Geldgier angetrieben wird.«

Charity wurde sich plötzlich der Dunkelheit bewußt,

die sie umgab. Die Wohnmobile und Campingwagen warfen lange Schatten. »Was könnte dahinterstecken und sie zu solchen Taten antreiben?«

Elias blickte von dem Schauspiel am Strand auf und sah Charity mit seinen geheimnisvollen Augen an. »Das fragen Sie mich, nachdem ich Ihnen gerade von meinen Racheplänen gegen Garrick Keyworth erzählt habe?«

»Rache? Das verstehe ich nicht. Wie könnte das alles ...« – Charity deutete auf die Voyager und den Campingplatz –, »... in einen Racheplan passen?«

»Ich weiß es nicht. Aber es gibt außer Machtstreben und Geldgier noch andere Motive auf dieser Welt.«

Der Wind hatte sich gedreht und riß an Charitys Kleid. Sie schob sich eine Locke aus dem Gesicht. »Wenn die Raumschiffe nicht auftauchen, werden unsere Fragen vielleicht beantwortet werden.«

»Ja, vielleicht.« Sein geheimnisvoller Blick ruhte auf ihrem Gesicht.

»Einer Sache bin ich mir sicher«, fuhr Charity fort.

»Ja?«

Sie rümpfte angewidert die Nase. »Gwen Pitts Motive mögen im dunkeln liegen, aber ihrem schmierigen Assistenten Rick Swinton geht es nur ums Geld, daran besteht kein Zweifel. Darauf würde ich Whispers verwetten.«

»Ich bin Swinton noch nicht begegnet.«

»Da haben Sie nichts verpaßt.« Charity schüttelte sich. »Ein richtig fieser Typ.«

Elias blickte sie an. »Das hört sich eher nach einer persönlichen Abneigung an.«

»Das ist es auch. Er hat sich an mich rangemacht, kurz nachdem die Voyager hier auftauchten. Dieser Ort ist nicht gerade voller Junggesellen, aber so einsam war ich dann auch wieder nicht, daß ich mit ihm ausgegangen wäre. Als ich seine Einladung ablehnte, sagte er, ich würde es noch bereuen.«

Elias hielt den Atem an. »Er hat Ihnen gedroht?«

»Nicht direkt. Er meinte nur, ich würde es noch bereuen, ihn abgewiesen zu haben.« Charity lächelte. »Glauben Sie mir, ich hab's nicht bereut.«

»An Ihrer Stelle wäre ich vorsichtig.« Elias drückte fest ihre Hand. »In der Zwischenzeit habe ich noch eine andere wichtige Frage.«

Seine dunkle, samtige Stimme ließ sie vor Aufregung erzittern. Kleine Schauer liefen ihr über den Rücken. »Und was wäre das?«

»Ich habe mich gefragt«, sagte er ganz leise, »wie wohl dein Mund schmeckt.«

Sie starrte ihn an. »Wie bitte?«

»Ich habe in den letzten zehn Tagen an nichts anderes gedacht.« Er zog sie sanft zu sich heran.

Sie blickte ihm in die Augen und sah das gebändigte Verlangen in seinem Blick. Das Gefühl der Unvermeidlichkeit überwältigte sie beinahe. Sie wußte, daß sie darauf gewartet hatte, seit er an diesem Abend an ihre Tür geklopft hatte.

Und wieder verkrampfte sie sich, suchte instinktiv nach Anzeichen von Angstgefühlen, die einer Panikattacke vorausgingen. Aber alles, was sie spürte, war eine intensive sinnliche Vorfreude.

Elias hatte gerade die richtige Größe.

Er zog sie zu sich heran, während sein Fuß immer noch auf dem Querstreben des Zauns ruhte. Köstlich überrascht wurde ihr bewußt, daß sie zwischen seinen Beinen stand.

Der Wellenschlag und Gwendolyn Pitts Ermahnungen an ihre Jünger rückten in den Hintergrund. Undeutlich wurde sich Charity bewußt, daß sie sich nicht auf ihre Umgebung konzentrieren konnte. Ihre Sinne waren ganz auf Elias' schlanken festen Körper gerichtet. Sie spürte seine Wärme und fühlte sich magisch zu ihm hingezogen.

Sie ermahnte sich, Elias nicht zu trauen, nur weil er ihr sein Herz ausgeschüttet hatte. Sie konnte noch nicht einmal sicher sein, daß er die Wahrheit gesagt hatte. Er war sehr raffiniert, sehr gerissen. Außerdem bestand kein Zweifel, daß er ein wenig seltsam war.

Davis' Warnungen hallten durch ihren Kopf. *Nimm dich vor Winters in acht. Er spielt nicht nur mit hohem Einsatz, er gewinnt auch immer.*

Aber Elias' Berührung löste keinen Alarm in ihr aus. Im Gegenteil, je näher sie sich kamen, desto näher wollte sie ihm sein.

Als er den Kopf senkte, um sie zu küssen, wußte sie im Bruchteil einer Sekunde, daß alles stimmte, was sie vermutet hatte. Elias zu küssen war eine ganz neue Erfahrung, anders als alles, was sie bisher erlebt hatte. Heiß, sinnlich und unglaublich befriedigend.

Sie spürte ein Gefühl in sich aufblühen, das ihr ganzes Leben in ihrem Innersten geschlummert hatte. Elias' muskulöse Beine drückten sich fest gegen ihre Hüfte und hielten sie umfangen. Sie legte die Arme um seinen Hals und küßte ihn.

Elias stöhnte. Ein Schauer durchfuhr seinen Körper.

Charity war völlig verzaubert von den Empfindungen, die von ihrem Körper Besitz ergriffen. Elias' Kuß war mysteriöser als die hereinbrechende Nacht. Er steckte voller unergründlicher Geheimnisse. Sie könnte ihr Leben damit verbringen, diesen Kuß zu ergründen. Freude und Aufregung durchströmten sie, während sie sich in die unerforschten Tiefen ihrer Gefühle fallen ließ.

»Verdammt.« Elias riß sich mit einer ruckartigen Bewegung von ihr los. Er holte tief Luft.

Erstaunt blickte Charity ihn an. Seine Augen funkelten in der Nacht, sein Gesichtsausdruck war hart. Er atmete schwer, als wäre er gerade einen Marathon gelaufen.

»Entschuldige«, murmelte er. »Das geht alles viel zu

schnell. Ich wollte nicht, daß wir das überstürzen. Ich wollte dich nicht überfallen.«

»Es ist alles in Ordnung, wirklich.« Sie berührte seine Wange und spürte, wie er die Zähne zusammenbiß. Und da wurde sie sich ihrer weiblichen Macht bewußt. »Ich habe nichts dagegen, im Gegenteil.«

Elias sah sie verwirrt, ja fast benommen an. Er blickte ihr eine Weile lang in die Augen, und dann küßte er sie mit einem erstickten Stöhnen.

Dieser Kuß war noch inniger. Charity hätte geschworen, daß dies nicht möglich sei. Er umarmte sie inbrünstiger und preßte ihren Körper fester an sein steifes Glied. Mit einer Hand strich er über ihre Rippen und glitt langsam nach oben, bis die Hand unter ihrer Brust ruhte.

Nun war Charity an der Reihe zu erschauern.

Irgendwo in weiter Ferne hörte sie, wie der Singsang wieder einsetzte, aber sie achtete nicht darauf. In diesem Moment gab es nur Elias. Er strich sanft über ihre Brust. Sie konnte seine Wärme durch den Stoff der Bluse spüren.

Die ersten unterdrückten Schreie drangen fast nicht in ihr Bewußtsein vor. Sie nahm sie nicht wahr, bis Elias plötzlich den berauschenden Kuß abbrach.

»Was ist los, zum Teufel?« Er drehte den Kopf und lauschte konzentriert.

Charity blinzelte und versuchte wieder einen klaren Kopf zu bekommen. Sie fühlte, wie seine sexuelle Erregung einer anderen Art der Anspannung wich.

Verwirrt löste sie sich von ihm.

Wieder ertönte ein Schrei.

Diesmal hörte Charity ihn ganz deutlich. Eine Frauenstimme, halb verärgert, halb erschrocken. »Laß mich los! Ich sag's ihr, da kannst du Gift drauf nehmen.«

»Es kam von dort drüben«, sagte Elias. »Hinter den Toiletten, glaube ich.«

Er ließ Charity los und drehte sich mit einer einzigen

geschmeidigen Bewegung um. Sein Gang war locker und raumgreifend, während er zwischen den alten Campingwagen hindurchlief.

Charity sah, wie er auf ein braun-weißes Wohnmobil zuging, das am hinteren Ende des Platzes stand.

»Laß mich los, verdammt noch mal! Ich werde Gwendolyn alles sagen.«

Charity rannte hinter Elias her.

Als sie bei ihm anlangte, spurtete er gerade die Stufen des Wohnmobils hinauf. Sie sah ihn die Tür aufreißen und ins Innere des Wagens stürmen.

Sie hörte einen erschreckten Aufschrei, gefolgt von dem wütenden Brüllen eines Mannes.

»Was, zum Teufel, haben Sie hier zu suchen?« schrie der Mann heiser. »Nehmen Sie Ihre verdammten Hände weg, oder ich lasse Sie verhaften.«

Charity blieb stehen, während eine Gestalt aus der offenen Tür des Wohnmobils stolperte. Sofort erkannte sie Rick Swinton.

Er wirkte bei weitem nicht so attraktiv wie sonst, dachte sie mit einer gewissen Genugtuung. Er sah sogar richtig lächerlich aus, wie er dort oben auf der Treppe stand und wild mit den Armen herumfuchtelte.

Rick stolperte und fiel hin. Er stöhnte hörbar, als er auf dem Boden aufschlug.

Elias tauchte in der Tür auf. Er war ruhig und gelassen.

Charity blickte ihn ängstlich an. »Alles in Ordnung?«

Elias schien fast überrascht von ihrer Frage. »Ja. Dieser Dreckskerl war gerade dabei, eine Frau zu mißhandeln.«

»Verdammter Mist.« Rick spuckte aus und versuchte sich hinzusetzen. Er strich seine braunen Locken aus dem Gesicht und blickte Elias wütend an. »Ich lass' dich verhaften, du Arschloch. Hörst du, Hurensohn? Dafür kommst du vor Gericht.«

»Es dürfte nicht leicht sein, ein Gerichtsverfahren anzustrengen und eine Verurteilung zu bekommen, bevor die Raumschiffe am Montag landen.« Elias stieg langsam die Stufen hinab. »Aber bitte, versuchen Sie's.«

Eine hübsche junge Frau erschien in der Tür. Sie hatte die Arme schützend vor dem Körper verschränkt.

»Arlene«, rief Charity erstaunt. »Guter Gott, ist alles in Ordnung mit dir?«

»Ja, es geht schon.« Im fahlen Licht der Campinglampen war zu erkennen, daß Arlenes Gesicht vor Wut gerötet war. Ihr hellbraunes Haar hatte sich aus dem Stirnband gelöst und hing unordentlich um ihre Schultern. Sie starrte Rick haßerfüllt an und strich ihre lange Robe glatt. »Faß mich nie wieder an, Rick Swinton, hörst du? Nie wieder.«

»Hat er dir weh getan?« Charity hastete zu ihr.

»Er ist ein dreckiger kleiner Lügner, aber weh hat er mir nicht getan.« Arlene runzelte die Stirn. »Was tun Sie hier, Charity?«

»Elias und ich haben gerade einen Abendspaziergang gemacht und hörten einen Schrei.«

Mühsam stand Rick auf und klopfte sich den Staub aus den schwarzen Designerjeans. Sein blaues Voyager-Hemd, das er immer bis zum Bauchnabel geöffnet trug, war ebenfalls mit Staub bedeckt. Die vielen Goldkettchen um seinen Hals glitzerten im gedämpften Licht. Er sah Charity finster an. »Kümmern Sie sich, verdammt noch mal, um Ihre eigenen Angelegenheiten. Nicht jeder hat wie Sie Probleme mit Sex. Es gibt auch ganz normale Menschen.«

Elias warf Charity einen Blick zu, als er die Stufen hinabging. »Ihr kennt euch?«

»Darf ich vorstellen, Rick Swinton«, sagte Charity. »Gwen Pitts Assistent.«

Elias betrachtete Rick mit kalter Verachtung. »Das

Händeschütteln lassen wir lieber sein, Swinton, ich könnte Ihnen aus Versehen den Arm brechen.«

Rick kniff die Augen zusammen. »Das wirst du noch bereuen, du Dreckskerl.«

»Ich heiße Winters. Elias Winters. Passen Sie auf, damit Sie keinen Fehler machen, wenn Sie Anzeige erstatten.«

»Das ist Arlene Fenton.« Charity legte sanft den Arm um Arlenes Schultern. »Sie ist Newlins Freundin.«

Elias nickte ihr zu.

»Mein Gott, Newlin.« Arlenes Augen weiteten sich vor Schreck. »Charity, bitte versprechen Sie mir, daß Sie ihm nichts davon sagen. Er würde nur entsetzlich wütend werden. Sie kennen ihn doch. Er wird bei dem Gedanken an die Raumschiffe immer furchtbar böse.«

»Was genau ist hier vorgefallen?«

»Rick hat behauptet, er besitze besondere Informationen über die Ankunft der Raumschiffe«, flüsterte Arlene. »Er hat gesagt, ich wäre auserwählt worden, als eine der ersten Kontakt mit ihnen aufzunehmen. Er wollte mir die Geheimsprache beibringen, mit der wir uns mit den Außerirdischen verständigen werden.«

»Blödsinn.« Rick blickte sie wütend an. »Sie hat mich angemacht, wie jedes Weibsstück unter sechzig in diesem gottverlassenen Ort. Als ich auf ihr Angebot einging, hat sie angefangen herumzuzicken. Sie will Männer nur aufgeilen, genau wie Fräulein Truitt. Ihr gehört beide zu der Sorte, die einen Mann heiß machen und dann Vergewaltigung schreien, wenn einer euch mal ernst nimmt.«

»Noch ein Wort«, sagte Elias ruhig, »und Sie können sich für immer von der Damenwelt verabschieden.«

Arlene warf den Kopf in den Nacken.

»Du lügst, Rick Swinton. Ich habe mich auf die Reise vorbereitet, wie Gwen es uns befohlen hat. Wir sollten uns alle bereit machen, in eine andere Sphäre aufzusteigen, wo Sex etwas Reines ist und nichts mehr mit dem Körperlichen zu tun hat.«

»Ach, sei doch ruhig«, murmelte Swinton.

»Und außerdem«, fügte Arlene hinzu, »würde ich mit dir bestimmt nicht ins Bett gehen. Ich liebe meinen Freund, und wenn wir an Bord gehen, nehme ich ihn mit. Und noch etwas will ich dir sagen: Wenn Gwen wüßte, was du hinter ihrem Rücken tust, würde sie dich rauswerfen.«

»Verdammte Schlampe.« Rick wich hastig zurück, als Elias aus dem Schatten auf ihn zukam. »Wage es nicht noch einmal, laß die Finger von mir, Winters.«

»Ach, lassen Sie ihn«, sagte Arlene angewidert. »Es ist mir ja nichts passiert, und noch mal wird er sich bestimmt nicht trauen. Der ist pervers, wenn Sie mich fragen. Sie sollten mal sehen, was er da in seinem Wohnmobil hat. Er findet den Kram auch noch geil. Aber nach Montag nacht wird das alles nichts mehr bedeuten.«

»Das kannst du laut sagen.« Rick drehte sich um und verschwand in der Dunkelheit. Charity drückte Arlene sanft.

»Bist du sicher, daß alles in Ordnung ist?«

»Ja.« Arlene seufzte erleichtert. »Rick ist ein mieses Schwein. Er nutzt seine Stellung als Gwens Assistent, um sich an jeden weiblichen Voyager ranzumachen. Es ist allerdings das erstemal, daß er es bei mir versucht hat.«

Elias überlegte kurz. »Du sagst, daß Gwendolyn ihn rausschmeißt, wenn sie von seinem Verhalten erfährt. Sag ihr doch einfach, was passiert ist.«

»Na ja, sie hat im Augenblick genug um die Ohren.« Arlene fühlte sich sichtlich unwohl. »Wir sehen sie meistens nur abends beim Sonnengesang. Die übrige Zeit verbringt sie in ihrem Wohnmobil und bereitet alles für die Ankunft der Raumschiffe vor. Rick ist der einzige, der sie beim Meditieren unterbrechen darf.«

»Ich wüßte schon, wie man sich bei ihr Gehör verschaffen könnte«, meinte Elias. »Das wäre kein Problem.«

»Ich möchte keinen Ärger machen«, sagte Arlene rasch. »Rick Swinton ist bloß ein armer Wichtigtuer. Es würde mich nicht wundern, wenn er gar nicht mitgenommen wird.«

»Mach dir keine Sorgen«, erwiderte Elias. »Nach meiner Einschätzung wird weder Rick Swinton noch sonst jemand um Mitternacht an Bord eines Raumschiffes gehen.«

Arlene richtete sich würdevoll auf. »Sie sind eben ein Ungläubiger, das ist offenkundig. Aber Sie und alle anderen werden bald die Wahrheit erfahren. Ich wünschte nur, Newlin würde das verstehen. Ich kann den Gedanken einfach nicht ertragen, ihn hier zurückzulassen.«

Charity tätschelte beruhigend ihre Schulter. »Newlin liebt dich sehr, Arlene. Denk dran, wenn die Dinge nicht so laufen, wie du hoffst, wird er immer für dich dasein.«

Arlenes Augen füllten sich mit Tränen. Sie wischte sie mit dem Handrücken weg. »Aber ich möchte doch, daß er mit mir kommt und daß wir gemeinsam durch das Universum reisen. Wenn er hierbleibt, wird er doch bei meiner Rückkehr zu Staub zerfallen sein.«

Elias blickte sie an. »Manchmal ist das Wasser durch einen Sturm so aufgewühlt, daß man die Wahrheit nicht erkennen kann.«

Arlene kullerten neue Tränen über die Wangen. Sie starrte Elias verständnislos an. »Hä?«

Charity drückte sie noch einmal leicht. »Denk dir nichts, Arlene, Elias spricht eben manchmal in Rätseln. Er kann nichts dafür, er wurde so erzogen. Komm, wir begleiten dich zu deinem Wohnwagen.«

»Das brauchen Sie nicht, mir geht's gut, wirklich.«

Arlene sah Charity ängstlich an. »Sie werden doch Newlin nichts von der ganzen Sache erzählen, oder?«

Charity zögerte. »Wenn das dein Wunsch ist …«

»Ich möchte nur, daß Newlin mit uns kommt.« Arlene drehte sich um und ging fort.

»Hoffentlich wird sie nicht allzu traurig sein, wenn Montag abend nichts passiert«, sagte Charity, als sie und Elias sich wenig später auf den Rückweg machten.

»Newlin wird sie schon trösten.« Sein strenger Ton überraschte Charity. Sie blickte ihn forschend an. Es war unmöglich, sein Gesicht in der Dunkelheit zu erkennen.

»Elias.«

»Ja?«

»Ist alles in Ordnung mit dir? Swinton hat dich nicht geschlagen, oder?«

»Nein. Es ist alles in Ordnung.«

Charity entspannte sich ein wenig. »Es war sehr nett von dir, Arlene zu helfen.«

Elias antwortete nicht. Er war offensichtlich tief in Gedanken versunken. Charity spürte, daß er jetzt nicht gestört werden wollte. Sie schwieg und lauschte den nächtlichen Geräuschen der Brandung. Als sie an ihrem Haus ankamen, nahm sie den Schlüssel aus der Tasche und stieg die Stufen zur Veranda hinauf. Elias machte keine Anstalten, ihr zu folgen. Er wartete am Fuß der Treppe, während sie die Tür aufschloß. Sie blickte ihn an und überlegte, wie er wohl reagieren würde, wenn sie ihn zu sich einlud. Die Konturen seines Gesichts zeichneten sich scharf im Verandalicht ab. Er sah sehr distanziert aus und hatte sich offensichtlich wieder vollkommen unter Kontrolle. Sie war sich sicher, daß er in dieser Stimmung eine Einladung auf einen Drink ablehnen würde.

»Danke für die Einladung zum Abendspaziergang.« Sie ließ ihre Stimme absichtlich besonders gutgelaunt klingen. »Das war ein aufschlußreicher Abend.«

»Charity?«

Sie blieb abwartend in der Tür stehen. »Ja?«

»Hab' ich dich erschreckt?«

Was auch immer sie erwartet hatte, diese Frage überraschte sie sehr. »Mich erschreckt? Meinst du, als du Swinton zur Vernunft gebracht hast? Sei nicht albern. Natürlich hatte ich keine Angst. Ich bin froh, daß du Arlene geholfen hast. Swinton hat es verdient, auf dem Hintern im Dreck zu landen. Arlene hatte recht, er ist ein mieses Schwein.«

»Ich spreche nicht von Swinton.«

»Oh.«

»Ich meine uns«, erwiderte Elias ganz leise.

Ihr Mund wurde ganz trocken. Sie wußte, daß er die Innigkeit ihres Kusses meinte. Dieser Kuß hatte sie also beide gleichermaßen aufgewühlt, dachte sie mit zunehmender Befriedigung. Das würde er natürlich nie zugeben. Plötzlich fühlte sie sich unglaublich glücklich. Sie verschränkte die Arme vor der Brust, lehnte sich an die Tür und versuchte eine möglichst unbekümmerte Haltung einzunehmen.

»Sehe ich ängstlich aus?« fragte sie.

»Nein.«

Sie lächelte. »Was führen Sie im Schilde, Elias Winters?«

»Das weißt du nicht?«

»Laß hören.«

Er blickte ihr direkt in die Augen. In seinem Blick lag nicht der geringste Anflug von Humor. Sie merkte, daß es ihm todernst war. Er tat ihr ein wenig leid.

»Ich versuche, eine Beziehung mit dir zu beginnen.«

Sie mußte sich anstrengen, den Mund nach ein paar Schrecksekunden wieder zu schließen. »Ich hätte mehr Einfühlungsvermögen von dir erwartet.«

»Bedeutet das Ablehnung oder Zusage?«

Charity zuckte mit den Achseln, darum bemüht, Haltung zu bewahren. Sie durfte es, verdammt noch mal, nicht zulassen, daß er sie in eine törichte Schwätzerin verwandelte. Sie flüchtete sich in die vertraute Rolle der Geschäftsfrau. »Das soll eher bedeuten, ich überlege es mir und sage dir dann Bescheid.«

Er nickte und akzeptierte ihre Antwort kommentarlos. »Gute Nacht, Charity.«

Charity betrat den schutzbringenden Flur und schloß sorgfältig die Tür hinter sich. Dann lehnte sie sich mit zitternden Knien an die Wand. Einen Augenblick später fühlte sie sich wieder stark genug, um sich aufzurichten und einen Blick durch die Jalousie zu werfen. Aber zu spät, Elias war bereits in der Dunkelheit verschwunden.

5

Vulkane brodeln selbst in den tiefsten Meeren.

›Der Weg des Wassers‹, aus dem Tagebuch von Haydon Stone

Charity hatte keine Angst. Elias aber kam nicht mehr aus dem Grübeln. Er konnte einfach nicht aufhören, über den Kuß auf der Klippe zu grübeln. Beruhte die Anziehung auf Gegenseitigkeit? Er hatte nicht erwartet, von einer so starken Strömung hinaus ins Meer der Gefühle gerissen zu werden, ohne zu wissen, was da mit ihm geschehen würde. Jahrelanges Training geistiger und körperlicher Art, das äußerste Selbstdisziplin und innere Ausgeglichenheit fördern sollte, war in einem einzigen Augenblick zunichte gemacht. Wo war seine Gelassenheit geblieben? Es hatte an diesem Abend einer Stunde Meditation, einer eiskalten Dusche und eines Whiskys bedurft, um seine Nerven vor dem Zerreißen zu bewahren. Die Versuchung, zurück zu Charitys Haus zu gehen, anzuklopfen und sie zu bitten, ihn hereinzulassen, hatte ihn fast wahnsinnig gemacht.

Das war furchteinflößend.

Aber jetzt hatte er wieder zu seiner Selbstdisziplin gefunden, versicherte er sich. Zwei Tage hatte er mit dem Tal Kek Chara trainiert und das Gleichgewicht seines inneren Flusses wiederhergestellt. Zumindest ein wenig.

Elias stand hinter der Theke, Crazy Otis neben sich auf seinem Plastikbaum. Sie beobachteten, wie Charity die überfüllten Regalreihen von Charms & Virtues auf und ab lief und Notizen auf ihrem Clipboard machte.

Mit so einer Frau mußte man vorsichtig umgehen, dachte Elias. An diesem Morgen hatte er sie törichterweise um ein paar Ratschläge hinsichtlich seines Ladens gebeten.

Zu diesem Zeitpunkt hatte er die Idee noch sehr gut gefunden. Er hatte einfach einen Vorwand gebraucht, mehr Zeit mit ihr zu verbringen. Er wollte in der Zurückgezogenheit seines kleinen Büros einen Tee mit ihr trinken. Aber sie hatte seine Bitte viel zu wörtlich genommen. Sie machte sich mit Feuereifer daran, seinen Laden auf Vordermann zu bringen.

Sollte der leidenschaftliche Kuß vor zwei Tagen ernsthafte Nachwirkungen gehabt haben, sichtbar waren sie jedenfalls nicht, dachte er düster. ›Ich überlege es mir‹, hatte sie gesagt, als er ihr gestanden hatte, eine Beziehung zu ihr zu wollen. Es war, als ob sie seine Schwäche spürte und wußte, daß er ihrem Zauber erlegen war. Aber es war auch eine Herausforderung, der er nicht widerstehen konnte.

»Wir müssen Haydons Lieferantenkartei suchen.« Charity hielt inne und nahm einen der Füller in die Hand, die angeblich mit unsichtbarer Tinte schrieben. »Ich habe keine Ahnung, woher er den ganzen Kram bezogen hat.«

»Im Büro liegt ein Stapel Kataloge«, erwiderte Elias. Er betrachtete fasziniert Charitys anmutigen zarten Nacken. Am liebsten hätte er diese erotische Stelle unterhalb des Haaransatzes berührt, aber er widerstand dem Verlangen. Seine unerwiderte Lust war nun unter Kontrolle, ihre Kraft jedoch war ungebrochen. Unglücklicherweise brannte das Feuer in ihm deshalb um so heißer.

Selbstbeherrschung war das wichtigste im Tal Kek Chara.

»Sieh doch mal in dem alten Karteikasten nach. Da sind bestimmt Rechnungen von den Firmen drin, mit denen er regelmäßig zu tun hatte.« Charity legte den Kugelschreiber beiseite und blies Staub von einer Ansammlung kleiner geschnitzter Holzdöschen. »Ich werde Newlin bitten, einen Staubwedel vorbeizubringen. Ein sauberer Laden bietet auch was fürs Auge.«

»Ich weiß nicht recht.« Elias betrachtete die Dreckschicht auf einem alten Kasten. »Der Staub gehört irgendwie zum Ambiente.«

»Blödsinn.« Charity wischte sich den Staub von den Händen. »Man hat eher das Gefühl, einen alten Dachboden zu betreten. Außerdem solltest du wirklich für eine bessere Beleuchtung sorgen. Hier ist's ja stockdunkel.«

»Gestern waren ein paar Kinder hier. Ich glaube, denen hat die gruselige Atmosphäre gefallen.«

»Aber es ist nicht besonders gut fürs Geschäft, wenn deine Kunden nicht sehen können, was es zu kaufen gibt.« Charity nahm eine kleine Schachtel in die Hand und versuchte neugierig, sie zu öffnen.

»Oh, Charity, sei vorsichtig. Das sind kleine …«

»Mißverstehe mich bitte nicht. Es ist schon richtig, einem Laden wie Charms & Virtues einen mysteriösen Anstrich zu geben, aber übertreiben solltest du es damit auch nicht. Vielleicht wären ein paar schöne Lampen, besonders hinten im Laden … aaaaaaah!«

Eine große haarige Spinne sprang aus der Schachtel.

»O Gott!« Charity schrie noch einmal auf und schleuderte die Spinne samt Schachtel von sich.

»Hä, hä, hä.« Crazy Otis kroch seitwärts auf seiner Stange entlang. Seine Augen funkelten böse.

»Ich hatte versucht, dich zu warnen.« Elias kam hinter der Ladentheke hervor. »Das sind Partygags. In jeder Schachtel sitzt eine Gummispinne – so eine Art Springteufel.«

Charity faßte sich wieder. »Ich hätte besser nicht mit dem Kram herumspielen sollen.« Sie steckte die Spinne in die Schachtel zurück und schloß fest den Deckel. »Ich werde nie verstehen, was die Leute an so einem Zeug finden.«

»Das ist nun mal für Kinder.«

»Nun, wie gesagt, ich empfehle dir, dich so schnell wie möglich um eine gute Beleuchtung zu kümmern. Aber als allererstes solltest du staubwischen.« Charity mußte niesen.

»Mal sehen, was sich machen läßt.« Er beobachtete, wie Charity nach einem Taschentuch suchte. »Charity, möchtest du heute bei mir zu Abend essen?«

Sie wollte sich gerade schneuzen und riß erstaunt die Augen auf. »Zu Abend essen?«

In diesem Moment ging die Tür auf. Verärgert über die Unterbrechung blickte Elias in den vorderen Teil des Ladens. Warum mußte ausgerechnet jetzt ein Kunde hereinkommen?

In der Tür stand ein Mann mit gerötetem Gesicht. Er trug bequeme Hosen, ein weißes Hemd und hellbraune Wildlederschuhe. Das Hemd spannte um seinen Bauch. Hinter den Gläsern seiner zu großen Pilotenbrille blickte sich ein Augenpaar eifrig im Laden um. In seiner fleischigen Hand trug er einen teuren ledernen Aktenkoffer. Der eckige, diamantenbesetzte Ring an seinem kleinen Finger war so groß, daß Elias ihn von seinem Platz in der Mitte des Ladens gut erkennen konnte.

Charity putzte sich die Nase und drehte sich um. »Hallo, Leighton. Was machst du denn hier? Hast du schon Elias Winters kennengelernt? Elias, darf ich dir Leighton Pitt vorstellen. Er ist der Besitzer von Pitts Immobilien.«

Elias nickte kurz.

»Hi, Winters.« Pitts fröhliche Stimme hallte durch den Laden. Mit ausgestreckter Hand ging er auf Elias zu. Zögerlich und so kurz wie möglich schüttelte Elias ihm die Hand. Sie war schweißig, wie er befürchtet hatte. Sobald dieses Ritual erledigt war, wischte sich Elias heimlich die Hand an seinen Jeans ab. Charity warf ihm einen belustigten Blick zu.

»Charity.« Leighton wandte sich an sie. »Ich freue mich, dich zu sehen. Ein wunderschöner Tag heute, nicht wahr? Der Sommer war ja bis jetzt recht kühl. Hoffentlich bleibt es jetzt eine Weile warm.«

»Ist gut fürs Geschäft«, murmelte Charity höflich.

»Das ist es, ja, das ist es.« Er wandte sich wieder an Elias. »Winters, ich wollte etwas mit Ihnen besprechen. Hätten Sie ein paar Minuten Zeit? Ich würde gerne mit Ihnen über eine geschäftliche Angelegenheit reden, die Sie bestimmt sehr interessieren wird.«

»Kann das nicht warten?« fragte Elias. »Charity war gerade dabei, mir ein paar Tips zu geben, damit der Laden auf Vordermann gebracht wird.«

Leighton zwinkerte übertrieben und lachte. »Als ob Sie Ratschläge nötig hätten ...«

Charity blickte mit gespieltem Erstaunen auf die Uhr. »Himmel, wie die Zeit vergeht. Ich muß los. Newlin wartet bestimmt schon. Ich habe ihm versprochen, daß er heute früher Mittagspause machen kann. Er wollte sich mit seiner Freundin treffen.«

»Was ist mit heute abend?« fragte Elias grimmig.

Sie lächelte ihn strahlend an. »Zufällig habe ich heute abend noch nichts vor.«

»Halb sieben«, sagte er rasch. »Ich komme rüber und hole dich ab.«

»Das ist nicht nötig. Ich kenne den Weg. Du wohnst ja nicht weit von mir.« Sie verabschiedete sich von Leighton. »Bis bald, Leighton.«

Er nickte ihr kurz zu. Offensichtlich war er mit seinen Gedanken bereits bei dem Gespräch mit Elias. »Mach's gut. Genieße das schöne Wetter, solange es anhält.«

Elias blickte Charity sehnsüchtig nach, als sie durch

die Tür verschwand. Sie hatte heute wieder eines dieser leichten Baumwollkleider an. Er konnte die Silhouette ihrer hübschen Beine im Sonnenlicht erkennen.

»Nun, lassen Sie uns zum Geschäft kommen, Winters.«

Elias unterdrückte ein Stöhnen und blickte Pitt an. »Wenn es um ein Grundstück geht, werden Sie bei mir kein Glück haben, ich besitze bereits eines.«

»Ich kenne Haydon Stones altes Haus auf der Klippe.« Leighton runzelte die Stirn. »Ich könnte etwas Größeres für Sie finden, mit ähnlich schöner Aussicht.«

»Bemühen Sie sich nicht. Das kleine Haus ist gerade richtig für mich.«

»Sicher, wie Sie wollen. Darüber wollte ich heute sowieso nicht mit Ihnen reden.«

»Was wollten Sie dann besprechen?«

Leighton blickte Richtung Tür, als wollte er sich davon überzeugen, daß sie ungestört waren. Dann zwinkerte er noch einmal. Seine Zähne blitzten, während er Elias anlächelte. Er war ganz begierig auf ein vertrauliches Gespräch von Mann zu Mann. »Ich weiß, wer Sie sind, Winters, und ich kann mir vorstellen, was Sie hier vorhaben.«

»So ein Zufall. Ich weiß ebenfalls, wer ich bin. Und ich weiß auch, was ich hier vorhabe. Wenn das alles ist, worüber Sie reden wollten – ich habe zu tun.«

»Hey, hey, hey.« Leighton machte eine beschwichtigende Geste. »Ruhig Blut, ich wollte Ihnen nicht zu nahe treten. Sie sind nicht der einzige in dieser Stadt, der weiß, was hier gespielt wird. Das wollte ich Ihnen sagen.«

»Was hier gespielt wird?«

»Schauen Sie, lassen Sie uns offen reden.« Leighton beugte sich vor. Elias konnte das Minzbonbon riechen, das er wohl gerade gelutscht hatte. »Ich weiß, daß ein ausländischer Investor sich in den nächsten sechs Monaten hier in Whispering Waters Cove ansiedeln wird. Ich weiß von den Plänen für einen exklusiven Ferienort, der hier entstehen soll. Wird wohl ähnlich werden wie die Anlagen, die Sie auf Hawaii gebaut haben, richtig? Natürlich wird Golf im Mittelpunkt stehen anstelle von Sonnenbaden.«

Elias hielt die Luft an, um nicht den Minzduft einatmen zu müssen. »Tatsächlich?«

»Wir brauchen uns nichts vorzumachen.«

Elias dachte an den Kuß auf der Klippe. »Ach ja?«

»Na klar.« Noch ein Zwinkern. »Gefällt mir. Sie haben Humor.«

»Das wußte ich nicht.«

»Nicht jeder weiß Humor zu schätzen.« Schweißperlen zeichneten sich auf Leightons Stirn ab. »Lassen Sie uns die Karten auf den Tisch legen. Ich weiß, daß Sie eine Unternehmensberatung namens Far Seas betreiben, und ich bin bestens darüber informiert, auf welchem Gebiet Sie Ihre Kunden beraten. Es gibt nur einen Grund für Ihre Anwesenheit hier.«

»Und welchen?«

Leighton warf ihm einen vielsagenden Blick zu. »Sie treffen Vorbereitungen für ein ausländisches Bauunternehmen, das in Whispering Waters Cove investieren möchte.«

»Verstehe.«

»Machen Sie sich keine Sorgen.« Leighton gestikulierte wild mit seinen plumpen Händen. Der riesige Diamant glitzerte. »Ich habe nicht vor, Sie auszufragen, Sie brauchen mir nichts zu erklären. Ein Mann in Ihrer Position muß unauffällig bleiben. Aber ehrlich gesagt, ich habe mich immer gefragt, wann jemand von Ihrem Kaliber hier auftauchen würde.«

»Tatsächlich?«

»Sicher. Ihr Kunde trifft jetzt die Vorbereitungen. Sie sollen nur wissen, daß Sie nicht der einzige sind, der hier mitspielt. Ich kann auch mitreden, bald jedenfalls.«

»Aha.«

Der Minzgeruch wurde stärker, weil Leighton sich noch weiter vorbeugte und nun flüsterte. »Über die Einzelheiten möchte ich noch nicht reden. Ich muß wie Sie noch ein wenig warten. Aber Anfang nächster Woche werde ich sehr viel mehr sagen können. Wenn der Ball einmal ins Rollen kommt, werde ich Ihr Ansprechpartner sein, darauf läuft alles hinaus. Denken Sie dran.«

»Ja, gewiß.«

Leighton gluckste. »Das können Sie laut sagen. Nun, ich muß los, ich habe eine Verabredung. Wollte nur, daß Sie im Bilde sind, bevor hier alles losgeht. Hey, genießen Sie das Wetter. Der Sommer dauert hier meistens nur ein paar Wochen.«

»Ich werde daran denken.«

»Bis bald.« Leighton drehte sich um und ging wichtigtuerisch Richtung Ausgang. Ein Mann, mit dem zu rechnen war. Ein Macher.

Crazy Otis kroch auf seiner Stange entlang und krächzte leise.

Elias wartete, bis Leighton draußen war, und wählte dann eine ihm wohlbekannte Telefonnummer in Seattle.

Eine dunkle Frauenstimme meldete sich. »Thorgood, Green und Esteredge«, hauchte sie, als handele es sich bei den Anwälten um den Papst persönlich.

»Craig Thorgood, bitte.«

»Wen darf ich melden?«

»Elias Winters.«

»Einen Moment bitte, Mister Winters.«

Craig Thorgood meldete sich. »Was kann ich für dich tun, Elias?«

Seine Stimme paßte zur Kanzlei, sie war angenehm und vertrauenerweckend. Sie klang, als ob Thorgood aus einer alteingesessenen, wohlhabenden Familie stammte und Jura studiert hatte, um an eine altehrwürdige Familientradition anzuknüpfen. Elias war einer der wenigen Menschen, die wußten, daß er auf einer Farm im Osten des Bundesstaates Washington aufgewachsen war.

»Hast du Zeit für einen kleinen Fall?«

»Das kommt darauf an. Worum geht's?«

»Könntest du bitte so viel wie möglich über eine Frau namens Gwendolyn Pitt herausfinden? Bis vor einem Jahr hat sie in Whispering Waters Cove gelebt. Nun ist sie wieder hier. Ich möchte wissen, was sie in der Zwischenzeit gemacht hat.«

»Wer ist sie?«

Elias hörte ein leises Quietschen am anderen Ende der Leitung und wußte, daß Craig sich gerade in seinem Ledersessel zurückgelehnt hatte. »Zur Zeit ist sie die Anführerin einer Sekte, die an Außerirdische glaubt, aber früher arbeitete sie als Immobilienmaklerin.«

»Außerirdische? Du hast ja mit richtig interessanten Leuten zu tun, was?«

»Du hast ja keine Ahnung. Ruf mich an, wenn du etwas herausgefunden hast.«

»Sicher. Wie läuft dein Kuriositätenladen?«

»Schön ruhig, ganz nach meinem Geschmack.«

Craig lachte. »Ich gebe dir noch sechs Monate da draußen. Bald bist du wieder hier in Seattle.«

»Das glaube ich nicht, Craig.«

Charity stand in einem hellen, leichten Sommerkleid am Fuße der Treppe. Sie sah bezaubernd aus. Elias spürte, wie sich sein Magen erwartungsvoll zusammenkrampfte. Der Ausschnitt ihres Kleides wirkte verführerisch und unschuldig zugleich. Sie hatte das rotbraune Haar zu einem lockeren Knoten hochgesteckt, und ein paar Löckchen umspielten ihr Gesicht.

In der Hand hielt sie eine Flasche Sauvignon. Ihre

Augen strahlten verschmitzt. Elias wußte, daß sie sich ihm gefühlsmäßig überlegen fühlte, und er befürchtete, daß dies auch tatsächlich der Fall war.

»Ich hoffe, Weißwein paßt zu deinem Essen«, sagte sie, als sie ihm die Flasche reichte.

»Ein Sauvignon ist genau das Richtige für heute abend.« Er nahm ihr den Wein ab. »Komm doch herein.«

»Danke.« Sie blickte auf seine bloßen Füße und lächelte. Wortlos zog sie ihre Sandalen aus und betrat den kleinen Flur. Neugierig sah sie sich um. »Was wollte Leighton Pitt heute nachmittag?«

»Er bewunderte unter anderem meinen Sinn für Humor.« Elias atmete ihren Duft ein, als sie beim Eintreten versehentlich seinen Arm streifte. Das würde sicherlich ein aufregender Abend werden.

»Wenn ich dir einen Rat geben darf«, sagte Charity, »glaub nicht alles, was dir ein Vertreter erzählt.«

»Ich werd's mir merken.«

Crazy Otis hatte sich häuslich auf seinem Käfig niedergelassen und kaute auf einem Spielzeug herum. Er blickte auf, starrte Charity an und krächzte eine ungehobelte Begrüßung.

»Ich kann durchaus nachvollziehen, warum Wissenschaftler behaupten, Vögel wären mit den Dinosauriern verwandt«, bemerkte Charity. »Sie haben nämlich überhaupt kein Benehmen.«

Elias stellte die Flasche ab. »Otis hat doch ›Hallo‹ gesagt?«

»Wer weiß schon, was er gesagt hat. Crazy Otis tut ja den ganzen Tag nichts anderes als rumzukrächzen.« Charity lief hinüber zum Käfig und sah sich den Papagei aus der Nähe an. »Ich muß aber zugeben, daß er sich bei dir gut eingelebt hat. Freut mich, daß ihr euch versteht. Ich habe mir eine Zeitlang Sorgen um ihn gemacht.«

»Wenn du dich nicht um ihn gekümmert hättest, wäre er bestimmt eingegangen.«

»Ich wußte nicht so recht, was ich mit dem traurigen Papagei anstellen sollte. Ich habe einen Tierarzt in Seattle angerufen, der aber keine große Hilfe war. Deshalb bin ich eher meinem Instinkt gefolgt.«

Otis legte den Kopf zur Seite, um sie besser zu beäugen. »Hä, hä, hä.«

Charity machte eine Grimasse. »Aber du hast ja noch nie die leiseste Dankbarkeit gezeigt.«

»Ach, er ist einfach zu stolz zuzugeben, daß er dich gebraucht hat«, sagte Elias.

»Ja, ja. Weißt du, Haydon hat einmal behauptet, daß Otis richtig sprechen kann, aber ich habe von ihm immer nur unverständliches Gekrächze gehört.«

Elias holte einen Korkenzieher aus der Schublade. »Ich bin davon überzeugt, daß Otis reden wird, wenn er einmal etwas zu sagen hat.«

»Das kann ja noch lange dauern.« Charity wandte sich von Otis ab und blickte sich im Zimmer um. »Deine Möbel sind wohl noch nicht angekommen. Ich hätte dir ein paar Stühle und einen Tisch leihen können, wenn du es mir gesagt hättest. Ich habe alle meine Sachen aus Seattle mitgebracht.«

»Ich weiß dein Angebot zu schätzen, aber ich brauche keine zusätzlichen Möbel.«

Das stimmte nicht so ganz, dachte er, als er die Flasche öffnete. Ein etwas größeres Bett wäre sicherlich angenehmer. Charity auf dem Futon zu lieben, würde eine Herausforderung werden. Natürlich würde er sich darüber heute abend noch keine Gedanken machen. Selbstbeherrschung war das Credo des Tal Kek Chara.

»Ich nehme an, der minimalistische Einrichtungsstil gehört zur Wasserphilosophie.«

»Tal Kek Chara.«

»Tal Kek Chara, so nennst du sie?«

»Grob übersetzt bedeutet das soviel wie ›der Weg des Wassers‹. Die wörtliche Übersetzung ist etwas komplizierter.« Elias wurde sich plötzlich bewußt, daß er jetzt, nach Haydons Tod, der einzige in den Vereinigten Staaten war, der wußte, was diese überlieferten Worte genau bedeuteten. Es war seltsam, und er fühlte sich einsam.

»Verstehe.« Charity beugte sich hinunter und betrachtete die große, mit Wasser gefüllte Glasschale auf dem niedrigen Tisch. »Ein schönes Stück. Wirklich, sehr schön.«

Elias blickte zu ihr herüber und betrachtete sie. Wehmut überkam ihn. »Ich habe sie Haydon vor ein paar Jahren geschenkt.«

»Sie hat ihm offensichtlich sehr viel bedeutet. Sie ließ die Fingerspitzen am Rand des dickwandigen Gefäßes entlanggleiten. »Sie ist der einzige schmückende Gegenstand in diesem Zimmer.«

Elias dachte darüber nach. »Dann wird sie ihm wohl gefallen haben.« Er entspannte sich ein wenig. Sie hatte recht. Haydon mußte die Schale geschätzt haben, wenn er sie in diesen sonst so spartanisch eingerichteten Raum gestellt hatte.

Charity ging hinüber zur Küche. »Wir sprachen vorhin über Leighton. Wollte er dir eine Immobilie andrehen?«

»Nein, er wollte mir mitteilen, daß er ein richtiger Macher ist.«

»Ein Macher?«

»Ein Schlitzohr, ein Geschäftemacher, ein einflußreicher Typ in dieser Stadt. Ein Kerl, der Bescheid weiß.«

»Hmm. Warum mußte er dir das unbedingt sagen?«

Elias holte zwei Gläser aus dem Schrank. »Er glaubt wohl, daß sich hier in Whispering Waters Cove bald einiges ändern wird.«

Sie zuckte mit den Achseln. »Darauf hofft auch der Stadtrat.«

»Pitt deutete an, etwas ganz Bestimmtes zu wissen. Er behauptet, ein ausländischer Investor wolle hier einen Golfplatz und ein Kurhotel bauen.«

»Einen Golfplatz? Das ist eine ziemlich genaue Vermutung.« Charity sah ihm zu, wie er den Wein einschenkte. Ihr Blick war nachdenklich und ein wenig mißtrauisch. »Hast du das Gefühl, Leighton weiß, wovon er spricht?«

»Schwer zu sagen.« Er reichte ihr ein Glas. »Aber ich würde wetten, daß seine Vermutungen auf den Machenschaften seiner Exfrau beruhen.«

Sie blickte ihm in die Augen. »Interessant. Damit kommen wir zu der Frage, was am Montag passieren wird.«

»Ich habe meinen Freund Craig Thorgood in Seattle angerufen. Er ist Anwalt und auf Unternehmensrecht spezialisiert. Seine Kanzlei hat eine ganze Reihe von Leuten, die Nachforschungen betreiben. Ich habe ihn gebeten herauszufinden, was Gwendolyn Pitt in den letzten Monaten so getrieben hat.«

»Die ganze Sache scheint immer mysteriöser zu werden.«

»Vielleicht liegen die Dinge viel einfacher, als sie scheinen.« Elias lehnte sich an die Küchentheke und nahm einen Schluck Wein. Er schmeckte würzig und anregend. Genau wie Charity. »Klingt so, als ginge es letztlich nur ums Geld.«

»Wahrscheinlich müssen wir bis Montag abend warten.« Charitys Augen funkelten über den Rand ihres Weinglases hinweg. »Da soll mal jemand behaupten, in einer kleinen Stadt wäre nichts los.«

»Würde ich nie tun.« Er sah sie an und konnte plötzlich seinen Blick nicht mehr von ihr abwenden.

Es lag etwas in der Luft. Alles war möglich. Nur keine Eile, ermahnte er sich. Ganz ruhig. Er würde nicht zulassen, von dem reißenden Fluß weggespült zu werden.

Charity gab auf und schaute als erste weg. »Was gibt's zum Abendessen?«

»Artischocken-Dip mit geröstetem Pitabrot, dann Ravioli mit Gorgonzola-Spinat-Füllung und Romanasalat und zum Nachtisch italienisches Haselnußeis mit Biscotti.«

Charity machte große Augen. »Ich bin beeindruckt.«

Er freute sich darüber. »Ich muß zugeben, daß ich überrascht war, daß es die Biscotti im Supermarkt von Whispering Waters Cove überhaupt zu kaufen gibt.«

»Das sind die Früchte meiner monatelangen Verhandlungen mit Mister Gedding, dem Geschäftsführer. Wir haben eine Abmachung getroffen: Er besorgt die Produkte, um die ich ihn bitte, und ich zahle dafür Fantasiepreise.«

»Ein faires Geschäft.«

Der Schalk saß in Charitys Augen. Sie klimperte heftig mit den Wimpern. »Habe ich dir schon gesagt, wie sehr ich Männer bewundere, die kochen können?«

»Nein, das hast du noch nicht erwähnt.« Er stellte das Glas ab und sah nach dem Essen. »Aber bitte, laß dich ruhig zu dem Thema aus.«

»Also gut, ich bewundere Männer, die kochen können, wahnsinnig.«

Sie flirtete wieder. Ein gutes Zeichen, dachte Elias. Genau das hatte er erreichen wollen. Sein Ziel war es, hier im seichten Wasser zu bleiben und Spaß zu haben, ohne zu schnell in die Tiefe vorzudringen.

»Ich werde versuchen, deine Schwäche für gute Köche nicht zu sehr auszunutzen«, sagte er und stellte einen großen Topf mit Wasser auf den alten Herd. »Wie geht's Newlin?«

Der verschmitzte Ausdruck verschwand aus ihren Augen. »Ich mache mir Sorgen um ihn. Er hat große Angst, daß Arlene eine Dummheit machen wird, wenn die Raumschiffe hier nicht auftauchen. Ich würde ihn so gerne trösten, aber ich weiß ja selbst nicht, wie sie damit umgehen wird.«

»Wir werden Newlin im Auge behalten«, versprach Elias. Als er das gesagt hatte, wurde ihm bewußt, daß er sich immer mehr als Mitglied der Gemeinschaft von Crazy Otis Landing fühlte. Ein seltsames Gefühl, aber ein durchaus angenehmes.

Kurz nach elf begleitete er Charity nach Hause.

Es fiel ihm nicht leicht.

Im Laufe des Abends war die sinnliche Spannung zwischen ihnen immer stärker geworden. Während des Essens hatte sie ihn mit einer betörenden Mischung aus Schüchternheit und unterdrückter Begierde angeschaut. Elias wußte, daß sie den ersten Schritt von ihm erwartete, den Schritt, der ins Schlafzimmer führen würde.

Es kostete ihn einige Überwindung, ihr zu sagen, daß es schon spät sei und sie nach Hause müsse. Ihr überraschter Gesichtsausdruck freute ihn. Er wog fast die Reue auf, die er später verspüren würde. Aber leider nur fast.

Elias warf ein Tuch über Otis' Käfig und zog sich Schuhe an. Er wollte noch eine Taschenlampe mitnehmen, aber die brauchte er nicht. Das Mondlicht und die Sterne spendeten genug Helligkeit. Der Pfad auf der Klippe war gut zu erkennen. Am anderen Ende der Bucht blinkten die Lichter von Crazy Otis Landing und der kleinen Stadt.

Charity hatte sich bei Elias eingehakt. Ihr Arm war weich und geschmeidig. Er konnte den Duft ihres Shampoos riechen. Ihr Haar roch nach Kräutern, dachte er. Die sanfte Meeresbrise und ihr eigener, ganz persönlicher Geruch vermischten sich damit und weckten in ihm einen unstillbaren Hunger.

Er erinnerte sich daran, daß das Gleichgewicht in

ihrer Beziehung wiederhergestellt werden mußte. Er mußte in sich ruhen. Deutlich hörte er Haydons Worte. Wer den Weg des Wassers kennt, läßt seine Gegner auf sich zukommen. Ein Mann und eine Frau, die kurz vor einer Liebesbeziehung standen, waren Gegner, ganz gleich, ob sie das wahrhaben wollten oder nicht. Jeder wollte etwas vom anderen. Jeder hatte einen Plan.

Der Gutenachtkuß beim Abschied steckte voller Tükken, aber Elias hatte sich darauf vorbereitet. Er berührte ihren Mund nur ganz leicht. Als sie die Hände auf seine Schultern legen wollte, machte er einen Schritt zurück. Sie ließ die Arme sinken.

»Wir sehen uns morgen früh«, sagte er.

Sie sah ihn aus halbgeöffneten Augen an. »Vielen Dank für das köstliche Essen. Kann ich dich dafür Montag abend zu mir einladen?«

Das freute ihn sehr. »Mit Vergnügen.«

»Im Anschluß können wir hinunter zu den Voyagern gehen und uns die Ankunft der Raumschiffe ansehen. Sie grinste breit. »Ich bin sicher, die ganze Stadt wird da sein. Ein Spaß für die ganze Familie. Besser als Karneval.«

»Man langweilt sich nie in Whispering Waters Cove.«

»Sag mir eines, Elias; wenn die Raumschiffe doch eintreffen, wirst du versucht sein mitzufliegen?«

»Nein.« Er sah ihr in die Augen und spürte ein heißes Feuer in sich. »Die Antworten, die ich suche, werde ich hier finden, nicht irgendwo dort draußen im Weltraum.«

Sie beruhigte sich. »Bist du dir sicher?«

»Ja, ganz sicher. Aber ich habe noch nicht alle Fragen gestellt. Gute Nacht, Charity.« Zeit zu gehen. Er mußte hier weg, bevor ihn die Flutwelle seiner Gefühle wegriß und hinaus aufs Meer zog. Er dreht sich um und lief entschlossen die Stufen ihrer Veranda hinab.

»Elias?«

Ihre sanfte, rauchige Stimme ließ ihn innehalten. Er blickte zurück. »Was ist?«

»Du wolltest dir doch etwas beweisen.«

»Was meinst du?«

Sie blickte ihn mitleidig an. »Daß du dich beherrschen kannst. Daß du trotz der aufregenden Szene auf der Klippe immer noch Mister Cool bist.«

»Ach so, das.« Er hätte wissen müssen, daß sie ihn durchschaut hatte. »Vielleicht.«

»Macht's Spaß?«

»Nein, aber es festigt den Charakter.«

Sie lachte und schlug ihm die Tür vor der Nase zu.

Elias merkte, daß er wie ein Idiot grinste. Das war wirklich ein Witz. Kein besonders guter, aber immerhin. Was konnte man auch von einem Mann erwarten, der in einer solchen Angelegenheit ein blutiger Anfänger war?

Er ging hinab zum Pfad und machte sich im Laufschritt auf den Heimweg. Mit ein bißchen Glück konnte er dadurch die überschüssige Energie abbauen, die seine Sinne wie einen Blitz durchfahren hatte.

Trotz der Spannung, mit der die Begierde seinen Körper durchströmte, fühlte er sich gut. Seit Haydons Tod hatte er sich nicht mehr so wohl gefühlt. Ja, seit Jahren nicht mehr. Er rannte schneller. Am Fuße der Klippe glitzerte das Wasser silbrig im Mondlicht. Die Luft erfrischte seine Lungen. Die Nacht war endlos.

Er rannte eine lange Weile, verlangsamte dann das Tempo und lief zurück in Richtung seines Hauses.

Gerade als er das Gartentor erreichte, sah er eine Bewegung in einem unbeleuchteten Fenster. Er hielt inne und verharrte regungslos im Schatten einer großen Pinie. Neugierig beobachtete er, wie eine dunkle Gestalt über das Fensterbrett hinauskletterte.

Der Einbrecher stöhnte, als er schwer atmend mit einem Sprung auf der Veranda landete. Er war bemüht das Gleichgewicht wiederzuerlangen, und versuchte verzweifelt, das Fenster zu schließen.

»Mist«, fluchte er leise.

Elias erkannte die Stimme. Es war Rick Swinton.

Schließlich gelang es ihm, das Fenster zu schließen. Er drehte sich um und rannte die Verandastufen zum Garten hinab. Dann konnte man ein lautes Klatschen hören, als er mitten im Teich landete.

»Verdammt noch mal.« Swinton hievte sich aus dem flachen Wasser und lief den Pfad hinab. Seine Hose war völlig durchnäßt. Er hatte Elias nicht bemerkt.

Elias hätte nur die Hand nach ihm ausstrecken müssen, oder ihm ein Bein stellen können, um ihn in hohem Bogen auf die Erde zu befördern. Er tat weder das eine noch das andere.

Statt dessen folgte er seinem ungebetenen Gast in sicherem Abstand. Swinton lief an der Vorderseite des Hauses vorbei und dann die Auffahrt entlang, die zur Straße führte.

Sein Auto war hinter einer Reihe von Bäumen abgestellt. Er öffnete die Tür, setzte sich hinter das Steuer und drehte den Zündschlüssel um. Erst nach ein paar hundert Metern schaltete er das Licht ein.

Elias wartete ein paar Minuten, um zu sehen, ob Swinton zurück zum Campingplatz der Voyager fuhr. Er beobachtete, wie die Scheinwerfer an der Kreuzung nach links Richtung Whispering Waters Cove abbogen.

Langsam ging Elias zurück zu seinem Haus. Er stieg die Verandatreppe hinauf und öffnete die Tür. Er zog seine Schuhe aus und betrat das Haus.

Crazy Otis saß verängstigt unter der Abdeckung seines Käfigs.

»Keine Angst, Otis, ich bin ja da.«

Otis beruhigte sich und wurde gleich wieder frech. »Hsss«, zischte er.

»Ja, genau.« Elias machte kein Licht. Er ging zu dem

Fenster, durch das Swinton eingestiegen war. »Entweder war er zufällig hier, oder er hat das Haus den ganzen Abend lang beobachtet. Als er mich mit Charity sah, hat er wahrscheinlich angenommen, daß ich die Nacht bei ihr verbringen würde.«

»Hä, hä, hä.«

»Ja, hä, hä, hä. Er wußte nicht, daß ich den Abend für eine Übung in Sachen Selbstbeherrschung nutzen würde.« Elias blickte hinaus in die Nacht. »Idiot.« Er hielt inne. »Ich Idiot, meine ich, falls du dich gerade fragst, wen ich damit meine, Otis.«

»Hä, hä, hä.«

Elias ging durch das kleine Haus. In den schlichten Zimmern gab es wenig Raum für Verstecke. Swinton hatte bestimmt nicht lange gebraucht, um zu erkennen, wie begrenzt die Möglichkeiten waren.

»Ich mag es nicht, wenn jemand vergißt, seine Schuhe auszuziehen.«

Es überraschte Elias nicht, daß sich Swinton an der Kommode im Schlafzimmer zu schaffen gemacht hatte. Ein Blick auf den Inhalt genügte, um zu sehen, daß Swinton sie durchwühlt hatte.

Der einzige Gegenstand, der Elias etwas bedeutete, war Haydon Stones Tagebuch. Es lag unberührt in der untersten Schublade. Er nahm es in die Hand und betrachtete es. Er hatte sich noch nicht überwinden können, es zu lesen.

Er legte das Tagebuch zurück. Möglicherweise war Swinton in die Stadt gefahren, um jetzt bei Charms & Virtues einzubrechen, nachdem er hier kein Glück gehabt hatte. Hoffentlich machte er keine allzu große Unordnung.

»Alle Menschen hier in Whispering Waters Cove halten mich für einen Mann voller Geheimnisse, Otis.« Er ging ins Bad und drehte die Dusche auf. »Ich hoffe, sie werden nicht allzu enttäuscht sein, wenn sie feststellen, daß ich nur ein fleißiger, unschuldiger Ladenbesitzer bin, der nicht an Immobiliengeschäften interessiert ist.«

»Hä, hä, hä.«

Elias kam ein paar Minuten später aus der Dusche. Er rollte den Futon auf dem Boden aus und legte sich hin. Er verschränkte die Arme hinter dem Kopf und blickte an die Decke.

»Also, Otis, erzähl mal: Wie war es, mit Charity in einem Zimmer zu schlafen?«

»Hä, hä, hä.«

6

Wasser ist dort am tiefsten, wo seine Oberfläche am ruhigsten erscheint.

›Der Weg des Wassers‹, aus dem Tagebuch von Haydon Stone

Charity war nicht gerade erfreut, als Phyllis Dartmoor am Samstag morgen ihren Laden betrat. Die Bürgermeisterin von Whispering Waters Cove sah an diesem Tag besonders entschlossen und streitsüchtig aus. Charity wäre am liebsten durch die Hintertür verschwunden, aber dazu blieb keine Zeit.

Sei nicht feige, sagte sie sich. Sie hatte letzte Nacht nur wenig geschlafen, weil sie die ganze Zeit versucht hatte, aus Elias schlau zu werden.

Weit war sie nicht gekommen. Im Kopf hatte sie immer wieder die letzte Szene vor dem Haus durchgespielt. Als der Morgen graute, kam sie zu dem Schluß, daß sie gerade noch mal um Haaresbreite entkommen war.

Sicher, sie hatte Elias aufgezogen und ausgelacht. Aber bei Licht betrachtet wurde ihr bewußt, daß sie letzte Nacht in einer außergewöhnlich leichtsinnigen Stimmung gewesen war. Eigentlich war sie das auch schon die gesamte vergangene Woche über gewesen. Sie spielte mit dem Feuer, das war es. Und das entsprach überhaupt nicht ihrer Persönlichkeit. Der Kuß auf der Klippe hatte etwas Verrücktes in ihr ausgelöst.

Es war schon erstaunlich, daß die Umarmung eines Mannes keine Panik mehr in ihr auslöste.

Heute morgen blieb ihr die Luft weg, als ihr klar wurde, daß sie gestern abend fast in eine äußerst gefährliche Beziehung geschlittert wäre, und dies auch noch durch ihr eigenes Verschulden. Sie hatte den ganzen Abend ununterbrochen geflirtet. Elias sollte seine Selbstbeherrschung wieder verlieren, das hatte sie gewollt, wie damals auf der Klippe. Sie wollte wieder die Leidenschaft in seinen Augen aufflackern sehen, wollte seine starken, anziehenden Hände auf ihrem Körper spüren, wollte fühlen, daß sie ihn verführen konnte.

Dem Himmel sei Dank, daß Elias gestern so zurückhaltend gewesen war. Sein Bemühen um Selbstbeherrschung hatte ihr Gelegenheit gegeben, selbst wieder zur Vernunft zu kommen.

Zeit, um Luft zu holen. Die hatte er ihr gegeben. Eine Atempause. Heute morgen würde sie das ausnutzen.

Sie brauchte Zeit. Sie mußte alles durchdenken. Bevor sie sich in eine Beziehung stürzte, wollte sie mehr über Elias Winters in Erfahrung bringen. Sie erinnerte sich an Davis' Ermahnung. *Nimm dich vor Winters in acht. Er spielt nicht nur mit hohem Einsatz, er gewinnt auch immer.*

Es gab keinen Zweifel, sie war um Haaresbreite entkommen.

Was auch immer das Schicksal für sie und Elias bereithielt, es würde warten müssen, bis sie sich besser kannten. Viel besser kannten.

Bla, bla, bla, dachte sie.

Seit Stunden machte sie sich diese Vorhaltungen. Wie eine Litanei hallten ihr die Worte durch den Kopf. Sie hörte sich schon wie Crazy Otis an.

»Guten Morgen, Charity.« Phyllis trug elegante italienische Pumps. Ihre Schritte hallten durch den Raum.

»Hallo, Phyllis.« Charity stellte sich aufrecht hinter die Theke. »Irgendwie habe ich das Gefühl, Sie sind nicht hierhergekommen, um ein Buch zu kaufen. Sind Sie geschäftlich hier oder in Ihrer Funktion als Bürgermeisterin?«

»Aus beiden Gründen.« Phyllis schenkte Charity ein

kühles Lächeln. Es war ein wohlkalkuliertes, einstudiertes Lächeln, das ihre weißen makellosen Zähne zeigte.

Es wäre leicht, Phyllis nicht zu mögen, dachte Charity. Schließlich waren sie beide im Ringen um die Zukunft von Crazy Otis Landing verbitterte Gegner geworden. Ihre Wortgefechte bei den Stadtratssitzungen waren bereits in die Geschichte von Whispering Waters Cove eingegangen. Aber vom ersten Tag an hatte Charity echte Sympathie für Phyllis empfunden.

Sie wußte, daß dieses Gefühl lächerlich war, und sie versuchte, es unter allen Umständen zu verbergen. Aber sie kam nicht dagegen an. Phyllis erinnerte sie zu sehr an den Menschen, der sie selbst einmal gewesen war. Ein ehrgeiziger Workaholic, besessen von den eigenen Zielen. Sie fragte sich, ob Phyllis jemals unter einer Panikattacke gelitten hatte.

Phyllis hatte an der Washington University Jura studiert. In Whispering Waters Cove führte sie eine Kanzlei. Ihr Amt als Bürgermeisterin übte sie mit großer Begeisterung aus. In ihrer Freizeit leistete sie Parteiarbeit für den Wahlkampf und ging auf wichtige Cocktailpartys in Seattle.

Sie war eine hochgewachsene, gepflegte Frau von Mitte Dreißig. Selbst in Seattle wäre sie durch ihre Eleganz aufgefallen. In einem so kleinen Ort wie Whispering Waters Cove schien sie geradezu fehl am Platz.

Phyllis war die einzige Frau in der Stadt, die stets ein Kostüm trug. Heute war es eine maßgeschneiderte Leinenkombination, die nun um kurz nach zehn bereits leicht zerknittert war. Das Jackett hatte große Schulterpolster und gab ihrer ganzen Erscheinung einen Hauch der vierziger Jahre.

Einmal im Monat fuhr sie nach Seattle zum Frisör. Selbstverständlich war Phyllis auch eine treue Kundin in Radiances Nagelstudio, die eigens für sie eine besondere Farbe kreiert hatte, ›Dartmoor Mauve‹.

»Sind Sie allein?« Phyllis ließ den Blick durch den leeren Buchladen schweifen.

»Im Moment, ja. Mein Mitarbeiter holt sich gerade einen Cappuccino bei Bea, und für Wochenendgäste ist es noch etwas früh. Was kann ich für Sie tun?«

»Ich wollte mit Ihnen über den neuen Eigentümer von Crazy Otis Landing sprechen.«

»Warum sprechen Sie nicht direkt mit ihm?«

»Das habe ich bereits versucht.« Phyllis preßte die Lippen aufeinander. »Er war höflich, aber alles andere als hilfsbereit. Wollte die ganze Zeit ausgerechnet über Wasser reden.«

»Sie waren bei Elias?« Charity verspürte einen leichten Stich. Hoffentlich war das kein Anzeichen von Eifersucht.

»Ich habe ihn auf der Post getroffen. Er schien sich überhaupt nicht für das zu interessieren, was ich ihm zu sagen hatte.«

Charity entspannte sich ein wenig. »Ach ja? Was erwarten Sie von mir?«

Phyllis senkte die Stimme und sagte in vertraulichem Tonfall: »Soviel ich weiß, sehen Sie sich öfter.«

»Ja, jeden Tag.« Charity lächelte verkrampft. »Wir haben schließlich beide einen Laden hier am Pier, und da trifft man sich zwangsläufig.«

»Das habe ich nicht gemeint, und das wissen Sie so gut wie ich.« Phyllis' Blick verhärtete sich. »Man hört, daß Sie miteinander ausgehen.«

Charity war erstaunt. Sie hatte aus ihrer Verabredung gestern abend bestimmt kein Geheimnis gemacht, aber herumerzählt hatte sie es auch nicht. Elias mußte mit jemandem darüber gesprochen haben, der es dann sofort im ganzen Ort weitererzählt hatte.

»Die Gerüchteküche in einer kleinen Stadt ist schon erstaunlich«, murmelte Charity.

»Sehen Sie? Lassen Sie mich ganz direkt sein. Es ist

allgemein bekannt, daß Winters nicht nur der neue Besitzer dieses lächerlichen Ladens am anderen Ende des Piers ist. Ihm gehört das gesamte Landing.« Phyllis lehnte sich vor. »Außerdem gehört ihm eine bedeutende Unternehmensberatung, die Far Seas Incorporated.«

»Na und?«

»Er ist ein Macher. Stellt sich nur die Frage, wo er überall die Finger im Spiel hat.«

Charity blickte ihr in die Augen. »Was es auch sein mag, ich kann Ihnen versichern, daß er seine eigenen Spielregeln aufstellt.«

»Das verwundert mich keineswegs.« Phyllis klopfte mit einem langen Fingernagel auf der Theke herum. »Winters führt irgend etwas im Schilde. Es gibt jede Menge Spekulationen, aber im Grunde weiß niemand, was er mit dem Landing vorhat. Deshalb brauchen wir Ihre Hilfe.«

»Wir?«

»Alle, denen die Zukunft dieser Stadt etwas bedeutet. Sie sind die einzige, die eine Beziehung zu ihm hat.«

»Phyllis, ich weiß nicht, was man Ihnen erzählt hat, aber ich war nur zum Abendessen eingeladen, das war keine Verlobungsparty.«

»Sehen Sie, die Sache ist sehr ernst. Niemand hier bekommt eine klare Antwort von Winters.«

»Klare Antworten sind auch nicht unbedingt seine Art«, gab Charity zu.

»Sie wissen so gut wie ich, daß dem Stadtrat schon lange an Crazy Otis Landing gelegen ist. Haydon Stone war ein unmöglicher Mensch. Als der Pier ihm gehörte, war an eine Modernisierung der Läden nicht zu denken. Aber jetzt, da er uns verlassen hat, wollen wir Winters davon überzeugen, daß es in seinem eigenen Interesse liegt, mit dem Stadtrat zusammenzuarbeiten.«

»Dieses Wort ›wir‹ macht mich ganz nervös.«

»Der Stadtrat und ich möchten, daß Sie sich uns anschließen, Charity. Es ist an der Zeit, den Streit zu begraben und gemeinsam daran zu arbeiten, den Pier zum Herzstück eines neuen Whispering Waters Cove zu machen.«

»Mir gefällt der Ort, so wie er ist.«

»Haben Sie denn keinen Sinn für eine Weiterentwicklung?« fragte Phyllis. »Sie waren einmal eine erfolgreiche Geschäftsfrau. Mit Ausnahme von Elias Winters sind Sie die einzige am Pier, die etwas von Geschäften versteht. Die anderen Stümper hier würden es selbst dann nicht schaffen, einen Gewinn zu machen, wenn sie Wasser in der Wüste verkaufen würden.«

Charity kochte innerlich. Darauf lief es mit Phyllis jedesmal hinaus. »Die Ladenbetreiber von Crazy Otis Landing sind keine Stümper. Sie allein haben den Pier in den letzten zwanzig Jahren am Leben erhalten. Alle hielten ihn bis vor kurzem für einen Schandfleck.«

»Am Leben erhalten?« Phyllis winkte ab. »Das nennen Sie lebendig? Drei Läden stehen schon seit Jahren leer.«

»Die werden früher oder später vermietet.«

»Kein Mensch mit ein wenig Geschäftssinn wird hier einen Laden aufmachen, wenn nicht gewährleistet ist, daß das Image des Piers verbessert wird.«

»Um das Landing zu verschönern, müssen Sie aber doch nicht alle gegenwärtigen Mieter rauswerfen«, warf Charity ein. »Wir tun bereits selbst eine ganze Menge dafür, die Umsätze zu steigern. Diesen Sommer sind schon dreimal so viele Besucher auf dem Pier gewesen wie in den vergangenen Jahren. Bea lockt mit ihrem Espresso viele Touristen auf den Pier. Durch Radiance kommen auch mehr Ortsansässige. Es gab schon mehrere Kindergeburtstage unten an Yappys Karussell, und Ted verkauft mehr T-Shirts denn je. Mein Buchladen läuft bestens.«

»Sie können sich doch dem Fortschritt nicht in den Weg stellen, verdammt noch mal.«

»Ich kann mich hinstellen, wohin ich möchte.«

Phyllis holte tief Luft. »Ich bin nicht hierhergekommen, um mich mit Ihnen zu streiten.«

»Tatsächlich? Hätte ich nicht gedacht.«

»Seien Sie doch vernünftig, Charity. Denken Sie an die Zukunft. Wir brauchen Ihre Hilfe. Sie würden von einem renovierten Pier genauso profitieren wie wir. Ihr Buchladen würde hervorragend auf einen nobleren Crazy Otis Landing passen. Helfen Sie uns, Winters zur Zusammenarbeit zu überreden.«

Charity verschränkte die Arme vor der Brust und lehnte sich mit den Ellbogen auf die Theke. Sie betrachtete Phyllis mit einer Mischung aus Mißtrauen und wachsender Faszination. »Nehmen wir einmal an, ich wäre bereit, Ihnen bei der Umsetzung Ihrer Pläne behilflich zu sein. Wie soll ich Elias zur Zusammenarbeit mit dem Stadtrat bewegen? Wie stellen Sie sich das vor?«

Phyllis witterte sofort eine Möglichkeit. »Wir möchten, daß Sie mit ihm reden. Finden Sie heraus, was er mit dem Pier vorhat. Wir wollen mit ihm zusammenarbeiten.«

»Mit ihm zusammenarbeiten?«

»Wir alle haben Interesse daran, den Pier zu verschönern. Wenn er, wie Leighton Pitt vermutet, ein Bauvorhaben für einen ausländischen Investor vorbereitet, dann müssen wir darüber informiert werden.«

Charity starrte sie erstaunt an. »Sie wollen also, daß ich ihn für Sie aushorche?«

Phyllis wurde knallrot unter dem Make-up. »Sie übertreiben maßlos, Charity. Wir bitten Sie nur, Ihre Pflicht als Bürgerin dieser Stadt zu tun.«

»Hmm. Kennen Sie den Film ›Berüchtigt‹ von Alfred Hitchcock? Ein Thriller aus den vierziger Jahren, mit

Cary Grant und Ingrid Bergman. Ingrid soll den Bösewicht verführen und heiraten, damit sie ihn im Auge behalten kann. Alle sagen, es sei ihre Pflicht.«

Phyllis' Brauen zogen sich zusammen. »Ich verstehe nicht, was das mit uns zu tun hat.«

»Wahrscheinlich haben Sie recht. Ich sehe Ingrid Bergman nicht sehr ähnlich.« Sie hielt inne, als sie Newlin hinter Phyllis in der Tür erblickte.

Newlin zögerte, einen Becher in der Hand. »Möchten Sie, daß ich draußen warte, Charity?«

»Nein, alles in Ordnung, Newlin.« Charity lächelte ihn an. »Die Frau Bürgermeisterin und ich haben unsere nette Plauderei gerade beendet.«

Phyllis blickte Newlin mißbilligend an. Dann wandte sie sich wieder Charity zu. »Denken Sie an meine Worte. Es ist sehr wichtig für uns alle. Die Zukunft dieser Stadt könnte von Ihrer Entscheidung abhängen.«

»Bloß die Zukunft dieser Stadt? Phyllis, wenn's nicht gerade um das Schicksal der ganzen Welt geht, kann ich, glaube ich, nichts für Sie tun.«

»Das ist sehr kurzsichtig von Ihnen.« Phyllis stürmte ohne ein weiteres Wort aus dem Laden.

Newlin stellte sich wieder an seinen Platz hinter der Ladentheke. »Stimmt was nicht?«

»Nur das übliche. Die Bürgermeisterin macht sich Gedanken um die Zukunft des Piers.«

»Sie sollte lieber mal einen Gedanken an Gwendolyn Pitt verschwenden und sie von Hank Tybern verhaften lassen.«

»Gwendolyn Pitt tut nichts Illegales«, erklärte Charity sanft.

»Nun, wenn's nach mir ginge, wäre es aber illegal.« Er nahm einen großen Schluck Cappuccino. »Anfangs hat sie ja noch mit allen Mitteln versucht, die Voyager aus der Stadt zu werfen. Erinnern Sie sich, wie sie Tybern Anfang Juli zu ihnen schickte und auf die Einhaltung von Gesundheits- und Sicherheitsvorschriften in ihrem Lager pochte?«

»Ich erinnere mich.«

»Und dann hat sie aus irgendeinem Grund damit aufgehört.«

»Das war sehr klug von ihr. Phyllis kam zu dem naheliegenden Schluß, daß sie nicht viel ausrichten konnte, außer einfach abzuwarten. Mit ein bißchen Glück werden die Voyager verschwinden, wenn die Raumschiffe hier nicht aufkreuzen.«

»Vielleicht.« Newlin biß die Zähne zusammen. »Vielleicht auch nicht. Wenn es um solche Dinge geht, spielen manche Leute verrückt. Gwendolyn Pitt hat all das zu verantworten. Jemand sollte etwas unternehmen. Es ist einfach nicht richtig.«

Um kurz vor vier hängte Elias den neuen Staubwedel weg, den Charity ihm geschenkt hatte, und blickte Crazy Otis an.

»Jetzt habe ich aber genug von der Hausarbeit. Ich denke immer noch, daß Charity sich irrt. Ein wenig Staub gibt dem Laden erst die richtige Patina.«

Otis krächzte irgend etwas.

»Nicht ein Kunde in Sicht. Ich glaube, das war's für heute.« Elias stellte sich vor Crazy Otis' Stange. »Hast du Lust, bei Yappy vorbeizuschauen und ihm bei den Wartungsarbeiten am Karussell zuzusehen?«

Otis nickte und stieg vorsichtig auf Elias' Schulter.

Elias schlenderte aus dem Laden, bog rechts ab und lief auf das Ende des Piers zu. Er hatte heute ein gutes Gefühl. Die Euphorie, die er seit gestern abend verspürte, hielt an, obwohl seine Vermutung bezüglich Rick Swinton richtig gewesen war.

Nachdem er in Elias' Haus eingebrochen war, hatte Swinton dem kleinen Hinterzimmer, das als Büro von Charms & Virtues diente, tatsächlich einen Besuch abgestattet. Aber außer den Inhalt des Papierkorbs im ganzen Raum zu verstreuen – wahrscheinlich war er über ihn gestolpert – hatte er keinen Schaden angerichtet. Elias fragte sich, was für einen Reim sich der nächtliche Besucher auf die vielen Kataloge, Rechnungen, Bestellformulare und Quittungen gemacht hatte.

Elias nahm sich vor, Craig Thorgood zu bitten, ebenfalls ein paar Nachforschungen über Swintons Vergangenheit anzustellen.

Der Pier war im Laufe des Tages recht belebt gewesen, aber nach vier Uhr wurde es ruhig. Elias sah Newlin hinter der Ladentheke, als er an Whispers vorbeiging. Newlin schaute wie immer grimmig drein. Charity war nicht zu sehen.

Elias ging an den drei leerstehenden Läden vorbei und blieb stehen. Es wäre sicher von Vorteil, Mieter für sie zu finden. Er würde sich darum kümmern.

»Wie geht's, Winters?« Ted winkte ihm vom Eingang seines Ladens zu. In der Hand hielt er einen neuen Krimi, den er bei Whispers gekauft hatte.

Wie immer hatte Ted eine seiner eigenen ›Kreationen‹ an. Auf dem T-Shirt, das seinen Bauch nicht vollständig bedeckte, stand folgender Spruch: *Bier formte diesen wunderschönen Körper*.

»Es ist gerade nicht viel los«, antwortete Elias. »Otis und ich wollten ein wenig spazierengehen.«

»Morgen laufen die Geschäfte bestimmt wieder besser.«

»Genau.«

Bea nickte Elias zu, während sie einem Gast gerade Eistee einschenkte. Durch den Perlenvorhang von Radiances Schaufenster sah er, wie sie in alter Hippiemanier das ›Peace‹-Zeichen machte, als er an ihrem Laden vorbeiging.

Elias merkte plötzlich, daß er sich auf dem Pier zu Hause fühlte, obwohl er erst seit zwei Wochen hier war.

Zum erstenmal war er kein Außenseiter, der die Welt um sich herum nur beobachtete und sich nicht aus seinem inneren Gleichgewicht bringen ließ. Etwas verband ihn mit den anderen, er teilte etwas mit ihnen.

Es war, als ob der Fluß seines Lebens einen neuen Verlauf genommen hatte und sich sein Wasser ein wenig mit den Flüssen anderer mischte.

Er war sich nicht sicher, wie er diese Veränderung einschätzen sollte. Seine Erziehung mußte sie eigentlich mißbilligen. Andererseits fühlte er sich wohl dabei. Er wünschte, Haydon wäre noch am Leben, um ihm dieses merkwürdige Gefühl zu erklären. Es gab so viele Fragen, die er Haydon gern gestellt hätte.

Er kam am Ende des Piers an und entdeckte Yappy inmitten des Karussellgetriebes. Die bunten Pferde standen in einem Kreis um ihn herum.

»Hallo, Winters.« Yappy winkte mit einem Schraubenschlüssel.

»Wie geht's?« Elias stieg auf die Plattform und lehnte sich mit der Schulter an die Hinterbeine eines Holzpferdes. Otis kletterte auf den Schwanz des Pferdes, schüttelte sein Gefieder und machte sich daran, die Reparaturarbeiten zu beaufsichtigen.

»Geht schon«, antwortete Yappy.

Elias schaute sich interessiert das Getriebe an. »Haben Sie herausgefunden, wo das Problem liegt?«

»Ja, ich denke schon. Sollte in ein paar Minuten wieder alles wie gewohnt funktionieren. Ach, reichen Sie mir doch bitte den Schraubenzieher dort.«

Elias blickte auf die Ansammlung von Werkzeugen, die auf einer kleinen Bank lagen. »Welchen denn?«

»Den mit dem Kreuzkopf.«

Elias drückte Yappy das gewünschte Werkzeug in die ölverschmierte Hand. »Gehen Sie Montag abend auch hinunter zum Strand, wenn die Voyager wegfliegen?«

»Sicher, das möchte ich nicht verpassen.« Yappys Handgriffe waren fachmännisch und präzise. »Die ganze Stadt wird dort sein – oder zumindest ein Großteil der Leute. Bea möchte einen Getränkestand aufstellen und Kaffee und Limonade verkaufen, vielleicht auch etwas Gebäck. Ich werde ihr ein wenig zur Hand gehen. Und Sie?«

»Ich werde auch da sein.«

Yappy hielt inne und blickte Elias fragend an. »Mit Charity?«

»Ja.«

»Sie sind wohl dabei, sich besser kennenzulernen?«

»Was dagegen?«

»Nein, ich denke nicht.« Yappy klang nachdenklich. »Das geht mich nichts an.«

»Ganz meine Meinung.«

»Ich möchte nur, daß Sie wissen«, fuhr Yappy fort, »daß wir Charity ins Herz geschlossen haben. Wir würden nicht zulassen, daß jemand ihre Gefühle verletzt.«

»Ich verstehe durchaus, was Sie meinen. Aber sie ist kein Kind mehr. Sie kann sehr gut auf sich selbst aufpassen.«

»Ja, sicher. Sie hat ihren eigenen Kopf«, gab Yappy zu. »Und sie weiß auch sehr gut, wie man ein Geschäft führt. Sie hatte die Idee, das Karussell für Geburtstagsfeiern zu vermieten. Mein Gewinn hat sich diesen Sommer verdoppelt. Radiance hat sie den Tip gegeben, für ihre Stammkunden eigene Nagellackfarben zu mischen. Das hat Wunder gewirkt.«

»Charity hat ein sehr gutes Gespür fürs Geschäft.«

»Ja, wirklich. Selbst mit den Politikern hier im Ort kommt sie sehr gut zurecht. Sie hat uns den Stadtrat vom Leib gehalten, bis Sie hier aufkreuzten. Aber wenn es um andere Dinge geht, ist sie nicht so hart im Nehmen.«

»Was meinen Sie damit?«

»Bea hat mir erzählt, Charity hätte eine schlimme Zeit durchgemacht, bevor sie hierher kam. Sie hat sich in Seattle von einem reichen Typ namens Loftus getrennt.«

»Brett Loftus.«

»Sie kennen ihn?«

»Nein, ich habe ihn nur einmal gesehen.« Elias erinnerte sich an das Geschäftsessen, bei dem der blonde, blauäugige Loftus vor einer ganzen Gruppe Banker und Investoren amüsante Geschichten aus der Sportartikelbranche zum besten gegeben hatte. Elias hatte in letzter Zeit oft an diesen Tag gedacht, seitdem Charity den Namen Loftus erwähnt hatte.

»Ja, sie ist mit niemandem ausgegangen, seit sie hier in Whispering Waters Cove wohnt. Zumindest nicht, soweit Bea und ich wissen.«

»Bis ich hier auftauchte.«

»Hm.« Yappy blickte ihn durch ein Gewirr von Drähten an. »Bis Sie hier auftauchten.«

»Ich weiß es sehr zu schätzen, daß Sie sich Gedanken um Charity machen, Yappy. Sagen Sie, gibt es jemanden, der sich auch um mich ein wenig Sorgen macht?«

»Sie können sicher sehr gut auf sich selbst achtgeben.« Yappy wischte sich die Hände an den Jeans ab. »Das müßte reichen.« Er stieg aus dem Führerhaus, schloß die Tür und betätigte einen Hebel. »Wir lassen Otis eine Proberunde fahren.«

Otis schnatterte aufgeregt, als die farbenfrohen, reich dekorierten Pferde sich im Kreis zu drehen begannen. Er krallte die Klauen fest in den Sattel des Holzpferdes und breitete seine prächtigen Flügel aus.

»Das scheint dem alten Otis ja mächtig Spaß zu machen.« Yappy schüttelte den Kopf. »Charity brachte ihn oft hierher, als Haydon gestorben war. Wir dachten alle, der Vogel würde jeden Moment abkratzen, wirklich ein trauriger Anblick. Hatte keinen Lebenswillen mehr. Aber Charity hat ihn wieder aufgepäppelt.«

»Sie denkt, daß Otis das nicht richtig zu schätzen weiß. Aber ich bin überzeugt, daß er ihr sehr dankbar ist.«

»Ja, sicher«, brummte Yappy.

Im Dunkeln, von seinem Platz hinter der Theke beobachtete Elias einen Jungen. Er war ungefähr neun Jahre alt und trug wie jeder Junge seines Alters Jeans, Turnschuhe und T-Shirt.

Es war Sonntag. Der Tag hatte sich endlos in die Länge gezogen. Elias warf einen Blick auf die Kuckucksuhr. Es war fünf vor halb sechs, Zeit, den Laden zu schließen. Der Junge war nun fast schon eine halbe Stunde hier, war jeden einzelnen Gang systematisch abgelaufen und hatte jeden Gegenstand gründlich untersucht.

»Suchst du etwas Bestimmtes?« fragte Elias schließlich.

Überrascht zuckte der Junge zusammen. Er drehte sich um und starrte angestrengt in den hinteren Teil des Ladens, der völlig im Dunkeln lag. Elias wurde bewußt, daß der Junge ihn die ganze Zeit über nicht gesehen hatte.

Schnell schüttelte er den Kopf und machte einen Schritt zurück. »Äh, nein. Ich wollte mich nur ein wenig umsehen.«

»Okay.« Elias ließ Crazy Otis auf seine Schulter steigen.

Die Bewegung ließ den Jungen erneut zusammenzucken. Er machte noch einen Schritt Richtung Ausgang.

Mach nur weiter so, Winters, dachte Elias. Verscheuch deine Kunden.

Er nahm ein Glas Wasser in die Hand, das er sich vorher eingeschenkt hatte, und ging langsam ans Ende der Theke. Der Junge beobachtete ihn nervös. Er sah so aus, als würde er sich gleich umdrehen und hinausrennen. Dann erblickte er Otis und machte große Augen.

»Ist der echt?«

»Ja.« Elias kraulte Otis am Kopf. Der Papagei genoß es sichtlich.

»Wow.« Der Junge blieb stehen. »Kann er sprechen?«

»Wenn er Lust hat.« Elias kam näher. »Hast du die Füller dort drüben gesehen? Die schreiben mit unsichtbarer Tinte.«

Der Junge schaute ihn unsicher an. »Nein.«

»Die funktionieren wirklich.« Elias ging zu dem Regal mit den Stiften. »Sieh mal.« Er nahm einen Füller und schrieb rasch ein paar Worte auf einen Zettel. »Schau, nichts zu sehen.«

Der Junge runzelte ungläubig die Stirn. »Wie macht man die Tinte sichtbar?«

»Du tauchst das Papier einfach in ein Glas Wasser, in das du ein paar Tropfen von diesem Zeug reingegeben hast.« Elias hielt ein Fläschchen hoch.

Er drehte den Deckel ab und tröpfelte ein wenig von der Mixtur in das Wasserglas, das er in der Hand hielt. Dann tauchte er das Papier hinein.

Der Junge kam näher. »Darf ich mal sehen?«

Mit einer schwungvollen Bewegung zog Elias das Papier aus dem Wasser und hielt es dem Jungen hin. Die Worte ›kauf diesen Füller‹ waren deutlich sichtbar.

»Super.« Der Junge war sichtlich fasziniert. »Darf ich es mal probieren?«

»Sicher.« Elias reichte ihm den Füller und das kleine Fläschchen.

»Das ist echt toll, Mann.« Rasch schrieb er etwas auf den Zettel. »Das muß ich unbedingt Alex zeigen.«

»Alex?«

»Ja, das ist mein bester Freund. Wir gehen Montag zusammen runter zum Strand, wenn die Raumschiffe kommen. Mein Vater nimmt uns mit.«

»Ich werde auch da sein.«

»Ja?« Der Junge blinzelte nachdenklich. »Meinen Sie, daß Außerirdische hier landen werden?«

»Nein.«

Der Junge seufzte. »Das sagt mein Vater auch. Aber es wäre schon toll, wenn sie doch kommen würden.«

»Sicher, das wäre interessant.«

Die Augen des Jungen leuchteten. »Wenn sie hier landen, fahre ich mit ihnen in den Weltraum.«

»Warum?«

»Hä?« Er mißbilligte offensichtlich diese Frage. »Die haben bestimmt tolle Sachen. Stellen Sie sich nur mal die Computer vor, die sind bestimmt viel weiter entwikkelt als unsere und haben bestimmt auf alle Fragen eine Antwort.«

»Nein, das haben sie nicht.«

Der Junge blickte ihn erschüttert an. »Warum denn nicht?«

»Weil die Wissenschaft, egal wie fortschrittlich sie ist, niemals alle Fragen beantworten kann. Manche Erfahrungen muß man selbst machen. Sogar die besten Computer könnten an dieser Tatsache nichts ändern.«

»Sind Sie sicher?«

»Ja.« Elias blickte auf den Füller. »Das macht zwei fünfundneunzig. Die Lebensweisheiten gibt's umsonst.«

Elias ging zurück hinter die Theke.

Der Junge kramte Kleingeld aus der Hosentasche. »Haben Sie jeden Sonntag geöffnet?«

»Den ganzen Sommer über.«

»Gut. Ich komme morgen mit Alex wieder.«

»Dann bekommst du eine Nachfüllflasche Geheimtinte gratis.«

»Toll.« Er nahm die Papiertüte mit dem neuerstandenen Geheimtintenfüller und rannte zur Tür.

Er mußte an Charity vorbei, die offensichtlich alles

beobachtet hatte. Sie wartete, bis Elias' junger Kunde verschwunden war, und ging dann auf die Theke zu. Sie lächelte amüsiert.

»Du siehst richtig zufrieden aus.«

Elias blickte nachdenklich auf die Tür. »Ich glaube, der Junge wird Spaß an dem Füller haben.«

»Du hast recht. Es ist eine Berufung.«

»Was?«

»Einen Laden wie diesen zu führen. Das ist nicht jedermanns Sache. Meiner Schwester oder jemandem wie Phyllis Dartmoor beispielsweise wäre er zu klein. Gib ihnen ein Geschäft wie Charms & Virtues, und sie würden nicht ruhen, ehe sie den Laden in eine landesweite Kette verwandelt haben. Hätte ich auch gemacht, bis letzten Sommer.«

Elias lächelte. »Ich vielleicht auch.«

»Manche Leute müssen ständig expandieren, bis sie ein ganzes Imperium zu verwalten haben. Sie wissen nicht, was es heißt, sich mit etwas Bescheidenem zufriedenzugeben.«

Elias füllte Otis' Vogelfutter nach. »Das ist nicht gerade die feinfühligste Art, mich zu fragen, ob ich es schaffen werde, in einer so kleinen Stadt wie Whispering Waters Cove und mit einem Laden wie Charms & Virtues glücklich und zufrieden zu sein.«

Charity runzelte die Stirn. »Ich dachte, meine Frage sei sehr feinfühlig gewesen.«

»Wenn du das für Feinfühligkeit hältst, dann hast du wohl alles vergessen, was du zu diesem Thema einmal gelernt haben mußt.«

»Mist. Bist du sicher, daß ich nicht feinfühlig war?«

»Ja, so leid es mir tut.« Elias legte das Vogelfutter weg.

»Das ist aber schade. Das bedeutet, daß ich meine Bürgerpflicht nicht erfüllen kann und mich nicht für Whispering Waters Cove opfern werde.«

Elias hielt inne. »Wieso?«

»Unsere ehrenwerte Bürgermeisterin hat mir vor kurzem vorgeschlagen, meine unglaublichen Verführungskünste einzusetzen und dir deine geheimen Pläne zu entlocken. Ich bin angewiesen worden herauszufinden, was du in Whispering Waters Cove vorhast.«

»Interessant.«

»Natürlich habe ich zuerst an Ingrid Bergman in ›Berüchtigt‹ gedacht.«

»Hört sich ganz so an, als hätten wir in dieser Hinsicht die gleiche Wellenlänge.«

Sie zog die Brauen hoch. »Alles lief wirklich bestens, bis du meintest, ich besäße keinerlei Feingefühl. Was taugt schon ein Spitzel ohne Feingefühl?«

»Vielleicht brauchst du nur ein bißchen Übung«, erwiderte Elias. »Ich stelle mich gern als Versuchsobjekt zur Verfügung.«

»Wirklich?«

Das Telefon klingelte im Büro. »Vergiß nicht, was du sagen wolltest, ich bin sofort zurück.«

»Ja, sicher. Das sagen sie alle. Tut mir leid, ich muß gehen und den Laden abschließen.« Charity drehte sich um. »Halb sieben, Montag abend, wie vereinbart?«

»Diesmal bringe ich den Wein mit.«

»Bis dann.« Sie winkte ihm zu, während sie durch die Eingangstür hinausging.

Auf Elias' Gesicht lag ein breites Grinsen, als er den Hörer abnahm. Früher hatte ihm nicht viel am Flirten gelegen, aber mit Charity machte es richtig Spaß.

»Charms & Virtues, Winters am Apparat.«

»Elias? Hier ist Craig. Hast du kurz Zeit?«

»Sicher.« Elias lehnte sich aus dem Türrahmen und beobachtete Charity, die an dem Schaufenster vorbeiging. Ihr langes hellgelbes Baumwollkleid flatterte im Wind, der ihre entzückenden Kniekehlen entblößte. »Hast du etwas über Gwen Pitt herausgefunden?«

»Ja, das habe ich. Sie war im vergangenen Jahr eine vielbeschäftigte Frau.«

»Womit war sie beschäftigt?«

»Mit dem, was sie am besten kann: dem An- und Verkauf von Immobilien. Bemerkenswerterweise war sie sehr auf Diskretion bedacht und hat alle Geschäfte im Namen der Firma ›Voyager Properties‹ abgewickelt.«

»Und dabei das Geld verwendet, das sie von den Voyagern erhalten hatte, nehme ich an.«

»Wahrscheinlich. Aber ihre Firma tut nichts Illegales, soweit wir beurteilen können. Sie ist die Geschäftsführerin, und es gibt nur einen bezahlten Angestellten.«

»Laß mich raten. Sein Name ist Rick Swinton.«

»Nun, sein voller Name ist Richard Swinton. Hört sich an, als hättest du bereits seine Bekanntschaft gemacht.«

»Er hat mir gestern nacht einen Besuch abgestattet. Uneingeladen.«

»Verstehe«, antwortete Craig. »Möchtest du, daß ich mehr über ihn herausfinde?«

»Das kann warten, bis ich ihm einen Gegenbesuch abgestattet habe.«

»Hört sich an, als ob ihr euch näher kennenlernen wollt.«

»Du weißt ja, wie das ist in einer kleinen Stadt. Jeder ist um ein gutes Verhältnis zu seinen Nachbarn bemüht.«

»Sieh zu, daß du ihm diesen Besuch abstattest, bevor er mit einem Raumschiff verschwindet«, sagte Craig.

»Wird gemacht.«

»Ach ja, ganz nebenbei. Ich habe noch ein paar Neuigkeiten, die dich interessieren könnten.«

Elias schaute Otis zu, der unruhig auf seiner Stange hin und her kletterte. Es war Zeit, den Laden zu schließen. »Was gibt's?«

»Erinnerst du dich an Garrick Keyworth? Ich hatte

doch für dich einige Nachforschungen über ihn angestellt.«

Elias hielt inne. »Was ist mit ihm?«

»Nun, man hört, er hätte gestern abend versucht, sich mit einer Menge Tabletten umzubringen.«

Mit einemmal entwich die gesamte Luft aus Elias' Lungen. Ohne Vorwarnung holte ihn der Fluß seiner eigenen Vergangenheit ein, und er sah das Bild seiner Mutter vor sich, wie sie auf dem Bett gelegen hatte, die leeren Tablettenröhrchen auf dem Nachttisch.

Mit seiner ganzen Willenskraft schickte er das Bild zurück in die Dunkelheit, aus der es gekommen war.

»Ist er tot?«

»Nein. Jemand hat den Notarzt verständigt. Er wurde rechtzeitig ins Krankenhaus eingeliefert. Er wird überleben, aber du kannst dir vorstellen, was diese Nachricht für seine Firma bedeutet. Wenn der Schock erst einmal überwunden ist, wird ›Keyworth International‹ mächtig ins Trudeln geraten. Das passiert immer mit solchen Firmen, bei denen es keinen Nachfolger gibt. Niemand kann die Führung übernehmen, und die Belegschaft bricht in Panik aus.«

»Ja.«

»Schade für Keyworth, daß er seinen Sohn nicht in die Firma eingeführt hat. Dann hätte er jetzt jemanden, der die Kunden und die Gläubiger beruhigen könnte.«

»Keyworth und sein Sohn verstehen sich nicht.«

»Das habe ich auch gehört. Nun, das ist wohl das Ende von ›Keyworth International‹.«

7

Ein Mann kann in Leidenschaft ebenso ertrinken wie im Meer.

›Der Weg des Wassers‹, aus dem Tagebuch von Haydon Stone

Etwas stimmte nicht.

Charity legte die neueste Ausgabe von Gourmet beiseite, in der sie während der vergangenen halben Stunde gelesen hatte. Sie spürte es am ganzen Körper. Die Unruhe in ihr hatte zugenommen, seit sie Elias am späten Nachmittag den Laden hatte zuschließen sehen.

Er hatte niemandem zum Abschied zugewunken und auch Charity nicht zu ihrem Wagen begleitet, wie er es in den letzten Tagen immer getan hatte. Er war mit dem leeren Käfig in der Hand ohne sich umzusehen Richtung Parkplatz gelaufen. Otis hatte wie ein Geier auf seiner Schulter gehockt.

Aus unerfindlichen Gründen waren ihr Schauer über den Rücken gelaufen, als sie den Mann mit seinem Vogel den Pier hinuntergehen sah. Und jetzt, ein paar Stunden später, wurde dieses beklemmende Gefühl immer stärker.

Sie warf das Hochglanzmagazin auf den gläsernen Couchtisch. Es landete auf einem Stapel Kochbücher, die sie sich aus dem Laden mit nach Hause genommen hatte. Sie hatte den ganzen Abend damit verbracht, die Sammlung nach außergewöhnlichen Rezepten zu durchsuchen. Elias' Vorlieben waren wie ihre ausgefallen und ein wenig exzentrisch. Zwar hatte keiner es laut ausgesprochen, aber Charity fühlte sich von Elias herausgefordert. Sie hatte vor, die nächste Runde des Truitt-Winters-Kochwettbewerbs für sich zu entscheiden.

Aber was sie im Moment spürte, war nicht die Ängstlichkeit einer Köchin. Ihre Unruhe hatte eine andere Bedeutung.

Elias' ungewohnt verbitterte Erscheinung im Abendlicht ging ihr nicht aus dem Kopf.

Etwas stimmte nicht, das war klar.

Sie erhob sich von dem kirschroten geschwungenen Sofa und ging durch das kleine Wohnzimmer zur Haustür. Sie trat hinaus auf die Veranda. Es war schon nach neun und fast völlig dunkel. Die Luft war kühl, und Nebel stieg über der Bucht auf.

Mit den Händen hielt sie sich an dem alten verblichenen Geländer fest und blickte prüfend durch das Dikkicht der Bäume, die zwischen ihrem und Elias' Haus standen. Durch das dichte Laub konnte sie kein Licht sehen.

Schnell richtete sie sich auf, schloß die Haustür ab und lief die Verandatreppe hinunter. Wieder hielt sie inne und lauschte den nächtlichen Geräuschen. Es kam ihr so vor, als könne sie die entfernten Gesänge der Voyager hören, aber sicher war sie sich nicht.

Sie lief zum Pfad, der die Klippe entlangführte. Wieder schaute sie in Richtung von Elias' Haus. Von hier aus sollte sie eigentlich die erleuchteten Fenster seines Hauses durch die Bäume sehen können.

Nichts. Nicht einmal die Verandalampe brannte. Vielleicht verbrachte er den Abend in der Stadt.

Das Gefühl, das hier etwas nicht stimmte, wurde noch stärker.

Sie machte einen Schritt, und dann noch einen. Sie war schon ein paar Meter gelaufen, bevor sie sich bewußt wurde, daß sie zu Elias ging.

Das war sicher ein Fehler. Nach Elias zu sehen, war

kein kluger Schachzug in ihrem Katz-und-Maus-Spiel. Er würde ihre Neugier sicher als Zeichen ihrer Zuneigung, ja sogar ihrer Schwäche deuten. Sie würde die Oberhand verlieren.

Aber sie konnte sich nicht dazu bringen, umzudrehen und wieder nach Hause zu gehen.

Zum Teufel, was soll's. Sie hatte sich bei diesen Spielchen, die Männer und Frauen miteinander trieben, nicht besonders gut angestellt. Dazu hatte sie nie die Zeit gehabt.

Es war nun fast völlig dunkel geworden. Charity lief rasch den Pfad entlang. Als sie bei Elias' Haus ankam, sah sie, daß es völlig im Dunkeln lag. Sie lief zur Auffahrt und sah dort Elias' Jeep stehen.

Vielleicht machte er einen Abendspaziergang auf dem höher gelegenen Teil der Klippe.

Charity ging zum Gartentor zurück. Sie blieb einen Moment lang stehen, während ihre Hand auf der Klinke ruhte. Dann öffnete sie das Tor und betrat den Garten.

Auf halber Strecke zu der dunklen Veranda spürte sie, daß sie nicht allein im Garten war. Sie blieb stehen und drehte sich langsam um.

Sie brauchte ein paar Sekunden, um Elias in der Finsternis auszumachen. Er saß einer Statue gleich im Schneidersitz vor dem dunklen Teich. Das Wasser wirkte wie ein schwarzer Spiegel, der nichts wiedergab.

»Elias?« Sie machte zögernd einen Schritt auf ihn zu.

»Was willst du?« Seine Stimme klang distanziert und kühl, wie damals an dem Tag, als sie sich kennenlernten.

»Nichts.« Sie machte einen weiteren Schritt in seine Richtung. »Alles in Ordnung bei dir?«

»Ja.«

»Elias, um Gottes willen, was ist denn los?«

»Eine interessante Facette des Wassers wird erst in

der Abwesenheit des Lichts sichtbar. Die Oberfläche wird dann völlig undurchsichtig, wie eine Wand aus Obsidian.«

»Toll, jetzt fängt das Zen-Gequatsche wieder an.« Charity lief zum Rand des Teichs und stellte sich in einigem Abstand von Elias hin. »Genug der geheimnisvollen Reden. Sag mir endlich, was los ist.«

Zuerst dachte sie, er würde nicht antworten. Er war völlig regungslos und schaute sie nicht einmal an. Er schien sich voll und ganz auf die dunkle Wasseroberfläche zu konzentrieren. Ein endlos langer Augenblick verstrich.

»Garrick Keyworth hat letzte Nacht versucht, sich umzubringen«, sagte er schließlich.

Die Wucht dieser Aussage traf sie wie eine Welle, die an einem Felsen bricht. Sie erinnerte sich, daß Elias' Mutter sich das Leben genommen hatte. Für Elias war ein Selbstmord sicherlich etwas besonders Traumatisches.

»Oh, Elias.«

Sie setzte sich neben ihn. Ein Zipfel ihres leichten Leinenkleids berührte sein Knie. Sie folgte Elias' Blick, der immer noch auf das dunkle Wasser gerichtet war. Er hatte recht, dort war nichts zu sehen. Die Dunkelheit sank schwer auf den Garten herab.

Die Zeit verging. Charity versuchte nicht, das Schweigen zu brechen. Sie wartete einfach ab. Sie konnte nichts anderes tun.

»Ich hatte angenommen, daß die Sache erledigt sei, als ich meinen Racheplan aufgab«, sagte Elias nach einer langen Weile. »Aber so war es nicht. Ich war bei Keyworth, um ihm zu zeigen, was ich ihm hätte antun können, wenn ich meinen Plan durchgezogen hätte.«

»Es ist ja gar nicht sicher, daß sein Selbstmordversuch etwas mit dir zu tun hat.«

»O doch. Ich habe mich jahrelang mit ihm befaßt. Ich hätte das voraussehen müssen, als ich den letzten Schritt wagte. Vielleicht habe ich es mir nicht eingestehen wollen.«

»Sei nicht zu hart gegen dich selbst, Elias.«

»Ich wußte ganz genau, daß er innerlich vergiftet war und daß das Wissen seiner eigenen Verwundbarkeit ein weiterer Tropfen dieses Gifts war. Aber ich hätte nicht gedacht, daß es der entscheidende Tropfen war.«

»Trotzdem konntest du nicht ahnen, daß er deswegen so weit gehen würde. Und bewiesen ist das auch nicht.«

»Die kleinste Verunreinigung kann das klarste Wasser verschmutzen.«

Charity überlegte, was sie noch sagen konnte, aber was es auch war, es kam ihr sinnlos vor. Ein anderer Mann, einer mit weniger Selbstdisziplin hätte sich vielleicht von ihr trösten lassen. Ein weniger kompliziert denkender Mann hätte in der gleichen Situation Triumphgefühle gehabt. Schließlich könnte man sagen, daß es ja nur gerecht gewesen wäre, wenn Keyworth' Selbstmordversuch geglückt wäre. Aber Elias war nicht wie die meisten Männer, er war anders.

Nach einer Weile streckte Charity ihre Hand aus und berührte seinen Arm. Jeder einzelne Muskel, jede Sehne unter seiner Haut war so hart wie Stahl. Er bewegte sich nicht. Er schien ihre Hand nicht zu bemerken.

»Es wird recht kühl hier draußen«, sagte sie schließlich. »Komm ins Haus. Ich mache dir einen Tee.«

»Ich möchte keinen Tee. Geh nach Hause, Charity.«

Die Kälte in seiner Stimme ließ sie zusammenzucken. Sie kämpfte gegen den Impuls, einfach wegzurennen. »Ich werde dich nicht hier draußen sitzen lassen. Eine dichte Nebelbank zieht gerade über die Bucht herauf. Es wird kalt.«

»Ich kann mich um mich selbst kümmern. Ich brauche deine Hilfe nicht. Laß mich allein, Charity. Du hättest nicht herkommen dürfen heute nacht.«

»Wir sind doch Nachbarn, ja Freunde. Ich kann dich in diesem Zustand nicht allein lassen.«

»Du bist nicht für mich verantwortlich.«

»Mag sein. Du hast deine Verhaltensregeln, ich habe meine, und die sagen mir, daß ich dich nicht hier draußen allein lassen kann.« Sie stand auf und zog ihn am Arm. »Bitte, Elias, laß uns hineingehen.«

Er sah sie an. Sein Blick war so undurchsichtig wie die Oberfläche des spiegelglatten Teichs. Einen Moment lang dachte sie, er würde sich weigern mitzukommen. Dann erhob er sich wortlos mit einer einzigen fließenden Bewegung.

Sie kostete diesen kleinen Sieg aus und führte ihn die Stufen hinauf. Er weigerte sich nicht, aber die Spannung in ihm ließ nicht nach. Sie öffnete die Tür und zog ihn sanft hinein.

Sie streifte die Schuhe ab und tastete sich an der Wand entlang. »Wo ist der Lichtschalter?«

Ohne etwas zu sagen, streckte Elias seine Hand aus und machte Licht. Otis saß in seinem abgedeckten Käfig und beschwerte sich kurz.

Jetzt konnte Charity zum erstenmal Elias' Gesicht sehen. Sie erschauerte und wünschte, sie hätte nicht darum gebeten, das Licht anzumachen. Manche Dinge sollten lieber im Dunkeln verborgen bleiben.

Andererseits wurden manche Dinge in der Dunkelheit noch furchteinflößender.

»Ich werde Wasser aufsetzen«, sagte sie.

»Du solltest lieber gehen, Charity. Ich bin heute abend kein angenehmer Zeitgenosse.«

Dahinter steckte eine unmißverständliche Warnung. Charity bekam eine leichte Gänsehaut, aber dann schüttelte sie das beklemmende Gefühl ab. »Ich habe gesagt, daß ich dir eine Tasse Tee mache.«

Sie streifte ihn im Vorübergehen und ging durch den kargen Raum hinüber in die kleine Küche. Der Wasserkessel stand auf der hinteren Herdplatte. Im Schrank fand sie eine Teekanne. Daneben stand eine Dose Keemun.

»Ich bezweifle, daß ich den Tee so gut zubereite wie du, aber wenigstens wird er heiß sein.« Sie ließ Wasser in den Kessel laufen.

»Charity.«

Sie hielt inne, den Kessel in der Hand, und blickte ihn über die Schulter an.

»Ja?«

Er antwortete nicht. Er stand ganz einfach da und sah sie so intensiv an, daß sie sich wie gelähmt fühlte. Sein harter Blick hielt sie gefangen. In diesem Moment konnte sie geradewegs durch den Schutzwall aus Stolz und Selbstdisziplin blicken, den er so mühsam um sich selbst errichtet hatte. Ein Gespenst verbarg sich dahinter: die Einsamkeit.

»Elias«, sagte sie sanft. Sie stellte den Wasserkessel ab. »Ich weiß, daß du denkst, du kannst allein damit fertig werden, und wahrscheinlich hast du sogar recht. Aber manchmal ist es besser, wenn man seine Gedanken mit jemandem teilt. Dieser ganze Kram mit dem Weg des Wassers mag ja als philosophische Lebensweisheit hilfreich sein, aber manchmal braucht ein Mensch mehr.«

»Tal Kek Chara ist alles, was ich habe«, erwiderte er.

»Das stimmt nicht.« Sie schüttelte den Zauber ab, der von ihr Besitz ergriffen hatte, und ging auf ihn zu.

Sie legte die Arme um ihn und zog ihn an sich. Sein Körper war hart und verkrampft. Sie spürte, daß sie sich auf einen Kampf unbekannten Ausmaßes eingelassen hatte; sie hielt ihn noch fester und preßte ihr Gesicht an seine Schulter. Mit einem Anflug von Verzweiflung versuchte sie ihre Wärme auf ihn zu übertragen.

Ein Schauer durchfuhr Elias. Er stöhnte heiser und nahm ihr Gesicht in seine Hände.

»Du hättest nach Hause gehen sollen«, sagte er.

Und dann küßte er sie.

Charity verlor fast das Gleichgewicht. Der Ansturm männlichen Verlangens raubte ihr den Atem. Für einen Augenblick drohte alles um sie herum zu versinken.

Als sich die Schleier von ihren Augen hoben, befand sie sich in Elias' Armen. Er hatte sie hochgehoben und trug sie ins Schlafzimmer.

Sie spürte, wie sie auf eine Art Kissen gelegt wurde. Es mußte sich wohl um einen Futon handeln. Nichts sonst konnte so hart und unbequem sein. Dieser Mann schlief auf einem Futon! Man konnte es mit der Selbstdisziplin auch übertreiben.

Aber es blieb keine Zeit, sich zu beklagen. Er legte sich auf sie, und sofort vergaß sie die harte Liegestatt. Elias war sehr viel härter als dieser Futon.

Sein schlanker kraftvoller Körper drückte sie in die feste Matratze. Er küßte sie. Sein Kuß war unendlich ergreifend und geheimnisvoll, ganz wie Elias selbst.

Charity legte ihm die Arme um den Nacken. Seine Hand tastete nach den Knöpfen ihres leichten Leinenkleids. Sie hörte, wie er tief Luft holte, als er ihre Brüste entblößte. Seine Hand umschloß eine Brustwarze, und nun war sie an der Reihe, nach Luft zu schnappen. Sie spürte, wie seine Berührung ihren Körper in Erregung versetzte. Wieder durchlief ihn ein wilder Schauer.

»Du hättest heute abend nicht hierherkommen sollen«, murmelte er.

»Mach dir keine Gedanken, Elias.« Ihr Kopf fiel auf seinen Arm zurück. Eines seiner Beine rutschte zwischen ihre Schenkel. Mit seinem Knie schob er den Rock ihres Kleids nach oben. Der Stoff seiner Jeans war rauh und merkwürdig erregend auf ihrer nackten Haut.

»Du solltest nicht hier sein, aber jetzt kann ich dich nicht mehr nach Hause schicken. Gott steh' mir bei, ich begehre dich so sehr.«

Er riß sich von ihrem Mund los und beugte den Kopf zu ihrer Brust. Seine Hand strich über ihren immer feuchter werdenden Slip. Er drückte sie sanft und doch drängend. Seine Finger legten sich unter den elastischen Höschenbund. Mit einer raschen Bewegung streifte er den Slip ab.

Eine wilde Erregung ergriff von ihr Besitz. Wie eine riesige Welle hob sie Charity hoch und wirbelte sie herum, bis sie völlig benommen und orientierungslos war. Sie hatte sich noch nie so wunderbar leidenschaftlich gefühlt. Sie riß Elias' Hemd aus der Hose und grub ihre Finger in seinen geschmeidigen muskulösen Rücken.

Irgendwie überraschte sie die Wärme seines Körpers. Sie spürte, wie seine Muskeln kraftvoll unter der Haut arbeiteten. Er roch erregend männlich.

Sie versuchte, ihm den Lederriemen auszuziehen, den er locker gebunden um die Hüften trug. Da war keine Schnalle. Es gelang ihr nicht, den Knoten zu lösen. Mit zunehmender Verzweiflung riß sie an einem losen Ende.

»Ich kümmere mich darum.« Er stützte sich auf und zog den ungewöhnlichen Gürtel aus.

Der Knoten, der sich in ihren Händen als so widerspenstig erwiesen hatte, löste sich im Nu. Er verlagerte sein Gewicht ein wenig auf die andere Seite und warf den Lederriemen neben den Futon. Sie vernahm das Geräusch eines Reißverschlusses.

Nun rollte er sich auf die Seite, zog die Jeans aus und griff in die Kommode, die offen neben dem Bett stand. Charity hörte das typische Geräusch von zerreißender Folie. Elias' Hände bewegten sich flink und geschickt.

Einen Augenblick später rollte er sich auf ihren Körper zurück. Sie erschauerte, als sie spürte, wie sein erigiertes Glied sich gegen ihren erhitzten Körper preßte. Er war stark.

Und groß. Ja, sehr groß. Aber sie spürte nur Erregung, keine Panik.

Er legte sich zwischen ihre Beine. »Sieh mich an.«

Sie reagierte sofort auf seine drängenden Worte. Aus dem Nebenraum drang gerade genug Licht herein, um das tiefe Verlangen in seinen Augen zu sehen. Sie erzitterte.

Sie strich durch sein Haar. »Ich will dich, Elias.«

»Keine Spielchen mehr«, flüsterte er.

»Keine Spielchen mehr.«

Mit einer endlos langsamen Bewegung drang er in sie ein und versetzte ihre Sinne in höchste Erregung. Sie konnte nicht denken, nicht sprechen, sich nicht bewegen. Er füllte sie voll und ganz aus, dehnte sie, daß es fast schmerzte. Jeder einzelne Muskel in ihrem Körper war bis zum Äußersten gespannt.

Tief in ihr hielt Elias inne. Er starrte zu ihr hinab, als ob er auf ein Zeichen von ihr wartete, das ihm erlaubte fortzufahren, womit er begonnen hatte.

»Geht es dir gut?« fragte er mit leicht zitternder Stimme.

Charity holte tief Luft und fand die Sprache wieder. »Ja, o ja, es geht mir sehr gut.« Sie krallte sich in seinem Haar fest und zog sich vorsichtig zu ihm hinauf.

Ein heiseres Stöhnen entwich seiner Brust. »Ich möchte dir nicht weh tun. Du bist so zart und eng. Ich wußte nicht ...«

»Ich habe gesagt, es geht mir gut.« Sie lächelte ihn an.

»Mein Gott, Charity.« Er neigte seinen Kopf und küßte ihre Schulter.

Die unerträgliche Spannung ließ nach. Die Welt begann wieder, sich zu drehen.

Elias zog sich ganz langsam und vorsichtig zurück und drang dann wieder in sie ein. Diesmal war die Erregung von einem noch überwältigenderen Gefühl begleitet. Charity seufzte leidenschaftlich und grub die Fingernägel in seine Schultern.

Mit einer Hand strich er an ihrem Körper entlang, bis

er an die Stelle gelangte, an der sie vereinigt waren. Eingebettet in ein Nest weicher Haare fand er den empfindlichen, köstlichen Punkt und streichelte ihn bedächtig.

Wie ein Blitz durchfuhr es ihren Körper. Sie warf den Kopf in den Nacken und schrie leise auf.

»Du bist so schön«, flüsterte er. »Träume ich?«

Sie schluckte das verrückte Verlangen zu lachen hinunter. »Was dachtest du denn? Daß ich bloß ein Spiegelbild auf dem Wasser wäre?«

»Ich war mir bis jetzt nicht ganz sicher.«

Er streichelte sie wieder und wieder, und die siedende Spannung in ihr explodierte in einer befreienden Welle nach der anderen. Sie spürte, wie er sie sanft ins Ohr biß, als er ein letztes Mal in sie eindrang.

Auf dem Höhepunkt spannte sich sein Körper. Ein heiserer, lautloser Schrei hallte durch die Dunkelheit.

Keine Spielchen mehr.

Elias öffnete die Augen und blickte an die Decke. Der Duft erlebter Leidenschaft vermischte sich mit dem kühlen, leicht nebligen Hauch, der durch das halbgeöffnete Fenster wehte. Er war sich der warmen Rundung von Charitys Schenkel, der gegen sein Bein drückte, nur zu bewußt.

In jedem Zentimeter seines Körpers spürte er tiefe Befriedigung. Sie durchströmte seine Adern und spendete eine angenehme Wärme. Wohlig müde, zufrieden und entspannt streckte er sich aus.

Keine Spielchen mehr.

Das fühlte sich gut an.

Das fühlte sich gefährlich an.

Selbstbeherrschung war das Credo des Tal Kek Chara. Die Selbstbeherrschung zu verlieren bedeutete, von einer Flutwelle hinaus in die See geschleudert zu werden. Die Selbstbeherrschung zu verlieren bedeutete, in den Strudel eines urzeitlichen Flusses gerissen zu werden. Die Selbstbeherrschung zu verlieren bedeutete, einen Wasserfall hinabzustürzen und in die eiskalte Tiefe eines bodenlosen Sees zu fallen.

Die Selbstbeherrschung zu verlieren bedeutete, alles zu verlieren.

Am nächsten Morgen blickte Charity aus dem Fenster hinaus auf den Nebel, der sich im Laufe der Nacht auf Whispering Waters Cove gelegt hatte. »Wenn der Nebel sich bis heute abend nicht aufgelöst hat, werden die Raumschiffe vermutlich keine Landeerlaubnis bekommen.«

»Ich habe das dumpfe Gefühl, daß dies auch nichts ändern wird«, erwiderte Elias. »Möchtest du frühstükken?«

»Sehr gern.« Sie drehte sich vom Fenster weg. »Aber ich hoffe, du hast dir keine allzu große Mühe gemacht. Es ist in Ordnung, sich fürs Abendessen ins Zeug zu legen, aber beim Frühstück sollte man keinen Wettbewerb veranstalten.«

Elias zog die Brauen hoch und stellte zwei Schalen auf den niedrigen Tisch. »Sieh es einfach als Herausforderung an.«

Sie zwang sich zu einem fröhlich überlegenen Lächeln, während sie sich auf die Kissen vor dem Tisch niederließ. »Fordere mich nicht zu weit heraus, sonst werfe ich das Handtuch und lass' heute abend den Pizzaservice kommen.«

»Nein, das wirst du nicht. So würde ein Feigling handeln, und du bist bestimmt nicht feige.« Er setzte sich ihr gegenüber und schenkte Tee aus einer braunen Kanne ein. »Ich bin sicher, du wirst dich selbst übertreffen. Irgendwie habe ich das Gefühl, daß du das immer tust.«

»Ich möchte dich nur ungern enttäuschen, aber ich bin längst nicht mehr so kampflustig wie damals, als ich die Geschäftsführerin der Truitt-Warenhauskette war.«

Der Versuch, sich ungezwungen zu unterhalten, machte ihr außergewöhnlich viel Mühe. Charity war nicht gerade leicht ums Herz. Die Unsicherheit, die sie an diesem Morgen beschlich, war völlig überraschend. Sie hatte nicht erwartet, sich so zu fühlen, nicht nach den Ereignissen der letzten Nacht. Sie fühlte sich nicht wohl in ihrer Haut. Dies war zwar kein Anfall von Panik, aber es gab bereits die ersten Anzeichen.

Die leichte Spannung zwischen ihr und Elias war fehl am Platze. Sie sollte sich heute morgen eigentlich besser fühlen.

Wo war das Gefühl von Nähe, das sie heute morgen wie eine warme Decke einhüllen sollte? Noch vor wenigen Stunden hatte sie sich Elias unglaublich verbunden gefühlt. Nun herrschte eine verwirrende Distanz zwischen ihnen.

Sie war sich nur allzu bewußt, daß sie in Sachen Sex nicht gerade sehr erfahren war und daß ihre letzte Beziehung Jahre zurück lag. Durch ihre Verantwortung für die Firma Truitt hatte sie jahrelang wie eine Nonne gelebt. Dies war sogar das erste Mal, daß sie die Nacht mit einem Mann verbracht hatte und am nächsten Morgen mit ihm frühstückte. Trotzdem erkannte sie instinktiv, daß etwas nicht stimmte.

Letzte Nacht war etwas Besonderes mit ihnen geschehen. Elias hatte ihr Einblick in seine Seele gewährt. Aber heute morgen war plötzlich alles anders. Er hatte sich wieder in seine eigene, weit entfernte Welt zurückgezogen. Sie konnte ihn nicht so berühren, wie sie es letzte Nacht getan hatte.

Er hatte gesagt, daß es keine Spielchen mehr geben würde, aber heute morgen hatte sie das Gefühl, sie befänden sich wieder auf einem Spielfeld.

Sie unterdrückte ein leises Seufzen und blickte auf die duftende Speise in ihrer Schale. »Was ist das?«

»Müsli. Nach meinem eigenen Rezept. Haferflocken,

Roggen, Sesam, Mandeln, getrocknete Früchte und ein wenig Vanille und Honig.«

»Von wegen kein Wettbewerb beim Frühstück.« Sie goß Milch über das Müsli und nahm einen Löffel.

»Wenn ich bei dir übernachte, kann ich ja wieder Frühstück machen«, bot er mit verdächtiger Großzügigkeit an.

Charity hustete und verschluckte sich beinahe an den Haferflocken. Sie legte den Löffel hin und nahm einen Schluck Tee.

»Alles in Ordnung?« fragte Elias.

Sie nickte rasch. »Ja, ja, alles in Ordnung. Ich hab' mich bloß an einem Sesamkörnchen verschluckt.«

Er blickte sie prüfend an. »Macht dich der Gedanke, wieder eine Nacht mit mir zu verbringen, etwa nervös?«

»Natürlich nicht.« Hastig trank sie noch mehr von dem heißen Tee. »Rede keinen Blödsinn.« Tapfer zwang sie sich zu einem selbstsicheren Lächeln. »Aber ich bin mir sicher, daß keiner von uns beiden die Dinge überstürzen will. Wir werden uns Zeit lassen, damit sich unsere Beziehung ganz natürlich entwickeln kann.«

Seine Augen verengten sich unmerklich. »Ich dachte, wir hätten uns letzte Nacht darauf geeinigt, daß es keine Spielchen mehr geben würde.«

Ihr Gesicht wurde heiß. »Einer Beziehung Zeit zum Heranreifen zu geben, ist doch kein Spiel. Das verlangt doch der gesunde Menschenverstand.«

»Charity, was ist denn los?«

»Nichts ist los.« Das Lächeln schwand aus ihrem Gesicht. »Ich versuche nur wieder einen klaren Kopf zu bekommen.«

»Worüber machst du dir denn solche Gedanken?«

Unvermittelt wurde sie zornig. »Das fragst du noch?« Hastig stellte sie die Tasse ab, die dabei beinahe zerbrach. Otis protestierte krächzend gegen diesen Lärm.

»Du tust doch so, als ob gestern abend nichts Besonderes geschehen wäre.«

Er sah sie lange an. »Gestern abend?«

Sie hob eine Hand. »Bitte, falls du mir jetzt sagen willst, daß ich das nicht überbewerten soll, was gestern abend geschehen ist, dann laß es lieber. Ich versuche gerade zu frühstücken. Diesen Vortrag kannst du dir für später aufheben.«

»Nein.«

»Du willst wieder Spielchen treiben. In Ordnung, aber spiel sie mit dir selbst.«

»Kein besonders reizvoller Einfall«, erwiderte er trokken. »Besonders nach dem, was gestern nacht passiert ist.«

Sie wurde knallrot. »Ach, du weißt schon, was ich meine.«

»Ja. Aber mir scheint, du weißt nicht, was ich dir zu sagen versuche.«

»Ha, meinst du. Ich verstehe sehr wohl, was du sagen willst.« Sie rührte nervös in ihrer Müslischale. »Du möchtest mir bestimmt sagen, daß du gestern nacht nicht du selbst warst. Daß ich mir nicht zuviel denken sollte wegen allem, was passiert ist. Daß es dir leid tut, daß wir die Nacht zusammen verbracht haben.«

Er zögerte. »Zur Hälfte hast du recht. Ich war gestern in keiner guten Verfassung.«

»Hm.« Sie stocherte in der Schale herum.

»Ich hatte dich nicht hier erwartet und mußte über viele Dinge nachdenken.«

»Und ich habe dich dabei gestört?«

»Ehrlich gesagt, ja, das hast du. Es wäre besser gewesen, wenn du zu diesem Zeitpunkt nicht in den Garten gekommen wärst.«

»Das tut mir leid.« Sie nahm einen Löffel Müsli und kaute wild darauf herum. »Wird nicht wieder vorkommen.«

Er runzelte die Stirn. »Du verstehst mich nicht.«

»Sicher tu' ich das. Ich war schließlich mal die Geschäftsführerin einer Warenhauskette, falls du es vergessen haben solltest. Ich kann die kompliziertesten Sachverhalte in ein, zwei Sätzen zusammenfassen. Das Problem? Du wünschst, ich wäre gestern nicht hier aufgetaucht. Die Lösung? Ganz einfach. Wir tun einfach so, als wäre nichts passiert.«

»Das wird nicht möglich sein.«

Sie lächelte grimmig. »Warte ab.«

»Du bist verärgert.«

Sie dachte nach. »Ja, das könnte man sagen.«

»Charity, ich versuche da etwas klarzustellen.«

»Vielleicht solltest du lieber etwas essen.«

Er beachtete diese Bemerkung nicht. »Ich wollte sagen, es wäre besser gewesen, wenn du mich gestern beim Meditieren nicht unterbrochen hättest. Ich bemühte mich gerade, mir über ein paar Dinge klar zu werden. Nach dem, was danach geschehen ist, könntest du die falschen Schlüsse ziehen.«

Charity wollte gerade einen Bissen zum Mund führen und hielt auf halbem Weg inne, als ihr ein Licht aufging. »Warte mal, so langsam begreife ich, worauf du hinauswillst.«

»Laß uns einfach sagen, daß es irreführend wäre anzunehmen, mein Verhalten gestern abend würde bedeuten, daß ich …« Er brach ab und runzelte wieder die Stirn.

»Daß auch du Schwächen hast? Oder normal bist?« fragte sie leise. »Ein Mensch bist?«

Eine dunkle Röte überzog seine hervorstehenden Wangenknochen. »Ich möchte nicht, daß du einen falschen Eindruck von mir bekommst, das ist alles.«

»Elias, versuche das Ganze doch mal mit den Augen deiner Wasserphilosophie zu betrachten. Du kannst nicht dein ganzes Leben im Nichtschwimmerbecken verbringen und dich dort in Sicherheit wähnen. Manchmal muß man auch mal etwas riskieren und ins Tiefe springen.«

»Diese Analogie ist keine korrekte Auslegung der Grundlagen des Tal Kek Chara«, preßte er hervor. »Der ›Weg‹ ist eine Methode, klar zu sehen. Eine Hilfe, die Realität zu beobachten.«

»Aber du bist kein Beobachter, du bist auch ein Teilnehmer. Zumindest warst du das gestern abend.«

»Du verstehst nicht, um was geht.«

Sie deutete mit dem Löffel auf ihn. »Also gut, klär mich auf, großer Meister des Tal Kek Chara. Schau in deinen Teich und sag mir, was in diesem Augenblick mit uns beiden geschieht.«

»Genau das versuche ich gerade zu tun«, erwiderte er rasch. »Ich möchte nicht, daß du einen falschen Eindruck von mir bekommst. Mir scheint, mein Verhalten von gestern nacht könnte bei dir den Eindruck hinterlassen haben, daß mir Keyworth' Selbstmordversuch nahegeht.«

»Tut er das etwa nicht?«

»Daß er sich das Leben nehmen wollte, war eine unvorhersehbare Folge meiner Handlungen.« In seinen Augen brannte ein kaltes Feuer. »Und es gefällt mir nicht, wenn etwas Unvorhergesehenes geschieht. Das bedeutet, daß ich Tal Kek Chara mißachtet habe.«

»He, kein Mensch ist vollkommen.«

»Das ist keine Entschuldigung«, gab er zurück.

»Elias, es ist nicht deine Schuld, daß Keyworth versucht hat, sich umzubringen. Aber wenn es dir so zusetzt, solltest du etwas dagegen unternehmen.«

»Was denn, zum Beispiel?«

Sie zögerte und dachte rasch nach. »Du könntest ihn vielleicht besuchen. Das wäre zumindest ein Anfang. Du könntest mit ihm reden und Frieden mit ihm schließen.«

»Und wie, zum Teufel, soll ich das machen, Frau Psychologin? Was soll ich dem Mann sagen, der sich meinetwegen umbringen wollte?«

»Das weiß ich nicht. Ich war noch nie in dieser Situation. Vielleicht könntest du ihm sagen, daß du verhindern möchtest, daß sich die Vergangenheit wiederholt. Hat er Kinder?«

»Einen Sohn. Die beiden verstehen sich nicht.«

Charity nickte. »Sag Keyworth, daß er seinem Sohn nicht antun soll, was deine Eltern dir angetan haben.«

»Meine Eltern ...« Elias sah aus wie vom Blitz getroffen.

»Sag Keyworth, daß er kein Recht hat, seinen Sohn aufzugeben. Wenn er wirklich wiedergutmachen will, was damals auf Nihili geschehen ist, dann muß er jetzt dazu stehen.«

Elias starrte sie an. Charity konnte erahnen, wie er sich zusammenriß, nach seiner Mitte suchte, all seine Kräfte zusammennahm. Es kam ihr so vor, als ob sie noch einmal sah, wie einsam er war, bevor die Schutzmauern wieder errichtet waren und sie ausschlossen.

»Du weißt nicht genug über die Verhältnisse, um einen solchen Vorschlag machen zu können.« Elias' Stimme klang sehr weit entfernt. »Vergiß Keyworth, ich werde allein damit fertig.«

»Natürlich.«

»Nun zu uns«, sagte er bedächtig. »Vor ein paar Minuten habe ich gesagt, daß du zur Hälfte recht hattest. Du meintest, ich würde bereuen, daß du gestern abend in meinen Garten kamst und daß wir die Nacht zusammen verbracht haben.«

»Ich kann mir schon denken, was du meinst. Dir wäre es lieber, ich hätte nicht gesehen, daß du ein normaler Mensch bist und mir schutzlos ausgeliefert warst. Aber was soll's, wir hatten guten Sex.«

»Es war weit mehr als nur gut.«

Ihr gelang ein kühles Lächeln. »Ja, das war es.«

Er schob sein unberührtes Müsli beiseite und verschränkte die Arme vor der Brust. »Es wäre vielleicht besser gewesen, wir hätten unsere Beziehung unter günstigeren Umständen begonnen. Aber was geschehen ist, ist geschehen.«

»Eine sehr romantische Sicht unserer Liebesnacht.«

»Verstehe mich bitte nicht falsch. Ich wünschte mir zwar, es wäre zu einem anderen Zeitpunkt passiert, aber andererseits bereue ich nicht, daß wir uns nun auf einer neuen Stufe unserer Beziehung befinden.«

Charity schaute auf die Uhr. »Himmel, es ist fast acht Uhr. Ich muß schnell nach Hause und mich umziehen. Um zehn muß ich im Laden sein.«

»Charity ...«

»Wir sehen uns auf dem Pier.« Sie sprang auf, nahm den Löffel und die Schale und hastete in die Küche, wo sie beides in die Spüle stellte.

»Verdammt noch mal, Charity, so bleib doch noch eine Minute.«

»Vergiß nicht unsere Verabredung zum Essen bei mir heute abend.« Sie schlüpfte in die Sandalen und öffnete schwungvoll die Haustür. »Heute geht es für die Voyager um alles. Bring lieber eine Jacke mit, es könnte recht kühl werden.«

Sie verschwand im morgendlichen Nebel.

8

Strömungen ändern ohne Vorwarnung ihre Richtung, und doch erscheint dem Betrachter die Wasseroberfläche unverändert zu sein. Das ist eine große Gefahr.

›Der Weg des Wassers‹, aus dem Tagebuch von Haydon Stone

In der Gemüseabteilung des Supermarkts betrachtete Charity kritisch eine perfekt geformte, rote Paprikaschote. »Dich schnapp' ich mir!«

Sie tat noch ein paar weitere Schoten in den Plastikbeutel und legte ihre Beute in den Einkaufswagen.

Mit aller Kraft schob sie ihn den Gang hinunter. Es war gar nicht einfach, mit dem Wagen einigermaßen geradeaus zu fahren. Ein Rad brachte ihn immer wieder vom Kurs ab.

Sie seufzte erleichtert, als sie die japanischen Algenblätter neben dem gewürzten Reisweinessig sah. Sie nahm zwei Päckchen dieser glänzenden, dunkelgrünen ›Nori‹ sowie eine Flasche Essig und legte alles in den Einkaufswagen.

Es war nicht leicht gewesen, Gerichte für das heutige Abendessen auszusuchen. Sie hatte Rezepte wählen müssen, deren Zutaten im Supermarkt von Whispering Waters Cove erhältlich waren. Vor einem Jahr noch, als sie hierherzog, hätte sie von dem heutigen Menü nur träumen können. Aber ihre hartnäckigen Bemühungen, den Geschäftsführer kulinarisch auf Vordermann zu bringen, hatten sich ausgezahlt.

Während sie mit dem störrischen Einkaufswagen

kämpfte, wurde ihr klar, daß das echte Problem nicht in der Suche nach Zutaten lag. Es ging vielmehr um die Frage, warum sie sich überhaupt die Mühe machte, Elias Winters ein Abendessen zu kochen.

Sie grübelte immer noch über ihr Gespräch vom frühen Morgen. Er hatte nur zu deutlich seinen Wunsch bekundet, so zu tun, als ob er ihr niemals seine verwundbare Seite gezeigt hätte. Andererseits wollte er ihre sexuelle Beziehung fortsetzen, jetzt, nachdem sie diese begonnen hatten.

Typisch Mann, dachte Charity. Verdammt typisch.

Nein, das war ungerecht. Sie holte Reis und Sojasoße aus dem Regal. An Elias war bestimmt nichts typisch.

Sie warf einen Blick auf die Einkaufsliste. Sie brauchte noch frisches Obst für den Nachtisch. Es war schon spät. Sie hatte es Newlin überlassen, Whispers abzuschließen, während sie ihre Besorgungen machte. Es gab noch vieles zu erledigen, bevor Elias bei ihr erscheinen würde.

Sie schob den Einkaufswagen mit aller Kraft um die Ecke und steuerte geradewegs auf einen anderen Wagen zu. Er gehörte Jennifer Pitt, die neben der Kühltruhe stand.

»Oh, entschuldigen Sie, Jennifer.« Aus unerfindlichen Gründen schoß der bis jetzt so störrische Wagen los wie ein Rennpferd. Charity stemmte sich dagegen und brachte ihn im letzten Moment zum Stillstand. »Ich habe Sie nicht gesehen.«

Jennifer lächelte kühl und gelangweilt. »Sie können nichts dafür. Diese Gänge sind viel zu schmal. Wenn es erst mal mit dieser Stadt aufwärtsgeht, wünsche ich mir, daß hier eine große Supermarktkette eine Filiale eröffnet. Wir können einen vernünftigen Laden weiß Gott gebrauchen.«

»Dieser hier ist doch nicht schlecht, nur ein wenig klein.«

»Das kann man von der ganzen verdammten Stadt sagen.«

Charity suchte nach einem Fluchtweg. Das letzte, was sie jetzt brauchen konnte, war ein ausgedehntes Gespräch mit der zweiten Mrs. Pitt. Jennifer war keine besonders fröhliche Frau. Natürlich hatte sie es diesen Sommer nicht leicht gehabt, nachdem die exzentrische erste Mrs. Pitt in ihrem unmöglichen Voyager-Kostüm in die Stadt gekommen war.

Charity war der Ansicht, daß Jennifer sich überraschend würdevoll verhalten hatte. Vielleicht gab ihr das Bewußtsein, die neue Mrs. Pitt zu sein, die Kraft, mit der merkwürdigen Situation fertig zu werden.

Jennifer war eine hochgewachsene, elegante Frau Mitte Dreißig. Es gingen Gerüchte um, daß sie für kurze Zeit in Los Angeles als Fotomodell gearbeitet hatte. Charity hielt das durchaus für möglich. Sie hatte die richtige Größe und strahlte den Glamour Südkaliforniens aus, der einen weiße Strände und endlose Sommer erahnen ließ. Jedermann wußte, daß sie zu Hause regelmäßig an den Fitneßgeräten trainierte, die Leighton für sie besorgt hatte. Das Ergebnis war deutlich sichtbar.

Sie besaß ein Gespür für Mode, das man in Whispering Waters Cove nicht kannte. Heute trug sie eine seidene blaue Hemdbluse und Hosen, die ihre Waden fließend umschmiegten.

In ihrer honigfarbenen Mähne blitzen goldene Strähnchen auf, als ob sie im ewigen Sonnenschein lebte und nicht hier im bewölkten Nordwesten. Das kräftige Haar war schulterlang geschnitten. An ihrer linken Hand funkelte der große Diamant, den Leighton ihr zur Hochzeit geschenkt hatte. Außerdem war sie wie immer tadellos geschminkt und trug eine modische Sonnenbrille.

Die meisten Leute im Ort waren der Ansicht, daß Leighton Pitt der hübschen Jennifer sofort verfallen war, als er ihr das erstemal begegnete. Und es war nicht schwer zu verstehen, warum Leighton sich von Gwendolyn hatte scheiden lassen, um Jennifer zu heiraten. Aber es war allen ein Rätsel, warum sich Jennifer ausgerechnet ihn ausgesucht hatte.

Sicher, Leighton war der wohlhabendste Mann der Stadt, aber man war der Ansicht, daß Jennifer, so wie sie aussah, in Seattle eine viel bessere Partie hätte machen können. Schließlich gab es dort bei all den großen Firmen Menschen, die *richtig* reich waren.

»Ich nehme an, Sie werden auch um Mitternacht auf der Klippe dabeisein.« Mit ihren langen, rotlackierten Fingernägeln fischte sich Jennifer ein fettfreies Fertiggericht aus der Tiefkühltruhe.

»Das lass' ich mir nicht entgehen.« Charity blickte neugierig auf das Mikrowellengericht für eine Person. »Die größte Show der Stadt.«

»Das will ja nicht viel heißen.« Um Jennifers karminroten Mund lag ein leicht bitterer Zug, während sie den Deckel der Truhe schloß. »Nun, zumindest ist morgen alles vorbei. Gwendolyns Voyager werden endlich begreifen, daß man sie reingelegt hat. Was werden die wohl Ihrer Ansicht nach tun, wenn es sich zeigt, daß alles ein großer Schwindel war?«

Charity dachte einen Moment lang nach. »Ich nehme an, einige werden Klage erheben.«

Jennifer zuckte schnippisch mit den Achseln. »Ich bezweifle, daß dies etwas nützen wird. Gwendolyn und ihr Freund Rick Swinton haben sich bestimmt darum gekümmert, das Geld in Sicherheit zu bringen.«

»Vielleicht ändert sich auch gar nichts, wenn die Raumschiffe nicht landen«, mutmaßte Charity. »Ein Freund von mir meinte, daß Menschen oft weiterhin an bestimmte Dinge glauben, auch wenn es überzeugende Beweise gibt, die ihre Existenz widerlegen.«

»Ihr Freund hat vielleicht recht.« Jennifers Blick richtete sich auf einen Punkt hinter Charitys Schulter. Ihr Blick verengte sich. »Manche Menschen, die ihre Ersparnisse einem Betrüger gegeben haben, ziehen es vor, weiterhin an ihn zu glauben als zuzugeben, daß man sie hereingelegt hat. Aber andere könnten ziemlich verärgert sein, wenn sie die Wahrheit herausfinden.«

Ohne auf eine Antwort zu warten, wirbelte sie ihren Einkaufswagen herum. Der Wagen gehorchte sofort und schwankte nicht einmal. Unter Jennifers Führung flitzte er den Gang entlang wie ein italienischer Rennwagen.

Charity blickte ihr bewundernd hinterher. Manche Menschen hatten wirklich Glück bei der Auswahl von Einkaufswagen.

»Na so was. Unsere kleine Miß Kalifornien ist wohl schlechter Laune heute«, ließ Gwendolyn Pitt hinter Charity verlauten. »Ich wette, daß sie dieses Diätgericht nicht Leighton servieren wird. O nein, der wird heute abend bestimmt wieder in der Cove Tavern mit Bier und Kartoffelchips für seine Arterienverkalkung sorgen. Die süße Jennifer hofft wahrscheinlich, daß er einen Herzinfarkt bekommt und tot umfällt.«

Unwillig drehte sich Charity um. Gwendolyn trug die Voyager-Montur mit allem Drum und Dran. Vor dem alltäglichen Hintergrund des kleinstädtischen Supermarkts wirkte ihre lange blau-weiße Robe noch bizarrer als sonst.

Der Guru-Look stand im krassen Gegensatz zu dem berechnenden Blick in Gwendolyns Augen. Charity war sich ziemlich sicher, hinter dem exotischen Anschein immer noch die erfolgreiche Immobilienmaklerin zu erkennen.

»Hallo, Gwendolyn. Bereit für den großen Abend?«

»Natürlich. Alle Voyager sind bereit. Wir haben uns schon seit Monaten auf diesen Abend vorbereitet.« Gwendolyns Blick folgte Jennifer, die gerade am Ende des Gangs um die Ecke bog. Dann fixierte sie Charity. »Ich bin überzeugt, alle im Ort werden fasziniert sein.«

»Sie können sicher sein, daß wir uns alle auf der Klippe einfinden werden.« Charity griff nach ihrem Einkaufswagen und wollte die Flucht ergreifen. »Allerdings könnte es schwierig werden, die Raumschiffe zu sehen, wenn sich bis dahin der Nebel nicht gelichtet hat.«

»Keine Sorge«, murmelte Gwendolyn. »Die ganze Stadt wird bald merken, daß etwas Bedeutendes passiert ist.«

Nichts gibt so leicht nach wie Wasser und doch gibt es nichts Gewaltigeres. Wer dem Weg folgen möchte, muß zuerst seine eigenen Stärken und Schwächen erkennen.

Elias führte gerade die letzten Übungen seines Trainingsprogramms durch. Haydon Stones Ratschlag war in seine Seele eingebrannt. Er atmete aus und ließ den Lederriemen ans Ziel schnellen. Das Ende des Riemens traf so sicher und so rasch wie der Biß einer Schlange; er wickelte sich um eine leere Dose und zerdrückte sie.

Elias holte tief Luft und hob die zerknüllte Dose auf. Das war nicht gut. Er hatte zuviel Kraft angewandt. Seine Körperbeherrschung war heute nicht so, wie sie sein sollte.

Er ging zum Rand der Klippe und blickte auf die in Nebel gehüllte Bucht.

Seine Bewegungen hatten sich während des gesamten Trainings nicht im Gleichgewicht befunden, und es hatte keiner stundenlangen Meditation bedurft, um herauszufinden, warum das so war. Die Erinnerung an die vergangene Nacht hatte ihm immer wieder die Konzentration geraubt.

Elias starrte auf den grauen Dunst, während Bild um Bild durch seinen Kopf schoß.

Charity, wie sie sich neben ihn an den Teich setzte.

Charity, wie sie durch sein Haar strich und ihn küßte.

Charity, wie sie ihm in die Augen blickte und verstand, daß ihm die Nachricht von Keyworth' Selbstmordversuch naheging.

Charity, wie sie unter ihm vor Leidenschaft erzitterte.

In einem hatte er sich getäuscht. Es war kein Problem gewesen, auf dem Futon mit Charity zu schlafen. Ja, er hätte sie auf dem Fußboden, am Strand oder sonstwo lieben können. Was ihm in diesem Augenblick am meisten Kopfzerbrechen bereitete, war die Ungewißheit, wann er Charity das nächstemal würde lieben können.

Heißes Verlangen kochte in seinem Körper. Die letzte Nacht hatte nur seine Begierde geweckt. Statt Befriedigung spürte er heute nur eine noch größere Lust.

Sie hatten sich geeinigt, keine Spielchen mehr miteinander zu treiben, und doch hatte sie heute morgen deutlich gemacht, daß sie immer noch dazu bereit war. Er ahnte, warum sie die Liebesbeziehung, die sie in dieser Nacht begonnen hatten, ablehnte. Haydon Stone hatte ihn schon vor Jahren gewarnt. Eine begehrenswerte Frau verlangte immer eine hohe Gegenleistung.

Elias wußte, daß Charity mehr als nur guten Sex wollte. Sie forderte seine Seele. Sie wollte sich ihrer Macht über ihn gewiß sein.

Er spürte kühlenden Schweiß auf den nackten Schultern. Die anspruchsvollen Übungen des Tal Kek Chara hatten nicht viel gegen die Anspannung ausrichten können, die er schon den ganzen Tag verspürte.

Er fühlte sie immer noch, als er an diesem Abend in Charitys Küche stand. Elias erkannte sofort, daß sie wieder auf Distanz gegangen war. Charity war nicht mehr ernst oder aufgebracht wie heute morgen, als sie aus seinem Haus gestürzt war. Sie flirteten wieder unbekümmert wie in den ersten Tagen ihrer Bekanntschaft.

Eine nette Affäre. Die Wogen der Leidenschaft hatten sich geglättet. Das war gut, versicherte er sich. Allerdings irritierte ihn, daß er darüber keine Erleichterung empfand.

Er stand in der Tür zu Charitys Küche. Der Raum glich einem Märchenland voller glänzender Töpfe, neuester Elektrogeräte und High-Tech-Küchenmaschinen. Die Küche paßte zum restlichen Haus, das voller eleganter Möbel war, die Charity bei ihrem Umzug mitgebracht hatte.

Ein meilenweiter Unterschied zu seinem spartanischen Heim, dachte Elias. Aber es war überraschend angenehm, Charity inmitten dieser farbenfrohen Umgebung zu beobachten.

Gedankenverloren schwenkte er den Chardonnay in seinem Glas. »Ich habe dir noch gar nicht erzählt, was mein Anwalt Craig Thorgood über Gwendolyn und ihre Voyager herausgefunden hat.«

Charity warf ihm einen erstaunten Blick zu, bevor sie sich wieder daran machte, Sojasoße, Ingwer, Limettensaft und Sherry mit dem Schneebesen in einer Schale zu verrühren. »Gibt es irgendwas Interessantes?«

»Nicht direkt. Gwendolyn hat ein Unternehmen namens ›Voyager Investments‹ gegründet. Sie ist die Geschäftsführerin und Swinton ihr einziger Angestellter.«

Wieder hielt Charity inne und dachte nach. »Dann ist das Geld der Sektenmitglieder irgendwo angelegt. Man könnte es vielleicht wiederfinden.«

Elias lächelte schwach. »O ja, darauf würde ich wetten. Ich bin sicher, Gwendolyn und Swinton haben ein waches Auge darauf.«

»Vielleicht könnten einige Voyager ihr Geld zurückbekommen, wenn die Raumschiffe heute abend nicht landen. Mir scheint, Arlene Fenton ist eine von denen, die sehr verzweifelt sein werden, wenn sie herausfinden, daß sie ihre Zukunft nicht auf einem Stern verbringen werden. Newlin zufolge hat sie ihre gesamten Ersparnisse an die Voyager überwiesen.

»Ohne Pitt oder Swinton dürfte es schwierig werden, an das Vermögen heranzukommen. Und ich zweifle stark an ihrer Hilfsbereitschaft.«

»Sie planen wahrscheinlich, einfach mit dem Geld abzuhauen«, stimmte Charity zu. »Allerdings hat Gwendolyn Pitt heute etwas sehr Merkwürdiges zu mir gesagt.«

»Ach ja? Was denn?«

»Die ganze Stadt würde merken, daß heute abend etwas Interessantes passiert.«

»Das bezweifle ich nicht. Es bleibt nur eine Frage: Warum ausgerechnet heute?« Elias genoß den Duft des Ingwers. »Verrätst du mir, was es zu essen gibt?«

»Gemüse-Sushi, Salat von gegrillten Paprikas und einen Nektarinen-Heidelbeer-Kuchen.«

»Das kann ich nicht glauben. Du hast den Geschäftsführer des Supermarkts überreden können, *Nori* anzubieten?«

Charity lächelte. »Ich habe nicht umsonst jahrelang den Truitt-Konzern geleitet. In der Kunst des Geschäftemachens habe ich ziemlich viel Erfahrung.«

»Mir scheint, als ginge unser Wettbewerb in die heiße Phase. Das könnte unschön ausgehen – oder sehr geschmackvoll, sollte ich wohl sagen.«

»Ich hege keinen Zweifel, daß dir eine raffinierte Kleinigkeit einfallen wird, wenn du wieder mit dem Kochen an der Reihe bist. Ein Gericht von überraschender Einfachheit, dessen Zutaten ihren Eigengeschmack behalten und sich trotzdem gegenseitig hervorheben.«

»Mir scheint, du hast viele kulinarische Magazine studiert, nicht wahr?«

»Jawohl.« Sie legte den Schneebesen in die Spüle. »Heute nachmittag bin ich beim Einkaufen auch der zweiten Missis Pitt begegnet. Es war eine gewisse Feindseligkeit zwischen der ersten und der zweiten spürbar. Ich hatte Glück, daß ich nicht zwischen ihren Einkaufswagen erdrückt wurde.«

»Ihre Feindseligkeit überrascht mich nicht.«

»Nein.«

Elias nahm einen Schluck Wein. »Ich muß zugeben, daß ich neugierig bin, was Gwendolyn da ausgeheckt hat.«

»Da bist du nicht der einzige.«

»Aber noch interessanter finde ich Rick Swinton.«

»Warum ausgerechnet ihn?«

»Weil er ein ausgeprägtes Interesse für mich hegt.«

Charity zog die Brauen hoch und blickte ihn an. »Komisch, ich hätte nicht gedacht, daß du sein Typ bist.«

»So war das nicht gemeint. Anscheinend wollte Swinton einiges über mich in Erfahrung bringen. Er hat Freitag nacht mein Haus durchsucht.«

»Wie bitte?« Charity fuhr herum und riß die Augen auf. »Du machst wohl Witze. Er hat bei dir herumgeschnüffelt? Woher weißt du das?«

»Er war nicht zu übersehen, als ich im Garten stand und ihn dabei beobachtete, wie er aus einem Fenster meines Hauses kletterte.«

»Himmel!« Charity stellte die Schale ab und lehnte sich an den gekachelten Tresen. »Das ist einfach unglaublich.«

»Er schien ein wenig nervös zu sein, aber ich hatte nicht den Eindruck, daß es sein erster Einbruch war. Charms & Virtues war dann als nächstes an der Reihe.«

»Das ist wirklich ungeheuerlich. Hat er irgendwas mitgenommen?«

»Nein.«

»Hast du Chief Tybern verständigt?«

»Nein.«

Sie warf die Hände in die Luft. »Aber das war eine Straftat. Du kannst das nicht einfach ignorieren.«

»Nun, ich denke Swinton und ich werden nach dem heutigen Abend in der Disziplin ›Einbrechen‹ gleichauf liegen.«

»Sekunde, du willst doch nicht etwa ...«

»... sein Wohnmobil durchsuchen, während alle unten am Strand dem Spektakel zuschauen?« Elias nahm den letzten Schluck Wein. »O doch. Genau das habe ich vor.«

Eine halbe Stunde vor Mitternacht bot sich Charity auf dem Kliff ein Spektakel, das man als Mischung zwischen einem schlechten Horrorfilm und einem Karnevalsumzug bezeichnen konnte. Die Spezialeffekte bestanden größtenteils aus Nebel. Dicke Schwaden deckten die Bucht zu und wirbelten um die Fahrzeuge der schaulustigen Stadtbewohner.

Im Dunst zeichneten sich die Umrisse der Wohnwagen und Wohnmobile der Voyager ab. Die Beleuchtung über den Toiletten des Campingplatzes spendete nur wenig Licht.

Soweit Charity erkennen konnte, waren alle Voyager am Strand versammelt. Sie konnte das Auf und Ab des hypnotisierenden Singsangs deutlich über dem sanften Schlag der Wellen vernehmen. Der Flötenspieler blies immer noch die falschen Töne und der Trommler versuchte dies durch Lautstärke wettzumachen. Das Licht der Taschenlampen und der Campingleuchten wirkte ein wenig unheimlich im Nebel.

Charity warf einen Blick über die Schulter auf die Ansammlung von Limousinen und Pick-ups, die am Rand des Kliffs geparkt waren. Fast die ganze Stadt war gekommen, um die Abreise der Voyager in den Weltraum mitzuerleben. Viele warteten in ihren Fahrzeugen. Einige Männer hatten sich am Anfang des Hauptpfads der Klippe versammelt. Sie tranken Bier und lachten laut. Dutzende kleiner Kinder rannten herum und spielten vor den geparkten Autos Fangen.

Eine Gruppe Teenager kämpfte tapfer gegen Kälte und Nebel und hatte sich am Zaun eingefunden, um einen guten Ausblick auf den Strand zu haben. Ihr fröhliches Geplapper vermischte sich mit den ernsten Gesängen der Voyager. Einige tranken Dosenlimonade, die sie an Beas und Yappys improvisiertem Verkaufsstand erworben hatten.

Radiance hatte sich den Teenagern angeschlossen und lehnte sich wie sie über das Geländer. Ted präsentierte sich mit einem T-Shirt, auf dem zu lesen war: ›Beam me up Scottie, hier gibt's keine intelligenten Lebensformen‹. Er leistete Bea und Yappy Gesellschaft. Newlin hatte seinen ziemlich schrottreifen Pick-up am Rande des Geschehens geparkt. Er schien es offensichtlich vorzuziehen, bis Mitternacht in seinem Fahrzeug zu warten.

»Bist du auch wirklich sicher, daß du weißt, was du da tust?« fragte Charity zum x-tenmal.

»Das kann doch nicht so schwer sein.« Elias schritt zwischen zwei Reihen von Wohnwagen voran. »Einbrechen ist nicht gerade eine Tätigkeit, für die man studiert haben muß. Zumindest nicht bei meiner Vorgehensweise.«

»Was tust du, wenn man dich erwischt?«

»Dann wird mir schon was einfallen.«

»Die ganze Sache gefällt mir nicht.«

»Ich sagte doch, du solltest im Wagen bleiben.«

Zornig lief sie hinter ihm her. »Ich werde dich jetzt nicht allein lassen.«

»Dann hör auf herumzunörgeln.«

»Ich bin ja schon ruhig.« Sie zog ihre Jacke fester zu und blickte ängstlich in die neblige Dunkelheit. »Ich versuche nur, ein wenig Vernunft walten zu lassen.«

»Hört sich aber stark nach Jammern an.«

Das reichte. Charity biß die Zähne zusammen. Sie hatte mit allen möglichen Argumenten versucht, ihn von diesem riskanten Vorhaben abzubringen. Und da besaß er noch den Nerv, sie einen Jammerlappen zu nennen. Sie schwor sich, kein Wort mehr zu sagen, auch dann nicht, wenn er festgenommen würde und sie ihn gegen Kaution aus dem Gefängnis holen müßte.

Elias bog in einen schmalen grasbewachsenen Pfad zwischen zwei Wohnmobilreihen und hielt ohne Vorwarnung an. Charity stolperte und unterdrückte einen Aufschrei. Er fing sie auf.

»Sei still«, flüsterte er.

Charity strich sich das Haar aus dem Gesicht und versuchte zu erkennen, was ihn so plötzlich zum Stehenbleiben veranlaßt hatte. Sie erkannte Rick Swintons braun-weißes Wohnmobil, das in der hintersten Reihe stand.

»Hast du es dir anders überlegt?« fragte sie hoffnungsvoll.

»Nein. Jemand ist uns zuvorgekommen.«

Charity starrte auf die dunklen Fenster. »Bist du sicher?«

»Beobachte das hintere Fenster.«

Sie blickte auf die dunklen Scheiben. Ein schwacher Lichtstrahl leuchtete kurz gegen die zugezogenen Vorhänge und verschwand. Kurz darauf war er wieder für ein paar Sekunden zu sehen. Charity schluckte.

»Ist das eine Taschenlampe?«

»Ja.«

»Swinton kann es nicht sein. Er ist bei den anderen am Strand. Vor wenigen Minuten noch habe ich gesehen, wie er hinunterging.«

»Richtig. Außerdem bräuchte Swinton in seinem eigenen Wohnmobil keine Taschenlampe zu benutzen.«

Charity fiel erstaunt die Kinnlade runter. Schnell schloß sie den Mund. »Mein Gott, dort ist schon ein Einbrecher drin.«

»Jetzt bin ich gespannt, wer da gleich herauskommt.« Elias änderte seine Position und zog Charity in die schmale Lücke zwischen zwei Wohnwagen.

Schmerzhaft stieß sie sich mit dem Knie an einer Anhängerkupplung. »Verdammt.«

»Ruhe. Wer auch immer da drin ist, er kommt jetzt heraus.« Elias drückte sie tiefer in den Schatten.

Quietschend ging die Tür des Wohnmobils auf. Eine Gestalt in Mantel und Kapuze erschien und lief rasch die zwei Eingangsstufen hinunter. Charity versuchte das Gesicht des Einbrechers zu erkennen, aber die Kapuze und der Nebel machten es ihr unmöglich.

Die Gestalt bog ab und eilte zwischen zwei Wohnwagenreihen entlang. Auf diesem Weg würde der Einbrecher geradewegs an der Stelle vorbeikommen, an der Charity und Elias standen.

Elias preßte Charity gegen das Wohnmobil. Sie merkte, wie er sie mit seinem ganzen Körper schützte für den Fall, daß die flüchtende Gestalt einen Blick in ihre Richtung warf.

Sie stellte sich auf die Zehenspitzen, um über Elias Arm hinweg einen weiteren Blick auf die verhüllte Gestalt zu werfen. Die Art, wie sich der Einbrecher bewegte, verriet Charity, daß es sich um eine Frau handeln mußte.

Elias wartete eine Zeitlang, bevor er sich bewegte und Charity freigab. »Das wird ja immer merkwürdiger.«

»Das kannst du laut sagen.« Charity spürte ihr Herz wild schlagen. »Ich frage mich, wer das war.«

»Swinton scheint jede Menge Feinde zu haben. Ich gehe lieber schnell hinein, bevor noch jemand hier auftaucht und sich umsieht.« Elias machte einen Schritt von ihr weg. »Warte hier.«

»Ich lass' dich da nicht allein hineingehen.«

»Aber ich brauche dich hier draußen zum Wachehalten.«

Das klang vernünftig. Charity fiel kein gutes Gegenargument ein. »Nun, was soll ich tun, wenn ich jemanden sehe?«

»Klopfe einmal von außen an das Wohnmobil.« Elias warf einen letzten Blick auf die neblige Umgebung und holte eine winzige Taschenlampe aus seiner Jacke. »Ich bin gleich zurück.«

»Wenn du in fünf Minuten nicht wieder hier bist, hole ich dich mit Gewalt da raus.«

Seine Zähne blitzten kurz in der Dunkelheit auf. »In Ordnung.« Er ging auf die Tür des Wohnmobils zu.

Charity beobachtete, wie er die Stufen hinaufstieg und die Tür öffnete.

Als Elias verschwunden war, wurde es still und unheimlich. Es kam Charity so vor, als würde der Nebel immer dichter. Sie redete sich ein, daß dies helfen würde, Elias' Gesetzesübertretung zu verbergen.

Die Gesänge vom Strand wurden immer eindringlicher. Trommel und Flöte spielten lauter. Das Gelächter der lärmenden Teenager trieb über den Campingplatz.

Aus Swintons Wohnmobil drang kein Laut. An den Fenstern war kein Licht zu sehen. Was immer Elias dort tat, er war sehr vorsichtig. Charity zitterte, teils vor Kälte, teils vor Angst. Das bedrückende Gefühl unmittelbarer Gefahr wurde immer stärker, der Nebel immer dichter.

Am Strand spielte der Trommler einen langen Wirbel, der oben auf der Klippe deutlich zu hören war. Die fanatisch pulsierenden Gesänge der Voyager hallten durch die Nacht. Jemand hupte. Das Gelächter der Teenager wurde schriller. Charity hörte Feuerwerkskörper knallen.

Nach einer Ewigkeit öffnete sich quietschend die Tür. Erleichtert sah Charity, wie Elias herauskam. Er ging mit leisen, federnden Schritten auf sie zu.

»Komm, laß uns von hier verschwinden.« Er nahm ihren Arm.

Sie wehrte sich nicht. »Du warst ja eine Ewigkeit dort drinnen. Hast du etwas gefunden?«

»Vielleicht.«

Sie warf ihm einen Blick zu, während sie rasch zwischen den Wohnwagen davonliefen. »Was soll das heißen?«

»Ich habe ein paar Kontonummern. Ist dir schon mal aufgefallen, daß manche Leute haufenweise Kontoauszüge in einer Schreibtischschublade aufheben?«

»Nein.« Charity zögerte und erinnerte sich an den Stapel, den sie zu Hause im Schreibtisch abgelegt hatte. »Wenn ich es mir recht überlege, so ist es mir doch schon aufgefallen. Was haben wir davon? Was können wir mit den Kontonummern anfangen?«

»Das weiß ich noch nicht.« Elias blieb kurz an einer Kreuzung von Wohnwagenreihen stehen. »Aber bei einer Unternehmung dieser Größenordnung kannst du sicher sein, daß alles über eine Bank abgewickelt wird.«

»Hm, da hast du recht.«

Weitere Feuerwerkskörper explodierten in der Dunkelheit. Die Gesänge der Voyager wurden immer fieberhafter. Die Männer, die sich zum Biertrinken eingefunden hatten, riefen höhnische Bemerkungen zum Strand hinunter.

»Jetzt wird's spannend«, bemerkte Elias, als sie aus der letzten Wohnwagenreihe heraustraten.

»Es ist fast Mitternacht.« Charity blickte sich um. »Und natürlich, wen überrascht's, ist kein Raumschiff in Sicht. Laß uns Newlin finden. Ich möchte bei ihm sein, wenn es soweit ist. Nur für den Fall, daß Arlene nicht in seinen Armen Zuflucht sucht.«

»Einverstanden.«

Sie gingen an der Klippe entlang, bis sie zu Newlins Pick-up gelangten. Das schrottreife Fahrzeug stand am äußersten Rand des Parkplatzes. Fast alle, die hierhergefahren waren, um das Spektakel zu beobachten, hatten viel näher am Campingplatz geparkt.

Man konnte den Pick-up im Nebel kaum erkennen.

Charity ging an das Fenster auf der Fahrerseite und runzelte die Stirn, als sie sah, daß Newlin nicht im Wagen saß.

»Er ist wohl zum Zaun gegangen, um dort auf Arlene zu warten, wenn sie vom Strand zurückkommt«, sagte Elias.

»Ja.« Charity zuckte vor Schreck zusammen, als kurz eine Hupe ertönte. Jemand fluchte.

Sie drehte sich um und sah, daß ein weiteres Fahrzeug in der Nähe geparkt war. Es handelte sich ebenfalls um einen Pick-up. Die Tür auf der Beifahrerseite stand offen, aber innen war kein Licht. Man hörte leise Rockmusik.

»Verdammt«, murmelte jemand in dem Fahrzeug. »Ich hab' dir doch gesagt, daß du vorsichtig sein sollst. Möchtest du etwa, daß uns jemand hört?«

»Der Typ aus dem Pick-up ist gerade gegangen.« Unterdrücktes Gekicher drang aus dem Inneren des Trucks. »Apropos vorsichtig, ich hoffe, du hast an die Gummis gedacht. Falls nicht, kannst du das hier vergessen, ich schwör's dir, Kevin.«

»Schon gut, ich habe sie hier irgendwo. Laß mich mal nachsehen.«

Charity drehte sich rasch wieder zu Elias um und räusperte sich.

»Laß uns Newlin suchen.« Sie nahm seinen Arm und ging den Weg zurück, den sie gekommen waren.

Es war hell genug, um den belustigten Ausdruck in Elias' Gesicht zu sehen. Er ließ sich bereitwillig von Charity wegführen.

Sie zog ihn zu der Gruppe, die sich am Geländer versammelt hatte.

Plötzlich wurden die Voyager am Strand ganz still. Die Flöte und die Trommeln hörten zu spielen auf, die Gesänge brachen ab.

»Es ist Mitternacht«, sagte Elias leise.

»Hallo, Charity, hallo, Winters.« Yappy winkte ihnen zu, als sie an dem Getränkestand vorbeikamen. »Wir machen gerade zu. Wollt ihr einen heißen Kaffee?«

»Nein, vielen Dank«, rief Elias. »Wir suchen Newlin.«

»Den hab' ich vor ungefähr einer Stunde gesehen. Newlin hat sich einen Kaffee mit in seinen Pick-up genommen. Seitdem war er nicht mehr hier.«

»Alle sind für das große Finale an den Zaun gegangen«, erklärte Bea, die gerade einen Packen unbenutzte Plastikbecher verstaute. »Seht doch dort mal nach. Ich hoffe wirklich, daß Arlene heute abend Vernunft annimmt. Ich möchte nicht wissen, was der arme Newlin sich sonst antut.«

Charity ging auf die Menschenmenge zu, die am Zaun stand und die Szenerie am Strand beobachtete. »Elias, ich mache mir Sorgen. Newlin ist nirgendwo zu sehen.«

Er nahm ihre Hand in die seine. »Wir werden ihn finden.«

Leichter gesagt als getan, dachte Charity. Es lag Verwirrung in der Luft. Von der Menge neugieriger Schaulustiger im Nebel ging eine bedrohliche Atmosphäre aus. Betrunkene brüllten abfällige Bemerkungen. Die Teenager johlten, während ein paar Voyager den Pfad vom Strand hinaufkletterten.

Charity und Elias gingen zwischen den herumstehenden Menschen hindurch und suchten Newlin. Er war nirgendwo zu sehen.

»Hey«, rief einer der Betrunkenen den zurückkehrenden Voyagern zu, »vielleicht haben sich die Aliens in der Uhrzeit geirrt.«

Die enttäuschten Sektenmitglieder gingen vorbei, ohne den Spötteleien Beachtung zu schenken.

Gerade als Charity vorschlagen wollte, unter den Voyagern nach Arlene zu suchen, gellte ein schriller Schrei durch die Nacht.

Auf die Menge hatte der Schrei die gleiche Wirkung wie ein Himmel voller Raumschiffe. Alle, Voyager und Schaulustige gleichermaßen, blieben wie angewurzelt stehen.

Charity blickte sich um und versuchte verzweifelt zu erkennen, woher der Schrei kam. »Ein verrückt gewordener Voyager, was meinst du?«

»Ich weiß nicht. Aber der Schrei kam nicht vom Strand.« Elias' Hand schloß sich fester um die ihre. »Er kam von dort drüben, vom anderen Ende des Campingplatzes.« Er lief in diese Richtung.

Ein zweiter Schrei hallte durch die Dunkelheit.

»Was ist los?« rief jemand. »Wer schreit denn da?«

Zum zweitenmal an diesem Abend ließ Charity sich von Elias durch das Gewirr von Campingwagen und Wohnmobilen führen, die auf dem alten Zeltplatz herumstanden. Nun rief jemand um Hilfe.

»Rufen Sie einen Krankenwagen«, brüllte ein Mann. »Um Gottes willen, beeilen Sie sich.«

Charity und Elias traten aus einer Wohnwagenreihe hinaus und sahen eine Handvoll Voyager, die wohl unter den ersten Rückkehrern gewesen sein mußten und nun vor einem großen blau-weißen Wohnmobil standen.

»Das ist Gwendolyn Pitts Wohnmobil«, sagte jemand.

Während sie näher kamen, sahen Charity und Elias, daß das Innere des Wohnmobils hell erleuchtet war.

Elias bahnte sich einen Weg durch die umstehenden Menschen.

»Das ist passiert, weil die Raumschiffe nicht gelandet sind«, klagte eine Frau in Voyagerkostüm. »Sie hat das getan, weil die Außerirdischen nicht gekommen sind.«

Charity sah Newlin und Arlene Arm in Arm neben der kleinen Schar stehen. »Newlin.«

Er sah sie kurz an. In seinem Blick lag Erstaunen und Überraschung. »Charity, Mister Winters, Sie werden nicht glauben, was geschehen ist.«

Arlene vergrub das Gesicht in Newlins Schulter. »Sie konnte nichts dafür, daß die Raumschiffe nicht gelandet sind.«

Elias ließ Charitys Hand los. »Warte hier.« Er ging die Stufen hinauf, um in das Wohnmobil zu schauen. Er blieb im Türrahmen stehen und starrte auf etwas im Inneren.

Charity folgte ihm und blickte an ihm vorbei in das Wohnmobil.

Sie sah hinein und wünschte sofort, sie hätte auf Elias gehört und draußen gewartet.

Auf dem blauen Teppich lag Gwendolyn Pitt. Ihre blau-weiße Robe war mit Blut getränkt. Rick Swinton stand an den eingebauten Schreibtisch gelehnt und starrte auf die Leiche. Er blickte auf und sah Elias und Charity.

»Wir haben sie gerade gefunden«, sagte er mit zitternder Stimme. »Einige von uns wollten nachsehen, warum sie nicht unten bei uns am Strand war. Sie lag hier in ihrem Blut. Ich habe jemanden losgeschickt, einen Krankenwagen zu holen. Aber das wird ihr auch nicht mehr helfen.«

Wortlos kniete Elias neben der Toten nieder. Er drückte zwei Finger an Gwendolyns Hals und schüttelte den Kopf.

»Sie haben recht«, sagte er leise. »Es ist zu spät.«

»Sie hat sich umgebracht, weil die Raumschiffe nicht gelandet sind«, flüsterte jemand.

Elias sah Charity an. »Das war kein Selbstmord.«

9

Blut im Wasser läßt die Spiegelungen auf der Oberfläche verschwimmen und erschwert die Erkenntnis der Wahrheit.

›Der Weg des Wassers‹, aus dem Tagebuch von Haydon Stone

»Ermordet.« Radiance blickte über Yappys Schulter, um den Artikel auf der ersten Seite des *Cove Herald* zu lesen. »Aber gestern nacht haben doch alle noch gesagt, es wäre Selbstmord.«

Bea warf Charity einen vielsagenden Blick zu und reichte ihr einen Milchkaffee. »Nicht alle.«

Yappy runzelte die Stirn, während er den Artikel überflog. »Hier steht, daß diejenigen, die als erste den Tatort erreichten, annahmen, Gwendolyn Pitt habe sich aus Enttäuschung über das Ausbleiben der Raumschiffe umgebracht. Aber Hank Tybern erklärt, daß für ihn von Anfang an nur Mord in Frage kam.«

»Für Elias war es ebenfalls offensichtlich Mord.« Charity nippte an einer Tasse Tee und ließ den Blick durch die Runde schweifen, die an einem kleinen Tisch im Whispering Waters Café versammelt war. »Außerdem hat keiner von uns ernsthaft geglaubt, daß Gwendolyn Pitt wirklich auf die Raumschiffe wartete. Wir nahmen alle an, die ganze Sache sei ein Riesenbetrug. Warum sollte sie sich dann aus Verzweiflung das Leben nehmen?«

»Richtig. Für sie lief doch alles nach Plan.« Ted kratzte sich seinen dicken Bauch. »Sie hat die Sekte nicht gegründet, um im Weltall herumzugondeln. Für mich ist es ziemlich eindeutig, daß sie umgebracht wurde. Aber wer war der Mörder?«

»Offensichtlich hat Chief Tybern eine ganze Reihe Verdächtiger«, erwiderte Yappy. »Angefangen bei all diesen enttäuschten Voyagern, die um eine Minute nach Mitternacht begriffen, daß man sie reingelegt hatte.«

Charity und die anderen nickten ernst.

Sie hatten sich bei Bea eingefunden, weil es draußen zu kalt war. Der Nebel lag immer noch über der Bucht und machte keine Anstalten, sich aufzulösen. Er hüllte die Stadt und die Küste auf einer Strecke von mehreren Kilometern ein.

Es war halb zehn. Die Läden auf dem Pier öffneten erst um zehn Uhr, aber alle Ladenbesitzer waren heute früher gekommen, um die Ereignisse der letzten Nacht miteinander zu besprechen.

Alle außer einem, dachte Charity. Sie sah aus dem Fenster. Immer noch keine Spur von Elias. Sie hatte ihn nicht gesehen, seit er sie um zwei Uhr nachts nach Hause gebracht hatte. Nicht einmal einen Gutenachtkuß hatte er ihr gegeben. Er war wieder in seinen geheimnisvollen distanzierten Zustand verfallen.

Natürlich war auch sie vergangene Nacht nicht besonders fröhlich gewesen. Kaum schlief sie unruhig ein, schreckte sie das grauenhafte Bild in Gwendolyns Wohnmobil wieder hoch. Jedesmal wenn sie die Augen schloß, sah sie Elias neben der blutüberströmten Leiche vor sich.

Nun wurde ihr immer unwohler bei dem Gedanken, daß er nicht am Pier erschien. Sie wünschte, sie wäre ihrer ersten Eingebung gefolgt und hätte ihn abgeholt. Sie mußten miteinander reden und besprechen, was sie aussagen würden.

Sie hatten letzte Nacht beide kurz mit Hank Tybern, dem Leiter der örtlichen Polizei, gesprochen. Hank hatte alle Hände voll zu tun, den Ort des Verbrechens abzusichern und den verwirrten Voyagern dringend ans Herz zu legen, die Stadt nicht zu verlassen. Für detaillierte Aussagen hatte die Zeit nicht gereicht. Er hatte Charity und Elias gebeten, sich im Laufe des Tages auf der Polizeistation zu melden, um genauere Zeugenaussagen abzugeben.

Wenn Charity nicht gerade von der blutüberströmten Toten träumte, hatte sie wach gelegen und darüber nachgegrübelt, was sie Hank an diesem Nachmittag sagen sollte. Sie war noch nie in eine polizeiliche Ermittlung verwickelt gewesen. Sie wußte nicht, wieviel sie und Elias über den Verlauf des Abends und über die Geschehnisse vor dem Mord erzählen mußten. Vielleicht nicht viel. Schließlich hatten sie noch nicht einmal die Leiche entdeckt. Das hatten Rick Swinton und eine kleine Gruppe von Voyagern getan.

Trotzdem wußte sie aus Kriminalfilmen, daß Tybern wahrscheinlich wissen wollte, was auf dem Campingplatz und in seiner unmittelbaren Umgebung geschehen war, bevor Gwendolyn starb. Und es war nicht zu leugnen, daß sie und Elias kurz vor dem Mord etwas höchst Fragwürdiges getan hatten. Wie würde man eine plausible Erklärung dafür geben können, daß sie bei Rick Swinton eingebrochen hatten, fragte sie sich.

»Steht da auch, wann Gwendolyn getötet wurde?« wollte Ted wissen.

Yappy laß den Rest des langen Artikels. »Chief Tybern wartet noch auf den offiziellen Autopsiebericht, aber hier steht, daß sie zwischen halb zwölf, als man sie zuletzt lebend sah, und zwölf Uhr erschossen wurde. Swinton und ein paar Voyager fanden die Leiche kurz nach zwölf.«

»Um diese Uhrzeit fingen die Schreie an«, bemerkte Bea.

»Ich bin sicher, daß der Gerichtsmediziner den Zeitpunkt des Mordes auch nicht näher bestimmen kann«, meinte Ted, der glaubte, sich als Krimifan in solchen Dingen auszukennen. »Wer hat sie zuletzt lebend gesehen?«

»Vermutlich dieser Rick Swinton.« Yappy schaute in dem Zeitungsartikel nach. »Ja, Rick Swinton und einige Voyager. Sie sahen alle, wie Gwendolyn um halb zwölf in ihr Wohnmobil ging. Sie sagte ihnen, daß sie sich in Ruhe auf den Empfang der Außerirdischen vorbereiten wolle. Scheinbar sollte sie als eine Art Radar fungieren und ihnen bei der Landung helfen.«

»Nun, wenn ihr mich fragt«, sagte Bea, »ich würde wetten, daß einer der Voyager sie ermordet hat. Viele dieser armen, irregeleiteten Seelen haben ihre gesamten Ersparnisse an Gwendolyn Pitt verloren.«

»Einige mußten doch wütend sein, als die Raumschiffe gestern nacht nicht auftauchten«, fügte Radiance hinzu.

»Ja.« Yappy legte die Zeitung beiseite und nahm einen Schluck Kaffee. »Jeder von ihnen hatte einen Grund, sie zu töten.«

Ted schaute finster drein. »Wenn es ein Voyager war, muß derjenige ziemlich schnell gewesen sein. Sie waren alle bis um Mitternacht unten am Strand. Die jungen Leute am Zaun sahen die ersten Rückkehrer.«

»Vergiß nicht, daß es zwei Wege gibt, die zum Strand führen«, erinnerte ihn Yappy. »Der alte Weg ist schon seit Jahren gesperrt, weil er zu gefährlich ist, aber er ist immer noch benutzbar.«

»Das stimmt.« Teds Gesicht hellte sich auf. »Außerdem war es sehr neblig in der letzten Nacht. Ein Voyager hätte den alten Pfad hinaufklettern, direkt in Gwendolyns Wohnmobil gehen, sie erschießen und zurück an den Strand gehen können. Wegen des Nebels hätte es keiner gemerkt. Der Mörder könnte mit den anderen kurz nach Mitternacht auf den Campingplatz zurückgekehrt sein.«

»Das hört sich aber sehr kompliziert an«, murmelte Bea. »Denkt mal darüber nach, eigentlich jeder Voyager hätte es auf diese Art tun können. In dem Nebel konnte man sie in den blau-weißen Roben gar nicht auseinanderhalten.«

»Chief Tybern ist nicht zu beneiden«, meinte Ted selbstgefällig. »Das ist ein ganz schönes Schlamassel.«

»Er hat ja auch nicht gerade Erfahrung in diesen Dingen«, bemerkte Radiance trocken. »Es gab schon seit zehn Jahren keinen Mordfall mehr in Whispering Waters Cove. Und der letzte war leicht aufzuklären, erinnert ihr euch noch?«

Ted nickte. »Stimmt. Damals hatte Tom Fraziers Frau endlich die Nase voll, von dem alten Tom ständig grün und blau geschlagen zu werden. Hat ihm eins mit 'nem dicken Schraubenschlüssel übergezogen. Die Geschworenen haben entschieden, das es Notwehr war.«

»Das war es auch«, fügte Bea hinzu. »Dieser Tom war ein richtiger Dreckskerl.«

Plötzlich riß jemand die Tür des Cafés auf. Alle schreckten hoch. Arlene Fenton stürzte ganz außer Atem in das Café und blieb zitternd stehen. Sie war völlig durcheinander und starrte Charity mit weit aufgerissenen Augen an.

»Miß Truitt, Gott sei Dank«, stammelte sie mit schwacher Stimme. »Ich war bei Ihnen zu Hause, aber Sie waren nicht dort. Und im Laden waren Sie auch nicht. Endlich wurde mir klar, daß Sie hier sein mußten.«

»Arlene.« Charity stellte ihre Tasse ab und stand auf. »Was ist denn passiert?«

»Sie müssen Newlin helfen.«

»Newlin? Beruhige dich, Arlene.« Charity ging auf sie zu. »Erzähl mir, was vorgefallen ist.«

»Chief Tybern hat Newlin vor ein paar Minuten festgenommen.«

Der kleinen Versammlung verschlug es den Atem.

»O Gott«, flüsterte Charity. »Laß es bitte nicht Newlin sein.«

Arlene sah Charity angsterfüllt an. »Miß Truitt, was sollen wir bloß tun? Die ganze Stadt weiß, wie sehr Newlin Gwendolyn haßte. Er hat immer gesagt, daß jemand etwas gegen sie unternehmen müßte.«

Charity legte den Arm um sie und sah die anderen Ladenbesitzer an.

Keiner sprach ein Wort. Arlene hatte recht. Alle wußten, daß Newlin wütend auf Gwendolyn Pitt und ihre betrügerischen Machenschaften war.

»Er war es nicht«, schluchzte Arlene. »Ich weiß, daß Newlin kein Mörder ist. Aber er hat niemanden, der ihm hilft.«

»Ich fahre auf die Wache und spreche mit Chief Tybern«, sagte Charity ruhig.

Sie wußte gar nicht, was sie Chief Tybern sagen sollte, dachte Charity, während sie zwanzig Minuten später die Stufen zur Polizeiwache von Whispering Waters Cove hochstieg. Newlin war ihr Angestellter und Freund. Sie mußte ihm einfach beistehen.

Im Kopf machte sie eine Liste der Dinge, die zu tun waren. Natürlich mußte sie ihn als erstes gegen Kaution aus dem Gefängnis holen. Sie wußte nicht, wie das vor sich ging, aber Hank Tybern würde es ihr bestimmt erklären. Als zweites mußte sie einen Anwalt für Newlin finden. Einen guten. Die einzige Anwältin in der Stadt war Phyllis Dartmoor, doch sie war auf Immobilien und Testamente spezialisiert, nicht auf Strafrecht. Das bedeutete, daß sie jemand aus Seattle engagieren mußte.

Charity war so sehr damit beschäftigt, Newlins Freilassung zu planen, daß sie ihn gar nicht in der schattigen Eingangshalle der Polizeiwache stehen sah und fast mit ihm zusammengestoßen wäre.

»Charity.« Newlin sah sie erstaunt an. »Was machen Sie denn hier?«

»Ich bin gekommen, um dich hier herauszuholen.« Charity blickte sich um. »Arlene sagte, du wärst verhaftet worden.«

»Nee.« Newlin verzog das Gesicht. »Zumindest noch nicht. Der Chief hat mich bloß gebeten, ihm ein paar Fragen zu beantworten. Wahrscheinlich hat Arlene daraus die falschen Schlüsse gezogen.«

»Sie macht sich große Sorgen um dich, Newlin.«

Diese Nachricht schien Newlin richtig zu freuen. »Ach ja?«

Ein stämmiger, glatzköpfiger Mann kam aus dem kleinen Büro hinter dem unbesetzten Empfang geschlendert. »Morgen, Charity. Ist ein bißchen früh am Tag, um durch die Gegend zu hetzen.«

Charity drehte sich um und grüßte lächelnd. Sie war Hank Tybern in den letzten Monaten mehrmals begegnet. Er war mittleren Alters und hatte die wettergegerbten Züge eines Mannes, der in jungen Jahren auf einem großen Fischerboot gearbeitet hatte.

Tybern war ein Mann der alten Schule: Er war ein grundsolider Familienvater und hatte eine besonnene Art. Ein bißchen behäbig, aber gründlich. Charity vermutete, daß sich hinter der umgänglichen Fassade ein kluger Kopf versteckte. Hank hatte fast sein ganzes Leben in Whispering Waters Cove verbracht und erfreute sich eines hohen Ansehens unter den Einwohnern.

»Guten Morgen, Hank. Ich habe gehört, Sie hätten Newlin verhaftet, aber es sieht ganz so aus, als sei dies bloß ein Gerücht.«

Ein Lächeln umspielte Hanks Lippen, als er Newlin ansah. »Wollte nur mal mit ihm reden. Ich werde heute wohl mit einer ganzen Menge Leute sprechen müssen. Dachte, ich fange mal mit unserem jungen Freund hier an.«

Newlin wurde ernst. »Chief Tybern sagt, es wäre sehr hilfreich, wenn ich jemand finden könnte, der bezeugt, daß ich zwischen halb zwölf und zwölf in meinem Pick-up saß.«

»O Gott.« Charity blickte Hank unruhig an. »Er braucht ein Alibi?«

Hank lehnte sich an die Empfangstheke. »Kein Grund zur Aufregung, Charity. Es wäre nur vorteilhaft, wenn wir jemand finden könnten, der ihn in der halben Stunde vor Mitternacht in seinem Wagen sitzen sah.«

Charity dachte nach. »Elias Winters und ich haben ihn kurz vor Mitternacht gesucht.« Sie hielt rasch inne und blickte Hank hilflos an.

»Und?« fragte er sanft.

»Ich war nicht da«, stammelte Newlin. »Ich sagte Ihnen doch schon, daß ich ein paar Minuten vor Mitternacht ausgestiegen bin und zu den anderen lief, die oben am Strandpfad warteten. Ich wollte Arlene finden, und das hab' ich auch. Sie wollte Gwendolyn Pitt zur Rede stellen. Ich ging mit ihr, doch als wir an ihrem Wohnmobil ankamen, hatten Rick Swinton und einige andere Voyager bereits ihre Leiche gefunden.«

»Leider bleiben da noch eine Menge Fragen offen«, sagte Hank behutsam. »Zum Beispiel, wo du in jener halben Stunde vor Mitternacht warst, in der jemand zu Gwendolyns Wohnmobil ging und sie erschoß.«

»Moment mal.« Charity drehte sich zu Newlin um. »Du sagst, du hättest bis kurz vor Mitternacht im Wagen gewartet?«

Newlin zuckte die Achseln. »Ich dachte nun mal, es hätte keinen Sinn, mir den Hintern abzufrieren und draußen am Zaun zu warten, bis die Show zu Ende ist. Mir war klar, daß Arlene nicht eher vom Strand zurückkommen würde, bis sie davon überzeugt war, daß die Raumschiffe nicht kommen würden.«

»Die Leute in dem anderen Pick-up«, sagte Charity rasch.

Hank sah sie an. »Welche Leute?«

»Ich weiß nicht, wer sie waren, aber sie hatten direkt hinter Newlin geparkt. Ein junges Pärchen, Teenager vielleicht, oder auch ein bißchen älter. Ich habe sie nicht gesehen, aber hören konnte ich sie. Sie hatten das Radio an, und eine Wagentür stand offen. Es könnte doch sein, daß einer von ihnen beobachtete, wann Newlin wegging, um Arlene zu suchen.«

Hank runzelte nachdenklich die Stirn. »Ich nehme nicht an, daß sie die Autonummer wissen?«

»Natürlich nicht. Zu diesem Zeitpunkt dachte ich noch nicht, daß Newlin ein Alibi brauchen würde.« Charity versuchte, sich an jede Einzelheit zu erinnern. »Die haben da, ehm, na ja, eben das getan, was ein Paar in diesem Alter so macht.«

»Haben die gefummelt?« fragte Newlin unschuldig.

Charity räusperte sich. »Hm, ja.«

»Welche Farbe hatte der Wagen?« fragte Hank.

»Es war stockdunkel und zudem neblig.« Charity dachte angestrengt nach. »Er war dunkel. Newlins Pick-up ist eher hell in der Farbe, und ich habe ihn gleich entdeckt. Den anderen habe ich gar nicht bemerkt, bis ich Stimmen und Musik hörte. Die Innenbeleuchtung war aus. Vielleicht kann Elias Ihnen noch mehr sagen.«

Hank nickte. »Ich werde ihn heute nachmittag befragen.«

»Einen Augenblick«, sagte Charity. »Ich habe gehört, wie das Mädchen den Jungen mit Kevin anredete. Könnte uns das vielleicht weiterhelfen?«

»Kevin, dunkler Pick-up, um die Zwanzig.« Hank nickte wieder, stand auf und holte das Telefonbuch. »Das könnte Kevin Gadson sein. Er ist auf dem College, hat gerade Sommerferien und geht mit der Tochter von Turners aus. Sein Vater besitzt einen dunkelgrünen Pick-up.«

Das war der Vorteil einer kleinen Stadt, dachte Charity, während Hank eine Telefonnummer wählte. Der

Chef der örtlichen Polizei kannte jeden und wußte, welche Autos die Leute fuhren.

Zehn Minuten später, nach einem kurzen Gespräch mit Kevin Gadson, legte Hank auf und zwinkerte Newlin fröhlich zu. »Alles in Ordnung, Junge. Kevin sagt, er und seine Freundin hätten das Radio angehabt. Er erinnert sich, dich in der halben Stunde vor Mitternacht mehrmals gesehen zu haben. Du bist erst fortgegangen, als die Zwölf-Uhr-Nachrichten gerade anfingen, und die werden immer fünf Minuten vor der vollen Stunde gesendet. Du hättest also gar keine Zeit gehabt, den Campingplatz zu überqueren und Gwen Pitt zu erschießen.«

Newlin grinste erleichtert. »Hey, das ist ja toll.« Er wandte sich an Charity. »Danke, ich bin Ihnen was schuldig.«

Charity atmete erleichtert auf. »Ich bin froh, daß das erledigt ist. Laß uns gehen, Newlin.«

»Mit Vergnügen.« Newlin ging Richtung Ausgang.

Hank verschränkte die Arme vor der Brust. »Das wird ein langer Tag. Ich hab' eine ganze Menge Leute zu befragen.« Er sah Charity an. »Sie sehe ich dann später zusammen mit Winters. Sagen wir um halb fünf?«

»Wir werden da sein«, versprach Charity. »Aber ich glaube nicht, daß wir Ihnen noch sehr viel mehr sagen können. Komm, Newlin, wir müssen in den Laden.«

Als sie wenige Minuten später am Crazy Otis Landing ankamen, rannte Arlene aus Beas Café in Newlins Arme. Radiance, Bea, Yappy und Ted kamen heraus und nahmen Anteil an der Wiedersehensfreude.

»Newlin, ich hatte solche Angst.« Arlene blickte ihn mit tränenerfüllten Augen an. »Ist auch wirklich alles in Ordnung mit dir?«

»Ja, sicher.« Newlin strich ihr ein wenig ungelenk über den Kopf. »Charity sei Dank. Sie konnte sich an ein junges Pärchen erinnern, das hinter meinem Wagen geparkt hatte. Jetzt habe ich ein Alibi.«

Arlene wandte sich an Charity. »Ich weiß nicht, wie ich Ihnen danken, soll, Miß Truitt. Ich habe mich von den Voyagern in die Irre leiten lassen. Es ist schon schlimm genug, daß meine Ersparnisse weg sind, aber wenn Newlin zu allem Überfluß auch noch wegen Mordes verhaftet worden wäre, hätte ich nicht gewußt, was ich getan hatte.«

»Sei nicht zu hart gegen dich selbst.« Charity klopfte ihr auf die Schulter. »Jeder hat das Recht, einen Traum zu träumen.«

»Nun, von jetzt an werde ich mit meinen Träumen hier auf der Erde bleiben.« Arlene richtete sich auf. »Und als allererstes muß ich mir einen Job suchen. Ich habe keinen Cent mehr auf dem Konto.«

Um Newlins Mund lag ein harter Zug. »Ich habe Gwendolyn Pitt nicht umgebracht, aber ich werde auch nicht an ihrem Grab weinen. Sie hat 'ne Menge Leute um viel Geld gebracht.«

»Komm herein und trink erst mal einen Kaffee, Newlin«, bot Bea fürsorglich an. »Dann kannst du gestärkt an die Arbeit gehen.«

»Vielen Dank.« Mit einem Arm um Arlenes Schultern betrat Newlin das Whispering Waters Café.

Radiance blickte Charity an. »Zum Glück hast du dich an die Leute im Pick-up erinnert. Newlin ist hier in der Stadt ein Außenseiter, und alle wissen, daß er Gwendolyn Pitt verabscheut hat. Die Leute hätten gern geglaubt, daß er sie umgebracht hat.«

»Du hast dem Jungen eine Menge Ärger erspart«, meinte Yappy. »Gut gemacht, Charity.«

Ted schmunzelte. »Irgendwie habe ich das Gefühl, Arlene wird dir ihr Leben lang dafür dankbar sein.«

Charity hörte ihn kaum. Sie blickte auf das ›Geschlossen‹-Schild in dem Schaufenster von Charms & Virtues. Es war schon lange nach zehn, doch Elias war immer noch nicht aufgetaucht.

»Was, zum Teufel, tun Sie hier?« Rick Swinton wich stolpernd zurück, als Elias das Wohnmobil betrat.

»Verschwinden Sie, Winters. Sie haben kein Recht, hier einzudringen. Ich lass' Sie verhaften.«

»Setzen Sie sich, Swinton.« Elias schloß die Tür und verriegelte sie. »Sie und ich müssen uns mal ernsthaft unterhalten.«

»Verschwinden Sie.«

»Hinsetzen.« Elias ging auf ihn zu.

»Verdammt noch mal, Sie können doch nicht ...« Rick wich zurück. Er stieß mit den Kniekehlen an die niedrige eingebaute Couch und setzte sich unfreiwillig. »Sie können hier nicht so einfach reinplatzen.«

»Bin ich aber.« Elias lächelte. »Keine Sorge, in ein paar Minuten gehen wir hier raus. Aber zuerst reden wir.«

»Worüber wollen Sie reden, zum Teufel?«

»Lassen Sie uns mit ihrem Privatkonto beginnen.« Elias holte ein Blatt Papier aus seiner Jacke. »Das Konto, das Sie benutzt haben, um Gelder von dem Geschäftskonto abzuziehen, das Gwendolyn Pitt für die sogenannten Spendenbeiträge der Voyager eingerichtet hatte.«

Überraschung blitzte in Ricks Augen auf, doch dann war sie sofort wieder verschwunden. »Ich weiß nicht, wovon Sie sprechen.«

»Das erkläre ich Ihnen gerne.« Elias drückte Rick das Blatt in die Hand. »Ich habe Ihre Sozialversicherungsnummer benutzt, um mir telefonisch Zugang zu den beiden Konten zu verschaffen. Ihre Vorgehensweise beruht auf einem einfachen Strickmuster. Sie haben regelmäßig Beträge von dem Geschäftskonto auf Ihr Privatkonto überwiesen. Da Gwendolyn Pitt eine kluge Geschäftsfrau war, wäre ihr dies sicher aufgefallen. Deshalb haben Sie die Transaktionen mit gefälschten Quittungen und Verträgen verschleiert.«

»Sie können gar nichts beweisen.«

»Nein, aber so läuft Unterschlagung normalerweise. Daran ist nichts Außergewöhnliches. Sie scheinen ja auch kein besonders kluger Kopf zu sein. Eine Prüfung Ihrer Bücher wird gewiß alle Einzelheiten aufdecken.«

»Quatsch.«

»Das gute an der ganzen Sache ist, daß das Geld, das Gwendolyn Pitt von den Voyagern bekam, immer noch vorhanden ist. Es liegt auf Ihrem Privatkonto, Swinton.«

»Sie lügen.«

»Nein, außerdem ist es auch ein Motiv für den Mord.«

»Mord!« Rick starrte ihn mit offenem Mund an. »Den können Sie mir nicht anhängen.«

»Wenn ich Tybern die Informationen über Ihre Betrügereien zukommen lasse, wird er diesen Schluß ziehen, das ist doch nur naheliegend. Er wird annehmen, daß Sie Gwendolyn umgebracht haben, weil sie Ihnen auf die Schliche kam und damit drohte, Sie verhaften zu lassen.«

»Das ist nicht wahr.« Angst flackerte in Ricks Augen auf. »Sind Sie verrückt? Ich hab' Sie nicht umgebracht. Zum Teufel, ich wußte ja noch nicht einmal, daß sie tot war, bis ich mit den anderen vom Strand zurückkam.«

»Das wird ziemlich schwer zu beweisen sein. Alle wissen, daß bei dem Nebel jeder unter der Kapuze dieser Roben unerkannt vom Strand verschwinden konnte, um Gwendolyn zu ermorden. Aber Sie haben ein wirkliches Motiv, und Sie sind neu hier in der Stadt. Damit sind Sie der Konkurrenz ein gutes Stück voraus, Swinton.«

»Ich hab' sie nicht umgebracht. Das kann ich beweisen, wenn es sein muß. Viele haben mich vor Mitternacht am Strand gesehen.«

»Vielleicht, vielleicht auch nicht. Da war ja gestern nacht jede Menge los am Strand. Aber das herauszufinden möchte ich lieber Ihnen und Tybern überlassen.«

Elias lehnte sich an die Küchentheke. »In der Zwischenzeit können wir ein wenig an Ihrem Imageproblem arbeiten.«

»Was soll das denn jetzt?«

Elias lächelte. »Wir werden den Voyagern und auch allen anderen in dieser Stadt beweisen, was für ein netter, ehrlicher Kerl Sie sind und wie leid es Ihnen tut, daß die Raumschiffe gestern nacht nicht gelandet sind. Sie werden tun, was Gwendolyn Pitt unter diesen Umständen von Ihnen verlangt hätte.«

»Und was wäre das, Sie Arschloch?«

»Wir gehen jetzt zur Bank und richten ein Treuhänderkonto ein. Natürlich wird die Bank als Treuhänder fungieren. Dann rufen wir Ihre Bank in Seattle an und lassen die gesamten Gelder von Ihrem Privatkonto auf das neue Konto überweisen.«

Rick wurde rot vor Wut. »Einen Teufel werde ich tun.«

»Ein Beauftragter der First National Bank in Whispering Waters Cove wird das Geld dann an die Voyager zurückerstatten. Da Sie ja so ein rechtschaffener fleißiger Angestellter dieses Unternehmens sind, haben Sie sicher eine ausführliche Liste der einzelnen Spendenbeiträge.«

»Verdammt noch mal.« Rick sprang auf und holte zu einem Schlag gegen Elias aus.

Elias machte einen Schritt zur Seite. Rick flog auf die Küchentheke und kam, alle viere von sich streckend, recht unelegant darauf zum Liegen.

»Lassen Sie es mich folgendermaßen erklären, Swinton. Wenn Sie sich nicht dazu durchringen können, den netten Kerl zu spielen, rufe ich Tybern an. Er wird dann die Sache übernehmen. Es dürfte nicht schwer für ihn sein, die Gelder auf Ihrem Konto in Seattle einzufrieren, während er eine Buchprüfung veranlaßt. Schließlich handelt es sich hier um einen Mord. So oder so werden Sie das Geld verlieren. Da können Sie genausogut den Weg wählen, der Sie in ein gutes Licht stellt.«

»Dreckskerl.« Langsam hievte Rick sich hoch und blickte Elias böse an. »Wenn Sie meinen Plan befolgen, gehen Sie als anständiger Mann aus dieser Sache hervor. Ansonsten stehen Sie als Verdächtiger in einem Mordfall da. Sie haben die Wahl.«

Rick schlug mit der Faust auf die Tischplatte. »Dreckskerl, Dreckskerl, Dreckskerl! Das werden Sie mir büßen, ich schwöre es. Niemand legt Rick Swinton rein und kommt ungeschoren davon.«

»Auf geht's. Es ist zehn Uhr. Die Bank hat bereits geöffnet.«

Elias hatte Crazy Otis gerade von seiner Schulter auf die Stange hinter der Theke steigen lassen, als Charity durch die Eingangstür von Charms & Virtues stürmte.

»Es ist schon nach zwölf.« Sie lief mit wehendem Rock auf ihn zu. »Wo warst du? Ich war ganz krank vor Sorge.«

»Ha, hä, hä«, ließ Otis verlauten.

Charity achtete nicht auf den Papagei. »Ich habe schon gedacht, dir wäre etwas Schreckliches zugestoßen.

»Was denn, zum Beispiel?« Elias tippte auf eine Taste der alten Registrierkasse. Die Lade öffnete sich schwungvoll mit einem klangvollen ›Ping‹.

»Was weiß ich?« Charity war völlig außer Atem an der Ladentheke angelangt. »Es hätte dir alles mögliche passieren können. Schließlich läuft hier ein Mörder frei herum, oder hast du das bereits vergessen?«

»Nein.« Elias hielt einen Augenblick inne, um ihren Anblick zu genießen. Ihre Wangen waren gerötet und ihre Augen vor Sorge weit aufgerissen. Sorge um ihn, dachte er verwundert. »Es überrascht mich, daß du mich überhaupt vermißt hast. Ich habe schon gehört, du hättest Newlin vor dem Galgen gerettet.«

»Ich habe ihm nur ein Alibi verschafft.« Sie runzelte die Stirn. »Woher weißt du das?«

»Auf dem Weg zum Pier habe ich Ted und Radiance getroffen. Sie haben mir erzählt, was heute morgen vorgefallen ist.

»Tatsächlich?« Sie seufzte erleichtert. »Nun, da kann ich ja gleich weitermachen. Seit ich Newlin aus Tyberns Fängen befreit habe, war ich damit beschäftigt, an deinem Alibi zu arbeiten.«

»An meinem?«

»Meinst du nicht, daß es ein wenig knifflig werden könnte, Chief Tybern zu erklären, daß du zu dem Zeitpunkt, als Gwendolyn ermordet wurde, gerade Rick Swintons Wohnmobil durchsucht hast? Ein Einbruch bietet nicht gerade ein gutes Alibi.«

Elias lächelte schelmisch. »Hast du ein besseres für mich?«

»Ich habe darüber nachgedacht.« Sie blickte über die Schulter, um sich zu vergewissern, daß zwischenzeitlich niemand den Laden betreten hatte. Dann beugte sie sich vor und flüsterte: »Wir können Tybern erzählen, daß wir einen Spaziergang gemacht haben, während wir den Beginn des Spektakels am Strand abwarteten.«

»Einen Spaziergang?«

»Richtig.«

»Im Nebel?«

»Ja, genau.«

»Meinst du nicht, das klingt ein bißchen merkwürdig?«

Ihre Mine verfinsterte sich. »Dutzende hatten ihre Autos abgestellt und liefen herum.«

»Die meisten standen aber am Zaun und beobachteten das Geschehen am Strand.«

Charity machte eine verzweifelte Handbewegung. »Wieso sollten einige von ihnen nicht im Nebel spazierengegangen sein?«

Elias machte das Ganze richtig Spaß. »Was ist mit der Frau, die wir aus Rick Swintons Wohnmobil kommen sahen? Sollen wir sie erwähnen?«

Charity kaute auf ihrer Unterlippe herum. »Verdammt. Jetzt wird's kompliziert.«

»Es wird immer schwieriger. Wenn wir sagen, wo wir sie gesehen haben, dann müssen wir auch zugeben, auf welchem Teil des Campingplatzes wir uns aufhielten. Gwendolyns Wohnmobil stand nicht weit von Swintons.«

»Vielleicht sollten wir sie lieber nicht erwähnen. Schließlich wissen wir auch gar nicht, wer sie war.«

»Du willst Chief Tybern belügen? Charity, ich bin schockiert.«

»Das ist eine ernste Angelegenheit, Elias. Gwendolyn Pitt wurde letzte Nacht ermordet, und wir beide waren zu diesem Zeitpunkt mit etwas beschäftigt, das die meisten Leute ungesetzlich nennen würden.«

»Was soll das heißen, ›wir‹? Ich war doch allein in dem Wohnmobil.«

»Ich hab' Wache gestanden, erinnerst du dich? Ich bin genauso darin verwickelt wie du. Wir stecken da beide drin.«

Er lächelte sanft. »Ich bin gerührt.«

»Freut mich, daß du dich so gut amüsierst. Ich kann das nicht lustig finden.«

»Du hast ein Problem, Charity.«

Sie blickte ihn prüfend an. »Welches?«

»Du erkennst nicht, daß die Wahrheit in einem stillen Teich am leichtesten zu erkennen ist.«

»Was soll das im Klartext heißen?«

»Das heißt, wir beantworten Chief Tyberns Fragen wahrheitsgemäß.«

»Aber Elias ...«

»Beruhige dich. Tybern wird weder dich noch mich ins Gefängnis bringen.« Elias hielt inne. »Aber nur mal angenommen, er sperrt mich in den Knast. Würdest du mich besuchen kommen?«

»Machst du Witze?« Sie lächelte süß. »Für dich würde ich eine Feile im Kuchen einbacken.«

»Ich fühle mich geschmeichelt.«

»Das brauchst du nicht. Ich würde alles tun, um dich da herauszuholen, weil ich sonst Crazy Otis am Hals hätte, bis du wieder frei wärst.«

Otis krächzte verächtlich.

Elias blickte Charity in die Augen. »Wir müßten vor dem Gespräch mit Tybern nur eine Sache klären.«

»Ja?«

»Falls wir auf den Einbruch zu sprechen kommen, laß bitte mich reden.«

Sie schaute ihn ängstlich an. »Meinst du, dir fällt eine gute Geschichte ein?«

»Wenn nicht, kannst du mich ja retten.«

10

Das Meer schmeckt so salzig wie Blut. Beide sind lebensnotwendig.

›Der Weg des Wassers‹, aus dem Tagebuch von Haydon Stone

Hank Tybern blickte durch die tief auf der Nase sitzende Lesebrille auf seine Notizen. »Lassen Sie mich mal nachsehen, ob ich das richtig notiert habe. Sie gingen kurz nach elf Uhr zu Rick Swintons Wohnmobil und sahen eine Frau heraus…« Er unterbrach sich und blickte Elias über den Schreibtisch hinweg an. »Sind Sie sicher, daß Sie nicht wissen, wer sie war?«

Charity hielt die Luft an. Bis jetzt hatte Elias das Gespräch allein geführt. Sie mußte zugeben, daß die Befragung sehr glatt verlaufen war. So glatt wie ein stiller Teich.

»Ganz sicher«, antwortete Elias. »Ihr Gesicht war vollständig von der Kapuze ihrer Jacke bedeckt. Der einzige Grund, warum wir sie für eine Frau hielten, war die Art, wie sie sich bewegte. Allerdings deutete auch die Tatsache, daß sie aus Swintons Wohnmobil kam, darauf hin.«

Hank machte eine Grimasse. »Ja, ich habe schon gehört, daß er ein Frauenheld sein soll. Gut, Sie sahen also im Wohnmobil nach, ob Swinton dort war, und gingen anschließend zum Parkplatz zurück, um Newlin zu suchen. Sie hörten die Schreie und liefen mit den anderen los, um nachzusehen, was geschehen war. Dort schlossen Sie sich der Gruppe vor Gwendolyn Pitts Wohnmobil an, gingen hinein und sahen die Leiche. Ist das alles?«

»Ja, das ist alles«, antwortete Elias entspannt. »Charity und ich waren die ganze Zeit zusammen.«

»Gut. Weiter bringt mich das nicht, aber das soll nicht Ihr Problem sein.« Hank lehnte sich zurück. »Gibt es sonst noch etwas, das Ihnen am Ort des Verbrechens aufgefallen ist? Etwas, das mir irgendwie weiterhelfen könnte?«

Elias dachte kurz nach. »Ich habe Ihnen alles gesagt. Swinton war vor mir da. Er hockte neben der Leiche auf dem Boden. Die Voyager, die ihn begleitet hatten, standen mit anderen Leuten draußen herum. Das einzige, was mir aufgefallen ist, war ein leerer Kassettenrecorder, der in einer Schublade lag.«

Überrascht blickte Charity ihn an. »Ein Kassettenrecorder?«

Tybern beantwortete ihre Frage. »Wir haben ihn in einer halbgeöffneten Schublade gefunden. Hat nicht viel zu bedeuten, weil kein Band drin war. Scheinbar zeichnete Gwendolyn Pitt alle geschäftlichen Gespräche auf. Wir haben eine Kiste mit Kassetten gefunden, aber ich bezweifle, daß sie uns etwas nützen werden.«

Charity runzelte die Stirn. »Wäre auch zu schön gewesen, wenn sie ihren eigenen Mord aufgenommen hätte.«

»Ja.« Tybern lächelte. »Es wird einem leider nie leichtgemacht, wenn man so ein Chaos in Ordnung bringen muß. Nun, das ist eben mein Job. Ich muß aufräumen. Jetzt, wo wir die Formalitäten erledigt haben, möchte ich mich im Namen einer ganzen Menge Leute bei Ihnen bedanken, Winters.«

»Keine Ursache«, sagte Elias.

Charity blickte ihn von der Seite an. »Wofür?«

Hank zog fragend die Augenbrauen in die Höhe. »Das wissen Sie nicht? Es ist Winters Verdienst, daß die Voyager den größten Teil ihres Geldes zurückbekommen.«

»Wovon sprechen Sie?« fragte Charity.

Elias zuckte mit den Achseln. »Laß uns einfach sagen, Rick Swinton hat beschlossen, ein paar Zugeständnisse zu machen.«

»Das glaube ich nicht«, erwiderte Charity.

»Da sind Sie nicht die einzige.« Hank schmunzelte. »Alle wissen, daß Winters Swinton irgendwie überredet hat, sich anständig zu benehmen und das Vermögen der Voyager auf ein Treuhänderkonto zu überweisen. Niemand wird jetzt so dumm sein und Winters fragen, wie er das geschafft hat.«

Charity war einen Augenblick lang sprachlos. »Swinton hat die Gelder zurückgegeben?«

»Ja.« Lachfältchen bildeten sich um Hanks Augen. »Ich habe gegen Mittag mit Seth Broad von der Bank gesprochen. Er sagt, daß Swinton heute morgen zwanzig Minuten nach zehn mit Winters in die Bank kam und verkündete, daß die Voyager ihr Geld zurückbekommen sollten.«

»Erstaunlich«, hauchte Charity.

»Swinton hat ein paar hunderttausend Dollar von einer Bank in Seattle anweisen lassen und sie der Bank zu treuen Händen übergeben«, fuhr Hank fort. »Er stellte der Bank außerdem freundlicherweise eine Liste zur Verfügung, auf der die Beträge aufgeführt sind, die von den Voyagern für den sogenannten guten Zweck gezahlt wurden. Den Rest erledigt die Bank.«

Charity sah Elias an. Er lächelte geheimnisvoll. Seine Augen blickten sie warnend an.

»Das ist ja wunderbar«, sagte sie fröhlich.

»Das können Sie laut sagen.« Hank nahm einen großen Schluck aus einem weißen dickwandigen Kaffeebecher. »Wissen Sie, unter den Voyagern sind auch einige, die hier aus der Stadt stammen. Die Tochter meines Cousins wurde auch da hineingezogen, sie hat Gwendolyn über tausend Dollar gegeben. Das Geld war eigentlich fürs College bestimmt.«

Charity grinste. »Dann ist Elias jetzt wohl der Held von Whispering Waters Cove?«

»Falls er beschließen sollte, sich für die Stadtratswahl aufstellen zu lassen, wird er bestimmt gewählt.« Hank schmunzelte. »Ja, ich würde sogar auch für ihn stimmen.«

»Das wird nicht nötig sein. Ich interessiere mich nicht für Politik.« Elias stand auf. »Wenn Sie keine Fragen mehr haben, Chief, dann machen wir uns jetzt auf den Weg.«

»Das sollte genügen«, antwortete Hank. »Wenn ich noch etwas wissen möchte, rufe ich Sie an.«

»Gibt es denn schon einen Verdächtigen?« fragte Charity neugierig.

»Unter uns gesagt« – Hank blickte über den Rand seiner Lesebrille –, »gibt es mehr Verdächtige, als ich brauchen kann.«

»Komm schon, Charity, du weißt doch, daß er nicht über die Ermittlungen sprechen darf.« Elias nahm ihren Arm. »Komm, wir gehen jetzt und lassen den Mann in Ruhe seine Arbeit machen.«

Charity schaffte es, ihre Neugier im Zaum zu halten, bis sie am Bürgersteig vor der Polizeiwache angelangt waren. Während sie zu ihrem Auto schlenderten, blickte sie Elias von der Seite an. »Also, du hast letzte Nacht nur einen Blick in Swintons Wohnmobil geworfen, um nachzusehen, ob er zu Hause war?«

»Ja. Und er war nicht da.«

»Was du nicht sagst. Ich muß zugeben, Elias, das war sehr gekonnt. Du hast Chief Tybern die Wahrheit gesagt, ohne ihm alles zu verraten.«

»Glaub mir, Tybern wollte gar nicht alles erfahren. Er ist klug genug zu wissen, daß man auf einige Dinge besser nicht näher eingehen sollte. Er ist mit den Ergebnissen des heutigen Vormittags sehr zufrieden.«

»Mit anderen Worten, er verlangt nicht von dir, daß

du ihm erklärst, wie du Swinton dazu überredet hast, das Geld der Voyager zurückzugeben.«

»Ich habe Swinton nichts getan.«

»Ha! Du hast vielleicht keine Gewalt angewendet, aber ich bin sicher, daß du ihn ganz schön eingeschüchtert hast.«

»Manche Menschen lassen sich leichter einschüchtern als andere.« Elias öffnete ihr die Autotür. »Ich habe ihm gegenüber lediglich erwähnt, daß man ihn des Mordes verdächtigt, wenn er die Gelder behalten würde, die er von dem Konto der Voyager veruntreut hatte.«

Charity blinzelte. »Wow. Du spielst mit harten Bandagen.«

Er richtete sich auf und legte eine Hand auf das Autodach. Er blickte ihr forschend in die Augen, ohne seine eigenen Gedanken preiszugeben. »Stört dich das?«

»Was? Daß du Swinton überredet hast, den Voyagern das Geld zurückzugeben?« Charity lächelte. »Du machst wohl Witze, schließlich hat er das verdient. Aber ich habe noch ein paar Fragen.«

»Was für Fragen?«

»Glaubst du, Swinton ist vielleicht tatsächlich der Mörder?«

»Das bezweifle ich. Er wäre imstande, jemanden mit einem Mord zu beauftragen, aber ich denke nicht, daß er selbst dazu fähig wäre. Er ist ein Betrüger, aber er hat nicht die Nerven, Gewalt anzuwenden. Das wäre ihm zu riskant.«

»Du klingst sehr überzeugt.«

»Niemand kann einen anderen Menschen hundertprozentig richtig einschätzen. Aber ich halte es für unwahrscheinlich, daß Swinton der Mörder ist. Was ist deine nächste Frage?«

»Warum hast du das getan?« fragte sie leise. »Warum hast du Swinton herausgefordert und ihn gezwungen, das Geld herauszugeben? Außer Arlene kennst du keinen Voyager, und sie kennst du auch nur flüchtig. Es gab keinen Grund, dich da einzumischen.«

Er schwieg einen langen Augenblick. Charity konnte spüren, wie er sich zurückzog.

Vielleicht wußte er die Antwort auf ihre Frage selbst nicht, dachte sie. Und vielleicht gefiel ihm nicht, daß er sie nicht wußte.

»Der Fluß der Gerechtigkeit fließt durch viele Kanäle«, sagte er schließlich in einem sehr ausdruckslosen Tonfall. »Einige sind leicht zu erkennen, andere müssen sich dem Betrachter erst öffnen.«

»Vergiß, daß ich gefragt habe.« Charity lächelte. »Ich weiß, warum du es getan hast.«

Sein Blick verengte sich. »Warum?«

Sie stellte sich auf die Zehen und berührte sein Gesicht sanft mit den Fingerspitzen. »Weil du wahnsinnig süß bist.«

»Süß?«

»Ja. Süß.« Sie tätschelte seine Wange. Dann küßte sie ihn leicht auf den Mund, machte einen Schritt zurück, um den erstaunten Ausdruck in seinen Augen zu betrachten, und stieg schnell in den Wagen ein.

Sie drehte den Schlüssel in der Zündung um und gab Gas. Irgendwie schien es ratsamer zu sein, nicht länger zu bleiben.

Süß.

Elias betrachtete die Curry-Paste, die er gerade zubereitete. Er hatte sie bereits weit schärfer gemacht, als im Rezept stand, aber er fügte trotzdem noch ein paar der intensiv schmeckenden, roten Chilischoten hinzu.

Was immer Charity über das heutige Abendessen sagen würde, sie würde es unmöglich ›süß‹ nennen können. Er hatte den ganzen Tag überlegt, was er kochen würde.

Als Hauptgericht würde es ein feurig-scharfes Kartoffel-Kichererbsen-Curry geben. Dazu würde er einen Salat mit Pfefferdressing servieren und zum Nachtisch ein besonders herbes Limonensorbet.

»Das ist ein Kampf, Otis.«

Der Papagei, der auf seinem Käfig hockte, nickte und krächzte böse.

Elias hielt eine besonders dicke Chilischote hoch. »Du bist mein Zeuge, Otis, sie soll mich nie mehr süß nennen.«

»Hä, hä, hä.«

Elias verstand immer noch nicht, warum ihn der Ausdruck so verärgerte. Er wußte nur, daß er innerlich kochte, seit ihn Charity gestern nachmittag wie einen besonders braven Hund getätschelt, ihm einen flüchtigen Kuß gegeben, gelächelt und ihn ›süß‹ genannt hatte.

Er war sich ziemlich sicher, daß Frauen das Wort süß für Babys, Welpen und Brüder benutzten.

Süß. Es war ein unangenehmes, beunruhigendes Wort. Es war ein langweiliges, blödes Wort. Und es ließ ihm kalte Schauer über den Rücken laufen.

Charity stiegen Tränen in die Augen, als sie den ersten Bissen Curry probierte. Sie versuchte sich zu beherrschen, legte die Gabel beiseite und nahm rasch einen Schluck Wein.

»Ich habe ein wenig mit dem Rezept herumexperimentiert«, murmelte Elias.

»Sehr schmackhaft.« Sie trank noch einen Schluck Wein in der Hoffnung, dieses Feuer in ihrem Mund zu löschen.

»In der Curry-Paste sind drei verschiedene Sorten Chilischoten.«

»Das schmeckt man.«

»Ist es nicht zu scharf?«

Sie lächelte grimmig und stellte das Weinglas auf den

niedrigen Tisch zurück. »Es wird einem heißer dabei, als wenn man auf dem Vulkan St. Helens säße, und das weißt du auch.«

Elias schien zufrieden. »Probier doch mal den Salat.«

Vorsichtig aß sie einen Happen. Die Salatsoße war fast so scharf wie das Curry. Sie holte tief Luft und schluckte das brennende Grünzeug hinunter. »Pikant.«

Er runzelte nachdenklich die Stirn. »Findest du das Dressing nicht einen Hauch zu süß?«

»Zu süß?« In Charitys Kopf läuteten Alarmglocken. Süß? Sie nahm ein Stück Maisbrot. »Nicht im geringsten.«

»Was ist mit dem Brot? Ich mag gesüßtes Brot nicht.«

Charity schluckte und holte noch einmal tief Luft. »Du brauchst dir um das Maisbrot keine Gedanken zu machen. Die Chilis darin überdecken jeglichen Anflug von Süße.«

Seine Augen glänzten. »Vielen Dank.«

Sie dachte kurz über seinen Gesichtsausdruck nach, erkannte die Herausforderung und nahm wieder die Gabel zur Hand. Sie wußte nicht genau, was hier vor sich ging, aber sie würde jeden einzelnen Bissen auf ihrem Teller essen, auch wenn sie dabei explodieren sollte.

Das Geräusch eines nahenden Autos bot eine willkommene Ablenkung.

»Du hast Besuch«, verkündete Charity erleichtert. Sie legte die Gabel beiseite.

Der Glanz verschwand aus Elias' Augen. Der wohlbekannte, verschlossene Gesichtsausdruck kehrte zurück. »Ich erwarte keine weiteren Gäste.«

Eine Autotür wurde zugeschlagen. Einen Augenblick später klopfte jemand laut an der Hintertür der Küche.

»Bin gleich zurück.« Elias erhob sich von dem niedrigen Sitzkissen. »Iß ruhig das Curry auf, sonst wird es kalt.«

»Keine Sorge, daran würde man sich noch verbrennen, wenn es tausend Jahre lang eingefroren wäre.«

Elias' Mundwinkel hob sich leicht. Er ging durch das Zimmer in die Küche und öffnete die Hintertür.

»Entschuldigen Sie bitte die Störung, Winters.« Es war Leighton Pitt. »Kann ich Sie kurz sprechen?«

»Ich habe gerade Besuch.«

»Es ist sehr wichtig«, murmelte Leighton.

Charity drehte sich um. »Hallo, Leighton. Es tut mir sehr leid, was mit Gwendolyn passiert ist. Ich weiß, daß Sie geschieden sind, aber es muß trotzdem ein furchtbarer Schock für Sie gewesen sein.«

»Guten Abend, Charity.« Leighton nickte geistesabwesend, während er das Haus betrat. Die Augen hinter der Pilotenbrille blickten verstört. »Das war wirklich ein Schock. Hören Sie, ich möchte Sie wirklich nicht stören, aber ich muß dringend mit Winters sprechen, wenn Sie nichts dagegen haben.«

»Nein, natürlich nicht«, erwiderte Charity.

Elias schloß die Tür hinter Leighton. »Reden Sie ruhig. Ich habe keine Geheimnisse vor Charity.«

Leighton schaute finster drein. »Es geht ums Geschäft, Winters.«

»Das Wasser und die geschäftlichen Angelegenheiten haben einiges gemeinsam«, sagte Elias. »Sie sind nicht so einfach zu verstehen, wie es im ersten Moment erscheinen mag.«

Leighton starrte ihn an. »Wie bitte?«

»Achten Sie nicht darauf, Leighton.« Charity deutete auf ein Kissen. »Er verfällt manchmal in diese Redeweise. Setzen Sie sich doch.«

Leighton ging auf sie zu und blieb stehen, als er die zwei Kissen auf dem Boden sah. »Ist schon in Ordnung, ich stehe lieber.«

»Als erstes ziehen Sie bitte die Schuhe aus«, sagte Elias.

»Hä?«

»Ihre Schuhe. Sie können sie neben die Tür stellen.«

Leighton starrte amüsiert auf Charitys bloße Füße und sah dann, daß auch Elias barfuß war. Ungelenk streifte er die Wildlederslipper ab.

Charity entging nicht, daß der reichste Mann der Stadt Löcher in den Strümpfen hatte.

Elias ging federnd an Leighton vorbei und setzte sich wieder. Er ließ sich mit einer mühelosen Bewegung zu Boden gleiten. »Worüber wollten Sie mit mir reden, Pitt?«

Leighton blickte unsicher in Charitys Richtung und schien sich dann zu sammeln. »Lassen Sie mich ganz deutlich werden, Winters. Ich möchte mich an der Sache beteiligen, die Sie hier für die ausländischen Investoren planen. Ich habe auch etwas beizutragen, denn ich habe Insiderinformationen, die Sie brauchen werden, um das Projekt durchzuziehen.«

»Es gibt kein Projekt.«

»Erzählen Sie doch keinen Blödsinn«, sagte Leighton unwirsch. »Ich weiß, daß Sie etwas mit dem Pier vorhaben. Die ganze verdammte Stadt weiß es. Weihen Sie mich ein. Es wird sich lohnen, mich mit an Bord zu nehmen.«

»Ich habe Crazy Otis Landing weder für Investoren noch für sonst jemanden gekauft«, sagte Elias ruhig.

»Lassen Sie mich die Karten offen auf den Tisch legen.« Leighton ging im Zimmer auf und ab. »Ich muß zugeben, daß ich in einer finanziellen Zwangslage stecke.«

Elias sah ihn prüfend an. »In einer Zwangslage?«

»Gwen hat mich tüchtig reingelegt.« Leighton preßte den Mund zusammen. »Sie hat ihre Rache bekommen, genau wie sie es mir bei unserer Scheidung geschworen hat. Sie hat mich ruiniert, und ich war so blind und habe es nicht vorausgesehen, bis es zu spät war.«

Charity beobachtete Leighton, der ein Taschentuch herauszog und sich die Stirn abwischte. »Was meinen Sie?«

»Sie hat mich an der Nase herumgeführt.« Leighton drehte sich um und ging schweren Schrittes in die andere Richtung zurück. »Ein Riesenbetrug, und ich bin darauf reingefallen. Mir bleibt fast nichts mehr. Jennifer wird mich wohl verlassen, wenn ich nicht wieder aus diesem Sumpf herauskomme. In letzter Zeit ist unser Verhältnis etwas angespannt. Das wird uns nun völlig auseinanderreißen.«

»Wie hat Gwen Sie betrogen?« fragte Elias.

Leighton holte tief Luft. »Vor ein paar Monaten bekam ich einen Anruf von jemandem, der vorgab, ein Bauplaner aus Kalifornien zu sein. Dieser Typ behauptete, seine Firma wolle Grundstücke mit Blick aufs Meer kaufen, um darauf einen Golfplatz und ein Kurhotel zu errichten. Eventuell würden sie außerdem eine ganze Reihe Ferienhäuser bauen wollen. Natürlich wollte er die Grundstücke zu einem vernünftigen Preis.«

»Natürlich«, sagte Elias. »Und man hatte Sie kontaktiert, um unauffällig große Mengen Land zu erwerben.«

»Jetzt ist mir klargeworden, daß der Anrufer wahrscheinlich Rick Swinton war, obwohl ich das nicht beweisen kann. Auf jeden Fall hielt ich es für das Geschäft meines Lebens. Wissen Sie, Gwen und ich besaßen immer noch gemeinsam den alten Campingplatz auf der Klippe. Es war das einzige Grundstück, das wir bei der Scheidung nicht verkauft haben. Wir waren uns einig, daß es später einmal sehr wertvoll sein würde und wollten es deshalb behalten.«

»Ich weiß«, sagte Elias.

»Erstklassiger Ausblick. Natürlich wollte der Anrufer es haben. Ich dachte mir, ich müßte Gwen nur überreden, mir ihre Hälfte zu verkaufen. Dann würde ich das gesamte Grundstück an den Bauplaner verkaufen.«

»Für ein kleines Vermögen?« wollte Charity wissen.

Leighton warf ihr rasch einen Blick zu. »Sagen wir einmal, für eine hübsche Summe. Aber bevor ich Gwen ein Angebot machen konnte, tauchte sie hier mit diesen verdammten Voyagern auf. Ich wurde einfach nicht schlau aus der ganzen Sache. Dann wurde mir klar, daß sie diese Leute, die dumm genug waren, an außerirdische Raumschiffe zu glauben, um ihre Ersparnisse erleichterte.«

»Haben Sie Gwen auf den Verkauf ihrer Hälfte am Campingplatz angesprochen?« wollte Charity wissen.

»Natürlich.« Leighton winkte ab. »Ich dachte mir, wir könnten Geschäfte miteinander machen, trotz der Vergangenheit. Was man auch immer über Gwen denken mochte, sie war eine erstklassige Geschäftsfrau.«

»Was ist passiert?« fragte Elias.

Leighton schüttelte den Kopf. »Sie gab sofort zu, daß sie versuchte, die Voyager hereinzulegen. Gwen meinte, die würden bekommen, was sie verdienten. Ich sagte ihr, daß ich ihre Hälfte des Campingplatzes kaufen wollte. Sie war einverstanden unter der Bedingung, daß sie das Grundstück bis zum fünfzehnten August benutzen durfte. Sie meinte, sie bräuchte bis Mitte August, um genug Geld für eine geplante Investition zu sammeln. Wir waren handelseinig. Das dachte ich zumindest.«

»Sie war also einverstanden, Ihnen ihren Anteil am Campingplatz zu verkaufen?«

»Richtig.« Wieder wischte Leighton sich über die Stirn. »Ich habe ihr einen guten Preis für ihren Anteil geboten.«

»Das heißt, Sie boten ihr eine Summe, die auf den aktuellen Grundstückspreisen von Whispering Waters Cove beruhte.« Elias nahm einen Schluck Wein. »Und nicht soviel, wie das Land für einen Bauplaner wert sein würde.«

Leighton schaute grimmig drein. »Geschäft ist Geschäft.«

Elias zuckte mit den Schultern. »Wasser ist Wasser, und trotzdem ist keine Welle wie die andere. Manche brechen sich sanft am Strand. Unter anderen verstecken sich Flutwellen, die den Unachtsamen ins Meer hinausreißen.«

Leighton wirkte etwas verblüfft. »Hm. Nun, um es kurz zu machen, Gwen kam vor ein paar Wochen zu mir und sagte, sie hätte Gerüchte über ein Bauvorhaben gehört. Die Tatsache, daß Sie in der Stadt wären, Winters, bedeute, daß etwas wirklich Großes geplant sei. Ich dachte, sie wollte unsere Abmachung für null und nichtig erklären.«

Charity spielte mit ihrer Gabel. »Aber statt dessen verlangte sie bloß einen höheren Preis für ihren Anteil am Campingplatz, stimmt's?«

Leighton runzelte die Stirn. »Woher wissen Sie das?«

»Nun, ich habe es irgendwie geahnt«, erwiderte Charity sanft.

»Hätte ich das bloß getan.« Leighton seufzte tief. »Gwen wollte das Fünffache der Summe, die ich ihr für das Grundstück geboten hatte. Ich sagte, das sei es nicht wert. Sie behauptete, daß es den Informationen zufolge, die sie über Elias Winters hatte, zehnmal soviel wert sei.«

»Sie hat Sie davon überzeugt, daß Sie beim Weiterverkauf an einen Bauplaner immer noch ein Vermögen verdienen würden, selbst wenn Sie ihr das Fünffache zahlten?« fragte Charity.

»Ich weiß, rückblickend hört sich das verrückt an.« Leighton ballte die weiche Hand zu einer Faust. »Aber nicht nur Gwen hat ständig Druck auf mich ausgeübt. Ich bekam fast täglich Anrufe von dem angeblichen Bauplaner.«

Elias sah ihn an. »Von Swinton?«

»Wahrscheinlich. Er erhöhte jedesmal sein Angebot, wenn ich nur das gesamte Grundstück an ihn verkaufte. Er meinte, seine Firma wolle sichergehen, daß sie es vollständig bekam, und behauptete, sie wäre bereit, einen hohen Preis für den alten Campingplatz zu zahlen, wenn das Geschäft diskret abgewickelt würde, damit die Preise der umliegenden Grundstücke nicht in die Höhe gingen.«

Charity blickte ihn prüfend an. »Sie erhöhten also Ihr Angebot an Gwendolyn?«

Leighton fröstelte. »Ich dachte, ich müßte das Grundstück bekommen, egal wieviel es mich kosten würde. Ich war wie besessen und verlor völlig den Verstand. Dann rief der Vertreter des Bauplaners wieder an und bot mir an, Partner in dem Geschäft zu werden.«

Elias sah ihn durchdringend an. »Sie mußten nur einen großen Anteil an der Gesamtinvestitionssumme vorschießen, richtig?«

Leighton schloß die Augen. »Ich hatte mich in eine verdammt schwierige Lage manövriert.«

»Lassen Sie mich raten, was als nächstes passierte«, sagte Elias. »Sie gaben ihnen Ihr gesamtes Geld und nahmen zusätzlich einen Kredit auf, damit Sie Ihren Anteil finanzieren konnten.«

»So war es, ja«, gab Leighton zu. »Ich hab' mich da total übernommen. Am Morgen des fünfzehnten schlossen wir das Geschäft ab. Die Gelder wurden noch am selben Tag auf das Konto des angeblichen Bauplaners transferiert. Nachmittags besuchte mich Gwen, um sich an meinem Unglück zu weiden.«

»Da hat sie Ihnen dann auch gesagt, daß Sie von ihr an der Nase herumgeführt wurden«, schloß Elias.

Leighton ließ den Kopf sinken. Er stand vor dem Fenster und starrte niedergeschlagen in den Garten. »Sie hat mir alles genommen, was ich besaß. Ich werde Konkurs anmelden müssen. Jennifer ist völlig außer sich. Schwer zu glauben, aber ich habe das Gefühl, sie hat mich nur wegen des Geldes geheiratet.«

Charity blickte an die Decke und sagte nichts.

»Ist Ihnen klar«, fragte Elias leise, »daß das, was Sie uns gerade erzählt haben, in den Augen vieler Menschen ein Motiv für den Mord darstellt?«

Leighton wirbelte herum, seine Augen vor Entsetzen weit aufgerissen. »Ich habe Gwen nicht umgebracht! Einen Augenblick lang wollte ich es weiß Gott tun, aber das habe ich nicht.«

»Beruhigen Sie sich«, sagte Elias beschwichtigend. »Ich erhebe hier keine Anschuldigungen. Es ist Chief Tyberns Aufgabe, die Alibis zu untersuchen. Aber an Ihrer Stelle würde ich mir ein gutes Alibi besorgen.«

»Ein Alibi?« Leighton war sichtlich aufgewühlt. »Aber in der Nacht, als Gwen ermordet wurde, war ich gar nicht in der Nähe des Campingplatzes. Ich bin ausgegangen und habe mich in der Cove Tavern bis zur Besinnungslosigkeit betrunken. Irgendwann gegen Mitternacht bin ich dann nach Hause getorkelt.«

Elias zuckte mit den Achseln. »Wie gesagt, das müssen Sie nur Tybern erklären.«

Leighton machte einen Schritt nach vorn und blieb stehen. »Ich bin hergekommen, weil ich völlig verzweifelt bin. Ich bitte Sie auf Knien, lassen Sie mich an dem Projekt teilhaben, das Sie für Ihre Kunden vorbereiten.«

Elias erhob sich langsam. »Zum letztenmal, es gibt kein Projekt. Es tut mir leid, Pitt. Ich kann Ihnen nicht helfen.«

Leighton schüttelte ungläubig den Kopf. »Es muß noch etwas übrig sein. Jennifer wird mich verlassen, ich weiß es. Es fällt mir schwer, das zuzugeben, aber ich … ich glaube, sie hat einen anderen.«

Charity war sehr beunruhigt, als sie sah, wie deprimiert Leighton aussah. Sie blickte Elias an. »Die Voyager werden zumindest einen Teil ihres Geldes zurückbekommen. Vielleicht könnte Leighton ebenfalls eine Forderung für seine Verluste anmelden.«

Elias schüttelte den Kopf. »Leightons Geld ist weder auf das Konto der Voyager noch auf Swintons Konto eingegangen. Ich habe die letzten Buchungen überprüft. Am fünfzehnten August gab es keine einzige Buchung. Außerdem liegen auf diesen Konten nur ein paar hunderttausend. Keine Beträge von dem Ausmaß, das Leighton gerade beschrieben hat.«

»Gwendolyn veranlaßte diese Scheinfirma, das Geld am gleichen Tag auf ihr Privatkonto und nicht auf ihr Geschäftskonto zu überweisen«, sagte Leighton. »Es wird Teil ihrer Hinterlassenschaft werden. Wir hatten keine Kinder, sie hat jedoch ein paar Geschwister. Die werden alles erben. Seit der Scheidung konnten sie mich nicht ausstehen, und deshalb werden sie mir bestimmt keinen Cent von dem Geld zurückgeben.«

Charity biß sich auf die Lippe. »Sie sitzen ganz schön in der Tinte, Leighton.«

»Ich muß ganz von vorne anfangen«, flüsterte er. »Und das in meinem Alter, nicht zu fassen.«

Er drehte sich um und ging zur Tür.

»Vergessen Sie Ihre Schuhe nicht«, sagte Charity.

»Was? Oh, meine Schuhe.« Mühsam zog er die Slipper wieder an. Dann öffnete er die Tür und ging schweren Schrittes in die Nacht hinaus.

Es war ganz still. Charity wartete, bis sie Leightons Wagen wegfahren hörte. Sie sah Elias über den niedrigen Tisch hinweg in die Augen. »Was hältst du davon?«

»Ich denke, Tybern hatte wohl recht, als er sagte, er hätte mehr Verdächtige, als er brauchen könnte.«

»Glaubst du wirklich, Leighton könnte Gwendolyn getötet haben?«

»Er hatte einen guten Grund dazu.« Elias stand auf und räumte die Teller ab. »Aber den haben andere Leute auch, all die enttäuschten Voyager mit eingeschlossen. Bereit fürs Dessert?«

»Kommt darauf an. Was gibt es denn? Pfefferschoten mit Meerretticheis gefüllt?«

»Keine Angst.« Elias stellte die Teller in die Spüle und öffnete das Eisfach des alten Kühlschranks. »Nur ein wenig selbstgemachtes Limonensorbet.«

Crazy Otis schlug mit den Flügeln und sah Charity böse an. »Hä, hä, hä.«

Charity stand auf, nahm das restliche Geschirr vom Tisch und ging zu Elias in die Küche. »In Ordnung, ich probiere das Sorbet. Aber jetzt mal ehrlich, bist du nun zufrieden, Elias?«

»Nein.«

Er holte das Sorbet aus dem Eisfach, nahm einen Löffelvoll und drehte sich zu Charity.

»Hier, probier mal«, sagte er mit tiefer, sinnlicher Stimme. »Das beruhigt den Gaumen.«

Charity verschränkte die Arme vor der Brust und lehnte sich mißtrauisch gegen die Kühlschranktür. »Ja, sicher.«

Elias drückte den Löffel spielerisch gegen ihre Unterlippe. »Schön weit aufmachen.«

Der Limonenduft war erfrischend. Wider besseres Wissen öffnete Charity die Lippen.

Elias lächelte milde. Sein Blick verengte sich, als er den Löffel in ihren Mund gleiten ließ.

Der Limonengeschmack explodierte auf ihrer Zunge, eisige Feuerwerke verwirrten ihr die Sinne. Sie holte tief Luft und beobachtete, wie auch er einen Löffel Sorbet aß.

»Könntest du mir vielleicht sagen, was das soll?« fragte sie.

»Hier geht es darum, nicht süß zu sein.« Elias legte den Löffel auf die Küchentheke und drehte sich wieder zu ihr um. Er stemmte beide Hände rechts und links von ihrem Kopf gegen die Kühlschranktür.

Charitys Puls begann zu rasen. Sie erzitterte vor Aufregung. »Was ist nicht süß?«

»Ich. Wir. Unsere Beziehung. Was auch immer sie verflucht noch mal ist, sie ist nicht süß.«

Er ließ einen bloßen Fuß zwischen ihre Schenkel gleiten, küßte sie fest auf den Mund und drückte sie gegen die Kühlschranktür.

11

Der Betrachter sollte wissen, daß Wellen in einem aufgewühlten Gewässer an Felsen brechen.

›Der Weg des Wassers‹, aus dem Tagebuch von Haydon Stone

Ihr Mund war immer noch kühl und schmeckte nach Limonensorbet. Elias spürte, wie Charitys Lippen den seinen nachgaben. Er hörte einen leisen unterdrückten Schrei des Entzückens, als sie seinen Kuß erwiderte. Erregung ergriff von seinem Innersten Besitz.

»Aber wir haben den Nachtisch noch gar nicht aufgegessen«, flüsterte sie.

»Das hier ist der Nachtisch. Wie gesagt, das wird nicht süß.« Er nahm die Hände von der Kühlschranktür und umfaßte ihre Taille.

Er hob sie hoch, drückte ihren Rücken gegen die weiße glatte Oberfläche und benutzte sein Körpergewicht, um sie dort festzuhalten. Seine Hände glitten an ihrem Körper hinab. Sie krallte sich fest, grub die Hände in sein Haar und küßte ihn mit sanfter Begierde.

In ihm brannte ein heißeres Feuer, als es das schärfste Pfeffercurry je entfachen könnte. Elias legte die Hände unter die Rundungen ihrer Schenkel und drückte sie zärtlich. Dann reichte er hinunter und suchte den Saum ihres Rocks.

Er hörte sie heftig atmen, als er den Stoff hochhob und um ihre Hüften legte. Sie trug keine Strümpfe. Ihre Haut fühlte sich glatt und warm und unglaublich zart an.

»Schling die Beine um mich«, flüsterte er.

»Das geht nicht.«

»Halt dich fest.«

Er spürte ihre zitternde Erregung und kostete sie aus. Ein fester, wohlgeformter Schenkel glitt langsam der Länge nach an seinem Bein hoch. Die köstliche Zärtlichkeit hätte ihn fast zum Höhepunkt gebracht. Er kämpfte um seine Selbstbeherrschung.

»Und jetzt das andere«, hauchte er in ihren Nacken. »Du kannst nicht fallen, ich halte dich.«

»O Gott.« Sie hing an ihm und umschloß ihn mit ihren bloßen Beinen.

Der lange, türkisblaue Rock lag wie eine tropische Lagune um ihre Hüften. Der Duft ihrer Erregung war wie eine Droge, die seine Beherrschung bedrohte.

»Elias.« Charity schlang die Beine noch fester um ihn, während er über die Innenseite ihrer Schenkel strich. Ihre Hände gruben sich in seine Schultern. »O mein Gott.«

Er ließ zwei Finger unter den Bund ihres Höschens gleiten und streichelte sie fest. Sie war naß und eng. Er spürte, wie seine Erektion gegen die Jeans drückte.

Charity ließ seinen Kopf los und riß an seinem Hemd. Es gelang ihr, es zu öffnen und sofort ließ sie ihre warmen Hände über seine Brust gleiten. Er hielt den Atem an.

»Du fühlst dich gut an.« Ein Drängen lag in ihrer Stimme. »Sehr hart. Sehr stark.«

»Nicht zu groß?«

Sie lachte erstickt. »Genau richtig. Perfekt.«

»*Du* fühlst dich gut an.« Er umfaßte die rundlichen, heißen Falten, die Pforten zu ihren intimsten Geheimnissen. »Tropfnaß, um genau zu sein.«

»Das ist nicht gerecht. Du bist in der stärkeren Position. Laß uns ins Schlafzimmer gehen.«

»Nein, wir bleiben hier. Mach meine Hose auf.«

Ihre Hand glitt zum Reißverschluß hinab. Sie befreite ihn, nahm ihn in die Hand und hielt inne.

»In der Brusttasche. Du bist dran.«

Die Berührung war fast zuviel für ihn. Er schloß die Augen und sammelte sich.

»War das etwa geplant?« Sie hörte sich halb amüsiert, halb schockiert an, während sie das Päckchen aus der Tasche zog.

Er öffnete die Augen und sah sie an. »Sagen wir einfach, ich wollte auf alles vorbereitet sein.«

»Du warst wohl bei den Pfadfindern.«

»Nein.« Er streichelte ihre erregte Klitoris. »Laß dir versichert sein, ich war niemals bei den Pfadfindern.«

»Elias.« Sie umschlang ihn noch fester mit den Beinen.

Er spürte, wie ihre Hände zitterten. Sie war nicht in der Lage, diese kleine Aufgabe zu bewältigen. »Gib es mir.«

Rasch gab sie ihm das Päckchen. Er öffnete es mit den Zähnen und streifte das Kondom mit einer Hand über. Er sah, wie sich ihre Augen weiteten, als er sie auf seine Erektion setzte.

Sie krallte die Hände in seine Schultern. Ihr Kopf fiel in den Nacken. Ihr geflüstertes Stöhnen war unglaublich erotisch. Jede Faser seines Körpers gierte nach ihr. Er mußte all seine Beherrschung aufbringen, um den Höhepunkt hinauszuzögern.

Er kniete sich hin, während Charity sich um seine Taille klammerte. Er legte sie auf den Holzboden und drang tief in sie ein. Sie umschloß ihn mit solch verführerischer Kraft, daß er fast explodierte.

»Ja, ja, Elias! Mach weiter. Ich will dich so sehr.«

Wilde Verzweiflung ergriff ohne Vorwarnung von ihm Besitz. Er streifte die letzten Fesseln der Selbstbeherrschung ab und drang wieder und wieder in sie ein, bis ihre Umklammerung noch stärker wurde.

Sie erreichte den Höhepunkt, der ihren Körper durchfuhr und ihn mitriß. Er küßte sie, um den leisen Schrei zu genießen.

Die Befreiung, die ihn durchströmte, enthielt sowohl Selbstaufgabe als auch ein Gefühl des Siegens. Es war unmöglich zu sagen, wo das eine aufhörte und das andere begann. Das einzig Wichtige in diesem Moment war, daß er Charity so nahe war wie nur irgend möglich.

Nach einer langen Weile bewegte sie sich unter ihm. »Okay, süß war das nicht.«

Elias hob den Kopf und nahm ihr Gesicht in die Hände. »Nein.«

Sie lächelte geheimnisvoll. »Was ist es dann?«

Die Frage erstaunte ihn. Er kannte die Antwort nicht. Er flüchtete sich an den Ort, der ihn nie enttäuscht hatte, wo er stark war und es auf alle Fragen eine Antwort gab: Tal Kek Chara.

»Die Transparenz des Wassers wird am besten durch das beschrieben, was sie nicht ist.«

Sie legte eine Hand auf seinen Mund. »Vergiß, daß ich gefragt habe.«

Sie lächelte immer noch, aber in ihren Augen lag eine gewisse Wehmut. Das gefiel Elias nicht. Er erhob sich, half Charity auf, legte den Arm um sie und ging mit ihr Richtung Schlafzimmer. Bei Otis' Käfig blieb er stehen und legte ein Tuch darüber. Otis saß schon im Käfig. Er wandte Charity und Elias den Rücken zu und krächzte grimmig vor sich hin.

»Es ist ihm peinlich«, flüsterte Charity.

»Er ist eigentlich ein ziemlich prüder Vogel«, sagte Elias, während er das Tuch herunterzog. »Das ist wohl Haydons Einfluß.«

Die Angst kam im Traum. Sie bekam keine Luft mehr. Sie fühlte sich eingeschlossen.

Charity wachte plötzlich auf, die Sinne bis zum äußersten angespannt. Sie öffnete den Mund, um zu schreien, aber der Schrei blieb ihr im Hals stecken.

Daß Elias ihr den Mund zuhielt, war der erste Hinweis darauf, daß es sich nicht um eine gewöhnliche Panikattacke handelte. Vielmehr gab es ein weit ernsteres Problem.

Sie öffnete die Augen und starrte ihn an. Sie hatte Angst. Er hielt sie mit seinem Körpergewicht gegen den Futon gepreßt. In der Dunkelheit konnte sie kaum sein Gesicht erkennen. Er blickte Richtung Schlafzimmertür.

Charity vernahm ein leises Knarren. Holz gegen Holz. So hörte sich ein altes Fenster an, wenn es langsam aufgeschoben wurde. Otis pfiff kurz fragend aus seinem Käfig. Das Knarren hörte für einen Augenblick auf.

Dann fing es wieder an.

Elias senkte den Kopf und flüsterte in Charitys Ohr. »Bleib hier.«

Sie nickte rasch, damit er sah, daß sie verstanden hatte. Aus unerfindlichen Gründen hatte die unmittelbare Gefahr eine beruhigende Wirkung. Sie konnte damit fertig werden. Sie war hellwach, ihre Hände zitterten, aber hysterisch war sie nicht.

Elias nahm die Hand von ihrem Mund und erhob sich geräuschlos von dem Futon. Als er am Fenster vorbeiging, sah sie etwas in seiner Hand. Er hatte es wohl aufgehoben, als er aufstand. Es sah aus wie der Lederriemen, den er immer um die Taille trug.

Aus dem Nebenraum hörte man einen dumpfen Schlag. Jemand kletterte durch das vordere Fenster ins Haus.

Charity starrte auf Elias' Schatten. Er hatte sich gegen die Wand neben der halbgeöffneten Tür gedrückt. Sie konnte seine nackten Schultern kaum ausmachen.

Ihr war kalt. Spannung ergriff von ihrem ganzen Körper Besitz. Ihre Hände kribbelten. Ihr war schlecht. Aber sie war nicht dabei, die Nerven zu verlieren.

Der schmale Lichtstrahl einer kleinen Taschenlampe glitt an der Tür vorbei. Otis krächzte wieder kurz.

Elias wartete, bis die Tür wieder im Dunkeln lag und glitt hindurch.

Jetzt hätte Charity fast geschrien. Ihr Mund öffnete sich. Sie wollte Elias zurufen, wieder ins Schlafzimmer zurückzukommen und sich in Sicherheit zu bringen.

Sie zwang sich, ruhig zu bleiben. Selbst im Schlafzimmer wäre er nicht sicher gewesen.

»Was, zum Teufel? Lenny, paß auf. Da ist jemand ...«

»Hört sich an wie ein Vogel.«

»Das ist kein verdammter Vogel!« rief ein Mann laut.

»Himmel, was ist das? Schnapp ihn dir. Los, mach schon.«

Charity hörte einen krachenden Schlag. Sie stand auf und zog sich das Hemd an, das Elias über die Kommode gehängt hatte. Es reichte ihr fast bis zu den Knien.

»Lenny? Lenny? Wo, zum Teufel, bist du?«

Kein Laut von Lenny.

Kein Laut von Elias.

Noch ein Schlag.

Charity erinnerte sich an die schwere Glasschale auf dem niedrigen Tisch im Wohnzimmer. Sie war der einzige Gegenstand, der als Waffe dienen könnte.

Sie holte tief Luft und lief durch die Tür. Sie stolperte über ein Kissen und fiel auf den niedrigen Tisch.

Sie hörte, wie jemand sich hinter ihr bewegte. Ihre Fingerspitzen hatten gerade nach den Rand der Schale ertastet, als ein Mann ihr die Kehle zudrückte.

»Nein! Laß mich los!« Charity versuchte, sich zu befreien.

Gewaltsam wurde sie hochgerissen und gegen einen schwitzenden Körper gepreßt.

»Bleib stehen, Arschloch«, rief der Mann, der wohl Lenny hieß, in die Dunkelheit. »Ich hab' deine Freundin. Eine Bewegung, und ich brech' ihr das Genick, ich schwör's dir.«

Man hätte eine Stecknadel fallen hören können. Charity rang nach Luft. Lenny war ein kräftiger Bär von einem Mann. Sie hatte Angst.

»Gut«, sagte Elias mit merkwürdig gefaßter Stimme. »Ich bin ganz ruhig.«

»Mach das Licht an«, befahl Lenny mit zitternder Stimme. »Schön langsam.«

Klick. Es wurde hell. Charity blinzelte geblendet. Lennys Griff wurde noch fester.

»Laß sie los.« Elias stand an der Tür neben dem Lichtschalter an der Wand. Auf dem Boden lag bäuchlings ein Mann und rührte sich nicht.

Charity war nahe daran, in hysterisches Gelächter auszubrechen. Elias war als einziger im Zimmer völlig nackt. An seinem Handgelenk baumelte der harmlos aussehende Lederriemen, den er sonst immer um die Taille trug.

»Einen Teufel werde ich tun.« Lenny machte einen Schritt zurück und zog Charity mit sich. »Hältst mich wohl für blöd, was?«

»Du wirst nicht weit kommen, wenn du versuchst, sie mitzunehmen. Laß sie los und lauf weg.«

»Ich brauche sie, um dich daran zu hindern, mir zu folgen. Geh von der Tür weg«, fauchte Lenny. »Los, mach schon.«

Elias ging zwei Schritte von der Tür weg.

Lenny stieß Charity Richtung Tür. Sie versuchte, sich ganz schwer zu machen.

»Hör auf damit, du blöde Ziege.« Lenny drückte fester zu. Er blickte zu Elias hinüber. »Los, beweg dich. Geh weiter zurück. Ich möchte nicht, daß du auf dumme Gedanken kommst.«

Elias wich einen weiteren Schritt zurück. Er sah Charity kurz an, während Lenny sie an ihm vorbeischleppte. Sie blickte in seine Augen und wußte nicht, ob sie die beherrschte Wildheit in seinem Gesicht beruhigte oder völlig in Panik versetzte. Er richtete seine Aufmerksamkeit wieder auf Lenny, bevor sie sich entscheiden konnte.

Lenny streckte eine Hand nach der Türklinke aus.

Elias machte eine Bewegung. Der Lederriemen, der bis jetzt lose an seinem Handgelenk gebaumelt hatte, schlug derart blitzschnell zu, daß Charity gar nicht genau sah, was passierte.

Sie spürte den kräftigen Ruck, der Lennys Körper durchfuhr, während sich das Leder um seinen ausgestreckten Arm wickelte. Er schrie auf und ließ sie reflexartig los, um sich von dem Riemen zu befreien.

Charity sprang zur Seite. Elias streifte sie, als er auf Lenny zulief.

Alles ging sehr schnell. Charity drehte sich gerade noch rechtzeitig, um Lenny durch die Luft fliegen zu sehen. Er krachte gegen die Küchentheke und glitt sanft zu Boden. Dann bewegte er sich nicht mehr.

Charity griff sich an die Kehle und sah auf die zwei Gestalten. Im Wohnzimmer lagen ein Baseballschläger und ein Stemmeisen auf dem Boden.

»Alles in Ordnung?« fragte Elias. Seine Stimme klang immer noch merkwürdig ausdruckslos.

»Was?« Sie drehte sich um und starrte ihn an. »Ja, ja, alles okay.«

»Hat er dir weh getan?«

»Nein. Mir geht's gut, wirklich. Oh, Elias.« Mit einem Aufschrei warf sie sich an seine Brust.

Er legte schützend einen Arm um sie. Die Panikwelle in ihr ebbte ab.

Einige Augenblicke später hob sie den Kopf und schaute den Lederriemen an. »Was ist das?«

»Ein Tal Kek Chara. Ich erkläre dir das später einmal.« Sanft ließ er sie los. »Ruf doch bitte Tybern an, und dann solltest du dich vielleicht lieber anziehen.«

Crazy Otis krächzte. Charity blickte zu ihm hinüber und sah, daß die Abdeckung seines Käfigs während des

Kampfs teilweise heruntergerutscht war. Er starrte sie böse an.

»Frecher Vogel.« Charity versuchte das taube Gefühl abzuschütteln, das von ihr Besitz ergriffen hatte. »Tybern anrufen? In Ordnung.« Sie ging zum Telefon, das an der Küchenwand befestigt war. »Übrigens, ich bin nicht die einzige, die etwas anziehen sollte, bevor die Polizei hier eintrifft, Elias. Dieses Tal Kek Chara reicht noch nicht einmal als String-Bikini.«

»Ja, sicher.« Er kniete sich neben die beiden am Boden liegenden Männer.

Charity zögerte einen Moment, bevor sie den Hörer abnahm. »Wo hast du so zu kämpfen gelernt?«

»Haydon und ich sind viel im Pazifik herumgekommen. Einige Orte, an denen wir geschäftlich zu tun hatten, waren nicht unbedingt tropische Urlaubsparadiese.«

»Verstehe.« Charity schluckte und wählte Hank Tyberns Nummer.

»Ich kann Leute nicht ausstehen, die mein Haus betreten, ohne vorher die Schuhe auszuziehen«, sagte Elias und durchsuchte die Taschen seiner Opfer.

Crazy Otis lugte durch die Gitterstäbe seines Käfigs. »Hä, hä, hä.«

Eine halbe Stunde später stand Charity mit Elias und Hank Tybern draußen in der Auffahrt. Sie sahen zu, wie Jeff Collings, Hanks einziger Polizeibeamter, die beiden Einbrecher in Handschellen auf den Rücksitz eines Polizeiwagens verfrachtete.

»Kleine Gauner«, meinte Hank. »Keine Profis.«

»Sieht ganz nach Swinton aus«, fügte Elias hinzu. »Kleine Gauner. Er hat nicht die Kontakte, Profis anzuheuern. Und selbst wenn er die hätte, könnte er sie nicht bezahlen.«

»Swinton?« Charity wirbelte herum. »Du meinst, Swinton steckt hinter dieser Sache?«

Er zuckte die Schultern. »Sonst fällt mir niemand ein.«

Hank blickte ihn verschmitzt an. »Das sehe ich auch so. Es sei denn, Sie hätten noch andere Feinde, von denen Sie mir nichts gesagt haben.«

»Von denen würde keiner diesen Weg wählen.«

Charity schaute ihn verdrossen an. Für ihren Geschmack hörte er sich mal wieder viel zu philosophisch an. »Was soll das heißen?«

Elias lächelte sie ausdruckslos an. »Es ist eine gute Angewohnheit, die Spiegelbilder seiner Feinde im ruhigen Wasser zu betrachten. Ich habe es mir zur Regel gemacht, meine Feinde genau kennenzulernen. Das hier war ein simpler Racheakt, mehr nicht. Swinton würde dieses Risiko nicht persönlich eingehen. Deshalb hat er jemanden damit beauftragt.«

Hank klappte das Notizbuch zu und steckte es zurück in seine Brusttasche. »Ich muß zugeben, daß Swinton der naheliegendste Kandidat ist. Er wollte Ihnen wahrscheinlich eine Lektion verpassen, da er nicht besonders glücklich in der Rolle des netten Menschen war, die Sie ihm verpaßt haben.«

»Nein«, pflichtete Elias ihm bei. »Das hat ihm nicht gefallen.«

Hank nickte. »Ich fahr' rüber zum Campingplatz und unterhalte mich mit ihm.«

»Ich komme mit«, sagte Elias.

»Einen Teufel werden Sie tun«, erwiderte Hank trokken. »Lassen Sie mich meine Arbeit machen, Winters. Sie haben heute abend schon genug getan. Mir ist aufgefallen, daß wir mehr Ärger haben, seit Sie in der Stadt sind, als in den letzten zehn Jahren zusammen.«

Charity war außer sich. »Dafür können Sie doch Elias nicht verantwortlich machen. Sie haben selbst gesagt, er hätte allen einen großen Gefallen erwiesen, als er Swinton zwang, das Geld zurückzugeben. Und es ist wohl nicht Elias' Schuld, daß diese zwei gemeinen Typen in sein Haus eingebrochen sind und versucht haben, ihm eins mit dem Baseballschläger über den Kopf zu ziehen. Wenn Sie auch nur eine Minute lang denken ...«

»Schon gut, Charity.« Elias sah sie belustigt an. »Ich bin sicher, Hank hat nur eine Bemerkung machen wollen.«

»Das klang mir aber eher nach einer gemeinen Anschuldigung«, fauchte sie.

Hank grinste kurz. »Winters hat recht. Ich habe nicht von Ursache und Wirkung gesprochen. Es handelte sich um eine bloße Feststellung.«

Charity sah ihn wütend an. »Nun, es wäre angemessener anzumerken, daß die Probleme anfingen, als die Voyager in Whispering Waters Cove auftauchten.«

Hank nickte. »Das läßt sich nicht abstreiten. Gwen Pitt und Swinton sind für eine ganze Menge Ärger verantwortlich, und jetzt ist einer der beiden tot. Eine interessante Wendung.« Er ging zum Wagen und blieb stehen. »Sieht ganz so aus, als müßten Sie wieder bei mir auf der Wache vorbeischauen, Winters. Sie wissen ja, der Papierkram. Sagen wir morgen früh?«

»Ich komme, bevor der Laden öffnet«, antwortete Elias.

Hank stütze eine Hand auf die offene Wagentür.

»Schon merkwürdig, wie Sie es geschafft haben mit zwei Männern fertig zu werden. Das hätten nicht viele gekonnt.«

Elias zuckte die Achseln. »Ich bin ausgebildet.«

»Eine militärische Kampfausbildung?«

»Nein. Haydon Stone hat mir einiges beigebracht.«

Hank blickte Elias einen langen Augenblick an und nickte wieder. »Ja, das klingt schlüssig. Der alte Haydon Stone war auch ein bißchen eigen.«

Charity gefiel Hanks Bemerkung nicht. »Was unterstellen Sie denn jetzt, Chief?«

»Nichts. Das ist nur eine weitere Beobachtung.« Hank winkte und setzte sich ins Auto.

Jeff Collings startete den Wagen und fuhr Richtung Stadt los. Die Wagenlichter leuchteten im Nebel. Dann verschwanden sie, als das Auto in der Ferne um die Ecke bog.

»Es ist kalt hier draußen.« Elias nahm Charitys Arm. »Laß uns wieder hineingehen.«

»Mir hat nicht gefallen, daß Hank unterstellt hat, du hättest etwas mit den Vorfällen zu tun. Es war nur ein blöder Zufall, daß du hier warst, als Gwendolyn Pitt ermordet wurde.«

Elias lächelte schwach. »Tybern muß jedem Hinweis nachgehen. Und du mußt zugeben, daß es ohne mich keinen Vorfall wie heute abend gegeben hätte.«

»Man kann dir aber doch nicht die Schuld daran geben, daß Rick Swinton sich an dir rächen wollte.«

»Wenn man einen Stein ins Wasser wirft, legen die Wellen eine große Entfernung zurück.«

Charity stöhnte, während sie die Treppenstufen zur Küche hinauflief. »Ich warne dich, Elias, ich bin jetzt nicht in der Stimmung, mir einen deiner Vorträge über die Eigenschaften des Wassers anzuhören. Wir haben andere Probleme.«

»Was denn, zum Beispiel?«

»Hank ist bestimmt diskret, aber das kann man von Jeff nicht behaupten. Und Gerüchte breiten sich schnell aus.«

»Richtig.« Sein Blick traf den ihren, als er die Tür öffnete. »Zweifellos wird man morgen viel über uns sprechen. Machst du dir deswegen Sorgen?«

»Ja natürlich.« Sie stürzte durch die Tür in die Küche. »Meinst du, ich möchte, daß die Leute dich mit dem Mord einer Sektenanführerin und anderen Gewalttaten in Verbindung bringen? Du bist neu in der Stadt, Elias. Es ist immer leicht in einer kleinen Stadt wie dieser, einen Fremden für solche Probleme verantwortlich zu machen.«

Er schien überrascht. »Ich meinte nicht diese Art von Gerüchten.«

»Nun?« Sie stemmte die Hände in die Hüften und wirbelte herum. »Was, zum Teufel, hast du dann gemeint?«

Elias schloß langsam die Tür und lehnte sich daran. Er verschränkte die Arme vor der Brust und sah sie mit diesem wohlbekannten, geheimnisvollen Blick an. »Ich meinte, daß es Gerede geben wird, weil ich heute nacht nicht allein war, als diese zwei Männer eingebrochen sind. Es muß für Collings und Tybern ziemlich offensichtlich gewesen sein, daß du bei mir über Nacht geblieben bist.«

Charity fiel die Kinnlade herunter. Sie schloß den Mund wieder und spürte, wie ihr die Röte ins Gesicht stieg. »Oh, das.«

»Ja, das.«

»Das ist nichts Neues mehr«, sagte sie rasch. »Ich habe dir doch schon erzählt, daß Phyllis Dartmoor vermutet, wir hätten was miteinander.«

»Nun, es ist eine Sache, wenn die Leute darüber spekulieren, und etwas anderes, wenn die örtliche Polizei dich um zwei Uhr nachts in meinem Haus antrifft.«

Sein ernster Tonfall bereitete ihr Sorge. »Was ist denn der Unterschied?«

»Ersteres bietet in einer kleinen Stadt Anlaß zu allerlei Vermutungen. Letzteres bestätigt die Tatsache, daß wir eine Beziehung miteinander haben.«

»Stört dich das?«

»Nein, dich etwa?«

Sie mußte plötzlich lachen. »Elias, machst du dir Sorgen um meinen guten Ruf?«

»Vielleicht möchte ich nur wissen, was du von der ganzen Sache hältst. Gehen wir bloß miteinander aus, oder haben wir eine ernsthafte Beziehung?«

»Ist das eine Fangfrage?«

Crazy Otis meckerte.

»Ich weiß nicht.« Elias ließ die Arme sinken und ging auf Charity zu. »Wie lautet deine Antwort?«

»Darf ich A und B ankreuzen?«

Er hielt ihre Arme mit seinen kräftigen Händen fest. »Verdammt, Charity, ich möchte doch nur wissen, ob dir unsere Beziehung etwas bedeutet oder nicht.«

»Es wundert mich, daß du überhaupt danach fragen mußt.« Sie legte die Hände um sein hartes Gesicht. »Elias, manchmal gehst du mir ein wenig auf die Nerven, und ich mache mir Sorgen wegen dieses Tal Kek Chara, aber ich versichere dir, daß mir unsere Beziehung sehr, sehr viel bedeutet.«

Er zog sie fest an sich. »Dann ist es gut.«

Fest an seine Brust gedrückt wartete sie darauf, daß er sagen würde, ihm wäre sie gleichermaßen wichtig.

»Wenn ich dich berühre, ist das Wasser zwischen uns so klar, als sei es gar nicht vorhanden«, flüsterte er in ihr Haar.

Charity unterdrückte einen leisen Seufzer und legte die Arme um seinen Hals. Eine philosophische Bemerkung von Elias war wahrscheinlich gleichbedeutend mit einer Liebeserklärung eines anderen Mannes.

Wahrscheinlich.

Sie hoffte, daß dies stimmte, da sie irgendwie befürchtete, daß sie keine weiteren Liebesbezeugungen von ihm hören würde.

Ein leichtes Angstgefühl durchströmte sie, als Elias sich zu ihr hinabbeugte und ihr Haar küßte. Sie entschied, daß die Nerven ihr nach den Aufregungen der vergangenen Stunden wohl einen Streich spielten. Als Elias sie auf den Mund küßte, war auch der kleinste Anflug von Furcht ausgelöscht.

Aber ein winziger kalter Schauer blieb zurück, der nicht ganz verschwand. Auch dann nicht, als Elias sie in die Arme nahm und zurück ins Schlafzimmer trug.

»Weißt du, wie nahe es mir gegangen ist, die Hände dieses Schurken an deiner Kehle zu sehen?« fragte Elias leise.

»Es ist jetzt alles gut, Elias. Du hast mich gerettet.«

»Morgen zeige ich dir ein paar Tricks.«

»Was? Meinst du Tal Kek Chara?«

»Nicht alles. Nur ein paar einfache Bewegungen, die dir in einer solchen Situation helfen können.«

Sie wollte ihm schon sagen, daß sie nicht die Absicht hatte, wieder in eine solche Situation geraten, aber sie hielt sich zurück. Sie spürte, daß er ihr zu seiner eigenen Beruhigung etwas von seiner Kampfkunst beibringen wollte.

»In Ordnung, aber nichts allzu Kompliziertes. Ich war nie sehr sportlich.«

»Nichts Kompliziertes«, stimmte er zu. Sanft legte er sie auf den Futon und schloß sie in seine Arme.

Entspannt schlief sie in der Geborgenheit von Elias' Umarmung ein.

Als Charity ihre Buchhandlung betrat, arbeitete Newlin bereits schwer.

»Morgen, Newlin.«

Newlin blickte von dem Regal auf, in das er gerade eine ganze Reihe des letzten Romans von Suzanne Simmons gestellt hatte. »Hi, Charity. Ich habe gehört, heute nacht war bei Elias Winters ganz schön was los. Sie sollen auch dort gewesen sein.«

»Davon hast du schon gehört?«

»Zwei Typen sind anscheinend bei Elias eingebrochen.«

Charity schüttelte nachdenklich den Kopf und ging in ihr Büro. »Nachrichten breiten sich hier wirklich in Windeseile aus.«

»Ich habe Jeff Collings auf dem Weg zur Arbeit getroffen. Er hat mir erzählt, was passiert ist. Chief

Tybern nimmt wohl an, Rick Swinton habe zwei Muskelmänner beauftragt, Elias eins auszuwischen. Jeff sagte, daß Elias die zwei Typen ganz schön verdroschen hat.«

»Ja, so ungefähr war es.« Charity stopfte ihre Handtasche in eine Schublade.

»Jeff meint, Elias hätte von Haydon Stone irgend so eine verrückte Kampfkunst gelernt.«

»Hm-hm. Er wird mir ein paar einfache Tricks beibringen.«

Newlin stand in der Tür zu ihrem Büro. »Meinen Sie, Elias würde mir beibringen, wie man sich gegen solche Typen wehrt?«

Charity blickte ihn verwundert an. Der hoffnungsvolle Ausdruck in Newlins schmalem Gesicht überraschte sie. »Du möchtest Tal Kek Chara lernen?«

»So heißt das?«

»Ich glaube schon – hat irgendwas mit einer Philosophie des Wassers zu. Sehr undurchsichtig, wenn du mich fragst. Du müßtest mit Elias darüber reden.«

»Ja, das ist das Problem.« Newlin blickte zu Boden und sah sie dann an. »Er ist irgendwie anders als die meisten Menschen. Ich habe das Gefühl, ich kann nicht einfach so bei ihm hereinplatzen und ihn nach Dingen fragen, die er nicht erzählen will.«

Charity lächelte wissend. »›Distanziert‹ wäre wohl der passendere Ausdruck.«

»Wie?«

»Distanziert, unnahbar, zurückgezogen.« Charity runzelte nachdenklich die Stirn. »Einschüchternd vielleicht auch. Aber unter uns, Newlin, Elias ist viel umgänglicher, als er auf den ersten Blick erscheint. Wenn du den Weg des Wassers lernen willst, frag ihn einfach.«

»Meinen Sie nicht, er hat etwas dagegen?«

»Das wirst du erst wissen, wenn du ihn fragst. Aber

nimm dich in acht, du wirst wahrscheinlich mehr über Wasser lernen, als du jemals wissen wolltest.«

»Wasser, hm. Hey, Charity?«

»Hmm?«

»Sie und Winters.« Newlin trat von einem Bein auf das andere. »Haben Sie was dagegen, wenn ich frage, ob Sie zwei, na ja, ein Paar sind? Die ganze Stadt weiß bereits, daß Sie letzte Nacht bei ihm waren.«

»Ah.« Elias hatte also recht gehabt, dachte Charity. Auf dem Postamt wurden bestimmt gerade Einzelheiten über diese heiße Affäre ausgetauscht.

Zumindest wurde dadurch ihr skandalträchtiger Ruf nicht gemindert. Die Bestätigung einer leidenschaftlichen Liebschaft mit dem geheimnisvollen Fremden rangierte in der kleinen Stadt bestimmt an gleicher Stelle wie die Geschichte von der Verlobung, die sie letzten Sommer überstürzt gelöst hatte. Sie fand die jetzige Situation auf jeden Fall viel aufregender.

»Jeff sagt, Sie hätten Chief Tybern um zwei Uhr nachts von Winters' Haus angerufen.« Newlin wurde dunkelrot. »Nun, es sah ganz so aus, als ob Sie, na ja ...«

»Verstehe«, erwiderte Charity trocken.

Newlin machte einen Schritt zurück. »Tut mir leid, das geht mich nichts an.«

Charity hatte Mitleid mit ihm. »Mach dir keine Gedanken. Um deine Frage zu beantworten: Elias und ich sehen uns privat.«

Newlin nickte wissend. »Ah ja, privat.«

»Richtig.« Charity warf einen Blick auf die Bestellformulare vor sich. »Wie geht's denn Arlene?«

Begeistert wechselte Newlin das Thema. »Wissen Sie was? Bea hat Arlene gebeten, im Café auszuhelfen. Sie meinte, die Geschäfte auf dem Pier liefen so gut, daß sie eine Vollzeitkraft für die Espressomaschine brauchte.«

»Heißt das, ihr beide wollt länger in Whispering Waters Cove bleiben?«

»Wir haben uns hier ganz gut eingelebt. Außerdem wüßten wir auch nicht so genau, wo wir sonst hin sollten.« Newlin zögerte. »Sind Sie einverstanden, wenn ich weiter bei Ihnen bleibe?«

»Sicher. Du machst deine Arbeit sehr gut. Wenn die Geschäfte weiterhin so gut laufen, kannst du auch den Winter über hierbleiben.«

Newlins ängstlicher Blick wich aus seinem Gesicht. »Vielen Dank. Nun, ich sollte mich wohl wieder an die Arbeit machen.«

Die Türglocke läutete, als jemand in den Laden stürzte.

»Newlin? Newlin, wo bist du?« Arlenes Stimme klang schrill. »Ist Charity schon da? In Elias' Laden ist etwas Schreckliches passiert.«

»Was um alles in der Welt …?« Charity kam aus dem Büro gelaufen. »Was ist denn los?«

Ordentlich mit einer frischgestärkten Schürze vom Whispering Waters Café bekleidet, stand Arlene mit weit aufgerissenen Augen vor ihr. »Ted kam gerade mit Yappy am Café vorbeigelaufen. Jemand hat Elias in seinem Laden angegriffen.«

»O Gott, nicht schon wieder.« Charity stürzte hinaus.

12

Wer ein stilles Gewässer genau betrachtet, stellt fest, daß nichts ohne Auswirkungen geschieht. Alle Ereignisse im Gewässer haben Einfluß auf das Leben unter der Wasseroberfläche.

›Der Weg des Wassers‹, aus dem Tagebuch von Haydon Stone

Crazy Otis schrie wütend auf, als Elias gegen seine Stange geschleudert wurde. Das Gestell, an dem der künstliche Ast angebracht war, erzitterte bei dem Aufprall.

Elias fiel zu Boden.

»Ganz ruhig, Otis.« Elias stützte sich auf einen Ellbogen und berührte vorsichtig seinen Mundwinkel. Blut tropfte auf seine Hand. Er blickte auf und sah Justin Keyworth an, der mit geballten Fäusten über ihm stand. »Zufrieden?«

»Nein, Sie Arschloch. Ich bin nicht zufrieden.« Justins grobe Gesichtszüge waren wutverzerrt. Er war unrasiert, und sein maßgeschneidertes cremefarbenes Hemd war völlig zerknittert. »Es war ihre Schuld, und Sie werden dafür bezahlen, bei Gott.«

Eine plötzliche Müdigkeit überkam Elias. »Was wollen Sie von mir, Keyworth?«

»Ich möchte wissen, was Sie meinem Vater gesagt haben, daß er sich umbringen wollte, Sie Dreckskerl.«

»Diese Frage kann ich Ihnen nicht beantworten.«

»Lassen Sie sich, verdammt noch mal, lieber eine Antwort einfallen«, preßte Justin durch die Zähne. »Ich habe Dads Abschiedsbrief gelesen. Dort stand Ihr Name und daß die Vergangenheit nicht mehr geändert werden kann. Was haben Sie ihm angetan?«

»Ich habe ihm kein Haar gekrümmt.«

»Sie gottverdammter Lügner!« Justin bückte sich, um Elias wieder auf die Füße zu hieven. »Es war Ihre Schuld, ich weiß es.«

Otis schrie laut auf und schlug wild mit den Flügeln. Elias wehrte sich nicht.

»Das wird Ihnen auch nichts nützen.« Elias wartete schicksalsergeben auf den nächsten Schlag.

»Vielleicht nicht.« Justin rammte eine Faust in Elias' Magengrube. »Aber ich werde es genießen.«

Der Schlag war merkwürdig ausgeführt. Ihm fehlte die Kraft und die Zielsicherheit eines trainierten Kämpfers, aber in ihm lag die Gewalt von Justins Wut. Während er gegen die Ladentheke geschleudert wurde und dann zu Boden glitt, nahm Elias den Schmerz in sich auf.

»Was ist zwischen Ihnen und meinem Vater geschehen? Sagen Sie es endlich, verdammt noch mal!«

Elias holte tief Luft und versuchte sich aufzusetzen. »Das müssen Sie Ihren Vater fragen.«

»Er redet mit niemandem.« Justin machte einen Schritt auf ihn zu. »Die Ärzte haben ihn gestern entlassen. Jetzt sitzt er allein in seinem Zimmer und starrt in den Garten hinaus. Er will keinen Menschen sehen, und nimmt noch nicht einmal geschäftliche Anrufe entgegen.«

»Ich weiß, daß Sie mir das nicht glauben werden, aber es tut mir sehr leid, daß Ihr Vater versucht hat, sich das Leben zu nehmen.«

»Einen Teufel tun Sie. Sie haben ihm das angetan.« Justin wollte wieder auf Elias losgehen.

Crazy Otis schlug mit den Flügeln und schrie warnend auf.

Elias hörte, wie jemand die Ladentür aufriß. Dann vernahm er laute Stimmen und Schritte, die durch den

Laden liefen. Von seinem Platz hinter der Ladentheke konnte er niemanden sehen, aber hören konnte er sie sehr deutlich.

»Was ist hier los, zum Teufel?« brüllte Yappy.

»Ich hab' dir doch gesagt, jemand ist in den Laden gelaufen und hat Winters angegriffen.« Ted war außer Atem. »Ich hab' ihn selbst gesehen.«

»Das verstehe ich nicht. Alle meinten heute morgen, Winters könnte sich ganz gut wehren.«

»Nun, diesmal sah es ganz so aus, als brauche er Hilfe«, keuchte Ted. »Deshalb bin ich los, um dich zu holen. Ich bin nicht gerade sportlich und du auch nicht. Dachte, daß wir diesen Typ nur gemeinsam packen können.«

»Hey, was ist los?« rief Newlin vom anderen Ende des Ladens.

»Haltet ihn auf!« Charitys Stimme hallte durch das alte Gemäuer. Ihr Tonfall besaß die Autorität einer ehemaligen Geschäftsführerin. »Haltet diesen Mann auf. Er versucht Elias umzubringen. Ruft Chief Tybern an.«

Belustigt lauschte Elias den nahenden Helfern. Der Klang der Stimmen und Schritte war irgendwie unwirklich, wie das Blut auf seinen Händen. Am liebsten hätte er sie alle weggeschickt, damit Justin Keyworth ihn zu Brei schlagen konnte, aber Charity wäre damit sicher nicht einverstanden gewesen.

»Aufhören«, rief Charity. »Ich lasse Sie festnehmen.« Sie war beinahe an der Ladentheke angelangt.

»Treten Sie zurück«, brummte Yappy.

Ted war außer Atem. »Sie haben gehört, was er gesagt hat. Treten Sie sofort zurück.«

Justin merkte endlich, daß er und Elias nicht mehr allein im Laden waren. Er drehte sich um und stellte sich den ersten Rettern in den Weg.

Elias blickte hoch in die Gesichter seiner neuen Freunde. Sie hatten sich um die Kasse versammelt. Newlin, Yappy und Ted sahen Justin finster an. In Justins Gesicht lag der Ausdruck eines wilden, in die Ecke gedrängten Tiers, das nichts zu verlieren hat. Er schien bereit, es mit allen dreien aufnehmen zu wollen.

Elias riß sich zusammen. Es war an der Zeit, die Situation unter Kontrolle zu bringen, bevor es weitere Verletzte gab.

»Alles in Ordnung.« Er lehnte sich an die Theke. »Es ist vorbei. Keyworth wollte gerade gehen, nicht wahr?«

Justin erwiderte nichts. Er stand einfach nur angespannt da, als erwarte er, von den herbeigeeilten Freunden zerrissen zu werden.

»Elias.« Charity kam hinter die Theke gelaufen. Sie nahm Justin gar nicht wahr und fiel neben Elias auf die Knie. Besorgt strich sie über sein Gesicht. »Du blutest ja. Bist du verletzt?«

»Es ist alles in Ordnung, Charity.« Elias beobachtete Keyworth. »Wie gesagt, es ist alles vorbei. Stimmt's, Keyworth?«

Justin riß den Blick von der umstehenden Gruppe los und starrte auf Elias hinab. »Nein, nichts ist vorbei. Noch lange nicht. Aber ich beende das ein anderes Mal.« Er ging los in Richtung Tür.

Yappy, Newlin und Ted stellten sich ihm in den Weg. Justin blieb stehen.

»Laßt ihn gehen«, sagte Elias ruhig.

Sie zögerten kurz und machten dann widerwillig einen Schritt zur Seite. Es herrschte angespannte Ruhe, bis die Ladentür hinter Justin Keyworth zuschlug.

Charity blickte Yappy, Newlin und Ted mit tiefer Dankbarkeit an. »Ich kann euch gar nicht genug danken. Ihr habt ihn gerettet. Das war sehr tapfer von euch.«

Elias beobachtete, wie alle drei dunkelrot wurden und sich zufrieden anschauten. Es gab nichts Schöneres, als wenn eine Frau männliche Tapferkeit bewunderte, dachte Elias. Er bereute zutiefst, nicht ein vorteilhafteres Bild abgegeben zu haben.

Hätte er dem Kampf eine andere Wendung gegeben, wenn er gewußt hätte, daß Charity hier erscheinen würde? Vielleicht, vielleicht aber auch nicht. Es war schwer zu entscheiden, denn das alles hier kam ihm noch zutiefst unwirklich vor. Er fühlte sich, als laufe er auf dem Meeresboden herum. Alles bewegte sich in Zeitlupe.

»Wir haben nicht viel getan«, meinte Ted bescheiden.

»Blödsinn.« Charity nahm ein Taschentuch und tupfte das Blut ab, das Elias am Kinn hinunterlief. »Ihr habt diesen Mann vertrieben, bevor er größeren Schaden anrichten konnte. Ich bin sicher, Elias wird sich bei euch bedanken wollen, sobald er wiederhergestellt ist. Nicht wahr, Elias?«

Elias bemühte sich um eine Antwort. »Ich gebe allen ein Bier aus, wenn wir heute abend schließen.«

Die drei Retter warfen sich Blicke zu und sahen dann zu Elias hinab.

»Sollen wir Tybern anrufen und diesen Typ melden?« fragte Ted.

»Nein, das ist eine Privatangelegenheit. Aber vielen Dank für eure Hilfe.«

Yappy lehnte sich über die Theke. »Man hört, Sie haben gestern nacht keine Hilfe gebraucht.«

Elias blickte Charity an. »Das war etwas anderes.«

»Hm-hm.« Sie nahm ihn bei der Hand. »Komm mit.«

Er folgte ihr gehorsam durch die Tür und den Pier hinab zu den öffentlichen Toiletten. Sie öffnete die Tür und führte ihn in die Damentoilette.

Er blickte sich in dem kleinen Raum um, während Charity den Wasserhahn aufdrehte. Ihm wurde bewußt, daß er zwar schon an den ungewöhnlichsten Orten dieser Welt, aber noch nie auf einer Damentoilette gewesen war. Die Fremdartigkeit der Umgebung mischte sich überraschend gut mit den Elementen der Unterwasserwelt, in der er sich zu bewegen glaubte.

»Vielleicht sollten wir dich zum Arzt bringen.« Charity befeuchtete ein sauberes Papierhandtuch und wischte vorsichtig seine Lippen ab.

»Himmel, bloß nicht. Das ist nur ein kleiner Riß in der Lippe.« Elias zuckte leicht zusammen, als sie mit dem feuchten Tuch über die Wunde strich. »Nichts Ernstes.«

»Du hast Glück gehabt, daß er dir keinen Zahn ausgeschlagen hat. Ich habe gesehen, wie du mit den zwei Schlägertypen gestern umgesprungen bist: Von denen hat keiner dich auch nur berührt. Warum um alles in der Welt, hast du dich von diesem Mann zusammenschlagen lassen?«

»Ich habe mich nicht blöd angestellt.« Es kam ihm so vor, als müsse er sich rechtfertigen. »Ich bin mit den Schlägen mitgegangen. Meine Zähne sind noch alle drin, und meine Nase ist auch nicht gebrochen.«

»Nun, wenn du in diesem Fall mit den Schlägen gegangen bist, möchte ich nicht wissen, was passieren würde, wenn du stillhältst und dich als Punchingball benutzen läßt.« Sie warf das Tuch weg. »Wer war das eigentlich?«

»Woher willst du wissen, daß ich ihn kenne?«

»Für wen hältst du mich?« Sie öffnete den Erste-Hilfe-Kasten, den sie unter dem Waschbecken gefunden hatte. »Du hast diese Schläge absichtlich über dich ergehen lassen. Du hast nicht einmal versucht, dich du wehren. Es muß einen Grund dafür geben.«

»Der Mann war Justin Keyworth. Garrick Keyworth' Sohn.«

Charity hielt inne, eine kleine Flasche Desinfektionsmittel in der Hand. Sie begegnete seinem Blick im Spiegel. »Verstehe. Er gibt dir die Schuld am Selbstmordversuch seines Vaters.«

»Ja.«

»Und du fühlst dich schuldig.« Sie drehte sich um und blickte ihm ins Gesicht. »Deshalb hast du dich zusammenschlagen lassen. Ist das die Art Küchenpsychologie, die dich der Weg des Wassers gelehrt hat?«

»Tal Kek Chara hat nichts mit modernen psychologischen Theorien zu tun.« Er verzog das Gesicht, als sie das Desinfektionsmittel auf seine Lippe tupfte. »Das tut weh.«

»Bestimmt nicht so weh wie die Schläge. Halt still.«

»Kommt mir ganz so vor, als wäre etwas von deinem weiblichen Mitgefühl verlorengegangen.«

»Dein Problem mit Garrick Keyworth läßt sich nicht so leicht lösen, Elias.« Sie klebte vorsichtig ein Pflaster auf die Wunde. Als sie damit fertig war, sah sie ihn mit solch besorgten Augen an, daß die Seifenblase um ihn herum zerplatzte.

Er wußte, daß sie recht hatte, und diese Erkenntnis bekämpfte er mit den alten, erprobten Waffen: Er zog sich zurück in sein Schneckenhaus und errichtete die unsichtbaren Verteidigungsmauern des Tal Kek Chara um sich.

»Das hat alles nichts mit dir zu tun, Charity. Ich brauche keine Ratschläge von dir. Ich werde allein damit fertig.«

Um ihre weichen Lippen legte sich ein harter Zug. »Ja, sicher wirst du das.« Sie drehte sich wieder zum Waschbecken und packte den Erste-Hilfe-Kasten zusammen.

Plötzlich wurde er wütend. »Heißt das, ich bin heute abend nicht bei dir zum Essen eingeladen?«

»Ich fürchte nein«, antwortete sie kühl. »Heute abend bin ich nicht zu Hause. Der Stadtrat tagt, und ich habe vor, die Sitzung zu verfolgen. Ich bin sicher, daß sowohl die Bürgermeisterin als auch die Stadtratsmitglieder einen neuen Plan ausgeheckt haben, den Pier an sich zu reißen.«

»Sie können gar nichts tun. Crazy Otis Landing gehört mir.«

»Ja, aber du bist ein geheimnisvoller und unberechenbarer Fremder hier in der Stadt.« Sie schloß den Erste-Hilfe-Kasten und ging Richtung Tür. »Niemand kennt deine Pläne oder weiß, wie lange du hierbleiben wirst. Wer kann vorhersehen, was du tust, wenn der Stadtrat dir ein gutes Angebot für den Pier macht?«

»Du weißt, daß ich den Pier nicht verkaufe.«

»Wirklich?« Sie lächelte kühl, während sie mit einer Hand auf der Türklinke stehen blieb. »Ach ja, fast hätte ich es vergessen. Du warst doch heute morgen mit Hank Tybern verabredet. Was hat er wegen Rick Swinton unternommen?«

»Nichts.«

»Nichts? Aber er sollte ihn doch festnehmen.«

»Das wäre unter den gegebenen Umständen problematisch geworden. Swinton ist verschwunden.«

»Was? Tybern hat ihn entwischen lassen? Das ist unentschuldbar. Warum hat der Chief ihn nicht gleich gestern abend festgenommen? Es kann doch nicht so schwierig sein, Swinton zu finden, selbst wenn er die Stadt verlassen hat. Sein Wohnmobil müßte auf dem Highway leicht auszumachen sein. Es ist zu groß, um einfach so zu verschwinden.«

Elias genoß diesen Gefühlsausbruch. »Das hat sich Swinton wohl auch gedacht. Er ist verschwunden, aber sein Wohnmobil steht immer noch auf dem alten Campingplatz. Tybern meint, er könnte mit einem der Voyager zurück nach Seattle gefahren sein.«

Es gab nur wenig Gäste in der Cove Tavern. Elias zählte außer seinen Rettern und sich selbst nur etwa ein halbes Dutzend Leute. In einer dunklen Ecke saß Leighton Pitt bei einem Martini und einem großen Teller Kartoffelchips. Leighton sah schlimmer aus, als Elias sich fühlte.

Ich habe wenigstens Gesellschaft, dachte Elias. Newlin, Yappy und Ted saßen an seinem Tisch. Leighton war allein. Seit ihn Charity an diesem Morgen in der Damentoilette zurückgelassen hatte, war dies der erste Lichtblick an diesem Tag.

Newlin klammerte sich an eine Flasche Bier und starrte Elias an. »Sie sind doch Kampfsportexperte. Warum haben Sie sich von dem Typ heute morgen zusammenschlagen lassen?«

»Wer sagt, ich wäre Kampfsportexperte?«

Newlin schaute ihn verlegen an. »Jeff Collings hat mir erzählt, was gestern abend bei Ihnen zu Hause passiert ist. Meinte, Sie hätten es mit zwei Typen aufgenommen, ohne auch nur einen Kratzer abzubekommen.«

»Das ist doch die Erklärung«, meinte Yappy. »Der gute Elias war nach dem gestrigen Kampf bestimmt erschöpft und hatte heute nicht die Kraft für eine neue Runde.«

»Ist das wahr, Elias?« Ted stellte seine Bierflasche ab und lehnte sich in seinem Stuhl zurück. Auf seinem T-Shirt stand: ›Es gibt nichts Gutes, außer man tut es‹.

»Keine Ahnung.« Elias blickte auf das T-Shirt. Aus irgendeinem Grund schien die Aufschrift überraschend angemessen.

»Der Typ, der Sie zusammengeschlagen hat … kannten Sie denn?« fragte Newlin.

»Ich kenne seinen Vater.«

Newlins Miene hellte sich auf. »Deshalb haben Sie ihn nicht fertig gemacht, hm? Sie sind ein Freund der Familie.«

Elias schien es ganz so, als bemühe sich Newlin dringend um eine Erklärung für die schlechte Vorstellung von heute morgen. »Ich glaube nicht, daß die Familie mich als Freund ansieht.«

»Aber Sie kennen sie.« Newlin schien zufrieden mit dieser Erklärung.

»Ja, ich kenne sie«, stimmte Elias zu. *Betrachte das Spiegelbild deines Feindes im ruhigen Wasser*. Ja, er kannte die Familie Keyworth sehr gut. Aber sich selbst verstand er heute nicht. Diese Erkenntnis ließ ihn erschauern.

Yappy betrachtete ihn nachdenklich. »Es hat Charity schwer mitgenommen, Sie blutend auf dem Boden liegen zu sehen.«

»Meinen Sie?« Elias nahm einen Schluck Bier.

Ted runzelte die Stirn. »Ja, sie war ganz durcheinander. Sie hat 'ne Menge durchgemacht in letzter Zeit. Ich meine, erst der Mord, dann der Überfall bei Ihnen zu Hause und jetzt das.«

Yappy blinzelte. »Ich hab' gehört, sie war bei Ihnen, als die zwei Typen eingebrochen sind.«

Für einen Moment herrschte angespannte Stille. Elias merkte, wie die anderen ihn erwartungsvoll ansahen. Langsam stellte er die Bierflasche ab. »Sie war bei mir, na und?«

»Das geht nur Sie beide etwas an«, meinte Ted. »Wir möchten ja auch nur, daß es Charity gutgeht.«

Elias deutete auf sein blaues Auge und das Pflaster am Kinn. »Falls ihr es noch nicht bemerkt habt, ich bin derjenige, der hier die Schläge abbekommen hat.«

»Ja, nun, das ist etwas anderes«, meinte Yappy.

Ted und Newlin nickten zustimmend.

Elias fiel keine Antwort ein. Statt dessen trank er noch einen Schluck Bier. Die anderen taten es ihm gleich.

Nach einer kurzen Pause blickte Newlin ihn fragend an. »Haben Sie den Weg des Wassers benutzt, um die zwei Typen fertigzumachen?«

Elias warf ihm einen Blick zu. »Wer hat dir vom Weg des Wassers erzählt?«

Newlin zuckte mit den Achseln. »Charity hat es ein paarmal erwähnt. Ted und Yappy auch.«

»Haydon sprach manchmal davon«, erklärte Yappy. »Ich wollte ihn immer danach fragen, aber ich bin irgendwie nie dazu gekommen.«

Elias betrachtete den Bierkrug in seiner Hand. Er war

mit Schaum bedeckt und etwas verschmiert. Alles, was er darin sah, wirkte verschwommen und bruchstückhaft. »Da gibt es auch so einiges, was ich ihn gern noch gefragt hätte.«

»Also, wegen dieser Wassergeschichte ...«, sagte Newlin zögernd.

Elias trank noch einen Schluck. »Was ist damit?«

Newlin versuchte, seinen ganzen Mut zusammenzunehmen. »Nun, Charity meinte, Sie würden mir vielleicht etwas beibringen.«

Elias wurde kurz aus seiner Traumwelt gerissen. »Hat sie das gesagt?«

»Ja.« Newlin war nicht wohl in seiner Haut, aber er hatte sich ein Ziel gesetzt. »Also, ich hab' sie nur gefragt, ob Sie das tun würden.«

Elias wurde klar, daß er immer Haydons Schüler gewesen war. Der Gedanke, selbst ein Meister zu sein, kam ihm höchst merkwürdig vor. »Ich weiß nicht, ob ich den Weg lehren kann.«

»Hm, nun, vielleicht könnten Sie es mal versuchen«, erwiderte Newlin.

Elias dachte nach. Charity ein paar einfache Griffe beizubringen war eine Sache, die Kunst des Tal Kek Chara zu lehren eine andere. »Ich weiß nicht ... vielleicht.«

Newlins schmales Gesicht war vor Freude völlig verändert. »Vielen Dank, hey.«

Elias zwang sich, durch den Fluß seines Traums zu schwimmen. Er blickte seine Begleiter an. »Das erinnert mich an etwas. Ich wollte Euch ja allen dafür danken, daß ihr mir heute morgen beigestanden habt.« Er hob seinen Bierkrug. »Also, vielen Dank.«

»Keine Ursache«, erwiderte Yappy.

Ted nickte. »Vergessen Sie's. Sie hätten bestimmt das gleiche für uns getan.«

»Ja, wir müssen zusammenhalten hier unten am Pier«, meinte Newlin.

»Apropos ...« Yappy blickte auf die Uhr. »Die Stadtratssitzung fängt gleich an. Laßt uns lieber rüber zum Rathaus gehen. Wir können Charity, Radiance und Bea doch nicht mit dieser Meute allein lassen.«

»Stimmt.« Ted erhob sich mühsam. »Kommen Sie mit, Elias?«

»Das hatte ich eigentlich nicht vor«, antwortete Elias.

Newlin räusperte sich. »Charity meinte, es wäre ziemlich wichtig. Angeblich wollen sie heute beschließen, Gelder aus der städtischen Kasse aufzubringen, um Ihnen den Pier abzukaufen.«

»Ich verkaufe nicht.«

Yappy sah ihn an. »Vielleicht sollten Sie heute abend mitkommen und das in aller Deutlichkeit sagen.«

Phyllis Dartmoor trug ein graues Seidenkostüm, dessen Schultern mit dicken Polstern ausgestattet waren. Sie stand am Ende des langen Tischs und bat mit der gewohnten Autorität um Ruhe.

»Die Sitzung wird hiermit eröffnet«, verkündete sie und schlug mit einem Hämmerchen auf den Tisch.

Charity lauschte den leisen Gesprächen um sie herum. Sie saß in der dritten Reihe. Radiance und Bea hatten zu ihrer Linken Platz genommen. Yappy, Newlin und Ted waren nicht in Sicht. Neben sich hatte Charity einen Platz freigehalten, aber sie erwartete nicht wirklich, daß Elias heute erscheinen würde.

»Ich bitte die Schriftführerin, das Protokoll der letzten Sitzung zu verlesen«, ordnete Phyllis an.

Am anderen Ende des Tischs erhob sich Liz Roberts. Sie war eines der ältesten Stadtratsmitglieder und las mit lauter Stimme, so daß sie bis in die hintersten Reihen des kleinen Saals deutlich zu vernehmen war. Charity hörte nicht zu. Jedermann wußte, daß sich Liz jeden Monat darauf freute, daß sie das Protokoll der letzten Sitzung verlesen durfte.

Während die Schriftführerin also die Zusammenfassung der Julisitzung herunterbetete, brütete Charity über dem Thema, das sie den ganzen Tag beschäftigt hatte. Sie machte sich immer größere Sorgen um Elias.

Es war schon schlimm genug, daß Rick Swinton sich offensichtlich seiner gerechten Strafe entzogen hatte, aber die Konfrontation zwischen Elias und Justin Keyworth an diesem Morgen bereitete ihr noch mehr Kopfzerbrechen. Elias' merkwürdige Verfassung gefiel ihr nicht.

»Bürgermeisterin Dartmoor betonte, daß die Voyager die Stadt am fünfzehnten verlassen würden und daß deshalb keine weiteren öffentlichen Gelder mehr aufgewandt werden sollten, sie zum Aufbruch zu bewegen ...« Liz hielt inne, weil ein Raunen durch die Menge ging. Sie blickte die Versammlung finster über den Rand ihrer Brille an, aber keiner schenkte ihr Beachtung. Alle schauten wie gebannt auf den Eingang des Sitzungssaals.

Charity spürte ein Kribbeln im Nacken. Sie drehte sich um und sah Yappy, Ted und Newlin, die sich in die letzte Reihe setzten. Newlin winkte ihr fröhlich zu.

Dann erblickte sie Elias. Er setzte sich nicht zu den anderen Männern in die letzte Reihe. Statt dessen lief er den Gang hinunter auf sie zu. Sein Blick war fest auf sie geheftet.

»Weiterhin wurde die Frage gestellt, ob Crazy Otis Landing umbenannt werden sollte«, fuhr Liz laut fort. »Es wurde ein Ausschuß gebildet, um dieses Problem zu erörtern. Gabe Saunders hat vorgeschlagen, den Pier seinem neuen Besitzer abzukaufen. Der mit der neuen Namensgebung beauftragte Ausschuß sollte auch die Möglichkeit eines Kaufs untersuchen.«

Elias setzte sich neben Charity und hörte der Protokollverlesung aufmerksam zu.

Charity gefiel sein abweisender Gesichtsausdruck nicht. Sie runzelte die Stirn.

»Was tust du hier?« fragte sie leise.

»Du weißt doch, ich bin geheimnisvoll und unberechenbar.«

»Und immer noch schlechter Laune?«

»Ja.«

Man starrte sie bereits an. Angewidert gab Charity auf und setzte sich gerade hin.

Liz Roberts beendete ihren Vortrag und setzte sich. Phyllis erhob sich und warf Elias einen freundlichen Blick zu.

»Ich freue mich, den neuen Besitzer von Crazy Otis Landing unter den Anwesenden begrüßen zu dürfen«, sagte sie. Ein interessiertes Murmeln ging durch die Menge. »In Anbetracht der Bedeutung des Piers für die Zukunft unserer Stadt schlage ich vor, daß Gabe uns gleich den Bericht des Ausschusses vorliest. Gabe?«

Gabe Saunders erhob sich. Er war klein und drahtig und vereidigter Buchprüfer von Beruf. An seiner Erscheinung fehlten nur die Ärmelschoner. Er räusperte sich und nahm den Bericht in die Hand.

»Lassen Sie mich mit der neuen Namensgebung des Piers beginnen. Wie Sie wissen, wurden Sunset Landing und Indigo Landing als neue Namen vorgeschlagen. Der Ausschuß hat sich für Indigo Landing entschieden, da dieser Name eleganter klingt.«

Charity sprang auf. »Einen Moment, bitte, Sie können den Pier nicht einfach per Erlaß umbenennen. Es handelt sich immerhin um Privateigentum.«

Bea und Radiance flüsterten verärgert miteinander. Die Zuschauer murmelten zustimmend. Charity wußte, daß man sich wieder auf eine Auseinandersetzung zwischen ihr und Phyllis freute.

Phyllis schenkte Charity ein eisiges Lächeln. »Sie können doch kaum etwas dagegen haben, daß Crazy Otis Landing einen neuen Namen bekommt.«

»Als Sprecherin der Ladenbesitzervereinigung von

Crazy Otis Landing möchte ich in aller Deutlichkeit sagen, daß wir sehr wohl etwas dagegen haben«, erwiderte Charity fest. »Der gegenwärtige Name hat Charakter und übt dadurch besondere Anziehungskraft auf Touristen aus. Deshalb möchten wir ihn behalten.«

Phyllis' Blick verengte sich. »Sie haben den Bericht des Ausschusses gehört. Alle sind sich einig, daß Crazy Otis Landing für vornehmere Gäste nicht elegant genug klingt.«

»Es ist mir gleich, was der Ausschuß beschlossen hat«, sagte Charity. »Sie können den Pier nicht ohne Erlaubnis seines Besitzers umbenennen.«

»Richtig.« Phyllis fixierte Elias mit einem siegessicheren Lächeln. »Da er heute abend anwesend ist, schlage ich vor, daß wir ihn gleich fragen, was er davon hält.«

Erwartungsvolle Stille legte sich über den Saal. Alle Blicke waren auf Elias gerichtet.

»Nun?« Charitys Augen funkelten. »Sag etwas.«

Elias schaute sie an und blickte dann auf Phyllis und den Stadtrat. »Der gegenwärtige Name paßt zum Pier. Wir behalten ihn.«

Phyllis' Gesicht verfinsterte sich. Wieder ging ein Raunen durch die Menge. Vereinzelt wurde geklatscht.

Charity setzte sich triumphierend. Radiance und Bea grinsten. In der letzten Reihe jubelte Newlin.

Gabe Saunders blickte ebenfalls finster drein. »Die Bürgermeisterin hat recht. Der Name ist nicht sehr elegant, Mister Winters.«

»Der Pier selbst ist auch nicht gerade elegant«, bemerkte Elias.

Phyllis schlug mit dem Hämmerchen auf den Tisch. »Ruhe bitte. Damit kommen wir zum zweiten Punkt, den der Ausschuß erörtert hat. Gabe, Sie haben die Möglichkeit untersucht, dem neuen Besitzer ein Angebot zu machen. Zu welchem Entschluß sind Sie gekommen?«

Gabe zuckte mit den Achseln. »Wie ich Ihnen gestern bereits sagte, Phyllis, können wir uns den Pier leisten, vorausgesetzt, daß er zum Verkauf ansteht und gesetzt den Fall, daß Mister Winters nicht mehr fordert als den aktuellen Marktpreis.«

Charity stieß Elias an. »Sag Ihnen, daß du den Pier nicht verkaufen möchtest.«

Elias warf ihr einen Blick zu. Dann wandte er sich gehorsam an den Stadtrat. »Der Pier ist nicht zu verkaufen.«

Wieder ging ein Raunen durch den Saal. Diesmal war es lauter als vorher. Charity erblickte Tom Lancaster, den Herausgeber des *Cove Herald*, der Tageszeitung von Whispering Waters Cove. Er machte sich auf einem Block Notizen.

Phyllis sah Elias an. »Sind Sie sich ganz sicher, Mister Winters? Die Stadt ist bereit, Ihnen ein gutes Angebot zu machen.«

Charity sprang wieder auf. »Sie haben doch gehört, was er gesagt hat. Der Pier steht nicht zum Verkauf.«

Phyllis gab sich alle Mühe, ihren Ärger zu unterdrükken. »Wenn ich recht informiert bin, gehört der Pier Mister Winters und nicht Ihnen, Charity. Hätten Sie etwas dagegen, ihn selbst antworten zu lassen?«

»Sie macht das doch sehr gut«, erwiderte Elias höflich. »Lassen Sie sie ruhig ausreden.«

Jemand lachte laut auf. Die Menge kicherte. Charity fühlte, wie sie rot wurde, während sie auf den Stuhl zurücksank.

»Wir werden die weitere Besprechung dieses Themas bis zur nächsten Sitzung vertagen.« Phyllis lächelte kühl und wandte sich an ein anderes Stadtratsmitglied. »Clark, wären Sie so freundlich, uns den Bericht des Rummelplatzausschusses zu geben?«

Clark Rogers stand auf.

Elias erhob sich ebenfalls. Wortlos drehte er sich um

und verließ den Saal. Unangenehm berührt sah Charity ihm nach.

Eine Stunde später war die Sitzung zu Ende. Charity und die anderen Ladenbesitzer versammelten sich auf den Stufen vor dem Rathaus. Alle waren bester Laune.

»Ich hoffe, damit ist die Sache ein für allemal aus der Welt«, meinte Bea. »Morgen weiß die ganze Stadt, daß wir der Bürgermeisterin und dem gesamten Stadtrat ins Gesicht gesagt haben, daß der Pier nicht zu verkaufen ist.«

Ted gähnte. »Ich hoffe nur, das war das letztemal, daß ich mir so eine Sitzung anhören mußte. Verdammt langweilig das Ganze.«

»So schnell wird Crazy Otis Landing nicht wieder auf der Tagesordnung stehen«, sagte Radiance. »Elias hat deutlich gemacht, daß der Pier weder umbenannt noch verkauft wird.«

»Bin ich froh, daß er heute abend an der Versammlung teilgenommen hat. Es gibt doch kein besseres Mittel, den Spekulationen ein Ende zu setzen, als wenn der neue Besitzer des Piers in aller Öffentlichkeit eine Stellungnahme abgibt«, fügte Yappy hinzu.

»Genau«, pflichtete Ted bei. »Die einzige Möglichkeit, dem Gerede ein Ende …« Das Geräusch herannahender Absätze ließ ihn innehalten. »Guten Abend, Phyllis. Wir haben uns gerade darüber unterhalten, daß die heutige Sitzung einigen Gerüchten ein Ende setzen wird.«

»Wenn Sie das glauben, Ted, dann erwartet Sie eine schöne Überraschung.« Phyllis erreichte das Grüppchen und fixierte Charity mit einem wütenden Blick. »Es sind gerade neue Gerüchte in die Welt gesetzt worden. Vielleicht haben Sie noch nicht davon gehört, aber das werden Sie früh genug.«

Charity seufzte. »Was soll das heißen?«

»Das fragen Sie noch?« Phyllis lächelte sie höhnisch

an. »Das müßten Sie eigentlich selbst herausfinden. Alle haben gesehen, wie Elias Winters genau das gesagt hat, was Sie ihm befohlen haben. Und alle wissen, daß Sie ein Verhältnis mit ihm haben. Man wird annehmen, daß Sie mit ihm ins Bett gehen, um Einfluß auf seine Entscheidungen zu nehmen.«

Charity stockte der Atem. »Das ist nicht wahr.«

Die Männer standen mit offenem Mund da.

»Das ist eine gemeine Lüge«, rief Radiance.

Bea war entrüstet. »Wie können Sie es wagen, eine solche Behauptung aufzustellen?«

Phyllis lächelte grimmig. »Ich berichte nur, was sich andere Leute erzählen. Ich persönlich glaube natürlich kein Wort davon.«

»Das möchte ich Ihnen auch geraten haben«, murmelte Bea.

»Schließlich weiß jeder, der Far Seas kennt, daß Charity nicht die geringste Chance hätte, den Geschäftsführer einer solchen Firma zu verführen, um seine Entscheidungen zu beeinflussen«, sagte Phyllis.

»Um Himmels willen, Phyllis.« Ted blickte sie an. »Das geht doch ein bißchen zu weit.«

Phyllis fuhr ihn an. »Sie meinen, ich übertreibe? Nun, lassen Sie mich eines sagen. Winters ist kalt und berechnend. Charity meint vielleicht, sie sei Herr der Lage. Ich vermute jedoch, Elias macht sich einen Spaß daraus, sie an der Nase herumzuführen, bis sein Geschäft mit den ausländischen Investoren unterschriftsreif ist.«

Newlin runzelte die Stirn. »Was für ein Geschäft soll das denn sein?«

Phyllis' Hände krampften sich um die Ledergriffe ihrer Handtasche. »Ich bin sicher, das werden wir alle noch früh genug erfahren. Aber lassen Sie sich eines gesagt sein: Elias Winters hat weder an Charity noch an Crazy Otis Landing ein persönliches Interesse. Ihm geht's nur ums Geschäft.«

Sie stolzierte die Treppe hinunter und ging mit großen Schritten Richtung Parkplatz. Ihre Schritte hallten im dichten Nebel.

Schweigend stand die kleine Gruppe auf der Treppe.

Charity blickte nachdenklich hinter Phyllis her. »Soll das heißen, ich bekomme nicht Ingrid Bergmans Rolle in der neuen Version von ›Berüchtigt‹, die in Whispering Waters Cove gedreht wird?«

13

Es ist leicht, Spiegelbilder auf der Wasseroberfläche zu sehen. Die Schwierigkeit liegt im Erkennen der Wahrheit.

›Der Weg des Wassers‹, aus dem Tagebuch von Haydon Stone

Charity sah nicht, daß Elias im Schatten der Veranda auf sie wartete, als sie den Wagen in der Auffahrt parkte und abschloß.

Sie war in Gedanken noch ganz bei der Szene vor dem Rathaus und spielte mit ihrem Schlüssel. Da merkte sie plötzlich, daß sie nicht allein war.

Elias trat leise aus dem Schatten in den Schein der schwachen Verandalampe. Wenn er sich nicht bewegt hätte, wäre er sicher unbemerkt geblieben. Vor Schreck fiel ihr der Schlüssel aus der Hand.

»Elias.«

Mit einer lässigen Bewegung fing er den Schlüssel auf. »Entschuldige.«

»Himmel, du hast mich fast zu Tode erschreckt.« Sie riß ihm den Schlüssel aus der Hand und ging rasch zur Tür. »Warum schleichst du hier nachts um mein Haus herum?«

»Ich habe auf dich gewartet.«

»Zu schade, daß du nicht vor dem Rathaus gewartet hast.« Sie schloß die Tür auf. »Du hast einiges verpaßt.«

»Was ist passiert?«

»Ach, das übliche – eine gemeine Wortfechterei zwischen mir und der Bürgermeisterin.« Charity ging hinein. »Sie hat gewonnen.«

Elias folgte ihr ins Haus. »Wie?«

»Mit einer Links-Rechts-Kombination. Zuerst beschuldigte sie mich, mit dir ins Bett zu gehen, um Einfluß auf deine Entscheidungen bezüglich Crazy Otis Landing zu nehmen. Und dann verpaßte sie mir einen Haken mit der Bemerkung, daß meine Bemühungen vergeblich wären, da du einfach zu clever für mich bist. Phyllis meint, du würdest mich nur benutzen.«

»Inwiefern?«

»Sie glaubt, du vertreibst dir mit mir die Zeit, während du den richtigen Zeitpunkt abwartest, deine Pläne für den Pier in die Tat umzusetzen.« Ihr Fuß streifte einen Gegenstand auf dem Boden. »Was ist denn das?«

Hastig tastete sie nach dem Lichtschalter, machte Licht und blickte auf den Boden. Dort lag ein mittelgroßer brauner Umschlag.

»Warte, ich heb' ihn auf.« Elias reichte ihr den Umschlag. »Hat wohl jemand unter der Tür durchgeschoben, als du heute abend weg warst.«

Prüfend blickte sie auf den verschlossenen Umschlag. Es stand weder ein Name noch eine Adresse darauf. »Wie lange hast du auf der Veranda gewartet?«

»Ungefähr eine halbe Stunde. Wer auch immer das gebracht hat, er war vor mir hier.«

»Und damit kommen wir zu einer interessanten Frage. Warum bist du hier?« Charity machte den Umschlag auf.

»Ich wollte dir sagen, daß du recht hast. Ich habe den ganzen Tag darüber nachgedacht. Morgen fahre ich nach Seattle und besuche Garrick Keyworth.«

Sein Tonfall gefiel ihr nicht. Charity legte den Umschlag beiseite und sah ihn an. »Bist du sicher, daß du das tun willst?«

Bewegungslos stand er in der Eingangstür, das Gesicht wie eine undurchsichtige Maske. »Ich bezweifle, daß es für mich oder Keyworth von Nutzen sein wird, aber mir fällt keine bessere Lösung ein, um mit dieser Situation fertig zu werden.

Charity ging auf ihn zu, umarmte ihn und drückte ihn fest an sich. »Mir auch nicht.«

Einen Augenblick lang stand er nur da, steif und unnachgiebig in ihren Armen. Doch dann seufzte er und legte die Arme um sie.

»Etwas ist mit mir geschehen, Charity. Meine Ausbildung, meine Philosophie, all die Dinge, die mein Leben im Gleichgewicht hielten, seit ich sechzehn war, all das scheint sich aufzulösen. Es ist, als ob ich Fernsehen schauen würde und einen schlechten Empfang hätte.«

»Wahrscheinlich geht es dir wie Crazy Otis nach Haydons Tod.«

Elias lachte heißer. »Vielleicht sollten wir dem Pier doch einen neuen Namen geben – Crazy Elias Landing, zum Beispiel.«

»Das Problem mit Keyworth hat dich auch nicht gerade weitergebracht. Nach Haydons Tod war das einfach zu viel für dich. Die Sache mit Keyworth war nicht ausgestanden und verfolgt dich jetzt.«

»Ja, ich sehe sogar Gespenster.« Er hielt sie fester. »Verdammt, ich wünschte, ich könnte noch ein letztes Mal mit Haydon sprechen.«

»Was meinst du, was würde er sagen?«

Elias schwieg eine lange Weile. »Betrachte das Spiegelbild im klaren Wasser, das nicht durch die Bilder der Vergangenheit verzerrt wird.«

»Verstehst du, was das heißt? Ich bin mir da nämlich nicht so sicher.«

»Ich glaube, es bedeutet, daß ich Keyworth ein letztes Mal sehen sollte.«

»Ich komme mit.«

»Nach Seattle? Nein. Ich weiß dein Angebot zu schätzen, aber ich muß diese Angelegenheit allein zu Ende bringen.«

»Ich weiß, aber ich könnte mit dir in die Stadt fahren. Davis ist zwar geschäftlich unterwegs, ich könnte mich jedoch mit meiner Schwester zum Mittagessen treffen, während du bei Keyworth bist.«

»Nun, dagegen ist nichts einzuwenden.« Er zögerte. »Ich muß dir etwas sagen, Charity. In letzter Zeit bist du das einzig Echte in meinem Leben.«

Die Bemerkung ließ Charity einen kalten Schauer über den Rücken laufen. Mit aller Kraft umarmte sie Elias, aber die Wärme seines Körpers konnte die Kälte, die seine Worte verursacht hatten, nicht auslöschen.

Was, wenn Elias sich nur zu ihr hingezogen fühlte, weil sie ihm half, gegen diese Selbstzweifel anzukämpfen? Sie fragte sich, was geschehen würde, wenn er die Depression überwunden hatte.

Ihre einzige Hoffnung war, daß er lernen würde, sie zu lieben, auch wenn er sie nicht länger brauchte, weil sie plötzlich wußte, daß sie ihn liebte.

Sie bot ihm die Lippen zum Kuß.

Elias küßte sie mit solch starker Begierde, daß alle ihre Zweifel und Ängste verschwanden. Zumindest für kurze Zeit.

Eine Stunde später riß sich Elias aus der wohligen Lethargie sexueller Befriedigung. Er legte sich auf den Rücken und sah an die Decke. Charity kuschelte sich an ihn; sie war warm, weich und wunderschön.

Es war ganz erstaunlich, wie alles um ihn herum wieder feste Formen annahm, seit er sich entschieden hatte, mit Keyworth zu sprechen. Er wußte nicht, was er seinem alten Erzfeind sagen sollte, aber seine Entscheidung war richtig. Er mußte es tun. Elias wußte auch, daß er Charity diese Einsicht verdankte und nicht Tal Kek Chara.

Er war an einem Scheideweg angelangt. Ihm widerstrebte es, alle möglichen Abzweigungen zu erkunden.

Aber es war nicht zu leugnen, daß der Entschluß, Keyworth zu besuchen, eine deutliche Abweichung von seinen Gewohnheiten darstellte. Zum erstenmal, seit er ein junger Mann war, hatte er eine wichtige Entscheidung getroffen, ohne vorher seine Philosophie zu Rate zu ziehen.

Ein gefährlicher Schritt. Er fühlte sich verwundbar.

Er hatte von Anfang an gewußt, daß Charity eine Bedrohung für seine sorgfältig strukturierte und in sich geschlossene Welt darstellte. Trotzdem hatte er sich in diese Beziehung gestürzt. Jetzt war es zu spät kehrtzumachen.

»Elias?«

»Ja?«

»Hast du Hunger?«

»Tja, ich hab' wohl vergessen, zu Abend zu essen.«

»Ich auch.« Charity setzte sich auf. »Ich war zu sehr damit beschäftigt, mir einen Verteidigungsplan für den Pier auszudenken.«

»Und ich habe den drei Musketieren, die mich gerettet haben, ein Bier spendiert. Newlin möchte übrigens, daß ich ihm Tal Kek Chara beibringe. Die Idee hat er wohl von dir.«

»Nein, das war seine eigene Idee. Hast du etwas dagegen?«

Er dachte nach. »Nein, aber ich weiß nicht, ob ich den Weg lehren kann. Ich war immer Haydons Schüler.«

»Jeder Lehrer war selbst einmal Schüler. Ich denke, anderen etwas beizubringen ist auch für den größten Meister ein wertvoller Lernprozeß.«

»Haydon sagte immer, Schüler und Lehrer spiegeln einander wider, so wie Wasser fließendes Licht reflektiert. Die Bilder bewegen sich in einem ständigen Fluß, sie sind nie gleich, aber immer gegenwärtig.«

»Das klingt wahrlich nach Haydon. Ziemlich geheimnisvoll. Wie wär's mit einem Happen zu essen? Nichts Besonderes, nur ein Sandwich mit Erdnußbutter. Oder etwas anderes?«

Er bewunderte den Glanz des bleichen Mondlichts auf ihrem Busen. Träumerisch streckte er die Hand aus und berührte ihre Brustwarze. Sie wurde hart wie eine Knospe. »Oder etwas anderes.« Er ließ die Hand zu ihrer Taille hinabgleiten und dann noch tiefer.

»Genug der Lüsternheit.« Sie gab ihm einen Klaps auf die tastende Hand. »Zeit, etwas zu essen.«

»Ja, dich könnte ich mit Haut und Haaren verspeisen.« Mit sanfter Gewalt drückte er sie in die Kissen zurück und suchte sich einen Platz zwischen ihren Schenkeln.

»Also wirklich, Elias. Wie kannst du nur gleichzeitig an Erdnußbutterbrote und Oralsex denken?«

»Das ist eine Frage des Appetits.« Er küßte die Innenseite ihrer Schenkel und atmete ihren sinnlichen Duft ein.

Sie rang nach Atem und krallte die Hände in sein Haar. »Findest du das nicht etwas gewagt?«

»Nein, nur wenn wir die Erdnußbutter mit ins Bett nehmen würden.«

»Bist du sicher?«

»Ganz sicher.« Er nahm ihre zarte Klitoris zwischen die Lippen. Sie wurde fest und rund und schmeckte einfach unglaublich gut.

»Elias.«

»Besser als Erdnußbutter.«

»Gut, gut, du hast gewonnen.« Plötzlich klang sie ganz atemlos. »Laß uns aber noch duschen, bevor wir die Brote machen.«

»Wenn du darauf bestehst.«

Eine halbe Stunde später stand Charity frisch geduscht in der Küche. Sie trug einen weißen Frotteebademantel und schnitt gerade einen Stapel Erdnußbutterbrote in der Mitte durch.

»Das Essen ist fertig.«

»Bin schon auf dem Weg.« Elias kam aus dem Bad.

»Weißt du, ich werde ein Glas Erdnußbutter nie mehr mit den gleichen Augen betrachten können wie vorher.«

»Ich auch nicht.« Er betrat die Küche. Über den Jeans trug er ein offenes Hemd. Das feuchte Haar hatte er sich mit den Fingern aus der hohen Stirn gestrichen. Gierig ließ er den Blick an ihrem Körper hinabgleiten. »Du kannst einem Mann ganz schön Appetit machen.«

»Setz dich, bevor du dich an deinem eigenen Geifer verschluckst.«

»Gute Idee.« Er brachte den braunen Umschlag mit. »Den hast du wohl vergessen?«

»Scheint so, als sei ich abgelenkt worden.« Sie stellte jedem einen vollgepackten Teller hin. »Mach ihn ruhig auf. Meine Hände sind etwas verschmiert.«

»Ich könnte sie dir ablecken.«

Sie warf ihm einen strafenden Blick zu. »Mach den Umschlag auf.«

»Spielverderberin.« Er setzte sich, öffnete den Umschlag und schaute hinein. »Sieht nach Fotos aus. Polaroids.«

»Wirklich?« Charity ging zum Spülbecken und wusch sich die Hände. »Wer würde mir einen Haufen Fotos schicken? Ist eine Nachricht dabei?«

»Nein, ich glaube nicht.« Elias drehte den Umschlag um und ließ die Fotos auf den Tisch fallen. »Nein, kein Zettel. Vielleicht hat jemand vom Pier die Aufnahmen gemacht und wollte, daß du sie siehst.« Er hielt kurz inne. »Nein, das kann nicht sein.«

Charity trocknete sich die Hände an einem Küchenhandtuch ab. »Was ist los?«

Er lehnte sich in seinem Stuhl zurück und deutete auf die drei Fotos auf dem Tisch. »Sieh selbst.«

Neugierig ging Charity zum Tisch und sah sich die Aufnahmen an.

Sie waren ziemlich unscharf. Der Hintergrund war nicht zu erkennen, die Farben verwaschen und die Bildqualität schlecht. Sie runzelte die Stirn, denn sie war sich zuerst nicht sicher, was sie da vor sich hatte.

Dann erkannte sie das Bild einer blonden Frau, die auf einem Bett lag und alle viere von sich streckte.

Hände und Füße waren mit Handschellen an das Bett gefesselt. Die Frau war lediglich mit einem ledernen Bikini bekleidet, dessen Höschen am Schritt offen war und dessen Büstenhalter zwei Öffnungen für die Brustwarzen hatte. Ein riesiger Dildo lag zwischen ihren Beinen. Neben ihr lag eine Reitpeitsche auf dem Bett.

»O Gott«, flüsterte Charity erschreckt. »Das ist ja Phyllis Dartmoor.«

Eine Viertelstunde später verschlang Elias gerade das letzte Erdnußbutterbrot. Er hatte gar nicht gemerkt, wie hungrig er gewesen war. Nun blickte er wehmütig auf seinen leeren Teller.

Er fühlte sich so gut wie schon lange nicht mehr.

Es hatte sich nichts geändert. Er mußte Keyworth entgegentreten. Aber der Entschluß, nach Seattle zu fahren, um die Situation zu bereinigen, hatte Klarheit in seinem Kopf geschaffen.

Außerdem hatte der Sex mit Charity Wunder auf seinen Realitätssinn gewirkt.

Aber Charity sah sehr beunruhigt aus. Er machte sich Sorgen um sie. Sie hatte kaum etwas gegessen. Ihre Augen wanderten immer wieder zu dem braunen Umschlag. Sie hatte die Bilder zurückgesteckt, als ihr klar wurde, was sie da vor sich hatte, aber in Gedanken war sie immer noch bei den Bildern.

Elias streckte seine Beine unter dem Tisch aus. »Was wirst du bezüglich der Fotos unternehmen?«

Charity seufzte. »Ich werde sie Phyllis geben, denke ich. Wüßte nicht, was ich sonst mit ihnen machen sollte.« Sie blickte ihm in die Augen. »Wer könnte sie unter die Tür geschoben haben? Und warum?«

Elias dachte kurz nach. »Da gibt es gar nicht so viele Möglichkeiten. Es ist ja kein Geheimnis, daß ihr beide euch in den letzten Monaten bekriegt habt. Vielleicht wollte dir jemand etwas gegen Phyllis in die Hand geben.«

»Das ist doch abartig.«

»Stimmt.«

»Was denkt dieser Mensch denn, was ich mit diesen schrecklichen Bildern machen werde?«

Elias zuckte die Achseln. »Die arme Phyllis erpressen? Sie von ihren Plänen hinsichtlich Crazy Otis Landing abbringen?«

»Das ist unglaublich. Wie kann denn irgend jemand annehmen, ich würde so etwas tun?«

»Es erscheint mir auch reichlich übertrieben«, stimmte Elias zu. »Wer auch immer das war, kennt dich wohl nicht besonders gut. Aber da bleiben trotzdem eine ganze Menge Leute übrig, eigentlich fast alle Bewohner von Whispering Waters Cove.«

»Ich kann mir keinen Reim darauf machen.« Charity zögerte. »Außer ...«

»Außer was?«

»Angenommen, Phyllis hat Feinde in der Stadt. Ich kann mir jedoch nicht vorstellen, wer das sein soll. Gut, sie ist manchmal sehr eigenwillig und schwierig, aber andererseits haben die meisten sie in ihren Plänen für den Pier unterstützt. Die einzigen, die dagegen waren, sind die Ladenbesitzer von Crazy Otis Landing, und ich weigere mich zu glauben, daß Bea, Radiance, Yappy oder Ted so etwas tun würden.«

»Klingt eher unwahrscheinlich.« Elias dachte nach. »Es gibt noch eine andere Möglichkeit.«

»Welche?«

»Vielleicht wollte derjenige, der diese Fotos gemacht hat, Phyllis damit erpressen, und sie hat sich geweigert zu zahlen.«

»Der Erpresser wollte sie dann damit bestrafen, daß er die Fotos unter meine Haustür schob? Er muß wohl angenommen haben, daß mir Phyllis derart verhaßt ist, daß ich sie mit diesen Bildern bloßstellen würde.« Charity verzog den Mund. »Da hat aber jemand eine sehr schlechte Meinung von mir.«

Elias runzelte die Stirn. »Es ist anzunehmen, daß dieser Mensch meint, alle anderen seien genauso anstandslos wie er.«

»Aber wenn er sich an ihr rächen wollte, warum hat er die Bilder nicht Tom von der Zeitung gebracht?«

»Selbst ein Boulevardblatt würde so etwas nicht drucken. Der *Cove Herald* ist eine seriöse Familienzeitung.«

»Stimmt.«

»Wenn man genauer darüber nachdenkt, ist es ziemlich logisch, daß der Erpresser dir die Fotos gegeben hat«, erklärte Elias. »Du bist die einzige in der Stadt, die mit Phyllis auf Kriegsfuß steht. Alle wissen, daß ihr zwei um den Pier kämpft.«

»Nun, dieser Kampf ist jetzt vorbei«, antwortete sie rasch. »Ich hatte gehofft, das Problem sei aus der Welt, nachdem du erklärt hast, der Pier stünde nicht zum Verkauf. Aber vielleicht glauben einige Leute immer noch, daß du ein paar ausländische Investoren aus dem Hut zaubern wirst. Schließlich bist du ja wirklich dieser mysteriöse Fremde, für den dich alle halten.«

Er blickte sie prüfend an. »Du glaubst mir doch, wenn ich dir versichere, daß ich nicht vorhabe, den Pier zu verkaufen?«

»Ja.«

»Warum?«

»Was meinst du mit ›warum‹?«

»Ich habe mich nur gefragt, warum du mir glaubst.«

»Im Gegensatz zu den meisten Leuten finde ich dich gar nicht so geheimnisvoll.«

Das war nicht die Antwort, die er sich erhofft hatte, aber wie die andere Antwort lauten sollte, wußte er auch nicht. Also gab er sich damit zufrieden.

»Was wirst du mit den Fotos machen?« fragte er.

Charity schüttelte sich. »Am liebsten würde ich sie verbrennen, aber ich fürchte, das wird das Problem auch nicht lösen.«

»Zum Glück sind es Bilder von einer Sofortbildkamera. Das bedeutet, daß es höchstwahrscheinlich keine Duplikate gibt.«

Charity blickte auf. »Bist du sicher?«

»Der Fotograf hätte die Bilder bei einem spezialisierten Labor kopieren lassen müssen, und ich denke nicht, daß ein renommiertes Labor solche Aufträge annimmt. Daher hat er eine Sofortbildkamera benutzt. Niemand würde solche Fotos überhaupt entwickeln.«

»Nun, das ist wenigstens etwas. Ich bringe Phyllis die Bilder gleich morgen früh, bevor wir nach Seattle fahren. Keine Ahnung, was ich ihr sagen werde, aber sie muß einfach wissen, was passiert ist.«

»Soll ich mitkommen?«

»Nein. Das würde sie nur noch mehr demütigen. Dann wüßte sie, daß du ebenfalls die Bilder gesehen hast.«

»Du hast wahrscheinlich recht – obwohl sie nicht gerade schüchtern ist, wenn man die Bilder betrachtet. Wer hätte gedacht, daß die Bürgermeisterin von Whispering Waters Cove auf Lack und Leder steht?«

»Jemand muß es gewußt haben«, flüsterte Charity. »Er hat versucht, dieses Wissen gegen sie zu verwenden. Ich frage mich nur, wer das miese Schwein ist.«

»Rick Swinton.« Zunächst hatte ihr Gesicht Erstaunen ausgedrückt. Nun war es wutverzerrt. Sie preßte die Lippen fest zusammen. Die Hand, in der sie die Fotos hielt, zitterte. »Dieser erbärmliche Hurensohn! Dieser gottverdammte, ekelhafte Bastard! Ich habe ihm gesagt, daß ich nicht bezahle. Ich war mir so sicher, daß er nur blufft.«

»Swinton?« rief Charity erstaunt. »Nun, ich nehme an, das paßt doch irgendwie zusammen. Er ist wirklich ein ganz mieser Kerl.«

»Einer von der übelsten Sorte. Wenn ich nur daran denke, daß ich ihn sogar ziemlich sexy fand, als er mich letzten Monat das erstemal besucht hat.« Phyllis' Mund war verzerrt. »Er wollte mit mir über eine Einigung zwischen der Gemeinde und den Voyagern reden. Dann hat er vorgeschlagen, daß wir zusammen Abendessen gehen. Er bestand darauf, in eine andere Stadt zu fahren, damit wir ungestört waren.«

Charity saß angespannt auf einem Sofa in Phyllis' elegantem Wohnzimmer. Sie dachte angestrengt nach, was sie Aufmunterndes sagen könnte. Es fiel ihr nichts ein. »Hat er die Fotos an diesem Abend gemacht?«

»Nein, das war nur der Beginn unserer Beziehung. Er hat die Bilder erst vor zwei Wochen gemacht.«

»Sind Sie mit ihm ausgegangen, seit die Voyager in der Stadt sind?« Kein Wunder, daß Phyllis dem Problem mit den Voyagern eher entspannt begegnet war.

»Sie können sich nicht vorstellen, wie das war. Rick ist einfach unglaublich im Bett. Ich hatte noch nie einen Mann kennengelernt, der es mit mir aufnehmen konnte, bis ich ihn traf.«

Charity schluckte. »Verstehe.«

Phyllis starrte auf eine Glasschale voller Rosen, die auf dem Couchtisch stand. »Er war der einzige Mann, der wirklich auf meine Bedürfnisse eingegangen ist und meine Fantasien verstand. Aber ich habe die Beziehung beendet, nachdem er diese Bilder gemacht hat. Er behauptete, sie gehörten dazu, seien Teil unseres Spiels. Aber ich bin unruhig geworden. Ich mußte an meinen Beruf denken. Dann hat er Forderungen gestellt und wollte mich erpressen.«

»So eine Gemeinheit.«

»Ich habe versucht, die Fotos zurückzubekommen. Sein Wohnmobil habe ich durchsucht. Das war in der Nacht, als die albernen Voyager alle am Strand waren und auf die Raumschiffe warteten. Aber ich konnte sie nirgends finden.«

Also war es Phyllis gewesen, die sie aus Rick Swintons Wohnmobil hatten kommen sehen. Damit wäre eines der vielen Rätsel gelöst, dachte Charity.

»Es geht mich ja nichts an, aber ich finde, Sie haben richtig gehandelt, als Sie sich weigerten, auf Swintons Erpressungsversuche einzugehen«, meinte Charity. »Es ist ganz offensichtlich, daß er sich an Ihnen rächen wollte, indem er die Fotos unter meine Haustür schob. Keine besonders gute Idee.«

»Er muß wohl geglaubt haben, Sie würden die Fotos irgendwie gegen mich verwenden. Vielleicht wollte er mich einfach nur demütigen. Rick hat immer das Bedürfnis, sich an anderen zu rächen, aber ich dachte, er hätte bezüglich der Bilder nur geblufft.«

»Wirklich ein charmanter Kerl.«

Phyllis sah Charity prüfend an. »Sie sind nicht auf ihn hereingefallen.«

»Er ist nicht mein Typ.«

»Sie Glückliche. Das hat ihn irritiert, wissen Sie.«

»Was?«

Phyllis zuckte mit den Achseln. »Die Tatsache, daß Sie nicht mit ihm ausgehen wollten. Er hat es ein paarmal erwähnt. Es wurmte ihn ganz offensichtlich. Ich bin überrascht, daß er nicht versucht hat, es Ihnen heimzuzahlen.«

Plötzlich erinnerte sich Charity an den Abend, als sie nach Hause kam und ihre Wohnung verwüstet vorfand. Sie hatte sich geweigert, mit Rick Swinton auszugehen. Knapp eine Woche später war es passiert. »Vielleicht hat er das doch«, sagte sie leise.

Phyllis schien sie nicht gehört zu haben. »Sie sind mit den Fotos direkt zu mir gekommen. Sie haben gar nicht versucht, mir irgendwie eins auszuwischen.«

Charity war entrüstet. »Für wen halten Sie mich?«

»Nun, Sie haben in den letzten Monaten immer wieder deutlich gemacht, daß Sie gegen mich kämpfen würden, wenn es um Crazy Otis Landing geht – koste es, was es wolle.«

»Sie haben wohl eine ziemlich schlechte Meinung von mir, wenn Sie auch nur annehmen können, ich würde die Bilder gegen Sie verwenden.«

Phyllis wurde rot. »Entschuldigen Sie. Ich sollte Ihnen auf Knien danken, statt Sie anzugreifen. Wahrscheinlich bin ich inzwischen einfach so daran gewöhnt, in Ihnen eine Feindin zu sehen. Es fällt mir schwer zu begreifen, daß Sie mir heute einen großen Gefallen erwiesen haben.«

»Habe ich das? Nun, ich denke, Sie hätten das gleiche für mich getan. Im Streit um den Pier haben wir auf unterschiedlichen Seiten gekämpft, aber deswegen hassen wir uns doch nicht.«

Phyllis runzelte die Stirn. »Nein, natürlich nicht.«

»Außerdem sind wir beide auf Fairneß bedacht.«

»Ja, aber manchmal ist es leichter, wenn man sich nur auf sein Ziel konzentriert. Wenn man vergißt, daß es auch um Menschen geht. So geht es einem oft als Anwalt oder in der Politik.«

»Es gibt auch noch andere Dinge, die so etwas bewirken können.« Charity blickte auf den Umschlag. »Sind das alle Fotos?«

»O ja, Gott sei Dank. Als mir klar wurde, was er tat,

habe ich mich befreit. Ich habe die Handschellen geöffnet und den Fotoapparat zerschmettert. Aber da hatte er bereits drei Bilder gemacht.« Tränen stiegen ihr in die Augen. »Ich kann immer noch nicht glauben, daß ich so dumm war.«

Charity war ganz überrascht, die unbezwingbare Phyllis Dartmoor weinen zu sehen. »Nicht doch, es wird ja alles wieder gut.« Sie ging rasch zu ihr und legte den Arm um sie. Da erinnerte sie sich an das, was Elias gesagt hatte. »Wenigstens handelt es sich nur um Polaroids, das heißt, es ist ziemlich unwahrscheinlich, daß es irgendwelche Abzüge davon gibt.«

Phyllis Augen weiteten sich vor Schreck. »Himmel, daran habe ich noch gar nicht gedacht.«

»Wenn man sich die Fotos so anschaut, sieht man, daß Swinton kein Profi ist. Man kann guten Gewissens annehmen, daß er in seinem Wohnmobil nicht über Möglichkeiten verfügte, Duplikate anzufertigen. Und in ein Fotolabor konnte er sie ja schlecht bringen.«

»Das stimmt.« Phyllis wischte sich die Tränen weg. Sie hatte ihre Fassung ein wenig zurückgewonnen. Sie blickte Charity an. »Ich werde sie sofort verbrennen.«

»Eine gute Idee.« Charity umarmte sie kurz. »Halten Sie die Ohren steif, Phyllis. Jetzt haben Sie die Fotos, damit ist das Schlimmste überstanden.«

»Sie haben recht.« Phyllis hob den Kopf. Ihr Selbstvertrauen schien bereits wieder die Oberhand zu gewinnen. »Ich schwör's Ihnen, ich könnte ihn umbringen, diesen dreckigen Swinton.«

Charity erhob sich und ging hinaus.

Eine Stunde später saß sie neben Elias in ihrem Toyota. Sie mußte immer noch an das Gespräch mit Phyllis denken, während sie auf die Straße blickte. Der Nebel hatte sich aufgelöst, aber es hatte zu regnen begonnen. Feuchtigkeit tropfte von den hoch aufragenden Tannen am Straßenrand. Das Meer war bleigrau.

Elias saß am Steuer. Er fuhr ihren Wagen, wie er alles andere machte: beherrscht und gelassen zugleich. Charity spürte, wie er immer tiefer in die kalten Gewässer seiner eigenen Gedanken versank.

»Was hast du mit Otis gemacht?« fragte sie, um das Schweigen zu brechen.

»Ich hab' ihn bei Yappy gelassen.«

»Das ist gut. Otis gefällt es auf dem Karussell. Nach Haydons Tod gab es Tage, an denen nur eine Runde auf dem Karussell ihn ein wenig aufheitern konnte.«

»Weißt du, Charity, Otis ist wirklich sehr dankbar dafür, daß du dich nach Haydons Tod um ihn gekümmert hast. Er weiß nur einfach nicht, wie er seine Dankbarkeit ausdrücken soll.«

»Ja, ja.«

14

Wer den künftigen Lauf eines Flusses ändern will, muß zulassen, daß seine Hände von den Wassern der Vergangenheit benetzt werden.

›Der Weg des Wassers‹, aus dem Tagebuch von Haydon Stone

»Sie haben es also geschafft, hier einzudringen, Winters.« Garrick Keyworth hatte sich nicht umgedreht. Seine Stimme kam aus den Tiefen eines Ohrensessels, der dem regendurchnäßten Garten zugewandt war. »Enttäuscht, daß ich keinen Erfolg hatte? Pillen mochte ich noch nie leiden. Ich konnte die verdammten Dinger nicht lange genug bei mir behalten, bis sie wirkten. Aber seien Sie nicht traurig, vielleicht klappt es ja beim nächstenmal. Dann schluck' ich vielleicht was Stärkeres.«

»Meinetwegen brauchen Sie es nicht zu tun, Keyworth.« Elias schritt langsam über die Terrakotta-Fliesen des Wintergartens.

Keyworth' Villa war aus Backsteinen gebaut und riesengroß. Sie stand am Ufer des Lake Washington. Früher war sie sicher höchst elegant eingerichtet gewesen, aber nun hallten Elias' Schritte nur hohl und trostlos in der dunklen, holzgetäfelten Vorhalle, die zum Wintergarten führte. Das Haus schien keine Seele zu besitzen; wahrscheinlich war sie bereits vor langer Zeit gestorben.

Er hatte an einem elektronisch gesicherten Tor, zwei Rottweilern, einem übelgelaunten Gärtner und der Haushälterin vorbei gemußt, um mit Keyworth sprechen zu können. Aber jetzt, da er hier war, wußte er nicht recht, was er sagen sollte.

»Quatsch«, stieß Keyworth hervor. »Das ist die perfekte Rache. War es nicht das, was Sie wollten? Rache?«

»Für die perfekte Rache müssen Sie am Leben bleiben. Ich möchte, daß Sie in den Fluß der Zukunft blikken und das ändern, was Sie dort sehen.«

»Was reden Sie da für einen Blödsinn? Was ist das für ein Hokuspokus? Jemand hat mir erzählt, Sie wären Anhänger einer merkwürdigen asiatischen Philosophie. Wie auch immer, lassen Sie mich damit in Frieden. Ich bin vielleicht suizidgefährdet, aber verrückt bin ich nicht.«

»Ihr Sohn war gestern bei mir.« Elias ging um den Ohrensessel herum, damit er Keyworth ins Gesicht sehen konnte.

Er war nicht darauf gefaßt gewesen, in ein ausgezehrtes blasses Gesicht mit toten Augen zu blicken. Es war fast zwölf Uhr mittags, aber Keyworth war nur in einen Schlafanzug und einen Morgenmantel gekleidet. An den Füßen trug er Pantoffeln. Das Frühstück auf dem Tisch neben sich hatte er nicht angerührt.

»Justin war bei Ihnen?« Keyworth' Stimme klang ausdruckslos und flach. Er starrte an Elias vorbei in den Garten. »Was, zum Teufel, wollte er von Ihnen?«

»Sich rächen.«

Keyworth' Miene verfinsterte sich. »Was soll das heißen?«

»Schauen Sie sich mal mein Gesicht an, Keyworth. Das blaue Auge habe ich Justin zu verdanken.«

Überrascht hob Keyworth den Kopf und blickte in Elias' Gesicht. »Wollen Sie damit sagen, Justin hätte Sie angegriffen?«

»O ja. Er hätte mich glatt zusammengeschlagen, wenn nicht jemand dazwischengegangen wäre.«

»Warum hat er das getan?« Keyworth sah richtig überrascht aus.

»Können Sie sich das nicht denken? Er gibt mir die

Schuld für Ihren Selbstmordversuch. Kommt Ihnen das nicht bekannt vor, Keyworth? Erkennen Sie das Muster der Wellen auf dem Wasser?«

»Ich verstehe Sie nicht.«

»Nein?« Elias wandte den Blick von Keyworth gespenstischem Gesicht.

Er ging zum Fenster und blickte hinaus in den Garten. Die Oberfläche des Sees war grau. Im Hintergrund war die Skyline von Seattle zu erkennen. Wie dunkle Schatten standen die Hochhäuser im Nebel. Charity mußte jetzt gerade in einem dieser Wolkenkratzer sein. Er wünschte, sie wäre statt dessen in diesem Augenblick hier. Sie hätte gewußt, wie man sich in dieser Situation verhalten mußte. Er merkte, daß er sich ziemlich dumm anstellte.

»Verdammt noch mal, sagen Sie, was Sie zu sagen haben, Winters.«

»Es ist kein Geheimnis, daß Sie und Ihr Sohn sich nicht besonders gut verstehen, Keyworth. Aber jetzt, wo es ihnen schlechtgeht, hat Justin bewiesen, daß Blut dikker ist als Wasser. Er ist zu mir gekommen, weil er mir die Schuld für das gibt, was Ihnen zugestoßen ist.«

»Das ist schwer zu glauben. Justin interessiert sich nicht im geringsten für mich. Er möchte mich aus dem Weg haben.«

Gedankenverloren strich Elias sich über das blaue Auge. »Den Eindruck hatte ich nicht.«

»Sie wissen gar nichts über Justin.«

»Da muß ich Ihnen aber widersprechen.« Elias drehte sich langsam um. »Ich weiß eine ganze Menge über ihn. Als ich an meinem Plan arbeitete, habe ich mich lange mit ihm befaßt, genau wie mit allen anderen, die etwas mit Ihnen und Ihrer Firma zu tun haben. Ich kann Ihnen sagen, warum Ihre Frau Sie verlassen hat. Ich weiß auch, daß Ihr Mann für Südostasiengeschäfte ein Verhältnis mit seiner Sekretärin hatte. Und ich weiß, warum Ihr Repräsentant in Singapur von der Konkurrenz abgeworben wurde.«

»Das glaube ich Ihnen sogar.« Keyworth lehnte den Kopf zurück und schloß die Augen. »Ihre Pläne waren ja bis ins letzte Detail durchdacht. Sie haben Ihre Berufung verpaßt. Sie hätten in die Politik gehen oder für den Geheimdienst arbeiten sollen. Ich bin noch nie einem Strategen wie Ihnen begegnet.«

»Interessiert es Sie, was ich über Justin in Erfahrung gebracht habe?«

»Ich möchte lieber wissen, warum Sie mir überhaupt etwas über ihn erzählen wollen. Gehört das zu Ihrem Racheplan? Wenn ja, können Sie sich die Mühe sparen. Sie können meiner Beziehung zu Justin keinen Schaden zufügen, denn ich habe ihn schon vor Jahren verloren.«

»Sie könnten ihn zurückgewinnen.«

»Hören Sie auf, von Justin zu reden.« In Keyworth' Augen war zum erstenmal der Anflug eines echten Gefühls zu sehen. »Lassen Sie ihn aus der Sache heraus.«

»Er ist aber ein Teil davon.«

»Nein, das ist er bei Gott nicht.« Keyworth wurde wütend. »Er hat nichts mit den Ereignissen auf Nihili zu tun. Damals war er noch nicht einmal geboren. Tun Sie mit mir, was immer Sie für nötig halten, Sie kaltblütiger Mistkerl. Aber lassen Sie ihn aus dem Spiel.«

»Justin hat nichts von mir zu befürchten – aber von Ihnen.«

»Was reden Sie da?«

»Sie sind derjenige, der ihm etwas antun kann. Ja, wenn Sie nicht aufpassen, könnte er genauso werden wie ich. Er könnte so ein kaltblütiger Mistkerl werden, der jahrelang Rachepläne schmiedet. Ist es das, was Sie wollen?«

»Was für eine dumme Frage«, stieß Keyworth hervor.

»Es gibt eine andere Möglichkeit. Vielleicht wird er so wie Sie, Keyworth: ein Roboter, der seine Familie opfert und auch alles andere, was im Leben zählt. Jemand, der es nicht schafft, sich von der Vergangenheit zu befreien.«

Keyworth versuchte aufzustehen. Seine Arme zitterten. Seine eben noch völlig toten Augen blickten wutentbrannt. »Was wird hier gespielt? Warum reden Sie andauernd von meinem Sohn?«

Elias versuchte, sich zu beruhigen. Er hatte gewußt, daß ihm das Ganze nahegehen würde. »Wenn Sie Justin retten wollen, hören Sie auf mich. Tun Sie ihm nicht an, was meine Eltern mir angetan haben. Lassen Sie ihn nicht allein.«

Keyworth bewegte die Lippen. Er brauchte mehrere Anläufe, bevor er reden konnte. »Was soll das heißen?«

»Sie haben Ihren Sohn jahrelang vernachlässigt, weil Sie zu sehr damit beschäftigt waren, gegen die Dämonen in Ihrem Kopf zu kämpfen. Meine Eltern haben mir das gleiche angetan. Meine Mutter hat Selbstmord begangen. Mein Vater war immer nur mit sich selbst beschäftigt. Er hatte nie Zeit für mich. Und dann hat er sich in das Flugzeug gesetzt, das Sie sabotiert haben. Er wußte, daß es so gut wie fluguntüchtig war, und ist nie zurückgekehrt.«

»Ich sagte ihnen doch, daß ich niemals die Absicht hatte, Austin Winters' Leben zu gefährden.«

»Nun ja, es kam eben anders. Sie beide haben dort draußen auf Nihili mit harten Bandagen gekämpft, und einer ging dabei drauf. Ein Junge wurde Waise. Jemand nahm sich seiner an und zog ihn auf. Und jetzt versuchen Sie, sich umzubringen. Wenn es Ihnen gelingt, wird auch Ihr Sohn seinen Vater verlieren. Sehen Sie nicht, daß sich die Vergangenheit wiederholen könnte?«

»Justin braucht mich nicht. Mein Sohn verachtet mich. Außerdem ist er kein Kind mehr. Er ist ein Mann von fünfundzwanzig.«

»Der junge Mann, der mir dieses blaue Auge verpaßt hat, braucht Sie dringend. Wenn Sie es nicht schaffen, Ihr Verhältnis zu ihm zu verbessern, wird er werden wie Sie oder ich. Kein sehr schönes Erbe, das Sie Ihrem Sohn hinterlassen, oder?«

Elias wartete die Antwort nicht ab. Ihm war klar, daß er ein heilloses Durcheinander angerichtet hatte. Er wußte einfach nicht, was er noch sagen sollte. Er ging an Garrick Keyworth vorbei und lief durch die trostlose Vorhalle hinaus in den grauen Nebel.

Ein dunkelgrüner Porsche bog soeben in die Auffahrt und hielt mit einem scharfen Ruck. Justin Keyworth sprang aus dem Wagen.

»Was tun Sie hier, zum Teufel?«

»Sie sind aber schnell hergekommen.« Elias öffnete die Tür von Charitys Auto. »Hat die Haushälterin Sie angerufen?«

Justin ballte die Hände zu Fäusten. »Ich fragte Sie, was Sie hier zu suchen haben, Winters.«

»Ich weiß es nicht genau.« Elias setzte sich ans Steuer und ließ den Wagen an. »Haben Sie schon einmal bemerkt, wie schwer es ist, die genaue Stelle zu erkennen, an der der Fluß der Vergangenheit und der Fluß der Zukunft sich vereinigen?«

Justin runzelte erstaunt die Stirn. »Jemand meinte, Sie seien etwas merkwürdig, Winters. Ich konnte das nicht glauben, aber jetzt stelle ich mir doch Fragen.«

»Das tun wir beide.« Elias schlug die Tür zu.

Er fuhr die lange Auffahrt hinunter. Bloß schnell weg von diesem traurigen Ort. Er mußte Charity finden.

Der äußerst sorgfältig gekleidete junge Mann sprang auf, als er Charity an seinem Schreibtisch vorbeilaufen sah.

»Moment mal, Sie können da nicht rein. Ich sagte Ihnen doch, daß Miß Truitt in einer Besprechung ist.«

»Mich können Sie nicht an der Nase herumführen.« Charity winkte dem Sekretär fröhlich zu, während sie auf die geschlossene Tür des hinter seinem Schreibtisch gelegenen Büros zuging. »Ich weiß, daß Meredith immer mitteilen läßt, sie sei in einer Besprechung, wenn sie eine Weile allein sein will. Keine Angst, ich biege es wieder hin, falls sie sich gestört fühlen sollte. Mein Wort gilt etwas in dieser Firma.«

»Bitte, Sie verstehen nicht …«

Charity warf ihm ein Lächeln zu und drückte die Türklinke herunter. »Hallo Meredith«, rief sie fröhlich. »Ich bin's, deine Schwester. Hast du Lust, mit mir essen zu gehen?«

Doch Meredith saß nicht an ihrem Schreibtisch. Charity sah zwei verschlungene Körper, die versuchten, sich so schnell wie möglich von einander zu lösen.

»Sanderson, ich habe Ihnen doch gesagt, daß ich nicht gestört werden möchte.« Meredith war offensichtlich gerade dabeigewesen, jemanden leidenschaftlich zu küssen, und starrte Charity nun böse an. Sie mußte an den breiten Schultern eines blonden Wikingers vorbeischauen, um sehen zu können, wer da in ihr Büro eingedrungen war. *»Charity.«*

Charity blieb abrupt stehen. Sie traute ihren Augen kaum: ihre Stiefschwester in den Armen von Brett Loftus. »Oh.«

»Was soll das?« Brett ließ Meredith langsam los und drehte sich um. Verärgerung stand in seinen attraktiven Zügen. Dann erkannte er Charity. Eine tiefe Röte stieg ihm ins Gesicht. Mit der Hand strich er sich durch das sonnengebleichte Haar und rückte seine teure Seidenkrawatte zurecht. »Oh, hallo Charity. Was für eine Überraschung.«

»Ich sollte in Zukunft lieber doch auf deinen Sekretär hören, Meredith.« Charity wich zurück. Sie wollte wieder gehen. »Entschuldigung. Ich war gerade in der Stadt und dachte, du würdest vielleicht mit mir zu Mittag essen.«

Meredith blickte Brett an, der die Brauen hochzog und mit den breiten Schultern zuckte. Charity spürte, daß die beiden sich ein Zeichen gegeben hatten.

Meredith drehte sich nun entschlossen zu Charity um. »Mittagessen hört sich gut an. Laß uns in meinen Klub gehen. Ich muß dir etwas Wichtiges erzählen.«

»Was soll ich sagen?« Meredith blickte Charity über den Tisch hinweg an. Das Tischtuch war weißer als ein frischgestärktes Hemd. »Du hattest recht, als du letzten Sommer meintest, ich fände Brett so wunderbar und daß ich ihn heiraten sollte. Wir werden unsere Verlobung in ein paar Wochen bekanntgeben.«

»Herzlichen Glückwunsch.« Charity nahm noch von der Krebspastete und tunkte sie in den scharfen Meerrettich-Dip. »Vielleicht kann ich hellsehen.«

Sie sah ihre Stiefschwester prüfend an, während ihr der Meerrettich die Sinne klärte. Meredith sah gut aus. Besser als nur gut. Sie strahlte geradezu. Die Arbeit und Brett Loftus schienen ihr offensichtlich gutzutun.

Meredith' rotblondes Haar war hochgesteckt und betonte die Form ihres wunderschönen Gesichts. Das dunkle Kostüm mit dem schmalen Rock paßte sehr gut zu ihrer Rolle als Geschäftsfrau. Ihr Lippenstift war farblich mit dem Nagellack abgestimmt. Sie schien sich in dem exklusiven Geschäftsklub sehr zu Hause zu fühlen.

Das Bild der erfolgreichen Geschäftsfrau wurde nur durch eine gewisse Ängstlichkeit in ihren grünen Augen getrübt.

Es war etwa zehn nach eins. Der elegante Saal war voller Geschäftsleute. Gedämpfte Gespräche und das dezente Geklapper von Porzellan erfüllten den Raum.

Das alles weckte Erinnerungen in Charity. Sie dachte

an all die Geschäftsessen, die sie einst an diesem Ort gegeben hatte. Vor nicht allzu langer Zeit hatte der Küchenchef Charity immer persönlich begrüßt. Der Oberkellner kannte ihren Geschmack genau, so daß sie noch nicht einmal auf die Karte schauen mußte, wenn sie etwas zu essen bestellte. Trotzdem weinte sie dieser Zeit keine Träne nach.

Meredith runzelte die Stirn. »Es war sicher ein Schock für dich, Charity, so unvorbereitet über meine Beziehung zu Brett zu erfahren.«

»Nicht wirklich.«

»Es ist mir nicht recht, daß du es auf diese Art und Weise erfahren mußtest. Ich hätte dir gerne ...« Meredith unterbrach sich. »Was meinst du mit ›nicht wirklich‹? Wußtest du von Brett und mir? Das ist unmöglich. Wir haben uns sehr diskret verhalten. Wie hättest du davon erfahren sollen?«

»Ich habe nicht behauptet, von eurer Beziehung gewußt zu haben. Ich meine nur, daß ich nicht schockiert darüber bin.«

Meredith betrachtete sie mit Unbehagen. »Bist du sicher, daß es dir nichts ausmacht? Es ist ja erst ein Jahr her, daß du selbst mit Brett verlobt warst.«

»Nicht ganz.«

Meredith wurde rot. »Gut, du warst beinahe mit ihm verlobt – du weißt schon, was ich meine. Ihr zwei wart ein Paar und wolltet heiraten.«

»Es hätte niemals geklappt. Das wußte ich schon lange vor der Verlobungsfeier, und ich glaube, Brett wußte es auch. Ich verstehe nicht, warum wir uns nicht schon früher getrennt haben.«

Meredith blickte kurz auf den gegrillten Lachs auf ihrem Teller. »Brett hat mir gesagt, daß er sich auch Sorgen machte, aber nicht wußte, worin das Problem lag. Er dachte, ihr würdet beide nur etwas mehr Zeit miteinander verbringen müssen, um euch besser kennenzulernen. Er nahm an, daß euch die Zeit nach der Verlobung Gelegenheit dafür bieten würde.«

»Brett ist sicher zu gut erzogen, um dir die ganze Wahrheit zu sagen«, erwiderte Charity trocken. »Wir haben die ganze Sache forciert, weil wir vor allem die Geschäftsinteressen im Auge hatten.«

»Ich weiß, daß alle sowohl die Heirat als auch die Fusion für einen guten Schachzug hielten.«

»Die Firmen Truitt und Loftus passen sehr gut zusammen, und deshalb fühlten Brett und ich uns verpflichtet, das zu tun, was am besten für unsere Familien und unsere Unternehmen war. Wir mochten uns, aber wir wollten nicht zugeben, daß unsere Entscheidung für die Verlobung auf geschäftlichen Interessen beruhte.«

»Gott sei Dank bist du in letzter Minute zur Besinnung gekommen.«

Charity hob die Brauen. »Willst du damit sagen, Gott sei Dank hat sie diesen Zusammenbruch gehabt? Seien wir ehrlich. Ich bin nicht zur Besinnung gekommen, ich war reif für die Klapsmühle.«

»Nein, das war kein Nervenzusammenbruch. Du mußtest dich nur diesem ungeheuren Druck entziehen. Etwas in dir hat diese Entscheidung für dich getroffen.«

»Nenne es, wie du willst.« Charity seufzte. »An diesem Abend wurde mir plötzlich bewußt, daß ich die Sache nicht durchziehen konnte. Ich habe große Angst bekommen.«

»Und das war dein gutes Recht. Davis und ich haben uns lange unterhalten, als du nach Whispering Waters Cove gezogen bist.«

»Ach ja?«

»Uns wurde klar, was es für dich bedeutet haben muß, die Firma nach Moms und Dads Tod zu leiten. Damals herrschte ein wahnsinniges Chaos. Das Schicksal vieler Menschen hing von dir ab. Verwandte, Angestellte, Lieferanten, Kunden … Und dabei lag es dir noch nicht einmal, so ein Unternehmen zu leiten. Das hast du nur Dad zuliebe getan.«

»Die Sache mit Brett war meine eigene Schuld. Ich hätte dir und Davis die Firma viel früher anvertrauen sollen.«

»Wir waren aber bis vor einem Jahr noch nicht dazu in der Lage«, erwiderte Meredith. »Uns fehlte die Erfahrung. Dir haben wir es zu verdanken, daß wir unsere Ausbildung beenden und unseren Beruf lernen konnten. Weißt du, wen ich am meisten zu schätzen weiß, wenn ich so zurückblicke?«

»Wen?«

»Dich.

Charity war überrascht. »Mich?«

»Ja, dich.« Meredith lächelte. »Du hast Davis und mich nie spüren lassen, daß wir irgendeine Verpflichtung hätten, die Leitung von Truitt zu übernehmen. Du hast uns die Wahl gelassen. Uns ist beiden klargeworden, daß du selbst nie gedacht hast, du könntest dich frei entscheiden.«

Charity errötete. Die Bewunderung in den Augen ihrer Stiefschwester machte sie verlegen. »Vergiß es. Ich habe nicht mein Leben dafür geopfert. Ich bin gerade dreißig geworden, weißt du? Ich habe noch das ganze Leben vor mir.«

»Ja, sicher.« Meredith' Blick verengte sich. »Bist du wirklich glücklich dort draußen in diesem Dorf?«

»Ja.«

»Charity, es ist jetzt ein Jahr her. Du hattest Zeit, wieder zu dir selbst zu finden. Vermißt du nicht die guten Restaurants? Das Theater? Die Läden? Dein Buchladen ist ja so klein und kann doch sicherlich keine Herausforderungen bieten, nachdem du Truitt geleitet hast. Wie hältst du das aus? Langweilst du dich nicht zu Tode?«

»Es ist ganz erstaunlich, was an einem kleinen Ort

wie Whispering Waters Cove so alles passiert. Außerdem habe ich mich in der Geschäftswelt nie wirklich wohl gefühlt. Ich bin die geborene Kleinunternehmerin. Wie ich schon zu Elias sagte, es ist eine Berufung.«

Meredith wurde hellhörig. »Elias?«

»Elias Winters.«

»Von der Far Seas Incorporated?«

»Ja.«

»Davis hat erwähnt, Winters sei in ein Geschäft mit dem Pier verwickelt.«

»Das stimmt nicht ganz. Er hat dort einen kleinen Laden, aber ansonsten läuft dort nichts Besonderes.«

»Davis nimmt an, daß Far Seas ein größeres Projekt in der Bucht vorbereitet.«

»Nein, das stimmt nicht. Elias Winters und Far Seas haben kürzlich ebenfalls einige Veränderungen durchgemacht. Elias hat sich entschieden, in Whispering Waters Cove zu bleiben.«

»Charity, sei doch mal realistisch. Du hast dich vielleicht entschieden, aus der Geschäftswelt auszusteigen, aber es ist ziemlich unwahrscheinlich, daß Winters das gleiche getan hat. Er hat wirklich schon so manchen wichtigen Deal ausgehandelt.«

»Ja, das weiß ich, aber er wird Crazy Otis Landing nicht an einen seiner Kunden verkaufen.«

Meredith lehnte sich vor. »Davis hat mir erzählt, er sei … hm, etwas seltsam.«

»Das ist richtig.«

»Man könnte meinen, ihr beide würdet euch näher kennen.«

»Nun, wenn du es genau wissen willst, wir haben ein aufregendes Verhältnis miteinander.«

Meredith starrte sie an. »Ich nehme an, das soll ein Witz sein.«

»Nein.«

»Ein Verhältnis mit Winters? Das ist nicht dein Ernst.«

»Warum nicht?«

»Weil es sich um Elias Winters, den Leiter von Far Seas handelt.« Meredith war sichtbar verzweifelt. »Wenn er ein Verhältnis mit dir hat, dann nur aus einem Grund. Er will die Beziehung zu dir irgendwie für einen Deal in Whispering Waters Cove nutzen.«

»Vielen Dank.« Charity verzog das Gesicht. »Warum denken alle, daß Elias mich für einen skrupellosen Plan mißbraucht?«

»Weil sich jeder, der etwas über Winters weiß, denken kann, was er vorhat. Davis hat ein paar Informationen einholen lassen, als du seinen Namen das erstemal erwähnt hast. Er meint, der Typ sei irgendwie ...«

»Seltsam? Ich weiß.«

»Wie wär's mit ein paar konkreteren Angaben?« Meredith unterbrach sich, als ein Schatten auf den Tisch fiel. »Oh ... hallo, Brett.«

»Ich dachte, ich setze mich auf einen Kaffee zu euch.« Brett nahm neben Meredith Platz. Er lächelte Charity verlegen an. »Ehrlich gesagt, ich war ganz krank vor Neugier. Alles in Ordnung mit euch?«

»Ja, sicher«, erwiderte Charity. »Wir sind fast fertig.«

»Meredith wußte nicht, wie sie dir von unserer Beziehung erzählen sollte. Ich habe ihr geraten, offen mit dir zu sein, aber sie fürchtete, dich zu verletzen.«

Charity lächelte. »Ich freue mich für euch beide. Ihr seid ein perfektes Paar.«

Brett grinste. »Ganz meine Meinung.«

Meredith sah nachdenklich aus. »Charity hat mir gerade erzählt, daß sie eine persönliche Beziehung zu Elias Winters hat.«

Brett pfiff leise durch die Zähne und lehnte sich zurück. »Winters? Ich weiß nicht sehr viel über ihn. Das tut keiner, glaube ich, und das ist schon Grund genug, vorsichtig zu sein. Er schwimmt in so manch tiefem Gewässer, Charity.«

»Interessant, daß du es so ausdrückst.« Charity lächelte. »Aber nur zu deiner Information, er hat beruflich einen neuen Weg eingeschlagen. Elias interessiert sich nur noch für seinen kleinen Laden.«

Brett sah sie ungläubig an. »Daß ich nicht lache.«

»Schon gut, ich weiß, worauf ich mich da eingelassen habe«, sagte Charity ruhig.

Brett hob beschwichtigend die Hand. »Hab' schon verstanden, aber als zukünftiges Mitglied der Familie darf ich dich bitten, vorsichtig zu sein, oder?«

»Natürlich. Mach dir keine Sorgen.«

Meredith schien nicht gerade beruhigt zu sein. »Charity, die Sache gefällt mir nicht.«

Brett blickte zum Eingang. »Wenn man vom Teufel spricht.«

Charity drehte sich um und sah Elias auf sie zukommen. Eigentlich hätte er in den ausgewaschenen Jeans und dem dunklen Pullover in einem Raum voller Männer in Anzügen fehl am Platz aussehen müssen, stattdessen beherrschte er die Szenerie. Alle drehten sich nach ihm um.

Elias schien die diskreten Blicke nicht zu bemerken. Er schaute in Charitys Augen, während er auf sie zuging. Sie war tief enttäuscht, als sie den verschlossenen Ausdruck in seinem Gesicht sah. Sofort wurde ihr klar, daß das Gespräch mit Garrick Keyworth nicht gut verlaufen war. Sie fragte sich, ob es wohl falsch gewesen war, ihn zu diesem Besuch zu drängen.

»Ist das Winters?« fragte Meredith leise.

»Ja.« Brett erhob sich langsam. »Jemand hat ihn mir einmal bei einem Geschäftsessen gezeigt.«

»Er sieht aus, als habe er sich geprügelt«, meinte Meredith schockiert.

»Normalerweise gewinnt er«, versicherte Charity ihr.

»Hallo, Winters.« Brett reichte Elias die Hand, als er an ihrem Tisch angelangt war. »Ich bin Brett Loftus.«

Elias schüttelte kurz seine Hand.

Charity zwang sich zu einem fröhlichen Lächeln. »Elias, darf ich dir meine Schwester Meredith vorstellen?«

»Sehr erfreut«, erwiderte Meredith kühl und reichte Elias ihre manikürte Hand.

»Ihr Sekretar hat mir gesagt, wo ich Sie und Charity finden könnte«, erklärte er.

»Wir sind gerade mit dem Mittagessen fertig«, sagte Charity rasch. »Möchtest du etwas essen?«

Elias blickte sie an. »Ich bin auf dem Pike Place Markt gewesen, bevor ich dich gesucht habe und habe dort etwas gegessen. Ein paar Einkäufe habe ich auch gemacht.«

»Hast du japanische Nudeln und Balsamico-Essig besorgt?«

»Unter anderem.« Elias blieb stehen.

»Wollen Sie nicht mit uns Kaffee trinken?« fragte Brett.

»Nein, danke.«

Keine Frage, Elias wollte gehen, dachte Charity. »Wir sollten uns lieber auf den Heimweg machen.« Sie nahm ihre Tasche und stand auf. »Wir haben eine lange Fahrt vor uns. Auf Wiedersehen, ihr beiden. Und noch mal alles Gute.«

»Fahrt vorsichtig«, meinte Brett.

»Auf Wiedersehen, Charity.« Meredith lächelte, aber ihre Augen ruhten immer noch nachdenklich auf Elias. »Vielleicht finden Brett und ich Zeit, euch in ein paar Wochen in Whispering Waters Cove zu besuchen.«

»Das würde mich sehr freuen.« Charity umarmte sie herzlich. Dann richtete sie sich auf und sah Elias an. »Ich bin soweit.«

Er nahm ihren Arm und führte sie hinaus.

Sie waren fast draußen, als Charity ein paar leise Bemerkungen der anderen Gäste aufschnappte.

»Das ist tatsächlich Winters. Ich frage mich, was er dieser Tage so treibt.«

»Hab' was von einem Geschäft an der Küste gehört.«

»Muß irgend etwas mit Charity Truitt zu tun haben.«

»Das kann ich mir nicht vorstellen. Die hat doch letztes Jahr das Handtuch geworfen und ist völlig gestreßt ausgestiegen.«

Charity wußte, daß Elias alles gehört hatte. Er sagte nichts. Sie wartete, bis sie im Aufzug waren.

»Siehst du?« flüsterte sie. »Egal ob in der großen Stadt oder in einem kleinen Ort, überall gibt es Gerüchte.«

»Ja.« Mehr sagte er nicht, während sich der Aufzug in Bewegung setzte.

»Nun? Wie lief es mit Garrick Keyworth?«

»Wir sind nicht gerade die besten Freunde geworden.«

»Du brauchst nicht gleich sarkastisch zu werden, ich habe doch nur gefragt.«

Elias entspannte sich ein wenig. »Entschuldige bitte. Es war meine eigene Entscheidung, ihn zu besuchen. Ich hätte dich nicht anfahren dürfen, nur weil es nicht so gut lief.«

»Vielleicht dauert es einfach eine Weile, bis dein Besuch Früchte trägt. Was meinst du?«

»Ich weiß nicht.«

Sie nahm seinen Arm. »Ist schon gut, Elias; du, hast getan, was du konntest. Jetzt mußt du die Sache auf sich beruhen lassen.«

Leise rauschte der Aufzug in die Tiefe.

»Eine nette kleine Familienzusammenkunft hattet ihr da«, meinte Elias.

»Mmm.«

»War es schwer?«

»Was?«

»Loftus gemeinsam mit deiner Schwester zu sehen. Sieht ganz so aus, als wären sie ein Paar.«

»Ja, das sind sie jetzt.« Sie war überrascht, daß er das

so schnell bemerkt hatte. »Aber es war nicht schwer, sie zusammen zu sehen. Ich finde, sie gehören zusammen.«

»Hat Loftus dir sehr viel bedeutet?«

»Ich habe unsere Verlobung platzen lassen, erinnerst du dich?«

»Ja, aber er war dein Liebhaber, und wenn man dich kennt, dann bedeutet das einiges.«

»O nein, Brett war nie mein Liebhaber. Wie kommst du darauf?«

Elias war verwirrt. »Ihr wart doch fast verlobt?«

»Ich habe dir doch erzählt, daß er mir zu groß war. Du hast ihn ja gesehen. Er ist einsneunzig groß und seine Schultern sind bestimmt einen Meter breit. Er ist ein Berg von einem Mann. Ich bekam jedesmal Platzangst, wenn er mich küßte.«

»Platzangst?«

Sie erschauerte leicht. »Ich konnte mir gar nicht vorstellen, mit ihm ins Bett zu gehen. Armer Brett, er dachte wohl, ich wäre beruflich zu gestreßt, um mich für Sex zu interessieren. Ich konnte ihm ja schlecht sagen, daß ich jedesmal fast erstickte, wenn er den Arm um mich legte.«

»Das hast du also gemeint, als du sagtest, er sei zu groß?«

»Ja. Zu groß, zu breit, zu schwer. Was dachtest du denn?« Charity riß die Augen auf, als ihr klar wurde, woran er gedacht hatte.

»O Gott, du hast doch nicht etwa gedacht, er sei zu … na ja, zu gut bestückt?« Sie mußte unwillkürlich lachen.

»Das schien mir unter den gegebenen Umständen eine plausible Erklärung«, erwiderte Elias trocken.

»Plausibel?« Sie schüttelte sich vor Lachen. »Das ist wirklich unglaublich, das erinnert mich an einen alten Witz.«

»Welchen Witz?«

»Ach, weißt du, es geht um einen Kerl, der sechs Fuß

und sechs Zoll groß ist.« Charity schnappte nach Luft. »Sagt die Lady, vergessen wir die sechs Fuß, erzählen Sie mir von den sechs Zoll.«

»Sehr witzig.«

»Tut mir leid. Ich war noch nie gut im Witze erzählen.«

Elias drängte sie in eine Ecke des Aufzugs und legte seine Hände neben ihren Kopf an die Wand. Dann beugte er sich zu ihr hinunter. »Es freut mich, daß du darüber lachen kannst.«

»Machst du Witze? Das ist unglaublich. Du dachtest, ich fände Bretts … daß sein … sein …«

»Gemächt?« bot Elias hilfreich an. »Seine Rute? Sein Schwanz?«

Charity schnappte nach Luft. »Sein Dingelchen? Ich kann immer noch nicht glauben, daß du dachtest, dieses Teil sei zu groß. Himmel, ich hab' ihn ja noch nicht einmal gesehen.«

»Keine Angst, du kannst dir meinen jederzeit anschauen. Unter einer Bedingung.«

Sie schlug die Augenlider auf und nieder. »Und die wäre?«

»Nenn ihn niemals ›Dingelchen‹.«

15

Die Liebe einer Frau ist ein unaufhaltsamer Fluß, der jeden Damm zu durchbrechen droht, der sich ihm in den Weg stellt.

›Der Weg des Wassers‹, aus dem Tagebuch von Haydon Stone

Die Fahrt hinab im Aufzug hatte Elias auf wunderbare Weise verwandelt. Darüber dachte er nach, während er und Charity Richtung Norden fuhren. Es bestand kein Zweifel. Er war schlecht gelaunt in die Kabine im dreißigsten Stock eingestiegen, aber als sie in der Vorhalle im Erdgeschoß anlangten, hatte seine Stimmung sich von Grund auf geändert. Charitys Lachen wirkte belebend auf seine Gemütsverfassung – und auch auf bestimmte Körperteile.

Aber keines seiner Probleme hatte sich in Luft aufgelöst, dachte er. Er hatte sogar ein paar mehr als noch vor einigen Stunden.

Das allerneueste bestand in der Tatsache, daß Meredith Truitt nicht mit seiner Beziehung zu Charity einverstanden schien. Er hatte tiefen Argwohn in ihren Augen gelesen, und ihr Bruder Davis war sicher der gleichen Ansicht. Elias fragte sich, wie stark Charity sich von der Meinung ihrer Stiefgeschwister beeinflussen ließ. In Whispering Waters Cove hatte sie sich wenig um die Meinung der tonangebenden Leute gekümmert, aber die eigene Familie war etwas anderes.

Ihm war außerdem unangenehm, wie gut sich Brett Loftus mit den Truitt-Schwestern verstand. Dies war keine Eifersucht. Er befürchtete nicht, daß Charity sich noch zu Brett hingezogen fühlte, aber man konnte zwischen den beiden immer noch die Nähe einer langen Freundschaft spüren.

Und natürlich hatte er die Sache mit Garrick Keyworth, der einem Stausee in seinem Lebensfluß glich, noch nicht überwinden können.

Trotzdem schienen nun all diese Probleme leichter zu bewältigen als noch vor der Fahrt im Aufzug.

»Was hast du sonst noch auf dem Markt gekauft, außer Nudeln und Balsamico-Essig?« fragte Charity.

»Kapern, frisches Basilikum, kaltgepreßtes Olivenöl, Brot, Wein ... solche Sachen.«

»Wunderbar. Ich glaube, du bist wieder an der Reihe mit Kochen.«

»Es wird schwer, mit deinen Erdnußbutter-Broten zu konkurrieren.«

»Ich bin sicher, dir fällt etwas Ausgefallenes ein.«

Elias dachte nach. »Deine Schwester mag mich nicht, und ich bezweifle, daß dein Bruder unsere Beziehung billigt. Sogar Brett schien sich Sorgen zu machen.«

»Sie machen sich um deinen Ruf als mysteriösen Drahtzieher Gedanken. Sie kennen dich ja nicht. Mach dir keine Gedanken, Elias. Es ist ja nicht so, als ob wir heiraten wollten.«

Mit einem Schlag war Elias' gute Laune verschwunden. Er starrte auf die Straße, die zurück nach Whispering Waters Cove führte. »Und was wäre, wenn wir das tun würden?«

Charity blickte ihn überrascht an. »Ich verstehe wohl nicht ganz?«

»Ich habe eine ganz einfache Frage gestellt.«

Sie war ihm jedenfalls einfach vorgekommen. Jetzt wollte er nicht deswegen mit ihr streiten. »Wirst du sie beantworten?«

Sie schwieg für ein paar Sekunden. »Nun gut. Wenn wir vorhätten zu heiraten, was ja nicht der Fall ist, dann würde ich mich nicht von Meredith' oder Davis' Meinung beeinflussen lassen. Zufrieden?«

»Ja«, log er. Die Antwort gefiel ihm überhaupt nicht, Aber er wußte, daß er selbst schuld war. Er hatte die Frage nicht richtig gestellt. Wasser fließt dorthin, wo es einen Weg findet. Die falsche Frage hatte die falsche Antwort bewirkt.

Crazy Otis hockte auf einem Karussell-Pferd und putzte sich, als Elias ihn am späten Nachmittag abholte. Der Papagei krächzte eine Begrüßung und schlug mit den Flügeln.

»Hast du Lust, nach Hause zu kommen, Otis?« Elias stieg auf das fahrende Karussell und streckte Otis seinen Arm entgegen. »Wir sind heute abend wieder mit Kochen an der Reihe.«

»Hä, hä, hä.« Otis stieg auf Elias' Arm und kletterte dann auf seine Schulter. Er knabberte verspielt an ein paar von Elias' Haarsträhnen.

»Ich bin wirklich froh, daß Sie gekommen sind«, sagte Yappy und stoppte das Karussell. »Ich hab' es langsam satt, dieses Ding für den Vogel laufen zu lassen. Er durfte den ganzen Tag umsonst fahren.«

»Danke, Yappy.« Elias kam von dem Karussell herunter. »Otis weiß das sehr zu schätzen.«

»Hm.« Yappy ärgerte sich über den Vogelkot, der auf einem goldenen Pferdeschweif gelandet war. Er nahm ein Papiertaschentuch aus seinem Overall und wischte Otis' Dreck weg. »Daran ist Charity schuld. Wenn sie nicht auf die Idee gekommen wäre, Otis mit einer Runde Karussellfahren zu erheitern, wäre er nie auf den Geschmack gekommen.«

Elias strich Otis über den Kopf. »Wahrscheinlich gefällt ihm der Nervenkitzel.«

»Nun, ich darf mich nicht zu sehr beklagen.« Yappy warf das Taschentuch fort. »Die Kinder spielen völlig verrückt, wenn sie Otis auf den Pferden herumfahren sehen. Die Geschäfte laufen immer besonders gut, wenn er hier ist.«

»Wenn Sie an einem längerfristigen Vertrag interessiert sind, wird Otis sicher für eine geringe Gebühr mit sich reden lassen.«

»Sind Sie etwa sein Manager? Ich zahl' doch dem Vogel kein Honorar. Er darf umsonst fahren, aber das ist alles.«

»Wie soll er da nein sagen?«

Otis krächzte zustimmend.

Yappy zuckte die Achseln. »Also abgemacht.«

»Gibt's was Neues in der Stadt? Hat Tybern jemanden verhaftet?«

»Nein. Wenn Sie mich fragen, hat einer der Voyager Gwen Pitt umgebracht. Die meisten Sektenmitglieder haben die Stadt verlassen. Alle hatten ein Alibi, sagt Tybern, aber wer weiß schon mit Gewißheit, wo jeder an diesem Abend war? Es scheint mir logisch, daß der eine oder andere gelogen haben könnte.«

»Ich bin da anderer Meinung«, sagte Ted, der gerade hinter Elias auftauchte. »Ich habe Rick Swinton im Verdacht. Er war sicher stocksauer, weil sie ihm nicht das geben wollte, was er für seinen Anteil hielt.«

Yappy hob wieder die Schultern. »Möglich, ziemlich wahrscheinlich sogar. Bea glaubt auch, daß Swinton der Mörder ist. Das denkt eigentlich fast die ganze Stadt.«

»Ich weiß nicht recht«, meinte Elias. »Swinton ist nicht der Typ dazu. Er läßt immer andere die Dreckarbeit für sich machen.«

»Dann hätte er also jemanden beauftragt, sie umzubringen?« schlug Ted vor.

»Vielleicht«, erwiderte Elias. »Aber das glaube ich eigentlich auch nicht.«

»Warum nicht?« fragte Ted.

»Einen Killer zu finden, ist gar nicht so leicht, wie es

immer in Filmen dargestellt wird. Zunächst einmal ist es sehr teuer, viel teurer als das, was Swinton zu zahlen bereit gewesen wäre. Und es ist riskant. So ein Killer ist der erste, der redet, wenn er festgenommen wird.«

Yappy blinzelte. »Hört sich ganz so an, als hätten Sie in dem Bereich selbst Erfahrungen gesammelt.«

»Ich hatte vor ein paar Jahren einen Kunden, der seinen Vertrag nicht erfüllen wollte. Dafür sollte es keine Zeugen geben. Ich war so ein Zeuge.«

Ted starrte ihn an. »War das ein Kunde aus Seattle?«

»Nein, das ist alles an einem Ort passiert, an dem Geschäfte etwas anders abgewickelt werden als in Seattle. Weiß man inzwischen, wo Swinton sich aufhält?«

»Nein«, erwiderte Yappy. »Sein Wohnmobil steht immer noch draußen auf dem Campingplatz. Ich denke nicht, daß er es sich leisten kann, so ein teures Ding einfach stehen zu lassen.«

»Das Wohnmobil ist zu auffällig«, meinte Elias. »Swinton hat wohl versucht, den Schaden zu begrenzen, als er die Stadt verließ.«

»Tybern wird es abschleppen lassen, wenn sich bis Ende der Woche niemand meldet.« Ted kratzte sich gedankenverloren am Bauch. »Wie liefen denn die Dinge heute in der großen Stadt? Haben Sie Charitys Stiefgeschwister kennengelernt?«

»Wir haben Meredith getroffen.« Elias kraulte Otis' Hals. »Und ihren Exverlobten.«

»Müßte dieser Loftus sein«, murmelte Yappy. »Ist er wirklich so groß, wie Charity sagt?«

»Nur ungefähr einsfünfundachtzig«, antwortete Elias.

»Nun, das ist schon groß genug für jemanden wie Charity, die ja nur einsfünfundsechzig groß ist«, meinte Yappy.

»Er wird sich mit Charitys Stiefschwester verloben«, fügte Elias hinzu.

Yappy sah nachdenklich aus. »Tatsächlich?«

»Charity hat einmal gesagt, daß die beiden sehr gut zusammenpassen«, murmelte Ted.

»Sie schien nichts dagegen zu haben, daß Loftus und Meredith sich verloben werden«, sagte Elias vorsichtig.

Yappy runzelte die Stirn. »Es ist immer schwer zu sagen, was Frauen so wollen.«

»Ja.« Ted nickte wissend. »Echt schwer zu sagen.«

Wenn man das als Lebensweisheit betrachtete, so war sie so gut wie jede andere, dachte Elias.

»Das war hervorragend, wie immer. Du kannst wirklich tolle Nudelgerichte zaubern, Elias.« Charity trocknete den letzten Teller und stellte ihn ordentlich auf das Regal über der Spüle. »Es ist schon spät, und der Tag war lang. Ich sollte mich auf den Heimweg machen.«

Elias hielt inne. Er war gerade dabei, den Gemüsedämpfer unten im Schrank zu verstauen. »Du gehst?«

»Es ist fast neun Uhr. Ich hab' noch Bürokram zu erledigen und sollte auch mal wieder Wäsche bügeln. Ich war in letzter Zeit so beschäftigt, daß ich gar nicht zu diesen alltäglichen Dingen gekommen bin.«

Elias erhob sich langsam. »Versuchst du damit höflich auszudrücken, daß wir zu viel Zeit miteinander verbringen?«

»Nein.« Sie sah die distanzierte Kälte in seinen Augen aufsteigen und seufzte innerlich. Sie machte zwei Schritte auf ihn zu und stand nun genau vor ihm. Sie legte die Arme um ihn und küßte ihn sanft auf den Mund. »Ich versuche nur höflich zu sagen, daß ich sehr beschäftigt war und daß zu Hause Arbeit auf mich wartet. Ganz einfach und ohne Hintergedanken.«

Er legte seine warmen starken Hände um ihre Hüften. »Ich habe eine ganz einfache Lösung.«

»Und die wäre?«

»Zieh bei mir ein.«

Nun verschlug es Charity die Sprache. Plötzlich rang sie nach Luft. Das alte Angstgefühl kam unvermittelt aus dem Nichts in ihr hoch. Elias hatte nicht von Liebe gesprochen. Sie konnte nicht einmal sicher sein, daß das Wort in seinem Wortschatz existierte. Da war wieder ein Mann, der sie nicht liebte und nun etwas von ihr verlangte. Etwas, das sie ihm nicht geben konnte, ja nicht zu geben wagte.

»Das ist, glaube ich, kein so guter Einfall«, flüsterte sie.

Elias' Gesicht sah wie versteinert aus. »Warum nicht?«

»Wir sind immer noch dabei, uns kennenzulernen.« Sie rang verzweifelt nach vernünftigen Gründen, die ihn überzeugen konnten. Sie durfte ihm auf keinen Fall die Wahrheit sagen. Das würde er nicht verstehen. »Wir sind zwei sehr freiheitsliebende, unabhängige Menschen. Wir sollten nichts überstürzen. Was, wenn es nicht klappt? Es wäre seltsam, dann wieder so zu leben, wie jetzt.«

»Das sind doch Ausreden. Was ist der wahre Grund?«

»Ich habe dir die Gründe genannt.« Ihre Handflächen kribbelten. Ihre Haut fühlte sich abwechselnd heiß und kalt an. Sie fühlte ihr Herz wild klopfen.

»Möchtest du mich in einen weiteren Brett Loftus verwandeln?«

»Ich möchte keinen zweiten Brett Loftus.« Ihre Stimme wurde schriller. Man konnte die Angst heraushören.

»Was willst du von mir, verdammt noch mal?«

Wut kam ihr zu Hilfe und verdrängte die Hysterie ein wenig. »Die Frage ist eher, was willst du von mir?«

»Ich hab's dir gesagt. Ich möchte, daß du bei mir einziehst.«

»Warum?«

»Warum?« In Elias' Augen flackerte ein Gefühl, das nicht zu deuten war. Sicher war nur, daß es sehr, sehr intensiv war. »Das mußt du noch fragen?«

»Ich finde nicht, daß eine vernünftige Antwort zuviel verlangt ist. Willst du das, weil wir guten Sex haben?«

Er sah überrascht aus. Sie wußte nicht, ob es an ihrem Tonfall oder an dem lag, was sie gesagt hatte.

»Das ist nur einer der Gründe.« Elias hörte sich plötzlich sehr vorsichtig an. »Es gibt noch andere.«

»Wir kochen beide gern?«

»Nun, das sind gemeinsame Interessen. Ich dachte, Frauen gefällt das in einer Beziehung.«

»Willst du damit sagen, daß unsere Beziehung auf Sex und gutem Essen beruht?«

»Da gibt es viel mehr als Sex und gutes Essen.«

»Was noch, zum Beispiel?« forderte sie ihn heraus.

»Wir sind beide nach Whispering Waters Cove gezogen, um unser Leben von Grund auf zu verändern. Uns gehört beiden ein kleiner Laden auf Crazy Otis Landing.« Seine Augen nahmen einen verstörten Ausdruck an. »Was ist denn überhaupt so schlecht an Sex und gutem Essen?«

Wie konnte er nur so blind sein, fragte sie sich. Sah er wirklich nicht, was sie beide verband? War ihm das völlig gleichgültig? Sie lächelte verbittert. »Natürlich sind Sex und gutes Essen ganz in Ordnung, aber ich habe eher an eine Beziehung gedacht, die etwas mehr zu bieten hat als nur die Grundausstattung. Wenn du ein Auto kaufst, möchtest du doch wohl auch ein paar nette Extras. Ledersitze vielleicht oder getönte Fensterscheiben.«

Er blickte sie prüfend an. »Du bist verärgert.«

»Das hast du gemerkt?«

»Weil ich dich gebeten habe, bei mir einzuziehen?«

»Nein, weil du mich aus den falschen Gründen gefragt hast.« Sie versuchte sich aus der Umarmung zu lösen. Sie mußte gehen, bevor die Situation noch schlimmer wurde, als sie ohnehin schon war.

Seine Hände drückten sie noch fester als vorher, hielten sie gefangen. »Was, zum Teufel, sind die richtigen Gründe?«

Sie explodierte. »Wie wär's mit Liebe?«

Otis wurde durch ihre schrille Stimme aufgeschreckt. Aus dem Augenwinkel bemerkte Charity, wie er wild mit den Flügeln schlug. Er reckte den Hals und senkte den Kopf, bereit zum Angriff.

Elias' Reaktion war genauso überraschend. Er war sprachlos.

»Liebe?« Es hörte sich an, als stecke eine Gräte in seinem Hals. Das Wort entwich rauh seiner Kehle.

»Ja, Liebe.« Charity holte tief Luft. Das beklemmende Gefühl wich so schnell, wie es gekommen war. Die Angst verschwand. Jetzt, wo die Wahrheit heraus war, schloß sich die Wunde, aber sie tat immer noch weh.

Eine schreckliche Ruhe kehrte ein.

Elias starrte sie an, als hätte sie sich in eine Außerirdische verwandelt. Zu schade, daß die Raumschiffe nie in Whispering Waters Cove gelandet waren, dachte Charity. In diesem Augenblick wäre ihr nichts lieber gewesen als eine Reise durch den Weltraum.

Sie versuchte die Verzweiflung abzuschütteln, die sie nun nach dem abgeklungenen Angstgefühl zu überwältigen drohte.

Es war aus. Sie hatte sich zu weit vorgewagt. Elias war nicht bereit für die Liebe. Vielleicht würde er es nie sein. Sein Schutzschild aus Tal Kek Chara war ihm zum Gefängnis geworden.

»Entschuldige.« Charity sammelte sich. »Ich habe ein wenig die Fassung verloren. Wie gesagt, wir hatten einen langen Tag. Ich sollte jetzt wirklich gehen.«

Elias ließ sie langsam los. »Ich hole deine Jacke.«

Er drehte sich um, lief durch die Küche und nahm ihre grüne Jacke von einem Haken an der Wand. Wortlos hielt er sie ihr hin.

Charity stellte mit Entsetzen fest, daß seine Hände zitterten, als sie ihm die Jacke abnahm. Sie zog sie schnell an und hatte Schwierigkeiten, die Knöpfe zu schließen. Dann lief sie zur Tür und schlüpfte in ihre Schuhe.

Elias setzte Otis in seinen Käfig. Der Vogel starrte Charity böse an.

Elias schloß die Käfigtür, lief ebenfalls zur Tür und zog seine Schuhe an. Er nahm eine Taschenlampe mit und folgte Charity hinaus auf die Veranda.

Schweigend gingen sie die Stufen hinab, durch den Garten und durch das Tor hinaus.

Charity zog die Jacke fester um sich. Von der Bucht wehte ein eisiger Wind herauf. Ein Unwetter näherte sich der Küste. Morgen früh würde es regnen und stürmen.

»Ganz schön kalt für August.« Charity tat die Banalität ihrer Worte richtig weh, aber sie konnte nicht anders. Es war, als ob sie unwillkürlich vom Wetter reden mußte, da es sonst nichts mehr zu sagen gab. »Sieht ganz so aus, als sei der Sommer für dieses Jahr vorbei.«

Sie hörte sich wie die Kassiererin im Supermarkt an, dachte sie.

Elias antwortete nicht. Er ging neben ihr, aber er hätte genausogut in einer anderen Welt verweilen können. Er hatte sich wieder völlig hinter die kontrollierte Fassade seiner Lebensphilosophie zurückgezogen.

Charitys Stimmung sank noch tiefer in den Keller. Sie hatte alles kaputtgemacht, dachte sie. Andererseits wurde vielleicht nichts von Bedeutung zerstört. Die wachsende Liebe zwischen Elias und ihr war vielleicht nur eine Illusion gewesen. Illusionen wurden am Ende immer zerstört.

Es war fast schon völlig dunkel. Die Bucht lag endlos vor ihnen. Das Wasser sah aus wie Stahl, das bald schwarz sein würde, wenn die Nacht sich vollständig herabgesenkt hatte. Charity blickte hinab zum Strand. Es war gerade noch hell genug, daß sie einen größeren

Gegenstand ausmachen konnte, den die steigende Flut an das steinige Ufer geschwemmt hatte.

Sie blieb stehen.

»Was ist?« fragte Elias, der neben hier haltgemacht hatte.

»Da unten ist etwas.« Der Wind blies ihr die Haare ins Gesicht. Sie hielt sie mit einer Hand zurück und betrachtete das Ding, das wie ein Knäuel aus Algen und alten Kleidern aussah. »Hoffentlich ist es kein toter Seehund. Ab und zu wird einer hier angeschwemmt.«

Elias warf einen wenig interessierten Blick über den Rand der Klippe. »Wahrscheinlich ist etwas von irgendeinem Boot über Bord gefallen.« Doch plötzlich blickte er angespannt auf den Strand hinab. »Verdammt. Nicht noch einer.«

»Was meinst du damit?« Sie starrte noch angestrengter hinunter auf den dunklen Gegenstand. Ein flaues Gefühl beschlich ihren Magen. »O nein! Du denkst doch nicht etwa, das ist … ein Mensch? Das kann nicht sein. Wir hätten davon gehört, wenn ein Tourist vermißt würde oder über Bord gefallen wäre … oder …?«

»Warte hier. Ich sehe nach.« Elias knipste die Taschenlampe an. Er lief an der Klippe entlang, bis er den Pfad hinab zum Strand fand. Gefährlich schnell rannte er ihn hinunter.

Seine Anweisung mißachtend ging Charity vorsichtig hinter ihm her. Als sie am Strand anlangte, kniete Elias bereits neben dem angespülten Gegenstand. Er richtete die Taschenlampe auf ein Ende dessen, was wie ein Bündel alter Kleider aussah.

Charity blieb stehen, als ihr klar wurde, daß sich ihre schlimmsten Befürchtungen bestätigt hatten. Das war kein toter Seehund. »O mein Gott.«

»Sieht ganz so aus, als hätten wir gerade herausgefunden, wohin Rick Swinton verschwunden war«, sagte Elias.

Elias stand neben Hank Tybern und sah zu, wie Swintons Leiche in den städtischen Krankenwagen geladen wurde. Im Krankenhaus würde man wohl nichts mehr für Swinton tun können, dachte er. Swinton wurde ins Leichenschauhaus gefahren.

»Wir werden auf den Autopsiebericht des Pathologen warten müssen«, erklärte Hank. »Aber nach meiner Erfahrung kann ich Ihnen sagen, daß Swinton nicht länger als etwa einen Tag in der Bucht lag, und ertrunken ist er sicher nicht.«

»Nein.« Elias dachte an das Einschußloch in Swintons Brust. »Das ist er nicht.«

»Wollen wir wetten, daß er mit dem gleichen Kaliber erschossen wurde wie Gwen Pitt? Mit einer neun Millimeter?«

»Ich wette nicht.« Elias blickte zu Charity, er machte sich Sorgen um sie. Im grellen Licht des Ambulanzwagens sah er den angespannten Ausdruck in ihrem Gesicht, das jetzt ganz bleich war. Eine Wasserleiche war kein schöner Anblick. Andererseits war eine Leiche nie ein schöner Anblick, und das war bereits die zweite, die Charity in letzter Zeit gesehen hatte.

»Damit kann ich Swinton wohl als Hauptverdächtigen für den Mord an Gwen vergessen«, murmelte Hank. »Schade, wäre zu schön gewesen.«

Elias dachte darüber nach. »Vielleicht brauchen Sie das nicht, der Autopsiebericht liegt ja noch nicht vor. Es könnten doch zwei verschiedene Waffen benutzt worden sein. Swinton könnte Gwen ermordet haben und dann selbst von jemand anderem erschossen worden sein. Er hatte gewiß eine Menge Feinde.«

»Das läßt sich nicht bestreiten. Kein sehr netter Kerl.« Hank seufzte leicht. »Aber etwas sagt mir, daß es sich um einen einzigen Mörder handelt. Er hat die gleiche Waffe benutzt, darauf würde ich sogar meinen Job verwetten. Es ginge doch etwas weit anzunehmen, in

Whispering Waters Cove würden diesen Sommer gleich zwei Mörder herumlaufen.«

Elias betrachtete nun die Lage von diesem Standpunkt aus. »Der Mörder hatte jeweils das gleiche Motiv. Ein enttäuschter Voyager könnte zu der Überzeugung gelangt sein, daß Swinton genauso in den Betrug verwickelt war wie Gwen.«

»Und damit würde derjenige sogar recht haben.« Hank sah ihn an. »Aber ich glaube nicht, daß es eines der Sektenmitglieder war. Ich habe mit allen gesprochen und ihre Alibis überprüft. Jeder hatte ein einwandfreies Alibi. Und außerdem bekommen sie ja den Großteil ihres Geldes zurück. Warum sollte also einer von ihnen das Risiko eines Mordes eingehen?«

»Damit bleibt uns nur noch jemand aus Whispering Waters Cove als Mörder von Gwen und Swinton übrig«, meinte Elias. »Entweder war es jemand aus der Stadt oder ein Tourist.«

»Ja.« Hank stemmte die wettergegerbten Hände in die Hüften und sah den Sanitätern zu, die gerade die Wagentüren schlossen. »Wissen Sie, wenn man es genau bedenkt, gibt es allerdings eine auffällige Gemeinsamkeit bei beiden Fällen.«

Elias seufzte. »Ich weiß.«

Charity erschauerte. »Was haben sie gemeinsam, Hank?«

»Nun, in beiden Fällen war Winters einer der ersten am Ort des Geschehens.«

Charity erschrak wie elektrisiert. Elias sah mit Erleichterung, daß Leben in ihr Gesicht zurückkehrte. Ihre Augen weiteten sich vor Wut. Sie streckte das Kinn vor und blickte Hank böse an.

»Was wollen Sie damit sagen, Hank?« fragte sie.

»Nichts.« Hank machte eine hilflose Geste. »Ich habe nur etwas festgestellt.«

»Nun, ich halte Ihre Feststellung für reichlich geschmacklos«, fuhr Charity ihn an. »Ich würde Ihnen raten, Elias lieber nicht zu verdächtigen. Die Tatsache, daß er neu in der Stadt ist, sollte Sie nicht daran hindern, Ihren Job ordentlich zu machen.«

»Beruhige dich doch, Charity.« Elias wußte, daß seine Stimme nicht sehr überzeugt klang. Etwas in seinem Innern wollte gar nicht, daß Charity mit ihrem Gefühlsausbruch aufhörte. »Hank hat eine ganz einfache Feststellung geäußert.«

»Ach wirklich?« Sie sah ihn angewidert an. »Es hörte sich eher wie eine Anschuldigung an, wenn du mich fragst.«

Hank winkte ab. »Charity, ich habe doch nur die Situation beschrieben.«

Elias beobachtete fasziniert, wie Charity sich aufrichtete. Sie dominierte plötzlich den ganzen Strand. Alle – Hank, Jeff und die Sanitäter – verblaßten angesichts ihrer Präsenz. Sie würde Elias um jeden Preis verteidigen.

Es war einfach sich vorzustellen, wie Charity einst ein erfolgreiches Unternehmen geführt hatte, dachte er. In dieser Haltung glich sie einer Amazone.

»Wenn Sie noch so eine Bemerkung fallenlassen, Chief Tybern, schicke ich Ihnen bis spätestens morgen mittag eine Horde Anwälte auf den Hals«, sagte Charity eisig. »Für Truitt Incorporated arbeiten einige der besten Anwälte der Westküste. Ich bin sicher, die werden einiges über Ihre Bemerkungen zu sagen haben. Und wenn die mit ihnen fertig sind, werde ich mich persönlich darum kümmern, daß man Sie und die gesamte Polizei wegen Verleumdung verklagt.«

»Um Himmels willen, Charity«, murmelte Hank.

»Was meinen Sie wohl, was die Leute in Whispering Waters Cove denken werden, wenn sie herausfinden werden, daß Sie persönlich dafür verantwortlich sind, daß die gesamte Stadt mit einem kostspieligen Gerichtsverfahren in den Ruin getrieben wird?«

Hank wandte sich an Elias. »Sagen Sie ihr bitte, sie soll sich beruhigen. Sie ist ja völlig aus dem Häuschen.«

»Das bin ich nicht«, preßte Charity durch die Zähne hervor. »Ich sage Ihnen nur, was passieren wird, wenn Sie noch so eine angedeutete Anschuldigung von sich geben. Wenn Sie meinen, ich spiele hier nur Theater, dann haben Sie sich getäuscht.«

»Das denke ich nicht«, erwiderte Hank rasch und warf Elias noch einen verzweifelten Blick zu.

Elias zuckte hilflos mit den Achseln, aber innerlich war er unendlich erleichtert. Ein überschäumendes Gefühl der Freude durchströmte seine Adern und verscheuchte die Kälte.

Charity empfand etwas für ihn. Nach dem Streit heute abend war er sich nicht mehr sicher gewesen. Aber keine Frau würde einen Mann so verteidigen, wenn sie nicht etwas für ihn empfand.

»Zu Ihrer Information, Chief Tybern«, fuhr Charity fort, »möchte ich Sie daran erinnern, daß Elias während der gesamten Zeit, die für den Mord an Gwen in Frage kommt, mit mir zusammen war.«

»Ich weiß, ich weiß«, sagte Hank beschwichtigend.

»Das gilt ebenso für die vergangenen Tage. Wir waren fast ununterbrochen zusammen. Außerdem ist es Ihnen trotz all der Mittel, die Ihnen zur Verfügung standen, nicht gelungen, Rick Swinton ausfindig zu machen.«

»Daran brauchen Sie mich nicht zu erinnern«, brummte Hank.

»Ich kann Ihnen versichern, daß Elias weder Zeit noch Gelegenheit hatte, Swinton zu finden und ihn zu töten. Ich müßte davon wissen.«

»Ich glaube Ihnen, Charity«, erwiderte Hank.

»Das hoffe ich.«

Vielleicht war sie nicht mit allen Aspekten der Beziehung zufrieden, dachte Elias. Vielleicht war das, was sie miteinander teilten nicht genug für sie. Vielleicht rührte ihr merkwürdiges Verhalten heute abend von dem Gedanken an die baldige Heirat ihrer Stiefschwester mit Brett Loftus.

Es gab viel, das er nicht mit Gewißheit wußte, aber eines war klar, und dieses Wissen bedeutete ihm ungeheuer viel: Charity empfand etwas für ihn, das stand fest.

Sonst hätte sie ihn nicht so nachdrücklich verteidigt. Ihr Gefühl war so stark, daß sie Hank und der ganzen Stadt, die zu ihrem neuen Zuhause geworden war, mit den Anwalten der Familie Truitt drohte.

Ja, sie hatte starke Gefühle für ihn, etwas anderes als nur Sex und Essen verband sie. Damit konnte er leben.

»Da ist noch etwas«, sagte Hank. »Bei der Aufregung habe ich ganz vergessen, Ihnen etwas mitzuteilen. Die zwei Gauner, die in Ihr Haus eingebrochen sind, Elias, haben etwas Interessantes gestanden.«

»Was denn?« fragte Charity.

»Sie haben zugegeben, daß Swinton sie vergangenen Monat damit beauftragt hat, Ihr Haus zu verwüsten, Charity.« Hank schenkte ihr einen vielsagenden Blick. »Haben Sie was dagegen, wenn ich frage, warum Swinton so sauer auf Sie war?«

»Ich habe eine Einladung zum Abendessen abgelehnt.« Sie rieb sich die Arme. »Ich habe gehört, er rächt sich immer an Leuten, die ihn zurückgewiesen haben.«

Hank schüttelte den Kopf. »Wir hätten sie wirklich alle zusammen aus der Stadt werfen sollen. Sehen Sie sich den Schlamassel an.«

»Warum haben Sie es eigentlich nicht getan?« fragte Elias.

»Es ist gar nicht so leicht, wie man meinen könnte«, erwiderte Hank. »Außerdem waren mir durch unsere Bürgermeisterin bis zum fünfzehnten August die Hände gebunden. Ihr habe ich es nun zu verdanken, daß ich zwei Mordfälle aufzuklären habe.«

16

Wenn der reißende Fluß nicht aufzuhalten ist, laß dich vom Strom treiben.

›Der Weg des Wassers‹, aus dem Tagebuch von Haydon Stone

Kurz nach neun am nächsten Morgen parkte Charity ihren Wagen ganz in der Nähe von Phyllis Dartmoors Kanzlei. Sie stieg aus und ging Richtung Drogerie. Sie hatte einiges zu erledigen, bevor sie Whispers um zehn Uhr aufsperren würde. Auf ihrer Einkaufsliste standen eine Flasche Haarshampoo, Seife und Toilettenpapier. Briefmarken mußte sie auch noch besorgen. Das Leben ging weiter, selbst wenn man sich von einem geheimnisvollen Mann verführen ließ oder mehrere Mordopfer gesehen hatte, dachte sie bedrückt.

Es würde ein langer Tag werden, und sie war nicht in bester Verfassung. Das lag zum Teil am Schlafmangel. In ihren Träumen hatte sie der Anblick von Swintons Leiche verfolgt, die in einem endlosen schwarzen Meer trieb. Nachts war sie mehrmals aufgewacht. Jedesmal hatte sie instinktiv nach Elias' starkem warmem Körper gesucht. Aber er war nicht dagewesen.

Das war ihre Schuld, sagte sie sich. Sie hatte letzte Nacht darauf bestanden, allein zu sein. Zu dem Zeitpunkt hatte sie das auch so gemeint. Als Elias sie nach Hause gebracht hatte, war sie immer noch wegen Hank Tyberns Bemerkungen aufgebracht gewesen. Die Wut hatte ihr Kraft gegeben. Erst später, als sie allein im Bett lag, holten die bedrückenden Bilder sie ein.

Ihr einziger Trost war, daß Elias sie beim Abschied

zum Abendessen eingeladen hatte. Als sie zaghaft andeutete, daß sie eigentlich an der Reihe wäre zu kochen, hatte er darauf bestanden, sie einzuladen. Sie solle es als Gegenleistung für ihre Verteidigung gegen Hank Tyberns Verdächtigungen betrachten.

Charity wollte nicht streiten. Sie spürte, daß er versuchte, die Kluft, die sich zwischen ihnen aufgetan hatte, wieder zu schließen.

Wenn eine Freundschaft mit Sex alles war, was er im Augenblick geben konnte, so würde sie es akzeptieren. Das war doch wenigstens eine Grundlage, auf der sie aufbauen konnte, dachte sie.

Sie sah eine kleine Menschenmenge vor dem Postamt und gab den Gedanken an den Kauf von Briefmarken auf. Dort würde man sich sicher gerade über den jüngsten Mord unterhalten. Sie hatte keine Lust, einen Haufen Fragen zu beantworten.

Gerade als Charity an Phyllis Dartmoors Kanzlei vorbeigehen wollte, öffnete Phyllis die Glastür und blickte sie mit müden, verzweifelten Augen an.

»Charity, ich muß mit Ihnen reden.«

Ein langes Gespräch mit Phyllis war das letzte, was sie jetzt brauchen konnte, dachte Charity. Aber ihr fiel keine Möglichkeit ein, das höflich auszudrücken. Unwillig blieb sie stehen.

»Ich nehme an, Sie haben von der Sache mit Rick Swinton gehört«, sagte Charity vorsichtig.

»Ja, die ganze Stadt weiß es bereits.« Phyllis blickte ängstlich die Straße auf und ab, als fürchte sie, mit Charity gesehen zu werden. Scheinbar versichert, daß niemand sie sah, winkte sie Charity herein. »Bitte kommen Sie in mein Büro. Bitte, das ist sehr wichtig.«

Charity seufzte und ging langsam hinein. »Ich kann Ihnen nicht viel sagen. Ich weiß nur, daß er erschossen wurde. Tybern nimmt an, daß die gleiche Waffe benutzt wurde, aber ansonsten weiß ich nichts.«

»Doch, das tun Sie.« Phyllis setzte sich hinter ihren antiken Schreibtisch. »Sie wissen, daß ich ein sehr gutes Motiv für den Mord hätte.«

Charity war sprachlos. Langsam ließ sie sich in einen braunen Ledersessel sinken. »Sprechen Sie von den Fotos, mit denen Swinton Sie erpressen wollte?«

»Ja.« Die breiten Schulterpolster ihrer elfenbeinfarbenen Leinenjacke konnten die Anspannung in Phyllis' Nacken nicht verbergen. »Es gibt viele Leute, die einen Erpresser gerne umbringen würden. Ich muß zugeben, daß ich recht erleichtert war, als ich von Swintons Tod hörte.«

»Das verstehe ich.«

»Aber dann habe ich mich daran erinnert, daß Sie die Fotos gesehen haben. Sie wissen, daß Swinton mich erpressen wollte. Sie wissen auch, daß ich Grund hatte, ihn umzubringen. Charity, sagen Sie mir, ob Sie vorhaben, Tybern von den Bildern zu erzählen.«

»Nein, ich werde ihm ganz bestimmt nichts von diesen Bildern sagen, Phyllis. Ich schwöre Ihnen, daß ich gar nicht daran gedacht habe, Sie könnten Swinton umgebracht haben, und selbst wenn ich es getan hätte, würde ich Tybern gegenüber die Bilder nicht erwähnen.«

Phyllis blickte sie erleichtert an. »Danke.«

»Rick war ein widerlicher Kerl. Hank hat mir gesagt, daß Swinton mir letzten Monat zwei Männer auf den Hals geschickt hat, die mein Haus verwüstet haben, nur weil ich nicht auf seine ekelhaften Verführungskünste angesprungen bin. Können Sie sich so was vorstellen?«

Phyllis seufzte. »O ja.«

»Rick meinte, ich würde es noch bereuen, aber ich hätte nicht gedacht, daß er so weit gehen würde.«

»Wie gesagt, er rächte sich an jedem, so oder so. Keiner käme ungestraft davon.«

»Sieht ganz so aus, als wäre es jetzt doch geschehen.«

»Ja.« Phyllis rieb sich die Stirn, als plagten sie Kopfschmerzen. »Verdammt, ich verstehe nicht, was ich je an ihm finden konnte. Nein, das stimmt nicht. Ich weiß, was mich bei ihm angezogen hat. Es war purer Sex, ganz einfach.«

Charity stöhnte leise. »Ziemlich grundlegend. Hat er gern gekocht?«

»Nein.« Phyllis runzelte die Stirn. »Warum fragen Sie?«

»Vergessen Sie, daß ich gefragt habe. Phyllis, seien Sie nicht zu hart gegen sich selbst. Sie waren nicht die einzige Frau, die ihn attraktiv fand.«

»Ich weiß.« Phyllis verzog den Mund zu einer bitteren Grimasse. »Ich glaube, er hat uns beide auch noch ins gleiche Liebesnest geschleppt.«

»Sie beide?«

»Es gab mindestens zwei, vielleicht noch mehr. Es grenzt geradezu an ein Wunder, daß wir uns auf dem Weg zum alten Grundstück der Rossiters nicht gegenseitig über die Füße gestolpert sind. Im Bad lagen oft Papiertücher herum, mit denen jemand Lippenstift abgewischt hatte. Einmal habe ich eine zerrissene Strumpfhose unter dem Bett gefunden. Richtig ekelhaft, wenn man darüber nachdenkt. Aber damals interessierte mich nur der heiße Sex. Die warmen Laken habe ich nicht beachtet.«

»Swinton hat vielleicht einige der Voyager dorthin mitgenommen.« Charity erinnerte sich an das, was Arlene über Swintons Sexualpraktiken gesagt hatte. »Mir ist erzählt worden, er habe eine ganze Reihe von Gespielinnen unter den jungen Voyagern.«

»Das würde mich nicht überraschen. Er war wirklich ein mieser Kerl, nicht war?«

Charity blickte sie an. »Könnte er außer Ihnen noch jemanden erpreßt haben? Eine von den Voyagern vielleicht?«

»Wer weiß, was der gemeine Wurm noch alles getan

hat?« Phyllis zögerte. »Warten Sie mal. Wollen Sie damit andeuten, eines seiner anderen Opfer habe ihn umgebracht?«

»Ich weiß es nicht.« Charity stand auf. »Es ist Hank Tyberns Aufgabe, diese Dinge herauszufinden, nicht wahr?« Solange Tybern nicht Elias hineinzog, wollte sie sich in die ganze Sache auch nicht einmischen. »Ich muß weg. Machen Sie sich keine Sorgen, ich werde die Bilder niemandem gegenüber erwähnen. Ich nehme an, Sie haben sie vernichtet?«

»Machen Sie Witze? Ich habe sie sofort verbrannt, nachdem Sie gegangen waren.«

»Gut.« Charity ging zur Tür und winkte ihr zum Abschied. »Wir sehen uns bei der nächsten Stadtratsversammlung, Frau Anwältin.«

»Warten Sie bitte. Nur noch eines.«

Charity drehte sich um und blickte über die Schulter. »Was ist?«

»Warum sind Sie sich so sicher, daß ich Swinton nicht umgebracht habe?«

Charity lächelte verschmitzt. »Sie werden das vielleicht nicht glauben, aber wir beide haben so einiges gemeinsam.«

Phyllis zog eine Braue hoch. »Meinen Sie die Fesselungsfantasien? Ts, ts.«

»O nein. Ich würde bestimmt durchdrehen, wenn jemand mich fesseln und auch nur kitzeln würde. Ich neige in zwischenmenschlichen Beziehungen zu Platzangst.«

»Aber Sie haben es doch noch gar nicht ausprobiert.«

Charity holte tief Luft. »Ich wollte nur sagen, daß ich das gleiche getan hätte wie Sie, wenn jemand versucht hätte, mich zu erpressen.«

»Sie hätten es darauf ankommen lassen?«

»Richtig, und wenn es nicht geklappt hätte, wäre ich zur Polizei gegangen.«

Phyllis setzte sich aufrecht hin. »Ja, gefreut habe ich

mich darauf nicht, aber wenn ich weitere Drohungen erhalten hätte, wäre ich zu Tybern gegangen. Oder ich hätte einen Privatdetektiv angeheuert, um mit der Situation fertig zu werden.«

»Genau.« Charity zuckte mit den Achseln. »Rick Swinton wäre keiner von uns eine Verurteilung wegen Mordes wert gewesen. Aber wenn wir dumm genug gewesen wären, so etwas zu tun, hätten wir die Leiche bestimmt nicht ausgerechnet hier im Ort gelassen.«

Phyllis runzelte die Stirn. »Ich bezweifle, daß der Mörder wollte, daß Swinton gefunden wird. Ich habe gehört, daß die Flut ihn ans Ufer gespült hat. Das bedeutet, jemand hat ihn über die Klippe geworfen. Wahrscheinlich dachte er, die Strömung würde ihn hinaus ins offene Meer treiben.«

»Aber alle, die schon länger hier leben, wissen, daß alles, was in die Bucht geworfen wird, früher oder später wieder angespült wird.«

Phyllis' scharf umrissene Brauen schossen in die Höhe. »Sie haben recht.«

Charity verfolgte diesen neuen Gedanken. »Das bedeutet, dem Mörder war es entweder gleichgültig, ob Swintons Leiche gefunden wurde, oder er wollte sogar, daß sie gefunden wurde.«

»Das halte ich für unwahrscheinlich. Warum sollte er wünschen, daß sie gefunden wird? Eine Leiche birgt zu viele Beweismittel. Es ist wahrscheinlicher, daß der Mörder nicht aus der Gegend stammte und nichts von den Eigenheiten der Strömungen hier wußte.«

»Jemand, der dachte, Swintons Leiche würde hinaus aufs Meer gezogen und für immer verschwinden?«

»Ja.« Phyllis spielte mit einem Federhalter. »Ich denke, das weist wieder auf einen der Voyager hin, nicht wahr? Die sind nicht von hier, sie kannten sich nicht mit den Strömungen aus, und sie hatten ein Motiv. Vielleicht hat derselbe Voyager, der Gwen Pitt ermordete, auch Swinton aus ähnlichen Gründen umgebracht. Schließlich hatten beide vor, die Mitglieder der Sekte tüchtig auszunehmen.«

»Stimmt. Aber Tybern meint, alle Voyager hätten ein glaubwürdiges Alibi, und das bedeutet, er sucht hier in der Stadt nach dem Mörder«, fügte Charity hinzu.

»Jemand, der von den Strömungen wußte und sich nicht darum scherte, daß man die Leiche finden würde?«

»Oder jemand, der die Folgen nicht bedachte, als er den Abzug drückte.«

Mit diesen Worten ging Charity hinaus und schloß die Tür hinter sich.

Essen und Sex.

Elias gefiel der Gedanke, ihre Beziehung auf diesen starken Grundprinzipien wieder aufzubauen. Essen und Sex waren mit das Grundlegendste, was es zwischen einem Mann und einer Frau gab, und beides war sehr, sehr gut, wenn er und Charity es teilten.

Es war erst kurz nach neun. Er war früh einkaufen gegangen, noch bevor er Charms & Virtues aufmachte. Jetzt war das Gemüseangebot noch frisch. Er hatte festgestellt, daß die besten Sachen oft schon verkauft waren, wenn er erst nachmittags in den Supermarkt ging.

Er stand nachdenklich vor dem Gemüseangebot. Der Broccoli war dunkelgrün mit einem leichten Hauch ins Violette. Genau richtig. Auf der Suche nach dem perfekten Bündel sah er sich mehrere kritisch an.

Das Essen heute abend war besonders wichtig. Es würde den Grundstein für eine solide Beziehung zu Charity legen. Er wollte ihr zu verstehen geben, daß sie etwas Echtes und Grundlegendes teilten – etwas viel Echteres und Grundlegenderes als das, was sie mit Brett Loftus gehabt hatte. Oder mit sonst jemandem.

Er hatte ein einfaches, rustikales Essen geplant. Fusilli mit einer leichten Soße aus Oliven und Kapern. Frischen Broccoli. Italienisches Weißbrot, das er aus Seattle mitgebracht hatte. Man konnte es so herrlich in Olivenöl tunken und mit Salz bestreut essen. Er hatte schon den Wein ausgesucht. Es würde einen schweren Cabernet geben.

Nach dem Essen würden sie echten, guten Sex haben. Die Art Sex, die Charity dazu veranlassen würde, bei ihm zu übernachten. Die Art Sex, die sie davon überzeugen würde, daß es völlig vernünftig war, bei ihm einzuziehen.

Rückkehr zu den grundlegenden Dingen.

Er legte den Broccoli in eine Plastiktüte und ging Richtung Kasse. Er würde zu Hause das Gemüse in den Kühlschrank legen, Otis mitnehmen und hinaus zum Pier fahren.

Als er ein paar Minuten später zu seinem Jeep ging, sah er Charity, die gerade aus der Drogerie kam. Ihr Gesichtsausdruck erschreckte ihn. Sie sah bedrückt aus. Er fragte sich, ob sie schlecht geschlafen hatte.

Elias änderte seine Richtung, damit sein Weg den ihren kreuzte. Sie war so in Gedanken, daß er ihr die Schulter klopfen mußte, damit sie ihn sah. Fast wären sie zusammengestoßen.

»Guten Morgen«, sagte er.

Sie blieb abrupt stehen, blinzelte, runzelte die Stirn und blickte ihn an. »Oh, guten Morgen.«

»Ob der Nebel wohl bis heute verschwindet?« fragte er freundlich.

»Soll das ein Witz sein?«

»Ich versuche nur, mich zu unterhalten; dachte, das Wetter sei ein unverfängliches Thema.«

Sie wurde rot. Er wußte, daß sie sich an ihre eigenen Bemerkungen über das Wetter erinnerte, als sie gestern auf der Klippe entlang gingen. Wie du mir, so ich dir, dachte Elias.

»Was versteckst du da vor mir?« fragte sie schroff.

»Das Abendessen, oder zumindest einen Teil davon. Übrigens ... vielen Dank noch mal, daß du mir Tybern gestern abend vom Hals gehalten hast. Wirklich nett von dir, mich zu verteidigen. Ich war beeindruckt.«

Ihre Miene verfinsterte sich. »Hank hatte kein Recht zu unterstellen, du wärst in diese Morde verwickelt.«

»Er hat nur ein paar offensichtliche Beobachtungen geäußert. An seiner Stelle hatte ich das Gleiche getan.«

»Aber was er gesagt hat, hätte er auch über mich sagen können.«

»Du bist ja schon länger in der Stadt als ich und siehst auch nicht wie eine Mörderin aus.«

»Du aber auch nicht. Außerdem hast du kein Motiv.«

»Danke. Es gibt allerdings Leute, die nicht deiner Meinung sind, da ich doch so ein mysteriöser geheimnisvoller Fremder bin. Wer weiß schon, welch geheimnisvolle Dinge ich im Schilde führe.«

Sie blickte ihm in die Augen. »Du hast Gwen nicht umgebracht. Ich weiß es, weil du den ganzen Abend mit mir zusammen warst. Und obwohl das für den Tag, an dem Swinton umkam, nicht zutrifft, weiß ich ganz genau, daß du ihn nicht umgebracht hast.«

Bei der Überzeugung in ihrer Stimme wurde ihm ganz warm ums Herz. »Du glaubst nicht, daß ich einen Mord begehen könnte?«

»Das habe ich nicht gesagt. Unter gewissen Umständen bist du dazu sicher imstande, aber nicht unter den vorliegenden. Und wenn du es tun würdest, dann bestimmt nicht mit einer Pistole.«

»Nein?«

»Nein.« Sie blickte ihn fest an. »Für dich wäre eine solch primitive und brutale Tat etwas sehr Persönliches. Du würdest es mit den bloßen Händen tun.«

Er starrte sie an und wußte nicht, was er dazu sagen sollte. Sie hatte recht, aber er sollte ihr das nicht unbedingt hier auf der Straße bestätigen.

»Ich freue mich über deine Unterstützung«, sagte er schließlich.

»Wage es ja nicht, jetzt sarkastisch zu werden. Ich bin heute nicht besonders gut gelaunt.«

»Entschuldige.« Ein paar Schritte von ihnen entfernt öffnete sich eine Tür. Elias beobachtete, wie Phyllis Dartmoor ihr Büro verließ und in die entgegengesetzte Richtung die Straße entlanglief. »Weißt du, da wir von Motiven reden – es gibt jemanden, der ein verdammt gutes Motiv hat.«

Charity schaute Phyllis hinterher. »Sie befürchtet, daß Tybern das ebenfalls denken könnte. Vor einer Viertelstunde hat sie mich in ihre Kanzlei gebeten und mich gefragt, ob ich vorhätte, Hank von den schrecklichen Bildern zu erzählen.«

»Und du hast natürlich nein gesagt?«

»Natürlich. Sie hatte die Bilder zum Glück verbrannt, jetzt gibt es sowieso keine Beweise mehr. Ich bezweifle stark, daß sie ihn umgebracht hat, und für den Mord an Gwen Pitt hatte sie sicher kein Motiv.«

»Jedenfalls nicht, daß wir davon wüßten«, verbesserte Elias sie gedankenverloren. Sein Blick war vorbei an Charity auf Hank Tyberns Wagen gerichtet, der gerade ein paar Meter weiter parkte.

»Ich weigere mich zu glauben, daß Phyllis Dartmoor eine Mörderin ist. Sie ist einfach nicht der Typ dazu.«

»Wie viele Mörder hast du denn schon kennengelernt?«

»Die Frage tut nichts zur Sache. Weißt du, Phyllis hat ein paar Sachen gesagt, die mir zu denken geben.«

»Was denn beispielsweise?« Elias sah Hank aus dem Polizeiwagen steigen.

Tybern machte ein grimmiges Gesicht. Er ging nun gerade an Phyllis Dartmoors Büro vorbei.

»Sie meinte, Swinton hätte ihr einmal gesagt, er räche sich immer, wenn jemand versuche, ihn hereinzulegen«, sagte Charity. »Es gibt genug Hinweise, daß sie recht hat, so etwa meine verwüstete Küche und die zwei Schläger, die er dir auf den Hals gehetzt hat.«

»Was ist mit Arlene Fenton? Sie hatte ihm einen Korb gegeben.«

»Er hat sich bestimmt mehr über dich geärgert, weil du ihn an dem Abend aus seinem Wohnmobil geworfen hast«, erwiderte Charity. »Wahrscheinlich dachte er auch, daß er Arlene allein schon dadurch gestraft hatte, daß Gwen und er ihr Geld hatten.«

»Stimmt.« Elias dachte nach. »Außerdem hat er die Fotos von Phyllis unter deine Haustür geschoben, weil er hoffte, daß du sie gegen Phyllis verwenden würdest.«

»Richtig. Er wollte es allen heimzahlen, die ihn nicht mochten oder abwiesen. Phyllis hat noch etwas Interessantes gesagt. Swinton hat außer ihr noch eine andere Frau mit in das alte Haus von Rossiters genommen.«

»Das Haus von Rossiters?« Elias sah, daß Hank jetzt vor Leighton Pitts Maklerbüro stand. »Hast du mir nicht einmal erzählt, daß sich Leighton Pitt und Jennifer dort immer trafen, bevor er sich von Gwen scheiden ließ?«

Hank zögerte kurz und sammelte sich, als fürchte er eine unangenehme Konfrontation. Dann öffnete er die Tür und ging hinein.

»Ja«, sagte Charity. »Das heruntergekommene Häuschen auf der Klippe. Wie gesagt, hat mir das zu denken gegeben. Wenn Tybern recht hat, und es nur einen Mörder gibt, dann müssen wir nach jemandem suchen, der sowohl mit Gwen als auch mit Swinton in Verbindung stand. Jemand, der Grund hatte, sie beide zu hassen. Wenn du mal darüber nachdenkst, wird dadurch die Liste der Verdächtigen erheblich kürzer.«

Elias sah, wie sich die Tür zu Pitts Maklerbüro wieder öffnete. »Du kannst dir die Mühe sparen, eine Liste anzufertigen. Ich glaube, Tybern hat gerade einen Hauptverdächtigen festgenommen.«

»Was?« Charity merkte plötzlich, daß seine Aufmerksamkeit auf etwas hinter ihr gerichtet war. Sie drehte sich überrascht um. »O Gott! Leighton Pitt! Hank nimmt gerade Leighton Pitt fest.«

Leighton sah sehr niedergeschlagen aus, als Hank ihn in den Streifenwagen setzte. Kurz bevor sich die Wagentür schloß, konnte man Handschellen an seinen Handgelenken aufblitzen sehen.

»Sieht ganz danach aus«, meinte Elias. »Du mußt zugeben, das es logisch erscheint. Pitt hatte Grund genug, auf Gwen und Swinton böse zu sein. Sie haben ihn gemeinsam in den Ruin getrieben.«

»Ja.« Charity schaute zu, wie Hank sich ans Steuer des Streifenwagens setzte.

»Nun, das wär's also gewesen.« Elias schien fast ein bißchen wehmütig. »Das bedeutet wohl, daß ich dich nicht mehr als Amazone erleben werde, die mich vor Hank Tybern in Schutz nimmt.«

»Ich bin nicht sicher, daß du schon aus dem Schneider bist.« Sie klang ernst.

»Warum nicht?«

»Weil ich nicht glaube, daß Leighton Pitt seine Exfrau oder Swinton umgebracht hat.«

Es war kurz vor acht. Elias saß auf einem Kissen vor dem niedrigen Tisch und sah zu, wie Charity den letzten Bissen Pasta verputzte. Sie hatte alles aufgegessen, aber nicht ein Wort zu dem sorgfältig zubereiteten Essen gesagt. Ihre ganze Aufmerksamkeit galt Leighton Pitts Festnahme.

Von wegen Rückkehr zu den grundlegenden Dingen. Elias' Laune wurde immer schlechter. Es lief heute abend nichts wie geplant.

»Ted hat mir heute nachmittag erzählt, Tybern hätte eine Pistole im Kofferraum von Leightons Wagen gefunden – Kaliber neun Millimeter. Die gleiche Waffe wurde für die Morde an Gwen und Swinton benutzt.« Charity legte die Gabel ab und blickte Elias erwartungsvoll an. »Nun?«

»Nun, was?«

»Nun, findest du es nicht merkwürdig, daß Leighton die Mordwaffe in seinem Kofferraum aufbewahrte? Das ist doch Blödsinn.«

»Mord ist nie eine besonders logische Angelegenheit. Menschen, die andere umbringen, können in den seltensten Fällen klar denken.«

»Ja, ich weiß. Aber Leighton ist nicht so dumm. Er hätte wissen müssen, daß er verdächtigt wird. Warum sollte er also die Waffe in seinem Auto aufbewahren?«

»Vielleicht hatte er vor, die Waffe noch einmal zu benutzen.«

Eine Sekunde lang schaute Charity ihn erschreckt an. »Daran hatte ich nicht gedacht.« Doch dann änderte sich ihr Gesichtsausdruck. Sie runzelte nachdenklich die Stirn. »Nein, das würde auch keinen Sinn machen. Gwen und Swinton waren die einzigen, die schuld an seinem Bankrott waren.«

»Ich finde, du verschwendest deine Zeit mit diesen Spekulationen. Laß doch Tybern einfach seine Arbeit machen.«

»Weißt du, was ich glaube?«

Er stöhnte. »Nein, aber du wirst es mir sicher gleich sagen.«

Sie lehnte sich vor und starrte ihn mit eisernem Blick an. »Ich glaube, jemand hat Leighton eine Falle gestellt.«

Er dachte kurz darüber nach. »Nicht sehr wahrscheinlich, aber möglich.«

»Sehr gut möglich sogar, wenn du mich fragst. Leightons Verfassung war nicht die eines Mörders. Er suchte nach einem Ausweg aus der finanziellen Krise und nicht nach einem Racheplan.«

»Und das weißt du so genau?« fragte Elias trocken.

»Nennen wir's eine Ahnung.«

»Das ist aber auch alles, was du dazu vorbringen kannst. Charity, was willst du damit bezwecken?«

Sie richtete sich auf. »Du bist immer noch verwundbar, und das gefällt mir nicht.«

»Wie bitte?«

»Wenn herauskommt, daß Leighton Pitt hereingelegt wurde, wird man bei der Suche nach einem Verdächtigen wieder mit dem Finger auf dich zeigen. Das macht mich nervös.«

»Mir gefällt der Gedanke auch nicht«, gab Elias zu. »Aber ich glaube nicht, daß man mich verdächtigen wird.«

»Du bist noch nicht aus dem Schneider, Elias. Ich habe den ganzen Tag darüber nachgedacht. Ich bin zu dem Entschluß gekommen, daß wir vorbeugende Maßnahmen ergreifen sollten, um dich da herauszuhalten.«

Elias wurde plötzlich argwöhnisch. »Vorbeugende Maßnahmen?«

»Ja, genau.« Sie stand auf und deckte den Tisch ab. »Wir müssen die Sache selbst in die Hand nehmen und nach Hinweisen suchen.«

»Hinweisen?« Sein Argwohn wandelte sich in höchste Beunruhigung. »Bist du verrückt? Die ganze Sache ist erledigt. Tybern ist ein guter Polizist. Er hätte Pitt nicht ohne handfeste Beweise festgenommen.«

Sie drehte sich um und blickte ihn über die Küchentheke hinweg an. In ihren Augen lag tiefe Sorge. »Es ist mir egal, welche Beweisstücke sie in Leightons Wagen gefunden haben. Ich glaube einfach nicht, daß er Gwen und Rick umgebracht hat. Das bedeutet, daß der Mörder immer noch frei herumläuft, und solange das der Fall ist, bist du in Gefahr. Du bist der nächste in der Reihe der Verdächtigen, wenn Leighton Pitt seine Unschuld beweisen kann.«

»Zum Teufel, das bin ich nicht.«

»Doch, Elias. Wir müssen etwas unternehmen, um dich zu schützen. Wir brauchen weitere Informationen. Wenn Swinton sogar Phyllis erpreßt hat, dann vielleicht auch andere. Das ist doch eine vernünftige Annahme, oder nicht?«

Sie tat das für ihn, dachte Elias. Das tröstete ihn ein wenig.

»Wo sollen wir denn anfangen?« fragte er vorsichtig.

»In dem alten Haus von Rossiters.« Sie stellte die Teller in der Spüle ab. »Es wäre besser, wenn wir noch jemand finden würden, der mit Swinton zu tun hatte. Jemand, der etwas zu verbergen hatte. Es ist bald dunkel. Ich möchte einen Blick in Swintons kleines Liebesnest werfen.«

Das Haus lag etwa fünfhundert Meter von der Hauptstraße entfernt. Es kauerte zwischen den Schatten von dichten Tannen und wurde durch einen Hügel von der Straße abgeschirmt.

Eine ziemlich heruntergekommene Hütte, dachte Elias. Selbst im Dunkeln sah man, daß sich schon seit Jahren keiner mehr die Mühe gemacht hatte, etwas zu reparieren. Das Dach der Veranda sah aus, als könne es jeden Moment einstürzen.

»Wir brauchen jedenfalls keine Angst zu haben, daß jemand uns sieht«, meinte Charity fröhlich, während sie aus dem Jeep ausstieg. »Siehst du? Ich hab' doch gesagt, daß es ganz leicht sein wird.«

Er sah sie an. Sie trug Jeans und einen dunklen Pullover. Das Haar hatte sie zu einem Pferdeschwanz gebunden. Ihre Entschlossenheit war ihm irgendwie unangenehm. »Ich möchte nur klarstellen, daß ich zwar deine Absichten zu schätzen weiß, diesen Plan aber doch für sehr gewagt halte.«

»Hab' ich mich etwa beschwert, als du Swintons Wohnmobil durchsuchen wolltest?«

»Ja, das hast du – ohne Unterlaß.«

»Nun, das war etwas anderes. An diesem Abend hatte die halbe Stadt ganz in der Nähe geparkt. Hier sind wir allein.«

»Charity, begreif doch, es ist wirklich nicht nötig, hier zu suchen. Es ist höchst unwahrscheinlich, daß wir etwas finden werden.«

»Man weiß nie. Zumindest haben wir einen Ausgangspunkt. Komm, laß uns hineingehen.« Zielstrebig ging sie auf die Veranda zu.

Wehmütig dachte Elias an seine ursprünglichen Pläne für den Abend. Essen und Sex. Schöne und grundlegende Dinge. Jetzt hätten er und Charity im Bett liegen können. Aber es war offensichtlich, daß es ihm nicht gelingen würde, sie von ihrem Ziel abzubringen.

Unwillig folgte er ihr. Charity stand bereits vor einem Fenster und richtete die Taschenlampe auf die Fensterbank.

»Weißt du, wie man ein Fenster aufbricht?« fragte sie.

»Warum versuchst du es nicht erst einmal mit der Tür?« Elias ging um das Haus zur Hintertür. »Ich glaube nicht, daß jemand sich die Mühe gemacht hat, hier abzuschließen.«

Er drehte den Türknopf. Mit einem lauten Knarren öffnete sich die Tür.

»Köpfchen muß man haben«, bemerkte Charity.

»Danke. Männer sind dankbar, wenn sie sich nützlich machen können.« Elias betrat das kleine Haus.

Charity folgte ihm. Es roch nach Schimmel.

»Puh.« Charity rümpfte die Nase. »Es stinkt ja ganz fürchterlich hier drinnen. Nicht gerade angenehm für ein Liebesnest.«

»Nein.« Die Luft war so feucht, als sei schon seit Jahren nicht mehr gelüftet worden. »Vielleicht hat Ricks Gespielinnen dieses heruntergekommene Flair gefallen.«

Die Möbel waren mit grauen, verstaubten Tüchern zugedeckt und würden wahrscheinlich bald zusammenbrechen. Der Kamin war verrußt, aber es sah nicht so aus, als sei er in letzter Zeit benutzt worden.

»Muß recht kühl für Rick und seine Freundinnen gewesen sein«, bemerkte Elias.

»Wahrscheinlich war ihnen auch so heiß genug.« Die Dielen knarrten unter Charitys Schritten. Sie ging auf eine Tür zu und spähte um die Ecke. »Ein kleines Schlafzimmer, ein Bad. Das ist alles.«

»Wonach suchst du?«

»Ich weiß nicht. Laß uns im Schlafzimmer anfangen. Dort haben sie sich wohl die meiste Zeit aufgehalten.«

Ohne auf eine Antwort zu warten, verschwand sie im nächsten Zimmer. Ein paar Sekunden später hörte Elias einen überraschten Aufschrei.

»Was ist los?« Er folgte Charity. Mit der Taschenlampe beleuchtete er das Zimmer und mußte unwillkürlich schmunzeln.

Charity stand vor einem alten eisernen Bettgestell. Darauf lag eine verschmutzte Matratze und an einem Bettpfosten baumelten lederne Handschellen.

»Ich hätte bestimmt nie das Bedürfnis, mich ans Bett fesseln zu lassen«, flüsterte sie.

»Das sind keine richtigen Handschellen. Man kann sich daraus selbst befreien. Du brauchst sie nur in einer bestimmten Art und Weise zu drehen, schon bist du frei.«

»Woher weißt du das?«

»Ein guter Verkäufer kennt seine Waren«, erklärte Elias. »Ich verkaufe die gleichen Dinger in Charms & Virtues.«

»Ganz erstaunlich.« Sie schaute ihn böse an. »Steh nicht rum. Hilf mir lieber.«

»Ach ja, wir suchen nach Beweisstücken. Wir brauchen Hinweise, die Hank Tyberns Verdacht von mir ablenken.« Elias ging durch den Raum. »Was ist mit den Handschellen? Meinst du, sie könnten wichtig sein?«

»Du nimmst die ganze Sache nicht ernst, wie mir scheint.« Sie rutschte auf den Knien herum und blickte unter das Bett. »Ich sag's dir, Elias, es könnte noch gefährlich für dich werden.«

Er zielte mit dem Lichtstrahl der Taschenlampe auf ihren entzückenden Hintern, der in Jeans besonders knackig aussah. »Das brauchst du mir nicht zu sagen.«

»Geh und sieh im Badezimmer nach.«

»Dein Wunsch sei mir Befehl.« Mit einem unterdrückten Seufzer wandte er sich von dem verlockenden Anblick ihres hochgestreckten Hinterns ab. »Aber das muß ich dir sagen, die ganze Sache gefällt mir nicht im geringsten. Wir werden nichts finden, und wenn doch, werden wir es nicht brauchen, da Hank Tybern bereits einen Verdächtigen verhaftet hat.«

»Nur für den Fall«, meinte Charity. »Ich wäre wirklich beruhigt, wenn wir etwas finden könnten, das auf eine andere Person hinweist, die Grund hatte, Swinton zu töten.«

»Damit bleibt immer noch das Problem, jemanden zu finden, der auch Grund hatte, Gwen umzubringen.«

»Es muß noch einen Verdächtigen geben. Schließlich hat Pitt uns nach Gwens Tod selbst von seinen finanziellen Problemen erzählt. Warum hätte er das tun sollen? Da hätte er gleich sagen können, daß er ein Motiv hatte. Ein Mörder hatte so etwas nie getan.«

»Eine interessante Feststellung«, mußte Elias zugeben. Er schlenderte in das gammelige Bad und ließ den Lichtstrahl seiner Taschenlampe über Waschbecken und Badewanne gleiten. Sie waren gesprungen und ramponiert. »Charity, ich würde dich gerne etwas fragen.«

»Ja, was denn?« Ihre Stimme klang gedämpft.

»Tust du das alles, weil ich eines deiner Rettungsprojekte bin?«

»Rettungsprojekte?«

»Ja, so wie du Otis von seiner Depression befreit hast oder den Pier retten wolltest.«

»Ich kann dich nicht verstehen«, rief sie aus dem anderen Zimmer.

Er ging zur Tür des Badezimmers. »Ich habe dich gefragt ob du dir die ganze Mühe machst, weil du denkst, du wärst irgendwie für mich verantwortlich? Dann möchte ich nämlich, daß du weißt, daß ich weder der nächste Ladenbesitzer noch ein deprimierter Papagei bin, der gerettet werden muß.«

»Elias, sieh dir das an.«

Er ging hinaus in die kleine Diele und sah sie im Türrahmen des Schlafzimmers stehen. Er zielte seine Taschenlampe zuerst auf ihr aufgeregtes Gesicht und dann auf einen winzigen Gegenstand, den sie zwischen Daumen und Zeigefinger hielt.

»Was ist das?« fragte er.

»Ich bin mir nicht ganz sicher, aber ich glaube, daß es sich um ein Stück Acrylfingernagel handelt.«

»Na und? Viele Frauen tragen solche Krallen.«

»Ja«, erwiderte Charity zufrieden. »Und wenn sie aus Whispering Waters Cove kommen, stehen die Chancen gut, daß sie sich von Radiance maniküren lassen.«

»Das möchte ich nicht bestreiten, aber was sagt das schon aus?«

»Das werden wir sehen.« Charity holte ein Taschentuch aus ihrer Hosentasche und wickelte das Nagelstückchen darin ein. »Ich weiß nur eines ganz sicher: Es handelt sich nicht um Phyllis' Spezialfarbe, Dartmoor Mauve. Ich werde morgen früh mit Radiance sprechen. Sie wird sicher sagen können, wessen Nagel das hier ist.«

»Gut, sprich mit Radiance. Hättest du etwas dagegen, mir bis dahin eine Frage zu beantworten?«

Sie blickte unschuldig auf. »Was willst du wissen?«

Er sah nun leicht verärgert aus. »Ich möchte wissen, warum du das alles tust?«

»Ist das nicht offensichtlich? Ich mache das, weil du ein Freund von mir bist.«

»Bist du sicher, daß dies der einzige Grund ist?«

»Was für einen Grund könnte es sonst noch geben?« wollte sie wissen.

»Nun, wer weiß?« murmelte er verzweifelt. »Ich dachte nur, du hättest einen etwas persönlicheren Grund, an meinem Wohlergehen interessiert zu sein.«

»Was könnte persönlicher sein als Freundschaft?« fragte sie höflich, als sie im Flur an ihm vorbeiging.

Ohne Vorwarnung wurde er plötzlich wütend und verlor die Beherrschung. Er drehte sich um und leuchtete ihr mit der Lampe direkt ins Gesicht.

»Ist dir vielleicht schon mal eingefallen, daß du so verdammt besorgt um mich bist, weil du wild und leidenschaftlich in mich verliebt bist?« Sein scharfer Tonfall überraschte ihn selbst.

»Das auch«, stimmte sie zu.

17

Wasser verschwindet niemals für immer. Es fließt zurück ins Meer, verdunstet zu Regen, bildet einen Fluß, füllt einen Teich oder stürzt einen Berghang hinab. Es kehrt in vielerlei Gestalten wieder.

›Der Weg des Wassers‹, aus dem Tagebuch von Haydon Stone

Das war ein großer Fehler, dachte Charity. Sie hatte diese Worte nicht laut aussprechen wollen. Nicht nach der Katastrophe von gestern abend. Sie waren ihr einfach so über die Lippen gekommen. Nun hätte sie im Erdboden versinken mögen.

»Elias?«

Er antwortete nicht. Er kauerte im Schatten hinter dem grellen Schein der Taschenlampe und regte sich nicht. Aber sie brauchte seinen Gesichtsausdruck nicht zu sehen. Sie wußte, welchen Eindruck ihre Worte auf ihn gemacht hatten. Elias war sprachlos.

Er tat ihr richtig leid. Seine großartige Philosophie diente vielleicht zum Aufbau von innerer Stärke und Selbstbeherrschung, aber für den Umgang mit Gefühlen wie Liebe wußte seine Lehre kein Rezept.

Sie hätte den Mund halten sollen. Sie wußte, daß er noch nicht in der Lage war, damit fertig zu werden. Sie zielte mit ihrer eigenen Taschenlampe in sein Gesicht. Er blinzelte nicht, regte sich nicht, war wie erstarrt.

»Nun steh da nicht herum wie ein Rehbock im Scheinwerferlicht.« Sie wußte, daß ihre Stimme ziemlich schnippisch klang, aber sie konnte nichts dagegen tun. »Es ist deine eigene Schuld. Du mußtest ja sarkastisch werden. Du weißt, wie sehr mich das ärgert, und außerdem stehe ich im Augenblick ziemlich unter Druck. Manchmal reagiere ich besonders impulsiv, wenn ich gestreßt bin. Das habe ich dir schon erklärt.«

Er bewegte sich nicht und sagte kein Wort. Mit einem Seufzen senkte Charity ihre Taschenlampe. Die Stille in dem alten Haus war unheimlich. Sie spürte ihr Herz schlagen.

Allmählich wurde ihr richtig angst und bange.

»Alles in Ordnung, Elias? Wir können nicht hierbleiben und uns die ganze Nacht in der Dunkelheit anstarren. Wir sind schon lange genug hier und sollten lieber gehen.«

Endlich bewegte er sich. Er machte einen Schritt auf sie zu. »Du kannst das Ganze nicht einfach auf sich beruhen lassen.« Er preßte die Worte mühsam hervor. Es fiel ihm schwer, sie zu einem Satz zusammenzufügen.

»Warum nicht?«

»Verdammt noch mal, du weißt doch, warum.« Er machte noch einen Schritt auf sie zu. Seine Bewegungen waren ungewohnt eckig, erinnerten so gar nicht an seine übliche Geschmeidigkeit. »Das hier ist wichtig. Viel wichtiger als die Sache, wegen der wir hierhergekommen sind.«

»Da muß ich dir widersprechen«, antwortete sie scharf. »Wenn du verhaftet werden solltest, wirst du ein viel größeres Problem zu lösen haben als herauszufinden, wie es um unsere Beziehung steht.«

»Bitte«, flehte er. »Bitte, mache jetzt keine Witze.«

»Tut mir leid.«

»Bist du sicher?«

»Was? Daß es mir leid tut?«

»Nein.« Er stand jetzt genau vor ihr. Seine Hand hielt die Taschenlampe fest umklammert. »Ist es dir ernst mit dem, was du vor einer Minute gesagt hast?«

»Daß ich wild und leidenschaftlich in dich verliebt bin?« Es war sinnlos, es zu leugnen.

Gestern abend war es ihr gelungen, dem Thema aus dem Weg zu gehen, da sie durch die Entdeckung von Swintons Leiche abgelenkt worden waren. Aber heute abend konnte sie nicht mit einem ähnlichen Vorfall rechnen, und das wollte sie auch nicht. Zwei Leichen waren mehr als genug. Sie war an der Grenze ihrer Belastbarkeit.

»Ja.« Elias' Stimme klang seltsam tonlos, als wäre er weit entfernt. »Bist du sicher, daß du in mich verliebt bist?«

»Ganz sicher.« Sie hob das Kinn. Es überraschte sie, daß sie nicht den geringsten Anflug von Angst verspürte. Sie wußte jetzt, wie stark ihre Liebe war. »Tut mit leid, wenn deswegen dein philosophisches Gleichgewicht aus der Balance gerät, aber damit wirst du fertig werden müssen, Winters.«

»Gestern abend.« Er hielt inne, bemühte sich um die richtigen Worte. »Gestern abend hast du gesagt, du würdest nicht bei mir einziehen, weil es keine Liebe zwischen uns gäbe.«

»Nein, das habe ich nicht gesagt. Du hast mir nicht zugehört. Ich meinte, wir sollten ineinander verliebt sein, bevor wir diesen Schritt wagen. Ich habe schon einmal beinahe den Fehler gemacht, einen Mann zu heiraten, den ich nicht liebte. Uns verband Freundschaft, das Geschäft und ein gewisses Verantwortungsgefühl der Familie gegenüber. Diesen Fehler möchte ich nicht wiederholen. Ich glaube nicht, daß meine Krankenversicherung eine weitere Therapie bezahlt.«

»Unsere Beziehung ist aber anders.«

»Strenggenommen hast du wahrscheinlich recht. Du hast mich nicht gebeten, deine Frau zu werden, sondern gefragt, ob ich bei dir einziehe. Ich muß zugeben, daß es ein großer Schritt in die richtige Richtung wäre – ich meine, mit einem Mann zusammenzuziehen, mit dem mich Freundschaft und Sex verbindet. Mit Brett hatte ich keinen Sex. Aber das reicht immer noch nicht.«

»Ich möchte auch mehr als nur Freundschaft.«

Sie hielt inne. »Wieviel mehr?«

»Ich will dich«, flüsterte er.

Sie spürte die Sehnsucht in seinen Worten. Sie wußte, daß sie schwach wurde. Sie mußte vorsichtig sein, ermahnte sie sich. Es stand soviel auf dem Spiel.

»Was würdest du als Gegenleistung erbringen?« fragte sie leise.

»Was immer ich kann. Nimm, was immer du willst. *Bitte.*«

Die Art, wie er ›bitte‹ sagte, gab ihr den Rest. Ein zweites Mal konnte sie ihn nicht abweisen. Sie liebte ihn, und er hatte gesagt, daß er bereit war, ihr soviel wie möglich von sich zu geben. Wenn Elias so etwas sagte, bedeutete das eine ganze Menge. Sie fragte sich, ob er wußte, daß er es lernen würde, sich der Liebe zu öffnen.

Sie lächelte. »Damit kann ich vermutlich leben. Also, gut, Elias, wenn du wirklich willst, daß ich bei dir einziehe, werde ich es tun. Aber ich warne dich, meine Möbel kommen mit. Ich werde nicht Abend für Abend auf dem Boden sitzen, wenn ich es mir doch auf meinem italienischen Sofa bequem machen könnte.«

»Abgemacht.« Er reichte ihr die Hand.

»Wir sollten lieber gehen …«

Elias nahm sie in die Arme. Überrascht ließ sie die Taschenlampe fallen. Sie rollte über den Boden und prallte gegen die Wand.

Er drückte sie an seine Brust, bis sie fast keine Luft mehr bekam. Seine Lippen gierten nach ihrem Mund. Sein Körper war vor Lust hart angespannt. Es schien so, als ob sich all die Gefühle, die er nicht auszusprechen imstande war, nur in dieser körperlichen Art mitteilen konnten.

»Elias, warte.« Charity gelang es, ihren Mund von dem seinen zu lösen, aber er schenkte ihr kein Gehör.

Da sie ihm die Lippen versagte, suchte er weiter. Sie seufzte erstickt, als sie seine Zähne an ihrem Ohrläppchen spürte. Feurige Erregung durchströmte sie. Dann ließ er den Mund zu ihrem Hals hinabgleiten. In der einen Hand hielt er noch die Taschenlampe und mit der anderen löste er ihr Haar aus dem Pferdeschwanz.

»Nein, warte.« Sie umschloß sein Gesicht mit den Händen und schüttelte ihn, kurz, damit er sie ansah. »Halt.«

»Was ist denn los?«

»Dieser Moment ist viel zu kostbar. Ich weigere mich, ihn hier an diesem verkommenen Ort zu erleben, den fast jeder schon für ein Stelldichein benutzt hat.«

Ein paar Sekunden lang schien er gar nicht zu begreifen, was sie da gesagt hatte. Dann spürte sie, wie er sich etwas entspannte. Er grinste verführerisch.

»Aber wir könnten doch die Handschellen im Schlafzimmer auszuprobieren«, sagte er.

»Reiß dich zusammen, Winters.« Sie hob die Taschenlampe auf. »Laß uns gehen. Jetzt sofort.«

»Und ich dachte gerade, du wärst hierhergekommen, weil du den Nervenkitzel liebst.« Er hob sie hoch und trug sie hinaus.

Er packte sie in den Jeep, setzte sich hinter das Lenkrad und fuhr nach Hause, ohne auch nur im geringsten auf die Geschwindigkeitsbegrenzung zu achten.

Charity schwieg, als sie in der Auffahrt anlangten und er den Motor abstellte. Es war gerade hell genug, sein verführerisches Lächeln zu sehen.

Er stöhnte und lehnte sich zu ihr hinüber. Eigentlich wollte er sie nur noch einmal küssen, bevor sie ausstiegen, aber die Leidenschaft explodierte, als er sie berührte.

»Elias. O Gott.«

Mit der linken Hand griff er nach der Tür. Es gelang ihm, sie zu öffnen, aber aussteigen konnte er nicht. Charity küßte ihn mit solch süßer Lust, daß ein wildes Verlangen seine Adern durchströmte.

»Hier«, flüsterte er. »Jetzt.«

»Jetzt?«

»Jetzt sofort. Ich schaffe es nicht bis zum Haus.«

Er versuchte, ihr die Jeans auszuziehen. Sie wehrte sich nicht. Statt dessen küßte sie seinen Hals. Sie streichelte seinen Rücken, dann öffnete sie vorsichtig seine Hose. Er stöhnte. Er war hart. Er wußte, daß sein Glied sich durch den Schlitz der Boxershorts und die geöffnete Hose preßte.

Er versuchte wieder, ihr die Jeans auszuziehen.

»Nein, warte«, flüsterte sie.

»Was ist denn jetzt? Wir sind nicht mehr in dem alten Haus. In diesem Jeep hat noch niemand Sex gehabt.«

Sie antwortete nicht. Statt dessen streichelte sie ihn mit ihren weichen Händen.

Und dann senkte sie den Kopf und liebkoste ihn ganz vorsichtig mit ihrer warmen feuchten Zunge.

Elias schloß die Augen. Ihm war, als seien die Raumschiffe nun doch in Whispering Waters Cove gelandet.

»Es heißt Tal Kek Chara. Es hat den gleichen Namen wie die Übungen und die Lehre.« Elias saß im Schneidersitz auf einer Matte neben dem kleinen Teich im Garten. Er blickte seinen Schüler an, der ihm gegenüber auf einer ähnlichen Matte saß. Zwischen ihnen lag die lederne Waffe auf einem Handtuch. »Wörtlich übersetzt bedeutet es: das Werkzeug, das dem Wasser einen neuen Weg bahnt.«

Newlin nahm das Tal Kek Chara in die Hand und legte es sich zögernd ums Handgelenk, so wie Elias es ihm vor ein paar Minuten gezeigt hatte. »Ich dachte, es wäre ein Gürtel oder so was in der Art.«

»Die beste Waffe ist eine, die nicht wie eine Waffe aussieht«, erwiderte Elias. Newlins Neugier erinnerte ihn an seine erste Begegnung mit dem Tal Kek Chara, als er noch jung war.

Alles kam ihm wie ein Déjà-vu-Erlebnis vor. Er mußte an seine erste Lehrstunde mit Haydon Stone denken. Newlin stellte die gleichen Fragen wie er damals, und der wißbegierige Ausdruck in seinem Gesicht spiegelte die Gefühle wider, die Elias aus seiner Anfangszeit kannte.

Wasser verschwindet niemals für immer. Es kehrt in vielerlei Gestalten wieder.

»Aus welcher Sprache stammt Tal Kek Chara?« Newlin rutschte ein wenig auf der Matte hin und her.

Elias merkte, daß seinem Schüler die Beine eingeschlafen waren. Newlin hatte nun fast eine halbe Stunde in dieser für ihn so ungewohnten Position gesessen, und es war recht kühl im Garten. Die Morgensonne hatte den Nebel noch nicht aufgelöst.

Gestern abend hatte er Haydons Tagebuch hervorgeholt und ein paar Seiten darin gelesen. Er hatte sich von ihm anregen lassen wollen, bevor er seine erste Unterrichtsstunde als Lehrer des Tal Kek Charas absolvierte. Als ob das Schicksal seine Hand geführt hätte, fand er ein paar Passagen, die Haydon am Anfang des Tagebuchs notiert hatte.

Ein guter Lehrer soll den natürlichen Lernrhythmus seines Schülers spüren und darauf reagieren. Der Unterricht erfordert sowohl vom Schüler als auch vom Lehrer Disziplin.

Er sollte die erste Stunde bald beenden, dachte Elias, obwohl Newlin eigentlich so aussah, als wollte er weitermachen.

»Die Sprache gibt es nicht mehr«, erklärte Elias. »Im Lauf der Jahrhunderte ging die Kultur der Menschen, die sie einst sprachen, in ein Dutzend andere Kulturen über. Zuletzt wurde die Sprache und die dazugehörige

Kultur in einem alten Kloster auf einer kleinen Insel gepflegt. Es war ein Ort, der seit tausend Jahren vom Rest der Welt abgeschnitten war. Jetzt ist das Kloster verlassen.«

»Was ist aus den Mönchen geworden, die dort lebten?« Newlin schob die kleine Nickelbrille auf seiner Nase hoch. »Wurden sie während eines Guerillakrieges getötet?«

»Nein. Das Kloster war im Dschungel verborgen. Es wurde nie von der Außenwelt entdeckt. Aber die Mönche waren alle sehr alt, als Haydon zu ihnen kam. Sie sind alle nacheinander gestorben und haben nur einen Bach hinterlassen. Er bewacht jetzt die Tempelanlage.«

»Woher wissen Sie das?«

»Haydon hat mir das Kloster vor ein paar Jahren gezeigt. Wir sind drei Wochen durch den Dschungel gewandert, bis wir es gefunden haben. Als wir dort ankamen, gab es nichts mehr außer dem alten Tempel und dem Bach, der durch ihn hindurchfloß.«

Elias konnte sich ganz genau an diesen Tag erinnern. Die Reise mit Haydon war eines der wichtigsten Ereignisse in seinem Leben gewesen. Aber ihm fehlten die Worte, um Newlin zu beschreiben, was er gefühlt hatte, als er neben Haydon am Tempelbach gestanden hatte. Er wußte nur, daß die Erinnerung an damals ihm heute noch Kraft spendete.

»Es muß doch irgendwie merkwürdig gewesen sein, oder?« Newlin blickte ihn fragend an.

»Ja, aber ich werde dir erzählen, was noch verrückter war.«

»Was?«

»Nach Haydons Tod wurde mir klar, daß ich wahrscheinlich der einzige Mensch auf der Welt bin, der noch genau weiß, was Tal Kek Chara bedeutet, geschweige denn, der davon Gebrauch machen kann.«

»Wow.« Newlin dachte einen langen Augenblick darüber nach. »Verstehe. Man fühlt sich dabei bestimmt ziemlich einsam.«

»Ja.« Newlin würde ein guter Schüler werden, dachte Elias. »Aber das hat sich nun geändert.«

»Inwiefern?«

»Jetzt weißt auch du, was Tal Kek Chara bedeutet.« Elias nahm den Lederriemen und band ihn um seine Taille.

Newlin blickte ihn erstaunt an, dann färbte eine leichte Röte seine sonst so bleichen Wangen. »Hey, das stimmt. Sie sind nicht länger der einzige Mensch auf der Welt, der die Bedeutung dieser Worte kennt. Ich verstehe sie nun auch.«

»Nächstes Mal zeige ich dir, wie man Tal Kek Chara benutzt.« Elias erhob sich. »Es gibt für dich noch sehr viele Dinge zu lernen. Tal Kek Chara ist nicht nur eine Waffe und eine verlorene Sprache; es ist auch eine Philosophie, eine Art, die Welt zu betrachten.«

Newlin stand etwas mühsam auf. »Es hat irgendwie mit Wasser zu tun, nicht wahr?«

»Das gehört alles zusammen.« Elias stieg die Stufen zur Veranda hinauf. »Aber für heute hast du genug gelernt. Es ist Zeit, hinunter zum Laden zu fahren. Ich hole Otis, und dann nehmen wir dich mit zum Pier.«

»Ja, sicher. Danke.« Newlin zögerte. »Hey, Elias?«

Elias blieb vor der Tür stehen. »Ja?«

»Arlene und ich wollen in ein paar Wochen heiraten. Ich würde gern wissen, ob Sie zur Hochzeit kommen wollen. Charity, Bea und Radiance organisieren nach der Trauung eine Party auf dem Pier.«

Elias nahm seine Hand vom Türknauf und blickte Newlin nachdenklich an. »Ihr wollt heiraten?«

»Nun, Sie wissen doch, wie das ist.« Newlin grinste verlegen. »Wir lieben uns, und wir haben beide eine Arbeit. Jetzt, wo Arlene mit den albernen Voyagern fertig ist, gibt es eigentlich keinen Grund, nicht zu heiraten.«

»Nein«, antwortete Elias. »Es gibt keinen Grund, nicht zu heiraten. Ich komme natürlich gerne zu eurer Hochzeit.«

Newlin freute sich. »Gut, das ist toll.«

Elias ging ins Haus und holte Otis.

Kein Grund, nicht zu heiraten. Die Worte klangen wie eine Zauberformel. Er sagte sie zu Otis, um auszuprobieren, wie sie klangen, wenn er sie laut aussprach.

»Kein Grund, nicht zu heiraten, Otis.«

Otis krächzte und kletterte auf Elias' Arm.

»Nicht du und ich, Otis.« Elias schloß die Tür des Käfigs. »Ich sprach von mir und Charity. Aber wenn ihr die Idee nicht gefällt? Es war schon nicht einfach, sie zu überreden, hier bei mir einzuziehen. Irgendwie habe ich das Gefühl, daß sie in Panik ausbricht, wenn ich sie frage.«

»Hä, hä, hä.«

»Sie ist sich nicht sicher, weißt du«, erklärte er Otis, während er ihn im Reisekäfig zur Tür trug. »Und ich weiß nicht, wie ich es schaffen soll, sie zu überreden. Zum Teufel, ich möchte wirklich nicht in die gleiche Situation geraten wie dieser Loftus. Irgendwie kommt es mir ganz so vor, als würde ich damit nicht so gut fertig werden wie er.«

Charity schob den Perlenvorhang zur Seite und betrat Radiances Nagelstudio. Von riesigen Postern blickten Jim Morrison und die Doors zu ihr herab. Ansonsten schmückten indische Tücher und bunte Graffiti die Wände. Der Duft von Räucherstäbchen lag in der Luft.

»Radiance?«

»Hallo, Charity. Ich bin gleich bei dir.« Radiance war in ein weites Kleid gehüllt und blickte nicht auf. Sie saß auf einem Hocker vor dem schmalen Manikürtisch und betrachtete prüfend die Nägel einer Kundin, die gerade unter einer Speziallampe trockneten.

»Ich habe es nicht eilig.« Charity erkannte die Frau, deren Hände Radiance ihre gesamte Aufmerksamkeit schenkte. »Guten Morgen, Irene. Das Selbsthilfebuch, das Sie bestellt haben, ist angekommen.«

»*Warum Selbsthilfebücher nicht helfen.* Gut. Ich habe schon darauf gewartet.« Irene Hennessey war eine nette Frau Anfang Fünfzig. Sie blickte auf und lächelte. »Ich komme vorbei und hole es ab, wenn ich hier fertig bin.«

»Seien Sie bitte vorsichtig.« Radiance runzelte die Stirn. »Ihre Nägel werden hier zwar förmlich gebacken, aber ich empfehle allen, möglichst eine halbe Stunde lang nichts mit den Händen zu tun.«

»Keine Angst«, meinte Charity. »Newlin und ich werden dafür sorgen, daß Irene ihre neuen Fingernägel nicht ruiniert, wenn sie das Buch abholt.« Sie ging etwas näher heran und blickte Irenes lange glänzende Nägel an. »Eine schöne Farbe.«

»Ich nenne sie Irenes Amethyst«, erklärte Radiance. »Steht ihr hervorragend, findest du nicht?«

»Sehr gut.« Charity gefiel, wie die ungewöhnliche Farbe Irenes zarten Teint unterstrich. »Ich finde diese rosa Muster einfach toll.«

»Mein Erkennungszeichen«, erwiderte Irene stolz. »Das hat sonst keine.«

»Nein, natürlich nicht. Sie kennen ja mein Motto.« Radiance lehnte sich im Stuhl zurück. »Jede Kundin bekommt ihre eigene Farbe und ein einmaliges Muster. Ich betreibe keine Massenproduktion. Gut, Irene, die Nägel sollten jetzt trocken sein. Aber seien Sie bitte vorsichtig.«

»Das werde ich.« Irene schaute ihre Hände an und freute sich sichtlich. »Ich werde erst mal einen Cappuccino bei Bea trinken, und dann hole ich mein neues Buch. Vielleicht schaue ich auch bei Charms & Virtues vorbei. Mein Neffe hat nächste Woche Geburtstag. Ihm und seinen Freunden gefallen die Sachen aus Winters Laden besonders gut.«

Es schien Ewigkeiten zu dauern, bis Irene endlich das Nagelstudio verließ, aber schließlich schob sie den Perlenvorhang beiseite und ging.

»Was kann ich für dich tun, Charity?« fragte Radiance, während sie ihre Arbeitsutensilien aufräumte.

Charity griff in ihre Tasche und nahm das Papiertaschentuch heraus, in dem sich das Beweisstück befand. »Das wird sich jetzt vielleicht etwas komisch anhören, aber kannst du mir bitte sagen, wessen Farbe das auf diesem Stückchen Fingernagel ist?«

Radiance schaute sie verwundert an. »Wessen Farbe?«

»Sie gefällt mir wirklich gut.« Das war eine schwache Ausrede. Charity beschloß, das Ganze etwas auszubauen. »Ich habe dieses Stückchen gefunden, als ich vor ein paar Tagen den Laden fegte. Wenn ich mir jemals die Fingernägel maniküren lassen sollte, wäre das genau die Farbe, die mir vorschweben würde. Ich nehme an, es handelt sich um eine deiner Spezialmischungen.«

»Laß mal sehen.« Radiance stellte ein Fläschchen Nagellack ab. Sie drehte ihren Stuhl und hielt die Hand auf.

Charity legte das Stückchen Nagel hinein. Der Splitter blutroten Acryls leuchtete im Licht der Arbeitslampe.

»Hmm.« Radiance betrachtete ihn genau. »Ich verstehe gar nicht, warum sie nicht sofort zu mir kam, als ihr der Nagel abgebrochen ist. Sonst ist sie immer so eigen mit ihren Fingernägeln.«

Charity hielt die Luft an. »Wer ist so eigen mit den Nägeln?«

Radiance blickte auf. »Jennifer Pitt natürlich. Das ist Jennifers Karminrot. Das ist Missis Pitts Spezialfarbe.«

»Verstehe.« Charity nahm das Nagelstückchen wieder an sich. Sie mußte sofort mit Elias sprechen. »Danke, Radiance. Sie konnte wahrscheinlich im Moment nicht zu dir kommen.«

»Es muß wirklich schlimm für sie sein.« Radiance seufzte. »Überlege doch mal, was die arme Frau in letzter Zeit durchgemacht hat. Schon seit Monaten ist sie nicht mehr glücklich mit ihrer Ehe, und jetzt muß sie auch noch erfahren, daß ihr Mann zwei Menschen ermordet hat.«

»Wir wissen noch nicht, ob Leighton wirklich der Mörder ist.«

»Hank Tybern hätte ihn nie festgenommen, wenn er sich nicht sicher wäre. Du kennst doch Hank. Er ist immer sehr vorsichtig.«

»Das stimmt.«

»Es ist ganz offensichtlich, wenn man mal drüber nachdenkt. Leighton hat wegen seiner Exfrau und Rick Swinton alles verloren. Er hat das perfekte Motiv. Das war bestimmt alles zuviel für Jennifer. Kein Wunder, daß sie beschlossen hat, die Stadt zu verlassen.«

Charity erstarrte auf halbem Weg zum Ausgang. »Jennifer verläßt Whispering Waters Cove?«

»Das hat mir Irene gerade erzählt. Als sie heute morgen am Haus der Pitts vorbeifuhr, sah sie, wie Jennifer ihren Wagen packte. Man kann es Jennifer nun wirklich nicht verübeln, wenn sie die Stadt verlassen will. Hier hat man sie nie akzeptiert. Die meisten gaben ihr die Schuld am Scheitern von Leightons erster Ehe. Aber wenn du mich fragst, dann war Leighton genauso daran schuld. Er hätte ja nicht mit ihr herumflirten müssen.«

»Nein«, antwortete Charity. »Das hätte er nicht tun sollen.«

Während sie den Perlenvorhang beiseite schob und aus dem Laden trat, dachte sie an Elias. Bei ihm würde sie nie befürchten müssen, daß er sie mit einer anderen Frau betrog. Manchmal macht seine Unerschütterlichkeit sie wütend, aber sie wußte, daß sie sich immer auf ihn verlassen konnte.

Das war ein gutes Gefühl, ein Teil der soliden Grundlage, auf der sie ihre Zukunft mit Elias aufbauen wollte. Ein treuer Mann würde auch lernen können zu lieben.

Aber erst einmal mußte sie sich darum kümmern, daß er nicht wegen Mordes ins Gefängnis gesteckt wurde. Entschlossen ging sie den Pier Richtung Charms & Virtues hinunter.

Elias stand in der dunkelsten Ecke von Charms & Virtues und blickte auf einen Berg kleiner Plastikhamburger und künstlicher Eiswürfel mit eingebauten Spinnen. Etwas in diesem Teil des Ladens hatte sich verändert. Er wußte nicht genau was, aber dieser Berg Krimskrams war irgendwie nicht wie vorher.

Er würde wohl die Taschenlampe brauchen, die er unter der Registrierkasse aufbewahrte. Vielleicht hatte Charity doch recht, was die schlechte Beleuchtung des Ladens betraf. Besonders hier hinten war es sehr schummerig. Atmosphäre war eine Sache, aber wenn ein Kunde kaum die Aufschrift auf den Verpackungen lesen konnte, ging das doch etwas zu weit. Er würde Lampen über den Theken anbringen.

In der Zwischenzeit fragte er sich, was sich in dem hinteren Teil des Ladens verändert hatte. Er beugte sich über einen Stapel Schachteln, die kleine aufziehbare Insekten enthielten.

»Elias? Elias, wo bist du?«

Er drehte sich um, als er Charitys aufgeregte Rufe hörte. Einen Augenblick lang antwortete er nicht. Er stand einfach im Dunkeln und genoß ihren Anblick. Er erinnerte sich an gestern nacht. Schon bei dem Gedanken an ihren heißen feuchten Mund bekam er eine Erektion.

Zum Glück würde er nun keine Zeit mehr damit verschwenden müssen sicherzustellen, daß sie jede Nacht mit ihm verbrachte.

»Guten Morgen, Otis.« Charity blieb vor der Theke stehen. »Wo ist Elias?«

»Hä, hä, hä.«

»Du bist wie immer eine große Hilfe.« Sie blickte sich um. »Elias?«

»Ich bin hier hinten, Charity. In der Insektenabteilung.«

Rasch wandte sie sich um und blickte angestrengt in den düsteren rückwärtigen Ladenteil. »Oh, da bist du also. Du wirst nie erraten, was ich gerade herausgefunden habe.«

»Hat Radiance das Nagelstückchen für dich identifiziert?«

»Ja, das hat sie.« Sie strahlte triumphierend. »Es handelt sich um Jennifers Karminrot.«

»Was bedeutet das?«

»Das ist die Farbe des Nagellacks, den Radiance speziell für Jennifer Pitt gemischt hat. Verstehst du, was das bedeutet?«

»Jennifer Pitt hat sich in dem alten Haus herumgetrieben?« Elias war bei der Registrierkasse angelangt und bückte sich nun, um nach der Taschenlampe zu suchen. »Das wußten wir doch bereits. Sie traf sich dort mit Leighton, weißt du noch? Damals konnte ihr durchaus der Nagel abgebrochen sein.«

»Weißt du, was ich vermute? Ich denke, sie hat sich dort auch mit Rick Swinton getroffen. Bei den brutalen Spielchen mit Swinton könnte ihr der Nagel abgebrochen sein.«

»Meinst du? Nach allem, was wir jetzt über Swinton wissen, hat er mit vielen Damen aus Whispering Waters

Cove Räuber und Gendarm gespielt. Und wir wissen auch, daß es in der zweiten Ehe von Leighton Pitt kriselte. Erinnerst du dich noch, daß Leighton uns von seinem Verdacht erzählte, Jennifer hatte einen Liebhaber?«

»Elias, darum geht es hier nicht. Dieses Nagelstückchen bringt Jennifer mit Swinton in Verbindung.«

»Es weist darauf hin, daß die beiden eine Affäre hatten, aber das ist auch schon alles.« Elias fand die Taschenlampe und nahm sie heraus. »Phyllis Dartmoor kann genauso mit Rick Swinton in Verbindung gebracht werden, und eine Menge weiblicher Voyager auch. Gott weiß, mit wie vielen Frauen er geschlafen hat. Aber Leighton Pitt ist der einzige, der ein Motiv sowohl für den Mord an Swinton als auch für den Mord an Gwen Pitt hatte.«

»Du meinst den Bankrott.«

»Es geht doch letztendlich meistens ums Geld.« Elias drückte auf den Knopf der Taschenlampe. Sie ging nicht an. »Ich brauche neue Batterien. Da waren doch hier irgendwo ein paar.«

Charity verschränkte die Arme vor der Brust. Herausfordernd zog sie die Augenbrauen hoch. »Aber was sagst du dazu: Jemand hat Jennifer Pitt dabei beobachtet, wie sie heute morgen ihren Wagen belud. Anscheinend will sie die Stadt verlassen.«

Elias schraubte die Taschenlampe auf. »Vielleicht meint sie, daß es nach dem Bankrott und Leightons Verhaftung keinen Grund gibt, länger hierzubleiben.«

Charity lächelte vergnügt, während sie den neuen Roman von Stella Cameron in eine Papiertüte steckte. »Das Buch wird Ihnen gefallen, Missis Fisher. Ich habe es gerade selbst gelesen.«

»Sie schreibt wirklich sehr spannende Geschichten, nicht wahr?« sagte Missis Fisher begeistert. »Man kann ihre Bücher gar nicht beiseite legen.«

»Das stimmt«, pflichtete Charity ihr bei.

Missis Fisher ging hinaus.

»Fast Ladenschluß«, sagte Newlin, der gerade mit einem Stapel Bücher auf den Armen aus dem Lager kam.

Charity schaute ihn fragend an. »Du scheinst es heute richtig eilig zu haben, hier herauszukommen. Hast du etwas Bestimmtes vor?«

»Arlene möchte, daß wir zusammen die Blumen für die Hochzeit bestellen.«

»Wunderbar. Wie war deine erste Stunde mit Elias heute morgen?«

Newlins Augen leuchteten. »Echt interessant. Er hat mir den Namen dieses besonderen Gürtels beigebracht, den er immer trägt. Er hat gesagt, er und ich wären wahrscheinlich die letzten beiden Menschen auf der Welt, die wüßten, was Tal Kek Chara bedeutet. Ist das nicht verrückt?«

»Ich dachte, es würde ›der Weg des Wassers‹ bedeuten.«

»Nicht ganz. Die Sache ist etwas komplizierter.«

»Nun, was bedeutet es dann?«

Newlin öffnete den Mund und schloß ihn wieder. »Entschuldigen Sie, aber ich glaube, ich darf es nicht weitersagen. Vielleicht fragen Sie Elias lieber selbst.«

»Ah, ein richtiges Männergeheimnis.«

»Nein, darum geht es nicht. Zumindest glaube ich nicht ...« Newlin brach erleichtert mitten im Satz ab, als er Yappy sah, der gerade zur Tür hereingerannt kam. »Hey, Yap. Was gibt's?«

»Ärger«, antwortete Yappy laut.

Charity warf ihm einen fragenden Blick zu. »Was ist denn los?«

»Es geht um Winters.« Yappy holte tief Luft, bereit, zum Ende des Piers zu laufen. »Scheint, als hätte er noch ein Problem. Gerade ist ein Mann mit einem Jaguar angekommen und hat gefragt, wo Elias Winters' Laden ist.

Bea hat's ihm erklärt, und da ist er gleich Richtung Charms & Virtues losgehechtet. Bea meint, er sehe aus, als würde er Elias verprügeln wollen.«

»Nicht schon wieder.« Charity schloß die Kasse ab und ging rasch zum Ende der Theke. »Wie, um Himmels willen, hat Elias es bloß geschafft, sich so viele Feinde zu machen? Diese Geschichten müssen endlich aufhören.«

18

Wer die Kraft des Wasserfalls begreifen will, muß die Welt von einem Standpunkt hinter dem Wasserfall betrachten.

›Der Weg des Wassers‹, aus dem Tagebuch von Haydon Stone

Elias blickte den großen, grimmig dreinschauenden Mann an, der breitbeinig vor der Theke stand. Davis Truitts teures Sportjackett aus Leinen und Seide sah aus, als wäre es speziell für ihn angefertigt worden, was wahrscheinlich auch der Fall war. Das hellgraue Hemd und die Hose waren ebenfalls maßgeschneidert. Er war hochgewachsen und besaß die gleichen edlen Gesichtszüge wie seine Schwester Meredith. Und er schien bereit, ernsten Schaden anzurichten.

»Falls Sie vorhaben, sich mit mir zu prügeln, sollten Sie es sich lieber noch einmal überlegen«, erklärte Elias ruhig. »Charity hat etwas dagegen, wenn man mich angreift. Außerdem wissen wir beide, daß Streß nicht gut für sie ist.«

»Verdammt noch mal, Winters, halten Sie keine Vorträge über den Gesundheitszustand meiner Stiefschwester.« Davis' Blick verengte sich. »Ich weiß sehr viel mehr über dieses Thema als Sie. Was haben Sie vor, zum Teufel?«

»Ich war gerade dabei, diese Theke aufzuräumen.« Elias deutete auf den Haufen aus Plastikhamburgern und künstlichen Eiswürfeln. »Irgendwie sieht das Ganze nicht gut aus.«

»Die ganze verdammte Situation sieht nicht gut aus.

Ich weiß über Sie Bescheid, Winters. Ich habe Nachforschungen anstellen lassen. Es war nicht leicht, an die Informationen heranzukommen. Ich habe nicht alle Einzelheiten herausfinden können.«

Elias nickte. »Das freut mich.«

»Aber ich weiß genug. Was auch immer Sie hier in Whispering Waters Cove vorhaben, es ist ein Haufen Geld und ein ausländischer Investor im Spiel.«

»Es tut mir leid, Ihnen sagen zu müssen, daß Ihre Informationen veraltet sind. Ich würde Ihnen den guten Rat geben, sich nicht zu sehr darauf zu verlassen.«

Davis riß an seiner dunkelgrauen Seidenkrawatte und löste den Knoten ein wenig. »Versuchen Sie nicht, mich für dumm zu verkaufen. Meredith meint, Sie hatten Charity verführt. Ich weiß, was Sie mit diesem Pier vorhaben, und verlange zu erfahren, warum Sie meine Stiefschwester mit in diese Sache hineingezogen haben.«

Otis kroch auf seiner Stange hin und her und zischte böse.

Gedankenverloren streckte Elias die Hand aus und streichelte dem Vogel über den Kopf. »Es ist ganz einfach, Truitt. Ich habe diesen Pier und den Laden geerbt. Von meiner früheren Tätigkeit habe ich mich zurückgezogen. Ich lerne jetzt die hohe Kunst, einen kleinen Laden zu führen.«

»Soweit ich weiß, sind Sie aber nicht der Typ, der kleine Brötchen bäckt.« Davis blickte ihn finster an. »Es ist doch ganz einfach. Wir sind beide Geschäftsleute. Es ist mir völlig gleich, was mit dem Pier geschieht, aber ich möchte auf keinen Fall, daß Sie Ihre Beziehung zu Charity mißbrauchen, um Ihre geschäftlichen Ziele durchzusetzen. Ist das klar?«

»Meine Beziehung mit Charity hat nicht mit Geschäften zu tun.«

»Und das soll ich Ihnen glauben?« Davis kam drohend einen Schritt näher. »Sie haben einen bestimmten Ruf, Winters, und soviel ich von Ihnen weiß, würden Sie nicht Far Seas aufgeben, nur um hier diesen Ramschladen zu führen.«

Otis krächzte laut.

»Das hätten Sie lieber nicht sagen sollen«, riet Elias. »Otis nimmt solche Bemerkungen immer persönlich.«

»Wer, zum Teufel, ist Otis?«

»Das ist Otis.« Elias kraulte den Vogel ein wenig. »Er ist sehr launisch. Fragen Sie doch Charity. Sie hat ihm durch eine schwere depressive Phase geholfen. Nun hat er es überstanden, aber er reagiert immer noch empfindlich, wenn jemand ihn ärgert.«

»Vergessen Sie doch diesen verdammten Vogel.« Davis stemmte die Fäuste in die Hüften. »Ich möchte Antworten auf meine Fragen. Und zwar sofort.«

»Davis!« Charity rannte zur Tür herein. Newlin, Yappy und Ted folgten ihr auf dem Fuße.

Elias blickte zufrieden auf die Schar seiner Retter. »Wo wart ihr so lange?«

Charity beachtete ihn nicht. »Davis, was, um Himmels willen tust du hier? Wag es ja nicht, Elias zu verprügeln, hörst du? Ich schwöre dir, ich würde es dir nie verzeihen, wenn du ihm auch nur ein Haar krümmst.«

Elias lächelte milde. »Sehen Sie, das habe ich vorhin gemeint. Sie hat einen ausgeprägten Beschützerinstinkt.«

Davis' Miene verfinsterte sich noch mehr. Er drehte sich zu Charity um. »Ich werde ihn nicht schlagen, noch nicht zumindest. Ich bin hier, um herauszufinden, was er vorhat.«

»Er hat gar nichts vor.« Charity blieb vor Davis stehen. Sie war völlig außer Atem. »Zumindest nicht das, was du denkst. Du hättest mich anrufen sollen, statt den armen Elias zu überfallen.«

»Armer Elias?« Davis warf Elias einen verächtlichen Blick zu. »Daß ich nicht lache.«

Elias setzte eine Unschuldsmiene auf.

»Brauchen Sie Hilfe?« fragte Newlin.

»Nein.« Elias nickte Newlin, Yappy und Ted zu. »Diesmal habe ich alles unter Kontrolle. Ich glaube nicht, daß Charity zulassen würde, daß ihr Bruder mir das Nasenbein bricht. Aber trotzdem vielen Dank. Geht unbesorgt zurück und schließt eure Läden ab.«

»In Ordnung.« Newlin zögerte. »Sie sind sich auch ganz sicher?«

»Ja.«

»Rufen Sie uns, falls Sie es sich anders überlegen«, sagte Ted.

»Natürlich«, antwortete Elias.

Yappy zuckte die Achseln und ging mit den anderen beiden aus dem Laden. Er winkte Elias zum Abschied zu. »Bis bald.«

Davis beachtete die drei Männer nicht. Er starrte Charity an. »Meredith hat mit mir gesprochen, nachdem du in Seattle warst. Sie meinte, du hättest was mit Winters.«

Charity reckte das Kinn in die Höhe. »Ja, das habe ich. Na und?«

Davis strich sich durchs Haar. »Mensch, Charity, ich hatte dich doch vor ihm gewarnt. Gott weiß, was hier gespielt wird, aber eines ist sicher.«

»Und was soll das sein?« wollte Charity wissen.

»Wenn die Sache gelaufen ist, werden Winters und sein Kunde die großen Gewinner sein. Ich möchte nicht, daß du dabei auf der Strecke bleibst.«

»Ich kann sehr gut auf mich selbst aufpassen«, erwiderte Charity.

»Vor einem Jahr noch hätte ich dir zugestimmt.« Davis hielt plötzlich inne und warf Elias einen verärgerten Blick zu. Dann senkte er die Stimme. »Aber nach allem, was passiert ist, sind Meredith und ich besorgt. Du weißt doch, daß du dich nicht in Streßsituationen begeben sollst.«

Die Wut schwand aus Charitys Gesicht, und ein Lächeln umspielte ihre Lippen. »Davis, du hast die lange Fahrt von Seattle hierher gemacht, nur um mich zu beschützen?«

Davis wurde rot. »Du bist doch meine Schwester.«

»Das ist wirklich süß«, sagte Charity leise.

Elias stöhnte. »Finden Sie das nicht gräßlich, wenn sie das sagt?«

Davis runzelte die Stirn. »Was?«

»Wenn sie Sie süß nennt.« Elias lächelte amüsiert. »Das könnte mich zur Weißglut treiben. Wahrscheinlich ist es etwas anderes, wenn man ihr Bruder ist.«

Davis schien irritiert zu sein. Er wandte sich wieder an Charity. »Wovon spricht er?«

»Das ist eine lange Geschichte«, antwortete Charity. »Mach dir keine Gedanken. Wichtig ist nur, daß es mich wirklich rührt, wie besorgt du um mich bist, Davis. Ich kann dir gar nicht sagen, wieviel es mir bedeutet.«

»Es ist mehr als das«, murmelte Davis. »Meredith und ich haben uns verdammte Sorgen um dich gemacht.«

»Mir geht es aber sehr gut.« Charity strich ihm beschwichtigend über den Arm. »Ich bin in letzter Zeit sehr gut mit Streß zurechtgekommen. Seht mal, ich hab' eine Idee.

»Machen Sie sich auf was gefaßt, Truitt«, murmelte Elias.

Davis wandte Elias den Rücken zu. Er schenkte nur Charity Beachtung. »Was für eine Idee?«

»Ich finde, ihr beide solltet euch besser kennenlernen«, sagte sie rasch. »Es handelt sich doch offensichtlich bei euch um ein Kommunikationsproblem.«

»Aber wir verstehen uns doch besser, als du denkst«, erklärte Elias. »Dein Stiefbruder will mir die Fresse polieren, und mir wär's lieber, er täte es nicht. Ist doch ganz einfach zu verstehen.«

Sie warf einen Blick auf die Uhr. »Es ist schon nach

halb sechs. Elias, schließ doch Charms & Virtues und geh mit Davis in das Café in der Stadt. Dort könnt ihr beide sozusagen auf neutralem Boden zusammen eine Tasse Tee trinken.«

Elias und Davis warfen sich einen Blick zu. Davis sah argwöhnisch aus. Elias nahm ihm das nicht übel. Er war auch nicht gerade begeistert, mit ihm Tee trinken zu gehen.

»Tee?« wiederholte er vorsichtig.

Charity lächelte ihn zustimmend an. »Ihr müßt euch zusammensetzen und euch mal richtig unterhalten. Ich bin sicher, alles läßt sich klären. Geht ruhig los, ich kümmere mich um Otis.«

Otis krächzte etwas Unverständliches, als er seinen Namen hörte.

Davis sah nun wirklich besorgt aus. »Charity, ich bin nicht hierhergekommen, um mit Winters Tee zu trinken. Ich bin hier, um dafür zu sorgen, daß er dich nicht in eine seiner durchtriebenen Machenschaften hineinzieht.«

Charity blickte ihn mit großen Augen an. »Es würde mir wirklich eine ganze Menge bedeuten, wenn ihr beide euch die Mühe machtet, euch näher kennenzulernen, Davis.«

Davis tat Elias fast leid. Er beschloß, daß es an der Zeit war, die Situation in die Hand zu nehmen. Er trat vor die Theke und klopfte dem anderen auf die Schulter. »Geben Sie auf, Truitt. Sie haben keine Chance. Lassen Sie uns gehen.«

Davis blickte ihn trotzig an. »Ich habe aber keine Lust auf eine Tasse Tee, verdammt noch mal.«

»Ich auch nicht«, erwiderte Elias. »Hören Sie, ich habe eine bessere Idee. Lassen Sie uns in die Cove Tavern gehen. Ich gebe uns ein Bier aus.«

Davis zögerte. »Aber ich …«

Demonstrativ gab Elias Charity einen Kuß. Dann

nahm er den Schlüsselbund aus der Tasche und gab ihn ihr. »Da hast du die Schlüssel. Schließ doch bitte ab.«

»In Ordnung.« Charity strahlte. »Danke, Elias. Ich weiß deine Bemühungen wirklich zu schätzen.«

»Paß auf«, warnte er. »Nenn mich ja nicht süß.«

Sie zwinkerte ihm zu. »Findest du nicht, daß du etwas empfindlich reagierst, was dieses Thema angeht?«

»So bin ich eben. Ein sehr sensibler Typ.« Elias schob Davis bestimmt in Richtung Tür. Davis warf Charity noch einen letzten, fragenden Blick zu und ging dann widerstrebend den nächsten Gang hinunter.

»Wir sehen uns zu Hause«, rief Charity hinter den beiden her.

Elias blickte über die Schulter. »Vergiß Otis nicht, wenn du absperrst.«

Sie schüttelte den Kopf. »Würde ich doch nie machen.«

»Hä, hä, hä«, krächzte Otis.

Es gab keinen Grund, nach Hause zu eilen, dachte Charity. Elias und Davis würden sicher eine ganze Weile fort sein. Sie lehnte an dem Geländer des Piers und sah den beiden hinterher. Sie liefen den Strand entlang in Richtung Stadt. Bald waren sie im aufkommenden Nebel verschwunden.

Elias und Davis würden eine ganze Menge zu besprechen haben, dachte sie. Mit ein wenig Glück würden ein paar Gläser Bier die Unterhaltung in Gang bringen. Hoffentlich war es richtig gewesen, die beiden zu diesem Gespräch zu drängen.

Gemächlich ging sie zu Charms & Virtues zurück, um Otis zu holen. Sie wußte, daß er sich fürchtete, wenn er abends allein im Laden war. Otis war nicht gerade ein liebenswerter Vogel, aber wenn er Angst hatte, wurde er geradezu unerträglich.

Charitys Schritte hallten auf den Holzplanken des Piers wider. Es war fast sechs Uhr. Die Laden von Crazy Otis Landing waren nun geschlossen und die letzten Kunden und Spaziergänger waren gegangen. Das Karussell drehte sich nicht mehr, und auf dem Parkplatz standen nur noch Davis' Jaguar, Elias' Jeep und ihr eigener Toyota.

Sie hielt inne und hörte den Wellen zu, die gegen die Pfeiler des Piers schlugen. Die steigende Flut machte ein murmelndes Geräusch. Manchmal, wenn sie wie jetzt allein auf dem Pier war, kam es ihr vor, als flüsterten ihr die Wellen etwas zu.

Es war so wichtig, daß Elias und Davis Freunde wurden.

Charity spürte, daß ihre Schultern ganz verspannt waren. Sie streckte sich, um die Spannung zu lösen. Dann holte sie ein paarmal ganz bewußt mit dem Zwerchfell tief Luft und spürte sofort, wie der seelische Druck nachließ.

»Hallo, Otis, hier bin ich«, rief sie, als sie Charms & Virtues betrat. »Wir haben dich nicht im Stich gelassen.«

Otis krächzte etwas Unverständliches.

»Du kommst jetzt für eine kleine Weile mit in meinen Laden. Dort kannst du auf dem Garderobenständer sitzen, so wie früher, als Elias noch nicht hier war.«

»Hä, hä, hä.«

Charity ging hinter die Theke und fand das alte Handtuch, das sie immer benutzt hatte, um ihre Arme vor Otis' Krallen zu schützen. Sie wickelte es um ihren Unterarm und hielt ihn Otis hin. »Hüpf an Bord. Keine Angst, ich nehme auch deinen Freßnapf mit.«

Otis stieg geschickt auf ihren Arm. Charity mußte ordentlich dagegenhalten. Der Vogel war ziemlich schwer. »Nimm's bitte nicht persönlich, Otis, aber ich glaube, du hast zugenommen.«

Er funkelte sie böse an.

Sie nahm den Freßnapf und ging zur Eingangstür. »Deinen Käfig holen wir später, wenn wir heimfahren.«

»Seien Sie ehrlich, Winters. Was tun Sie hier draußen? Das ist doch nicht Ihr Stil.« Davis nahm einen Schluck Bier und lehnte sich in seinem Stuhl zurück. »Sie können von mir aus die ganze Stadt an einen Ihrer mysteriösen ausländischen Kunden verkaufen, das ist mir völlig schnuppe. Aber ich möchte auf keinen Fall, daß Charity darunter zu leiden hat.«

»Ausländische Kunden sind auch nicht mehr, was sie einmal waren«, sagte Elias nachdenklich. »Früher konnte man ihnen so gut wie alles verkaufen. Immobilien in Küstennähe waren besonders beliebt, aber diese Zeiten sind vorbei.«

Er nahm das Bierglas in die Hand und beobachtete die anderen Gäste in der Cove Tavern. Es war halb sieben. Die Geschäftsleute und Verkäufer aus den umliegenden Läden, die nach der Arbeit auf einen Drink vorbeigekommen waren, hatten sich bereits auf den Heimweg gemacht. Die Menschen in Whispering Waters Cove aßen früh zu Abend.

Jetzt hockten ein paar Lastwagenfahrer, einige Touristen und die Singles der Stadt, die nicht ganz ohne Grund Singles waren, in dieser Kneipe.

»Ich verlange eine Antwort, Winters. Ich gehe nicht, ehe ich sie bekomme. Charity hat viel durchgemacht.«

»Ich weiß.«

»Hat sie Ihnen alles erzählt? Wie sie die Firma Truitt ganz allein aus dem Schlamassel gerettet hat, den Vater ihr hinterließ?«

»Ja, das weiß ich. Unter Geschäftsleuten hier im Nordwesten ist es allgemein bekannt.«

»Aber Sie wissen vielleicht nicht, daß sie Tag und Nacht gearbeitet hat, um die Firma vor dem Ruin zu retten. Meredith und ich gingen damals noch aufs College. Wir waren noch zu jung und unerfahren, um ihr zu helfen.«

»Ich weiß.«

»Charity war für das gesamte Tagesgeschäft verantwortlich. Sie hat Truitt von oben bis unten umgekrempelt. Sie hatte großes Talent im Marketing und im Management.«

Elias lächelte. »Hat sie jedem Verkäufer einen Staubwedel in die Hand gedrückt? Sie legt nämlich großen Wert auf abgestaubte Auslagen.«

»Verdammt noch mal, mir ist nicht zum Lachen zumute. Wir sprechen hier schließlich von meiner Schwester.«

»Ja.«

»Sie war geradezu besessen von der Idee, Truitt zu sanieren, weil sie sich der Familie verpflichtet fühlte. Sie sagte, die Firma gehöre Meredith und mir, sie sei unser Erbe. Sie hat es für uns gerettet.«

»Das sieht Charity ähnlich.«

Davis runzelte die Stirn. »Ihr lag es gar nicht einmal, eine Warenhauskette zu leiten. Sie hat mir mal gesagt, die Verantwortung für die Arbeitsplätze so vieler Menschen bereite ihr schlaflose Nächte. Ohne dieses Pflichtgefühl hätte sie Truitt nach Vaters Tod verkauft.«

»Ja.«

»Andererseits waren Meredith und ich sofort begeistert, als wir bei der Firma angefangen haben«, berichtete Davis weiter. »Gleich nach dem College sind wir bei Truitt eingestiegen. Natürlich leitete Charity damals das Unternehmen. Die Firma brauchte sie. Die Geschäfte florierten, und dann kam Brett Loftus mit der Fusionsidee zu ihr.«

»Ich kenne den Rest der Geschichte.«

»Meredith und ich dachten, die beiden seien wie füreinander geschaffen. Zum Teufel, wir hielten sie für das ideale Paar.«

»Loftus war zu groß für sie.«

Davis' Miene verfinsterte sich. »Was?«

»Schon gut.«

»Alles schien gut zu laufen, bis zu dem Abend, als die Verlobung stattfinden sollte. Das war vor einem Jahr.« Davis warf ihm einen Blick zu. »Ich nehme an, Sie haben davon gehört?«

»Ja.«

Davis stöhnte. »Man mußte Charity schon sehr gut kennen, um überhaupt zu verstehen, wie merkwürdig das damals alles war. Das Ganze sah ihr so gar nicht ähnlich, entsprach nicht ihrem Charakter. Sie verlor völlig die Fassung vor all diesen Leuten. Wir konnten es einfach nicht glauben.«

»Sie hatte einen Nervenzusammenbruch.«

»Nein, es war eine Art Angstattacke.« Davis seufzte. »Ich gebe es nur ungern zu, aber an diesem Abend haben Meredith und ich zum erstenmal wirklich verstanden, unter welchem Druck Charity als Geschäftsführerin von Truitt stand.«

»Jetzt brauchen Sie sich keine Sorgen mehr um sie zu machen, Truitt. Ihr geht es sehr gut. Es gefällt ihr außerordentlich, diesen kleinen Buchladen zu führen. Sie hat gesagt, es sei ihre Berufung, die Besitzerin eines kleinen Unternehmens zu sein.«

»Nun, das ist aber ganz bestimmt nicht Ihre Berufung.« Davis blickte ihn prüfend an. »Also, was verstekken Sie hinter der Fassade dieses blöden Ramschladens?«

»Sie scheinen wirklich nicht begreifen zu wollen, daß ich gar nichts verstecke.« Elias lehnte sich zurück. »Aber es gibt noch etwas, das Sie wissen sollten.«

»Was denn?«

»Ich werde Charity heiraten – wenn sie mich nimmt.«

Um kurz nach halb acht gab Charity den Versuch auf, sich noch länger auf das Ausfüllen von Bestellformularen zu konzentrieren. Mit einem Seufzer legte sie den Kugelschreiber beiseite und ließ sich in den Stuhl zurücksinken. Dann drehte sie sich zu Otis um.

»Ich muß dauernd an dieses Stückchen Acrylnagel denken, Otis. Jennifers Karminrot.«

Otis hatte auf dem Garderobenständer gedöst und machte nun ein Auge auf.

»Ich würde um einen Sack Sonnenblumenkerne mit dir wetten, daß Jennifer eine Affäre mit Rick Swinton hatte.«

Otis fühlte sich in seinem Schläfchen gestört, öffnete nun das andere Auge und schlug mit den Flügeln.

»Es wird ständig behauptet, Leighton Pitt hätte das perfekte Motiv für den Mord an Gwen und Swinton gehabt. Er hat wegen der beiden alles verloren, sogar seine Frau. Aber wenn man einmal darüber nachdenkt, wird offensichtlich, daß Jennifer ebenfalls alles verloren hat.«

»Hä, hä, hä.« Otis kletterte zu seinem Freßnapf.

»Jennifer hat Leighton nur wegen des Geldes geheiratet, das ist eindeutig. Sogar Leighton ist zu diesem Schluß gekommen. Und dann erscheint seine Exfrau auf der Bildfläche mit dem Ziel, ihn zu ruinieren. Mit Hilfe von Rick Swinton gelingt es ihr, besagten Plan in die Tat umzusetzen. Leighton Pitt ist bankrott. Wenn Jennifer sich von ihm scheiden läßt, wird sie gar nichts bekommen.«

Nachdenklich knackte Otis ein Samenkorn mit seinem kräftigen Schnabel.

Charity beugte sich vor und stützte die Ellbogen auf den Tisch. »Wenn man die Motive vergleicht, ist Jennifers genauso gut wie Leightons. Wenn er alles verloren hat, dann hat sie ebenfalls alles verloren. Ich würde wetten, daß kein Mensch ihr Alibi überprüft hat.«

Otis kletterte zurück an seinen alten Platz und schloß halb die Augen.

»Weißt du, Otis, ich habe ein ganz komisches Gefühl.« Charity stand auf und lief im Raum auf und ab. »Sieh dir die Tatsachen an. Alle, die Jennifer daran gehindert haben, an Leightons Geld zu kommen, sind jetzt entweder tot oder im Gefängnis. Da stimmt doch etwas nicht.«

Otis antwortete nicht.

»Du kannst doch jetzt nicht einschlafen. Wir müssen dieser Sache auf den Grund gehen. Wenn es Leighton Pitt gelingen sollte, seine Unschuld zu beweisen, haben wir ein Problem. Ich bin mir sicher, daß Tybern dann wieder anfangen wird, Elias zu verdächtigen.«

Otis schien das nicht weiter zu interessieren. Er schloß die Augen.

»Je länger ich darüber nachdenke, um so weniger gefällt mir die ganze Geschichte.« Charity blieb vor dem Garderobenständer stehen. »Ich muß dringend mit Hank Tybern sprechen. Er soll zumindest Jennifers Alibi überprüfen, das darf man als Bürgerin dieser Stadt von ihm verlangen.«

Charity nahm das alte Handtuch und wickelte es sich wieder um den Unterarm. »Komm schon, Otis. Wir wissen nicht, wie lange Davis und Elias sich noch unterhalten werden. Laß uns Hank Tybern suchen.«

Otis protestierte zwar, aber er stieg gehorsam auf ihren Arm.

Charity machte eine Grimasse. »Du solltest wirklich ein wenig auf deine Linie achten, Otis. So ein Ranzen sieht gar nicht gut aus.«

Mit dem Vogel auf dem Arm knipste Charity das Licht aus und verschloß die Tür. Seit sie mit Otis in den Buchladen zurückgekehrt war, hatte sich der Nebel deutlich verdichtet. Das Dämmerlicht wurde von den Nebelschwaden verschluckt, die sich in den vergangenen Stunden wie eine Decke über die Bucht gelegt hatten.

Es war so düster auf dem Pier, daß man kaum weiter als bis zum Geländer sehen konnte. Unter den Holzplanken plätscherten träge die Wellen. Es kam Charity so vor, als ob sie mit Otis durch eine unheimliche Traumlandschaft spazierte.

»Halt dich fest, Otis.« Es war nicht sehr kalt, aber die feuchte Luft ließ sie erschauern. Sie legte ihre Jacke schützend um Otis, während sie zur Tür von Charms & Virtues eilte. »Jetzt kommst du in deinen Käfig, und dann geht's mit einer Decke ab ins Auto. Da können wir die Heizung anmachen.«

Otis schien nicht gerade begeistert. Charity kam es beinahe so vor, als wolle er ihr damit sagen, daß er nicht verweichlicht sei und daß so ein bißchen Nebel ihm nichts ausmache.

»Typisch Mann.« Charity blieb vor der Tür zu Elias' Laden stehen und kramte den Schlüssel aus der Tasche. »Ihr versucht immer zu beweisen, was für tolle Kerle ihr seid.«

Sie öffnete die Tür und betrat den Laden. Heute abend erschien Charms & Virtues noch düsterer als sonst. Charity tastete nach dem Lichtschalter. »Ich habe Elias schon so oft gesagt, daß er sich eine bessere Beleuchtung anschaffen soll.«

»Hä, hä, hä.«

»Immer verteidigst du ihn.« Sie fand den Schalter und knipste das Licht an. Die wenigen Lampen über den Auslagetischen leuchteten schwach. Die gelblichen Lichtkegel reichten nicht über die vollbepackten Ladentheken hinaus.

Sicher, das Licht gab dem Laden ein gewisses Flair, aber es war einfach zu düster für ihren Geschmack. Charity erschauerte, als sie Otis in den hinteren Teil des Ladens brachte. Sie konnte kaum die Theke mit der Registrierkasse erkennen.

Plötzlich nahm sie einen beißenden Geruch war. »Otis, riecht es hier nicht nach Benzin?«

Mit einemmal fühlte sie sich unwohl. Es lief ihr noch ein Schauer über den Rücken. Otis mußte ihn auch gespürt haben. Er krallte sich fester in ihren Arm.

»Oh, verdammt.« Verzweifelt erkannte Charity dieses Gefühl. »Bitte, laß es keine Angstattacke sein. *Bitte.* Es ging mir doch in letzter Zeit so gut.«

»Freut mich, daß es wenigstens einem Menschen gutging.« Jennifer Pitt trat aus dem unbeleuchteten Büro. Sie hielt eine Pistole in der Hand. »Mir ging es nämlich gar nicht gut in letzter Zeit.«

Charity erstarrte. Otis ebenfalls. Sie blickten beide auf und sahen Jennifer in die Augen.

Groß und durchtrainiert, sah Jennifer hier genauso fehl am Platze aus wie sonst auch in Whispering Waters Cove. Ihre braunen, perfekt gestylten Locken umrahmten das makellos geschminkte Gesicht. Über einer weißen Bluse und weißen, nietenbesetzten Jeans trug sie eine enganliegende, rote Wildlederweste. Auf ihrem Kopf steckte wie immer eine Sonnenbrille.

Nur die Wut in ihren Augen war neu.

»Die ganze Sache ist so verdammt ungerecht«, flüsterte Jennifer. »Ich habe so hart daran gearbeitet, daß alles klappt. Ich war drauf und dran, diese Stadt mit einer halben Million Dollar in der Tasche zu verlassen. Eine halbe Million! Gwen hat alles kaputtgemacht.«

Charity mußte schlucken, bevor sie etwas sagen konnte. »Jennifer, es ist doch alles in Ordnung. Nimm's nicht so schwer.«

»Gwen, diese Ziege, wollte sich rächen, verstehen Sie?« Jennifers Augen leuchteten fiebrig. »Leighton hörte nicht auf, mir von dem großartigen Geschäft zu erzählen, das er an Land ziehen würde. Ich beschloß hierzubleiben, bis er das Geld hatte. Es sollte das größte Geschäft seines Lebens werden. Ich wollte ihn verlassen, sobald mir das Geld sicher war.«

»Nehmen Sie die Waffe runter. Es ist aus, Jennifer.«

»Aber Rick hat mir schließlich die Wahrheit gesagt. Er warnte mich vor Gwens Plan. Sie hatte Leighton eine Falle gestellt, um sich an ihm zu rächen.«

»Sie waren bei ihr an dem Abend, als die Raumschiffe landen sollten, nicht wahr?« fragte Charity leise. »Sie waren in ihrem Wohnmobil und haben sie erschossen.«

»Ich wollte sie nicht umbringen, aber sie hat mich ausgelacht. Nannte mich eine Närrin. Sagte, ich würde nicht einen Cent von Leighton bekommen. Dann hat sie mich geohrfeigt. Dabei hat sich ein Schuß gelöst.«

»Es war ein Unfall«, sagte Charity rasch. »Sie können nichts dafür.«

»Ich wollte ihr nur einen Schreck einjagen, damit sie mir das Geld gab, das sie Leighton abgenommen hatte. Es war mein Geld. Ich hatte ein ganzes Jahr meines Lebens dafür geopfert. Sie können sich nicht vorstellen, wie ekelhaft es war, diese feisten Hände auf meinem Körper zu ertragen. Ich habe es gehaßt. Jede einzelne Minute habe ich gehaßt, aber ich mußte immer so tun, als gefiele es mir.«

»War Rick Swinton denn besser?«

»Rick? Dieser schmierige Dreckskerl?« Jennifer bleckte die Zähne und lächelte bitter. »Ich bin nur mit ihm ins Bett, gegangen, um herauszufinden, was Gwen in Whispering Waters Cove vorhatte. Als sie letzten Monat hier ankam, wußte ich sofort, daß sie etwas im Schilde führte. Rick hat mir schließlich von ihrem Plan erzählt.«

»Aber da war es doch schon zu spät, sie aufzuhalten.«

»Zu spät.« Jennifer hob den Lauf der Pistole. »Immer ist alles zu spät in dieser verdammten Stadt. Ich wollte fliehen, aber ich saß in der Falle.«

»Ich verstehe«, sagte Charity sanft. »Ich verstehe, Jennifer.« Der Arm, auf dem Otis saß, zitterte. Sie wußte nicht, ob sie oder der Papagei so heftig schlotterten. Vielleicht litten sie beide unter dieser plötzlich ausbrechenden, panischen Angst. Das war unter den gegebenen Umständen auch nicht gerade verwunderlich.

»Nachdem sie tot war, versuchte Swinton, dieses Schwein, mich zu erpressen.«

»Erpressen? Womit?« Charity begriff plötzlich. »O Gott, die Kassette.«

»Ja, die verdammte Kassette. Gwen, diese Kuh, hat

alles aufgenommen an dem Abend, als ich zu ihr kam. Das wußte ich damals nicht. Alles ist auf dieser Kassette. Wer sie hört, weiß, daß ich Gwen erschossen habe.«

»Und Rick hat sie gefunden, als er die Leiche entdeckte?«

»Er wußte, wo er zu suchen hatte. Er hat sie während des Tumults nach der Entdeckung der Leiche gleich an sich genommen. Er wußte, daß Gwen alle Gespräche in dem verdammten Wohnmobil aufnahm.« Jennifers Augen funkelten. »Zuerst hat er versucht, mir weiszumachen, daß Winters mich erpressen wollte.«

Charity starrte sie entsetzt an. »Elias?«

»Er sagte, Winters hätte die Kassette gefunden, als er nachsah, ob Gwen noch lebte. Schließlich war er ja einige Minuten lang bei der Leiche. Zeit genug, den Kassettenrecorder zu sehen und das Band einzustecken.«

»Elias hat nur bemerkt, daß sich keine Kassette in dem Recorder befand. Das hat er mir später gesagt.«

»Als ich den Erpresserbrief bekam, wußte ich gleich, daß er von Rick war. Mir war klar, daß Winters nichts damit zu tun hatte.«

Charity räusperte sich. »Ich bin sicher, Elias würde sich geschmeichelt fühlen, daß Sie ihn für einen rechtschaffenen Menschen halten.«

»Nicht ihn, Sie Dummerchen, Sie.«

»Mich?« fragte Charity erstaunt. »Was hat meine Rechtschaffenheit mit all dem hier zu tun?«

»Sie haben ein Verhältnis mit ihm, die ganze Stadt weiß es. Er konnte einfach nicht der Typ sein, der Beweisstücke unterschlägt und jemanden damit erpreßt, wenn Sie willens waren, mit ihm ins Bett zu gehen.«

Charity stand mit offenem Mund da. Dann hauchte sie: »Verstehe.«

»Andererseits«, fuhr Jennifer fort, »war Erpressung ganz Ricks Stil. Wirklich dumm von ihm anzunehmen, daß ich ihn nicht verdächtigen würde.«

»Deshalb haben Sie ihn umgebracht.«

»Ich hatte das Geld auf der Veranda des alten Hauses von Rossiters deponiert, genau wie er es verlangt hatte. Daraufhin bin ich weggefahren und habe mich versteckt, um auf Rick zu warten. Dann kam er.«

»Sie haben ihm aufgelauert?«

Jennifer lächelte gequält. »Er schrie mich immer wieder an. Es würde mir noch leid tun, sagte er. Er hätte Vorkehrungen getroffen, um sich zu rächen, wenn ihm etwas zustieße. Aber das glaubte ich ihm nicht.«

»Sie haben ihn erschossen und die Leiche über die Klippe ins Meer geworfen.«

»Ich wußte natürlich, daß sie wieder ans Ufer gespült werden würde. Es war leicht, Leighton beide Morde anzuhängen, aber heute morgen habe ich herausgefunden, daß Rick tatsächlich Vorkehrungen getroffen hatte. Heute morgen habe ich über seinen Anwalt in Seattle einen Brief von Rick bekommen. Darin stand, was er getan hatte. Dieser Schweinehund.«

Wieder erschrak Charity heftig. »Was meinen Sie? Welche Art von Vorkehrungen hat er getroffen?«

»Er hat das verdammte Tonband hier in Charms & Virtues versteckt. Er meinte, dieser Laden sei das beste Versteck. Rick wußte, daß man Winters der Erpressung beschuldigen würde, wenn es gefunden würde.«

»Die ganze Sache geht entschieden zu weit«, flüsterte Charity. »Jennifer, hören Sie mich an.«

»Ich bin heute abend hergekommen, um nach dem Band zu suchen.« Verzweifelt ließ Jennifer noch einmal den Blick durch den düsteren Laden schweifen. »Aber jetzt sehe ich ein, daß es unmöglich ist, in dieser Unordnung irgend etwas zu finden.«

»Richtig, es ist unmöglich. Laufen Sie weg, Jennifer. Verschwinden Sie, solange noch Zeit bleibt. Bleiben Sie nicht länger.«

»Nein. Ich habe alles unter Kontrolle.« Mit beiden

Händen hielt Jennifer die Waffe fest. »Ich bin vorbereitet, denn ich habe einen Benzinkanister mitgenommen. Ich werde den verdammten Laden verbrennen und den Pier gleich mit. Niemand wird jemals diese Kassette finden.«

Charity drohte vor Angst völlig die Fassung zu verlieren. Otis krallte sich so fest, daß seine Krallen fast durch das Handtuch drangen. Sie zwang sich, ruhig zu bleiben.

»Jennifer, hören Sie mir zu. Wenn Sie jetzt gehen, können Sie entkommen. Wenn Sie vorher noch ein Feuer legen, schaffen Sie es bestimmt nicht mehr, die Stadt zu verlassen.«

»Halten Sie den Mund. Sie müssen sterben. Ich kann es mir nicht erlauben, irgendwelche Zeugen am Leben zu lassen.« Jennifers Hände umschlossen die Pistole noch fester. Sie zielte auf Charity.

Charity machte sich bereit, zur Seite zu springen. Sie wußte, daß es höchst unwahrscheinlich war, dem Schuß ausweichen zu können, aber das war die letzte Möglichkeit, die ihr blieb.

Und dann schrie Otis.

Es war ein schrecklicher, durchdringender Schrei, den man wahrscheinlich bis in die Tiefen des Dschungels hören konnte, aus dem seine Vorfahren stammten.

Das erstemal, seit Charity ihn kannte, sprach er einen klaren, verständlichen Satz.

»Jetzt ist Zahltag«, schrie Otis. Seine Stimme war unheimlich und erinnerte an Haydon Stone.

Er schlug mit den Flügeln und flog von Charitys Arm mit weit geöffnetem Schnabel direkt auf Jennifers entsetztes Gesicht zu.

19

Ein klares Spiegelbild auf der Wasseroberfläche birgt tiefgründige Wahrheiten.

›Der Weg des Wassers‹, aus dem Tagebuch von Haydon Stone

Jennifer versuchte den scharfen Krallen des Vogels zu entkommen. Sie schrie auf, ließ die Waffe fallen und schlug schützend die Hände vors Gesicht. Dabei wich sie zur Seite aus.

Otis konnte wegen seiner gestutzten Flügel die Flugrichtung nicht ändern. Er schwebte im Gleitflug an Jennifer vorbei und verschwand majestätisch durch die Tür zum Büro.

Charity hörte ein lautes Krachen aus dem kleinen Zimmer, aber sie hatte keine Zeit, nach Otis zu sehen. Sie mußte die Waffe erreichen, die irgendwo hinter die Theke gefallen war.

»Nein, nein! Verdammt!« Jennifer nahm die Hände vom Gesicht. Sie sah die Waffe und stürzte sich wild auf sie.

Charity sah, daß Jennifer näher an der Waffe war als sie. Es blieb ihr keine Zeit, um die Theke herumzulaufen, sie mußte vor Jennifer an die Waffe gelangen. Deshalb stemmte sie sich mit beiden Händen auf die Ladentheke und sprang mit einem Satz auf die andere Seite.

Sie stieß mit Jennifer zusammen, und beide fielen zu Boden. Jennifer landete auf Charity und versuchte sofort, die Hände um ihren Hals zu legen.

Das gelang ihr.

Charity rang nach Luft. Verzweifelt versuchte sie, Jennifers Griff zu lösen, doch sie war ihr um einiges unterlegen. Jennifer war einfach größer und kräftiger als sie.

Einen Augenblick lang wurde Charity schwarz vor Augen. Sie spürte, daß Jennifer immer fester zudrückte, und sie dachte schon, ihre letzte Stunde hätte geschlagen.

Doch dann, als ob er neben ihr stand und ihr mit seiner dunklen, ruhigen Stimme Anweisungen gab, erinnerte sich Charity an die Selbstverteidigungstricks, die Elias ihr beigebracht hatte.

Versuche nicht, die Flut aufzuhalten. Öffne dem Wasser statt dessen einen anderen Weg.

Charity hörte auf, sich mit aller Kraft gegen Jennifer zu wehren. Ganz entgegen ihrem Instinkt ließ sie die Handgelenke der Gegnerin los. Sie schob die Hände zwischen Jennifers Arme und stieß ihr die Zeigefinger direkt in die Augen.

Jennifer schrie auf und wich zurück, um Charitys zustechenden Fingern zu entkommen.

Charity rang nach Luft, als sich Jennifers Griff lockerte. Aus den Augenwinkeln sah sie die Taschenlampe, die Elias unter der Theke gelassen hatte. Sie streckte die Hand aus, ergriff die Taschenlampe und schlug Jennifer fest auf den Kopf.

Jennifer versuchte, den Schlägen auszuweichen. Die Taschenlampe traf sie an der Wange und schleuderte sie nach hinten.

Charity holte noch einmal aus und traf Jennifer am Hinterkopf. Jennifer rollte zur Seite. Charity befreite sich und versuchte aufzustehen. Sie kniete auf dem Boden, als sie Schritte hörte.

»Was ist denn hier los, zum Teufel?« rief Davis.

»Laß mich los, verdammt noch mal.« Jennifer heulte auf. »Laß mich los!«

Charity blinzelte und versuchte zu begreifen, was vor sich ging.

»Alles in Ordnung?« fragte Elias. Er hielt Jennifer mit einer Hand fest und blickte Charity an.

»Ja, ja, ich glaube schon.« Vorsichtig stand Charity auf. Sie zitterte so heftig, daß sie sich mit einer Hand an der Theke festhalten mußte.

Elias ließ Jennifer los und nahm Charity in den Arm.

Jennifer sank auf dem Boden zusammen. Sie hielt sich den Kopf und brach in Tränen aus.

Charity starrte Elias an. »Ich habe Schritte gehört. Ich dachte, es wäre Davis.«

»Ich bin hier.« Davis kam gerade um die Theke gelaufen. »Elias ist etwas flinker als ich.« Er berührte Charitys Gesicht. »Mein Gott, nicht zu fassen. Alles in Ordnung?«

Sie nickte und lächelte schwach. »Dank Otis und Elias. Oh, wir müssen nach Otis sehen.«

Aus der Tür zum Büro hörte sie ein verstörtes Krächzen. Elias und Davis drehten sich um.

Otis kroch aus dem dunklen Eingang. Sein Gefieder war unordentlich, aber im fehlte offensichtlich nichts. Er blieb stehen und wartete wohl, daß jemand ihn auf seine Stange hob.

Charity sah ihn bewundernd an. »Es war wirklich unglaublich. Otis hat sich auf Jennifer gestürzt. Sie wollte mich erschießen, doch er hat sie abgelenkt und sie dazu gebracht, die Waffe fallen zu lassen. Meine Herren, der Vogel hat mir das Leben gerettet.«

Elias erwachte kurz vor Sonnenaufgang. Einen Augenblick lang lag er still da. Er vermißte Charity. Sie war mit Davis nach Hause gegangen, nachdem Hank Tybern sie nach vielen Fragen endlich hatte gehen lassen. Elias war mit Otis allein nach Hause gefahren.

Früher hatte er sich einreden können, daß Otis ihm

als Gefährte reichte, aber heute morgen traf das nicht mehr zu.

In seinem Inneren war ein Damm gebrochen. Der Fluß der Einsamkeit hatte sich befreit. Der anschwellende Strom führte Erinnerungen mit sich, die er nicht näher untersuchen wollte. Er kannte dieses Gefühl. Er wußte, wie man sich der Flut entgegenstemmte.

Aber diesmal durchlief er nicht die geistigen Übungen, die die Bilder flußabwärts schicken sollten. Statt dessen blickte er sich die Spiegelungen im Wasser genauer an.

Er sah das Gesicht seiner Mutter. Weiß und leblos, kurz bevor die Sanitäter sie zugedeckt hatten. Dann schwebten seine trauernden Großeltern vor seinem inneren Auge vorbei. Der Verlust war zu groß für sie gewesen. Für ihren Enkel blieb ihnen keine Kraft. Er sah sich selbst, wie er auf den Brief wartete, der niemals kommen sollte, den Brief von seinem Vater. Er hatte sich gewünscht, mit ihm auf Nihili zu leben.

Er erinnerte sich, wie er seinen vergrämten Großvater um Geld für den Flug nach Nihili bat. Wie er mit der kleinen Maschine auf der Insel landete und unter den Menschen nach dem Gesicht seines Vater suchte, und dann den ruhigen Mann mit den weisen Augen auf sich zugehen sah. Es war Haydon Stone. Er sagte ihm, daß sein Vater tot war.

Elias ließ die Erinnerungen vorbeiziehen. Er blickte ihnen nach, bis sie wieder in der Dunkelheit verschwunden waren. Dann stand er auf und zog sich an.

Er ging an die Kommode und holte Haydons Tagebuch hervor.

Otis krächzte unter der Abdeckung seines Käfigs, als er Elias barfuß durch den Flur gehen hörte.

»Leg dich wieder schlafen«, sagte Elias leise. »Du hattest eine anstrengende Nacht.«

Otis schwieg wieder.

Elias trat hinaus auf die Veranda, nahm eine Matte und ging in den Garten. Der Himmel hatte sich aufgehellt. Heute morgen war es nicht neblig.

Er setzte sich neben den kleinen Teich und schlug die letzten Seiten des Tagebuchs auf.

Heute morgen habe ich erkannt, was ich Elias als letztes lehren muß. Ich weiß nicht, ob mir die Zeit bleiben wird, es ihm beizubringen. Heute nacht spürte ich wieder diesen Schmerz in der Brust. Bald wird mein Lebensfluß ins Meer münden.

Aber Elias ist jung und stark, und seine Seele ist nicht in den eiskalten Wassern eines tiefen Meeres erfroren, wie die meine. Er hat immer noch die Fähigkeit, Lust am Leben zu verspüren.

Wenn er erst erkannt hat, wie unsinnig sein Verlangen nach Rache ist, dann wird er frei sein. Und wenn er frei sein wird, hoffe ich, daß er das Glück haben wird, eine Frau zu finden, die ihm die letzte und wichtigste Lektion erteilt. Ich möchte, daß er entdeckt, daß sein wahres Ich mehr braucht, als es ihm die Disziplin des Tal Kek Chara geben kann. Ich habe ihm beigebracht, stark zu sein, aber wenn er je wahres Glück erfahren will, muß er weiter gehen als den Weg des Wassers. Er muß lernen, sich der Liebe zu öffnen.

Elias schloß das Tagebuch und blickte auf den spiegelnden Teich. Die Oberfläche war milchig grau, wie der Himmel im Dämmerlicht. Eine lange Zeit betrachtete er das Wasser.

Das gedämpfte Flüstern der Wellen in der Bucht und die Schreie der Seevögel waren lauter als ihre Schritte, aber Elias wußte genau, daß Charity an das Gartentor gekommen war.

Er spürte ihre Wärme wie am ersten Tag, als sie mit ihrem Clipboard in seinen Laden kam und ihn einlud,

Mitglied der Ladenbesitzervereinigung von Crazy Otis Landing zu werden.

Er sah ihr zu, wie sie das Gartentor öffnete und den schmalen Pfad entlang zur Haustür ging. Trotz der schlimmen Ereignisse der vergangenen Nacht sah sie so frisch aus wie die glitzernden Wasser eines tropischen Meeres. Er versuchte nicht, gegen die Lust zu kämpfen, die sie in ihm auslöste. Es gab keinen Grund, sich seinem wahren Ich zu widersetzen.

»Ich bin hier, Charity.«

Sie drehte sich nach seiner Stimme um und runzelte die Stirn, als sie ihn neben dem Teich sitzen sah. »Die Sonne ist noch gar nicht aufgegangen. Ist es nicht ein bißchen früh, im feuchten Gras zu meditieren?«

»Mir schien es die richtige Zeit zu sein. Warum bist du schon so zeitig auf?«

Sie zog eine Grimasse, während sie auf ihn zulief. »Ich habe nicht sehr gut geschlafen und dachte, ich schaue mal nach dir und Otis.«

»Uns beiden geht es gut. Otis schläft noch.«

»Davis auch. Ich habe ihm einen Zettel hingelegt, daß ich bei dir frühstücke.« Sie blieb neben ihm stehen. »Worüber denkst du heute morgen nach? Versuchst du herauszufinden, wie viele Meister des Tal Kek Chara man braucht, um eine Glühbirne auszuwechseln?«

»Nein.«

»Du mußt wirklich noch an deinem Sinn für Humor arbeiten, Elias.«

»Ein anderes Mal vielleicht.«

»Na gut. Worüber denkst du also nach?«

»Ich überlege, wie ich dich fragen soll, ob du meine Frau werden willst.«

Sie riß die Augen auf. »Oh.«

»Zu diesem Thema gibt es im Tal Kek Chara keine Anleitung.«

»Ich habe dir doch gesagt, in deiner Wasserphilosophie gibt es ein paar undichte Stellen.« Charity lächelte fröhlich. »Warum versuchst du nicht einfach, mich zu fragen?«

Elias erhob sich langsam. Er spürte eine Flut in sich anschwellen. Wenn sie ihn zurückwies, würde er hinaus in die tiefen Wasser des kalten Meeres gezogen. Den Weg zurück ans Ufer würde er niemals mehr finden können.

»Ich liebe dich«, sagte Elias. »Heirate mich. Bitte.«

Ihre Augen leuchteten. »Ja.« Sie warf sich in seine Arme. »Ja, natürlich heirate ich dich. Ich liebe dich, Elias.«

Und dann fing sie an zu lachen. Ihr Lachen war so fröhlich wie ein springender Bach und so sprudelnd wie ein Wasserfall.

Er legte die Arme um sie und vergrub sein Gesicht in ihrem Haar. »Was ist denn so komisch?«

»Ich glaube, wir sind jetzt offiziell verlobt, und weißt du was? Ich habe gar keine Angstattacke bekommen.«

»Bedeutet das, ich bin nicht zu groß für dich?« fragte Elias.

»Du bist genau richtig.«

Elias blickte hinab auf den spiegelnden Teich. Die ersten Sonnenstrahlen leuchteten auf der Wasseroberfläche. Der kleine Teich war nicht länger milchig grau. Er spiegelte das klare, lebendige Bild von Charity in seinen Armen wider.

Um kurz vor zehn an diesem Morgen leuchtete Elias mit der Taschenlampe auf die vollbepackte Ladentheke, die ihm bereits tags zuvor aufgefallen war. »Irgend etwas stimmt hier nicht.«

»Mit einer vernünftigen Beleuchtung würde das Ganze sehr viel besser aussehen«, erwiderte Charity.

Er blickte über die Schulter und sah sie kurz an. Sie saß mit einer Tasse Tee in der Hand auf der Verkaufstheke. Entspannt ließ sie die Beine baumeln. Ihre Augen leuchteten vor Liebe und Lachen. Davis lehnte mit einen Cappuccino aus Beas Café in der Hand neben ihr.

Die anderen Ladenbesitzer standen zusammen mit Arlene und Newlin um die Registrierkasse herum. Auch sie hatten ein warmes Getränk dabei. Otis hockte auf seiner Stange und knabberte an einem Stück Obst.

»Du scheinst immer noch nicht zu verstehen, wie wichtig die Atmosphäre für einen Laden wie Charms & Virtues ist«, sagte Elias zu Charity. Er stocherte in dem Haufen aus Plastikhamburgern herum.

»Das sind doch nur faule Ausreden«, antwortete Charity. »Du hast bloß keine Lust, regelmäßig abzustauben.«

»Das schummrige Licht verbirgt den Staub doch ganz gut«, meinte Newlin.

»Danke, Newlin«, sagte Elias. »Ich bin froh, daß wenigstens einer meine geniale Verkaufsstrategie versteht.«

»Von wegen Verkaufsstrategie«, murmelte Davis. »Ich kann einfach nicht glauben, was ich hier sehe, Winters. Das wird mir in Seattle kein Mensch glauben. Der Chef von Far Seas als Verkäufer in einem Ramschladen.«

»Man muß dazu berufen sein«, erklärte Elias.

Ted strich sich über den runden Bauch. »Ist das etwa die ganze Geschichte? Jennifer Pitt hat Gwen im Streit umgebracht und dann Swinton ermordet, weil er versucht hat, sie zu erpressen?«

»So war's«, erwiderte Charity. »Dann hat sie Leighton eine Falle gestellt, indem sie die Waffe im Kofferraum seines Wagens versteckte. Aber die Pitts hatten beide eine Waffe. Gestern abend benutzte sie ihre eigene.«

Yappy trank seinen Kaffee aus. »Ich habe gehört, daß Leighton Pitt heute morgen freigelassen wurde. Ich wette, daß er ganz schön erleichtert ist. Pleite zu sein, ist ja verglichen mit einer Mordanklage wirklich nicht so schlimm.«

Radiance schüttelte traurig den Kopf. »Es tut mir wirklich leid um Jennifer. Ich werde sie vermissen. Sie hat mir geholfen, mein Geschäft aufzubauen. Wenn sie nicht gewesen wäre, wüßte ich nicht, wie lange es gedauert hätte, bis die Frauen in Whispering Waters Cove auf die Idee gekommen wären, sich die Hände maniküren zu lassen.«

»Da Sie gerade von Jennifer Pitt sprechen«, sagte Hank Tybern, der in diesem Augenblick zur Tür hereinkam. »Ich habe ein paar Neuigkeiten, die diese illustre Klatschrunde interessieren dürften.«

Charity blickte ihn von oben herab an, während er auf das Grüppchen zuging. »Chief Tybern, Sie unterbrechen gerade eine wichtige Besprechung der Ladenbesitzervereinigung von Crazy Otis Landing.«

»Tatsächlich?« Hank blieb mit einem breiten Grinsen im Gesicht vor der Verkaufstheke stehen. »Sah mir eher nach einem Kaffeeklatsch aus. Möchten Sie, daß ich später wiederkomme?«

»Wenn Sie schon mal da sind ...« Bea zwinkerte ihm zu.

»Dachte ich mir's doch«, erwiderte Hank.

Elias blickte nicht von seiner Arbeit auf. »Was haben Sie über Jennifer Pitt herausgefunden?«

»Zunächst einmal ist ihr Name gar nicht Jennifer«, antwortete Hank.

Elias hörte das erstaunte Raunen, das durch die Gruppe ging. Er lächelte und fuhr mit dem Durchwühlen der Auslagen fort.

»Wie heißt sie denn richtig?« fragte Arlene.

»Janice Miller alias Jenny Martin alias Jessica Reed«, erklärte Hank. »Sie wird in Kalifornien im Zusammenhang mit Betrugsdelikten polizeilich gesucht. Sieht ganz so aus, als hätte die Lady einige Herren mittleren Alters um ein paar hunderttausend Dollar erleichtert.«

Yappy pfiff anerkennend durch die Zähne. »Dann ist sie also hierhergekommen, um Leighton Pitt hereinzulegen. Dabei ist sie jedoch selbst Opfer eines Betrugs geworden. Kein Wunder, daß sie wütend war, als sie von Gwens Plan erfuhr.«

Charity blickte Hank an. »Haben Sie Mordanklage gegen Jennifer erhoben?«

»Noch nicht«, erwiderte Hank. »Im Augenblick sitzt sie wegen Körperverletzung und anderen netten Kleinigkeiten in Untersuchungshaft. Sie des Mordes zu überführen, könnte etwas schwieriger werden.«

»Aber sie hat mir doch selbst gesagt, daß sie die beiden umgebracht hat«, rief Charity entrüstet.

»Nun, jetzt sagt sie kein verdammtes Wort mehr«, antwortete Hank. »Verschlossen wie eine Auster. Sagt, sie wartet auf ihren Anwalt. In der Zwischenzeit werde ich mir die Schauplätze der beiden Morde noch einmal genau ansehen. Mit ein bißchen Glück werde ich ein paar nützliche Hinweise finden.«

»Warten Sie einen Moment, Hank.« Elias schaufelte gerade einen Berg Plastik-Pommes auf die Seite. »Ich kann Ihnen vielleicht ein wichtiges Beweisstück liefern.« Das Licht der Taschenlampe fiel auf einen kleinen Umschlag. »Ah. Ich wußte doch, daß hier etwas nicht stimmte.«

Charity sah ihn neugierig an. »Was hast du gefunden?«

»Rick Swintons letzten Versuch, sich an jemandem zu rächen.« Elias warf Hank den Umschlag zu. »Ich glaube, das sollten Sie sich mal ansehen.«

Hank fing den Umschlag auf. Er zog die Brauen hoch, als er die Größe und die Form des Gegenstands im Umschlag ertastete. Wortlos riß er den Umschlag auf und holte die Kassette heraus. »Verflixt noch mal!«

Charity riß die Augen auf. »Meinst du, das ist die Kassette, auf der Gwen Pitts Ermordung drauf ist?«

»Swinton hat Jennifer doch gesagt, er hätte sie in Charms & Virtues versteckt«, erklärte Elias.

»Ja, aber woher wußtest du, wo du suchen solltest?« fragte Charity.

Elias grinste. »Gestern fiel mir auf, daß die Staubschicht auf diesem Stapel nicht so dick war wie noch vor ein paar Tagen.«

»Wie haben Sie das in diesem Chaos bloß gesehen?« Davis ließ den Blick durch den Laden schweifen.

»Ein guter Geschäftsmann kennt eben seinen Laden«, erwiderte Elias.

»Wie dem auch sei, ich bin froh, daß Sie ein so guter Beobachter sind«, sagte Hank anerkennend.

»Ja«, stimmte Newlin zu. »Echt super, Elias.«

»Danke.« Elias ging mit der Taschenlampe zurück zur Ladentheke.

»Denk ja nicht«, warnte ihn Charity, »daß du deswegen in Zukunft nie mehr staubwischen mußt, Elias. Ich bin immer noch der Meinung, daß ein sauberer und aufgeräumter Laden wichtig für den Umsatz ist.«

Davis lächelte. »Hören Sie lieber auf sie, Winters. Wenn es ums Geschäft geht, ist Charity Expertin.«

»Das habe ich schon immer an ihr bewundert«, erwiderte Elias.

»Hä, hä, hä«, krächzte Otis.

20

> Es läßt sich nicht abstreiten, daß die Gewässer der Vergangenheit und der Zukunft in Ewigkeit eins sind. Weise Menschen aber, die ein klares Ziel verfolgen, können den Flußlauf ändern.
>
> ›Der Weg des Wassers‹, aus dem Tagebuch von Haydon Stone

Die Ladenbesitzervereinigung von Crazy Otis Landing beschloß einstimmig, den Pier nicht für eine zweite Hochzeit zu schließen, sondern die ganze Stadt zu den Festlichkeiten einzuladen.

Zum Erstaunen aller erschienen bei dem Fest dann auch fast alle Bewohner von Whispering Waters Cove. Eine strahlende Oktobersonne tanzte auf den Wellen und wärmte die Menschen, die sich dicht auf dem Pier drängten.

Elias war ganz erstaunt, so viele Menschen zu sehen. »Es sind noch mehr Leute gekommen als zu den Raumschiffen im August.«

»Was haben Sie erwartet, Winters?« Hank Tybern schluckte gerade ein letztes Stückchen Hochzeitstorte hinunter und blickte amüsiert auf die Menschenmenge. »Die Stadt hat beschlossen, daß Sie hierbleiben sollen. Ihre Verbesserungen am Pier tragen bereits Früchte. Obwohl wir bereits Oktober haben, kommen am Wochenende immer noch viele Touristen. Außerdem haben Sie und Ihre reizende Braut das Jahrhundertverbrechen in dieser Gegend gelöst. Sie sind jetzt berühmt.«

»Es war wirklich ein aufregender Sommer«, pflichtete Charity ihm bei.

»Was hat es mit den Raumschiffen auf sich?« fragte Meredith, die sich gerade zu der kleine Gruppe vor Charms & Virtues gesellte.

»Das ist eine lange Geschichte«, antwortete Hank. »Man sollte sie lieber vergessen.«

»Das wichtigste ist, Ihre Schwester und Elias sind jetzt die Helden der Stadt.« Phyllis Dartmoor hatte sich zu ihnen gesellt. Sie prostete Charity und Elias mit einem Glas Punsch zu. »Übrigens, ich sehe gerade, daß jemand in die leerstehenden Läden einzieht.« Sie deutete auf die drei neuen Ladenschilder über den benachbarten Türen.

Zusätzlich zu dem Grußkartenladen, den Newlin und Arlene mit Hilfe eines großzügigen Darlehens der Firma Far Seas eröffnet hatten, gab es jetzt auch noch eine Bäckerei und einen Laden für Aromatherapie. Elias war sich nicht sicher, ob dieser gut laufen würde, aber man wußte ja nie auf Crazy Otis Landing.

»Jetzt, da Leighton nicht mehr mit uns um Crazy Otis Landing kämpft, fiel es ihm nicht schwer, zwei neue Mieter zu finden«, erklärte Charity.

»Das ist ja wohl das Mindeste, was er tun konnte. Er ist Ihnen beiden wirklich eine ganze Menge schuldig.« Phyllis leerte ihr Glas. Nach ihrem Gesichtsausdruck zu urteilen, schien ihr der Punsch nicht besonders zu schmecken. »Wenn Sie und Elias nicht gewesen wären, müßte er jetzt ein Verfahren wegen Mordes durchstehen. Ich persönlich glaube ja, daß er es geschäftlich noch einmal schafft. Er ist wirklich ein guter Immobilienmakler.«

Charity lachte. »Sie werden Crazy Otis Landing nie in eine schicke Einkaufsmeile mit Kunstgalerien und Designerboutiquen verwandeln, aber ich denke, daß die Geschäfte auf dem Pier auch so sehr gut laufen werden. Nicht wahr, Otis?«

Otis saß auf seiner Stange, die Elias in die Ladentür gestellt hatte. Er krächzte unternehmungslustig, kletterte auf Charity zu und starrte dabei fasziniert die Stickereien auf Charitys Hochzeitskleid an.

»O nein, untersteh dich.« Charity trat schnell einen Schritt zurück, als sie merkte, daß Otis eine Perle von ihrem Ärmel picken wollte. »Wage es ja nicht. Dieses Kleid hat ein Vermögen gekostet, auch wenn ich es bei Truitt etwas billiger bekommen habe. Ich werde es mir nicht von dir ruinieren lassen.«

Otis sah beleidigt aus.

Elias schaute den beiden belustigt zu. Er konnte sich nicht erinnern, in seinem Leben jemals glücklicher oder zufriedener gewesen zu sein. Charity sah in ihrem wunderbaren Kleid einfach atemberaubend aus. Er hatte die Augen nicht länger als ein paar Sekunden von ihr abwenden können, seit sie vor zwei Stunden an der Seite ihres Bruders in die Kirche geschritten war.

Sie war wie Sonnenlicht auf einem silbernen Meer, dachte er. Mondlicht auf einem See. Alles, war er je gewollt oder gebraucht hatte. Er dachte immer wieder an all die Zufälle und Wendungen im Fluß seines Lebens, die ihn schließlich zu dieser Frau geführt hatten. Sie hatte sein ganzes Leben verändert.

Phyllis seufzte und blickte Elias wehmütig an. »Ich nehme an, daß sich die Gerüchte über einen ausländischen Investor in Luft aufgelöst haben. Aus Whispering Waters Cove wird wohl kein Luxusbadeort werden.«

»Ich kann Ihnen nur sagen«, erwiderte Elias, »daß keiner meiner alten Kunden hier ein Projekt geplant hat. Jedenfalls nicht, soviel ich weiß. Ich bin schließlich nicht mehr im Beratungsgeschäft tätig. Ich habe mit Crazy Otis Landing schon viel zuviel zu tun.«

Yappy tauchte hinter Elias auf. »Sie sollten vielleicht mal überlegen, was wir mit dem Typ machen sollen, der da auf Sie zukommt. Ted hat ihn gerade erkannt. Es ist der Typ, der schon einmal versucht hat, Sie zu verprügeln.«

Charity drehte sich rasch um. »Doch nicht etwa Justin Keyworth? Himmel, er ist es, Elias. Was macht der denn hier?«

Elias beobachtete, wie Justin langsam durch die Menge ging. »Ich werde mal nachsehen.« Er stellte sein Glas ab.

Yappy blinzelte ihm zu. »Brauchen Sie Unterstützung?«

»Ich glaube, diesmal werde ich allein mit ihm fertig«, antwortete Elias. »Wenn ich Hilfe brauche, sage ich Ihnen Bescheid.«

Ted und Newlin erschienen an Elias' Seite.

»Wir bleiben hier, falls Sie uns brauchen«, sagte Ted.

»Danke.« Elias ging auf Justin zu.

Charity hob ihr langes Kleid an und hastete hinter Elias her. »Ich komme mit, Elias.«

Er widersprach nicht. Wenn Justin hergekommen war, um ihm mitzuteilen, daß Garrick Keyworth es nun doch geschafft hatte, sich umzubringen, dann war es besser, wenn Charity an seiner Seite war.

Er nahm ihre Hand. Sie schenkte ihm ein ermutigendes Lächeln, das mehr sagte als tausend Worte. Es bedeutete, daß er nicht mehr länger allein war.

Justin blieb stehen, als er Elias und Charity auf sich zukommen sah. Er blickte von ihr zu ihm und runzelte leicht die Stirn.

»Was ist hier los?« Er sah Charitys Kleid an. »Haben Sie beide geheiratet?«

»Ja.« Elias und Charity blieben stehen. »Was wollen Sie, Keyworth?«

Justin fühlte sich offensichtlich nicht sehr wohl in seiner Haut. »Es geht um eine persönliche Angelegenheit, Winters. Können wir irgendwo ungestört miteinander sprechen?«

Charity blickte ihn finster an. »Nein, das können Sie nicht. Woher soll ich denn wissen, ob Sie nicht wieder gekommen sind, um Elias zu verprügeln? Das lasse ich nicht zu, und schon gar nicht an unserem Hochzeitstag.«

Justin wurde dunkelrot. »Ich bin nicht hergekommen, um jemanden zu schlagen. Ich möchte nur mit Winters reden.«

»Es geht um Ihren Vater, nicht wahr?« fragte Elias ruhig.

»Ja.«

»Es ist schon gut«, sagte Elias. Er spürte, daß Charity seine Hand sanft drückte. »Was Sie auch sagen möchten, Sie können es ruhig vor Charity tun.«

Justin blickte ein letztes Mal in Charitys trotziges Gesicht und nahm schließlich hin, daß sie nicht das Feld räumen würde. »Ich bin hier, um Ihnen zu sagen, daß es Dad … bessergeht. Er macht eine Therapie, bekommt Medikamente. Und er fragt wieder nach der Firma.«

Elias war zutiefst erleichtert. »Es freut mich sehr, das zu hören.«

»Wir haben uns lange und ausführlich unterhalten, seit Sie ihn damals in Seattle besucht haben.« Justin blickte Elias fest in die Augen. »Er hat mir alles erzählt – über Ihren Vater, den Flugzeugabsturz, alles.«

Elias nickte. »Verstehe.«

»Jetzt weiß ich, warum Sie sich so verhalten haben.« Justin zögerte. »Es gibt nur eine Sache, die ich nicht verstehe.«

»Was denn?« fragte Elias.

»Alles war vorbereitet. Dad meinte, Sie hätten das gesamte Südostasiengeschäft ruinieren können, aber in letzter Minute haben Sie es doch nicht getan. Und später, nachdem er versucht hatte, sich das Leben zu nehmen, da haben Sie ihn besucht und ihm eine Standpauke gehalten, sagt er. Daß er mir nicht antun solle, was Ihr Vater Ihnen angetan hat.«

»Ich dachte nicht, daß er mir zuhörte«, erwiderte Elias.

»O doch, das hat er.« Justin ließ den Blick über die sonnige Bucht schweifen und schaute dann wieder Elias an. »Er möchte, daß meine Firma mit Keyworth International fusioniert. Ich würde Geschäftsführer und er Aufsichtsratsvorsitzender.«

»Hört sich nach einem guten Führungsteam an«, sagte Elias. »Werden Sie es tun?«

»Ich denke darüber nach. Ja, wahrscheinlich. Mein alter Herr kennt sich wirklich gut im internationalen Frachtgeschäft aus. Er kann ein ganz schöner Mistkerl sein, aber er ist auch sehr gewieft. Ich könnte so einiges von ihm lernen. Er scheint sogar Lust zu haben, mir etwas beizubringen. Nach all den Jahren möchte er mich nun in seine Geschäftsgeheimnisse einweihen.«

»Besser spät als nie«, antwortete Elias.

»Wir werden sehen.« Justin vergrub die Hände in den Taschen. »Aber ich möchte immer noch wissen, warum Sie Ihren Plan damals nicht in die Tat umgesetzt haben. Und warum haben Sie sich die Mühe gemacht, Vater nach seinem Selbstmordversuch zu besuchen?«

Charity gab ihm die Antwort. »Niemand schwimmt gerne in verschmutztem Wasser. Elias hatte beschlossen, den Fluß zu reinigen.«

Justin runzelte die Stirn. »Was, zum Teufel, hat Umweltverschmutzung damit zu tun?«

»Es geht um das Wasser«., erklärte Charity ernst. »Es braucht viele Jahre intensiven Trainings und der Selbstdisziplin, bis man die höheren Ebenen des Bewußtseins versteht und erkennt, was sie mit den Eigenschaften des Wassers verbindet. Wenn Sie aber eine Abkürzung einschlagen wollen, was Ihre Erleuchtung angeht, dann kaufen Sie doch bei Ted ein T-Shirt. Sein Laden ›Ted's Instant Philosophy T-Shirts‹ ist gleich dort drüben, auf der anderen Seite des Piers.«

Justin blickte nun wieder Elias an. Er war völlig verwirrt.

Elias grinste. »Machen Sie sich keine Gedanken, Keyworth. Sie hat manchmal diese geheimnisvollen Anwandlungen. Man kann dann kein Wort von dem verstehen, was sie sagt. Gehen wir zum Büfett. Da bekommen Sie ein Stück Hochzeitstorte und einen Schluck Punsch.«

»Ich könnte eigentlich ein Bier vertragen«, erwiderte Justin langsam.

»Sie haben Glück. Das gibt es sogar auch.«

Das Wasser der Bucht glänzte schwarz und silbern im Mondlicht. Elias stand auf der Klippe, den Arm um Charity gelegt, und lauschte dem Flüstern der Wellen.

»Woran denkst du?« fragte Charity.

»An unseren ersten Kuß. Wir beobachteten die Voyager von dem alten Campingplatz aus, erinnerst du dich?«

»Ja natürlich. Du warst ganz schön durcheinander, nicht wahr?« Sie schmunzelte. »Ich dachte, du würdest völlig die Fassung verlieren.«

»Dann habe ich mich aber rasch wieder erholt.«

»Das hast du.« Sie drehte sich um und legte ihre Arme um seinen Hals. »Unten am Pier laufen die Dinge richtig gut, nicht wahr?«

»Über den nächsten Sommer kommen wir bestimmt.« Er legte die Hände um ihre Taille und genoß die Wärme ihrer weiblichen Figur.

»Der Stadtrat läßt uns endlich in Ruhe. Fast alle Läden sind dank deiner Verbesserungen vermietet, und die Umsätze haben sich seit letztem Jahr verdreifacht.«

»Du möchtest mir wohl von einem neuen Projekt erzählen, nicht wahr?«

Sie lächelte ihn strahlend an. »Woher weißt du das?«

»Das ist eben das Geheimnis meines Erfolgs. Was ist es diesmal?«

»Ich dachte, wir sollten anfangen, an einem Baby zu arbeiten.«

Er starrte sie verwirrt an. »An einem Baby?«

»Hast du irgendwelche Einwände? Du wärst sicher ein wunderbarer Vater, und Otis könnte babysitten.«

Elias war einen Augenblick lang sprachlos. »Keine Einwände«, flüsterte er schließlich.

Sie lächelte.

Er zog sie ganz dicht zu sich heran und ließ den Blick über die Bucht schweifen.

Das silberne Mondlicht glitzerte auf den sich unablässig bewegenden Wellen. In diesem Moment schien ihm, als hätte er das seltene Glück, einen kurzen Blick in die Zukunft zu werfen. Sie lag leuchtend vor ihm.

Er sah, wie die Wasser der Vergangenheit unaufhaltsam in die Zukunft flossen, und jetzt wußte er, daß Haydon Stone recht gehabt hatte.

»Woran denkst du?« fragte Charity wieder.

»An etwas, das Haydon in sein Tagebuch geschrieben hat.«

»Was denn?«

»Wenn ein Mann je wahres Glück erfahren soll, muß er lernen, sich der Liebe zu öffnen.«

»Das hast du nun gelernt, glaube ich.«

»Manche Dinge lernt man erst über Umwege.« Elias neigte den Kopf zu ihr herab und küßte sie.